作家散文
典藏

张炜散文

张炜 著

作家出版社

图书在版编目（CIP）数据

张炜散文 / 张炜著 . --北京：作家出版社，2023.7
（作家散文典藏）
ISBN 978–7–5212–2105–3

Ⅰ. ①张… Ⅱ. ①张… Ⅲ. ①散文集–中国–当代 Ⅳ. ①I267

中国版本图书馆 CIP 数据核字（2022）第 212439 号

张炜散文

丛书策划：路英勇　张亚丽
出版统筹：启　天　省登宇
作　　者：张　炜
策划编辑：钱　英
责任编辑：杨新月
装帧设计：TT Studio　孙惟静
出版发行：作家出版社有限公司
社　　址：北京农展馆南里 10 号　　邮　　编：100125
电话传真：86–10–65067186（发行中心及邮购部）
　　　　　86–10–65004079（总编室）
E – mail：zuojia@zuojia.net.cn
http://www.zuojiachubanshe.com
印　　刷：三河市紫恒印装有限公司
成品尺寸：142×210
字　　数：344 千
印　　张：13.875
版　　次：2023 年 7 月第 1 版
印　　次：2023 年 7 月第 1 次印刷
ISBN 978–7–5212–2105–3
定　　价：56.00 元（精）

作家版图书，版权所有，侵权必究。
作家版图书，印装错误可随时退换。

目 录

第一辑 寂寞营建

寂寞营建	3
回眸三叶	5
求学今昔谈	16
忆想那个春天	31
艰辛和收获	35
你的树	40
不倦的水	53
世界与你的角落	57
在复旦	85
华师大之夜	89

第二辑 书院的思与在

人的用具	95
拉网号子考	100
松浦居随笔	104
书院的思与在	127
万松浦纪事	138

济南：泉水与垂杨	167
济南的泉水、钟楼和山	170
难忘观澜	173
西双版纳笔记	176
古镇随想	181

第三辑　你的生命之光

伟大而自由的民间文学	187
中年的阅读	192
域外作家小记	196
里尔克，里尔克	247
爱的浪迹	251
诗人的命数	256
耕作的诗人	260
你的生命之光	264
理　解	268
从热烈到温煦	272
在激流中	276
抚　摸	280
无为而有为之书	284
无望的爱	288
人与事	292

第四辑　我的自语打扰了你

谈简朴生活	299
人生麦茬地	306

梦中的铁路	311
规避和寻找	315
你在不为人知的田园中	320
从高原到天堂	324
思念和隐秘	328
牵　挂	332
山凹之月	336
误　解	340
污浊的旋流	345
逼　近	349
友　谊	353
我的自语打扰了你	357
回答自己	361
簇拥和掩藏的九月	365
怜　悯	369
一个梦想	373
东方的水潭	376
土与籽	380
奇　遇	384
奔　腾	388
南方的水	392

第五辑　理性与浪漫

秭归的精灵	397
理性与浪漫	401
稷下之梦	405

木车的激情	409
古河之声	414
浪漫的时代	418
大地的引力	422
纯　粹	426
炉　火	430
永恒的向上	434

第一辑 寂寞营建

寂寞营建

我不信过去的智者们在运笔之初曾计划过征服。因为那样他最终也难逃浅陋。可以信赖的只是昼夜不舍的劳作,是银匠似的打磨精神。创造物上遗留了指纹摩擦的光亮,有着心的刻度。日复一日,寂寞营建,从不指望有过多的收获。

我怀疑今天那些堆积如山的纸页中是否真的掺过了一滴心血。破烂不堪的印刷品像挟了虫卵的枯叶一样覆盖大地,反而遮去了自然的绿色。有多少人在匆匆的时光里自忖自愧,笔墨吝啬。不负责任的倾倒和排泄已经使这个世界垃圾成灾。

你如果想看到一篇有真性情的文章,有时真比发现一颗崭新的星体还要困难。这是个不能过多地渴念奇迹的年代。好像人类的精神生活史上,一个世纪过去了,接下来的寻觅将漫漫无期。

我每逢看到自己或别人的一本新书即将面世,心中就涌过类似的念头。这绝对不是苛求——我知道一个长久沉迷于艺术世界的人会理解此刻的心境,并给予他的宽容。怀疑精神与创造精神从来都是并存的。一点怯怯的欢欣、一丝淡淡的惆怅,像云雾一样在案头缭绕。在与心灵记录告别的一瞬，一个担负道义的人会出奇地拘谨。

再也没有更好的机会来审视自己了。亲手扳动闸门，让墨汁流向陌土，最需要勇气和果决。因为这一切很快就将变为昨日星辰，你需要迎接的只是明天的阳光。行程遥远，举步匆促，可以用来徘徊的时间太少了。

有什么可以依赖和可以信托的呢？有什么能够稍稍弥补必将来临的遗憾呢？只有真诚——一种生命本色的力量。除此而外，我们还会幻想什么？借助什么？在这块本来应该是极为圣洁的土地上，在一次比常人远为艰难的生活中，不会再有别的选择了。

堂皇印出的谎话和轻浮之言随处可见，以至于使劳动者的书斋变馊。它对于文坛和世风的戕害无可挽回。一个在这样的情形之下勤勉为文的人有多么艰辛。他的执拗和刻苦、他的势必造就的事绩难以磨灭。谁向着这个方向跋涉，谁就心怀了使命。这种考验才真正称得上严峻和冷酷。

当我在书林中漫步、遥望漫漫文路的时候，总想把如上的话写给那些善良的、长存奢望的读者。我知道在如此繁芜如此聒噪的世界上，他们甚至失去了独自苛刻的权利。

但人们还是希望看到始终如一的坚持和诚笃。没有比那儿再沉寂无援、再冷清淡泊的了。甘于忍受的人才会编出美丽传奇，默默无声的人才有锦绣文章。

不过那样的境界谁能够进入呢？谁能够抛却世俗呢？谁能把无法言说的困苦和忧烦磨碎呢？

1988 年 10 月 22 日

回眸三叶

林与海与狗

想起过去，心中往往出现并列一起的三部分：林子，大海，狗。它们纠集于我的童年。也许"狗"做了一切动物的代表，但它还仍然是具体的狗。它不仅给我友谊，帮助我理解，而且让我透视了许多生命的奥秘。林子在海滩平原上，狗和各种动物在林子中，我则徘徊在它们之间。

上学后童年就被约束了。但走出校门的时间总多于规规矩矩做学生的时间。我们撒腿在林子里奔跑，欢乐享用不尽，留做滋养一生。我们从小就认识了数不清的植物。大树灌木花草各长在什么地方，什么模样，都了然于心。它们后来只需我们以植物学上规定的名称重叫一次而已。

海滩上林密人稀，只有很少几个村庄散在林中。猎人、采药人、渔人，是他们在林中活动。关于林子的传说很多，这些传说的主题从许久以前就形成了，主要是劝人不要伤害动植物。它贯彻了人与物平等的观念。比如说口口相传的故事中，人往往不如一只动物善良和聪明，也不如一棵老树更值得敬重，等等。

国营林场里有一位老人，一些年轻工人。他们对我和朋友们都很重要，反过来也是一样。他们给我们故事和吃的东西，让我们看他们的狗；我们则使他们不寂寞，高兴；有时也让他们解解恨。因为人有时候总要发火，骂人，要追赶，这都是经常发生的。林场的人常为一些不微不足道的事情翻脸，如临大敌地追捕我们。我们就在林子中窜与藏。他们大了，心眼多，可是跑得慢，手脚笨。其实我们不过是摘了他们几条黄瓜、爬树折断了枝丫之类。他们动此干戈多不值得。现在想一想，可能是他们太孤单无趣了，就半真半假地纠缠我们。

还有果园工人。这些人与我们好的时候特别可亲。好的季节是冬天和春天。那时他们修土埂、浇水和剪枝，在鲜花中劳动，人也和蔼。他们开我们的玩笑，互赠吃物，与各位家长来往时笑脸相迎。但果子大了熟了就不行了。那时他们声气变粗。因为我们要想法弄一些果子。现在回想，人在小时候对樱桃、李子和苹果的思念真是不可思议。一定要偷，要摘。吃果子的欲望盖过一切。人的生命在那个阶段可以概括为"果子时代"。

也就是那种欲望使我们与果园工人关系紧张。他们提防我们，用对付敌人的办法来整治我们。比如埋伏、设绊子，一旦抓到就不依不饶。我们顺着紫穗槐灌木往前爬，爬到果园来一次偷袭。而他们也常常趴在紫穗槐下守株待兔。那是恐怖难忘的季节。

许多人在我们长大之后，在庄重的场合相互见面了，一想起往昔的对峙，个个不无尴尬。

穿过林子和草地去海上。海的春冬秋夏各有不同，很难说哪个最好。有人特别歌颂夏天的海，一提到海就是"畅游"。这是不能深入了解海的缘故。真正的吸引分在四季。冬海的颜色，浪涌推上的螺与鱼、一些木板小瓶杂物，就远非其他季节可比。还有，冬海里没有多少船，海边最静，只有看渔铺的三五个老人。他们脾气怪，有新鲜大鱼，还教我们抽烟喝酒。如果要了解大人的故事，就得去找看渔铺的老人。他们健谈，乱说，没有禁忌。冬天的大鱼有逼人的鲜气，一锅鱼汤的美味从此不忘。冬鱼油旺，白水煮鱼只放一点姜和醋，有时还洒几滴酒。老人让我们回家偷酒，我们偷了。记得我们当中就有四个是他们教会了抽烟的，家里人发现了也并不严厉制止，只说："抽吗？早了些。"

夏天进海游泳的欢乐说了又说，是因为我们见到和经历的非他人可比。有一个叫"老黑"的人，能手擎裤子游到深海，来去自由。有一次他与人打赌，说要游到水雾蒙蒙的一个岛子上。他真的游去又游回。而今这一段水路通客船了，船跑一个单程要半个小时。

海上不穿裤子的人多，他们自然地来往，劳动中的裸体好看。我们从小习惯了这样的裸体，懂得了人体美。我们同时注意到：买鱼的或来海边游玩的女人并不憎恶和好奇。她们安详平静的目光在裸男身上划过，让人觉得成熟和从容。这一点经历，能够让我们在后来的社会风俗变异中安然处之，让我们较为坚强和正常地面对各种思潮，包括社会体制的变革。

我们还亲眼看到一个人赤身裸体在海里逮一个大海蜇。它的彩色飘带缠到了他身上，使其疾喊无声，最后遍体烙伤。人疼得死去活来，躺在沙滩上滚动。

海上老大嗓门最豪，他是我一生中所见到的最能粗吼的人。这人后脖子上有一块厚肉墩，一在沙地上跑和喊，那肉就不停地颤。我们无论是在光亮逼人的白昼，还是在一排排火把下，都过分留意了他那个大肉墩。我们甚至觉得它是海上老大的必然徽章。他长得粗眉大眼，五十多岁；据说二十年前浪迹天涯，并为许多女人所宝爱。

受人护佑和珍惜的大狗在人群中伫立、游走。它们有人一样的神情，挺胸昂首去看汹涌的海。它们见了打招呼的人就点点头，活动一下双脚，重新观察大海。不少人提到了欢蹦的狗和顽皮的狗，当然，那是它们幼小的时候。投入成人生活的大狗神气很像人，并且不苟言笑。

我们养了几次狗，为它们自豪和痛苦。它们一生的主要事迹可以写成一本大书。它们个个温情和机智，见义勇为。它们的结局都与动荡的社会有关。在急剧躁动的岁月，人都变得疯狂了，所以它们就成为牺牲品。这样的悲剧是人类社会悲剧的缩影。这使我们在后来的悲剧——发生的和必将发生的悲剧中，能够有所提防、有所预感和有所认识。

大黄狗，棕色和栗色的狗，大花狗，都是品质优异的狗。它们在进入人类生活之前仿佛先自选择了一次，因为我不记得特别坏和特别让人厌恶的狗。它们陪伴了童年，并让人长思不绝。

雪　路

当我自认为可以独立生活也必须独立生活的时候，就告别了海边，一个人去了南部山区。在大山里过了几年，又缘山地向更南、向东和西游走。我看到了过去不曾见过的山脉和都市，水陆码头，各色人等。它们和他们与我相逢，想起来真像是一闪而过，仅为一瞬。可是细细剖开，这里有多少难忘的旧事。这些故事堆积出一段生命。

我不能说那是一段风雨苦程，而只想说欢悦多于愁苦。山川人事都保护了我支持了我,让我健步前行。山乡大婶、林野姊妹、码头老哥,包括身上有许多缺憾的人,都留给我珍贵难舍的礼物。我在他们灶前喝下了米粥,至今却未能偿还一把小米。他们赠给我最好的烟叶,我今天却要小心翼翼地戒烟。辛辣的烟味能勾起昨天:火炕,纳鞋底的哧哧声,船上人扑扑啦啦的胶雨衣。

在走走停停的间隙,我曾入过一个工厂。厂房建在山坡上,坡地只有两亩大小,傍河。河水一年四季流动,哗哗不息。我上夜班每晚要涉水而过,登上一级级梯路。一抬头就是皓月,是山的剪影,空中繁星。工厂里传来一个人的歌声,那是用当地土语唱出的,又闷又粗,有时又出奇地尖亮。唱歌的青年奇瘦,长了水蛇腰,斜眼,人却无比善良。工厂中有许多女孩,他个个都爱。她们都不爱他。于是,他在特异的心情下,在月夜,总是唱歌。

我有许久都与他同做一个夜班。在我后来离开时,他号啕大哭了一场。为分别而大哭,真哭,我到现在仅仅有此一遇。他当时总是把最苦的活儿抢在手上,固执地让我讲故事。不过我还是有了两手老茧。有一次在工作中不小心把硫酸溅到了衣服上,他就大喊:"快往河里跑!"跑到河里,把衣服扔进水流。结果这件衣服还是给烧出了洞眼。

在最艰难的日子里,厂领导想方设法开拓生产。原料供应成了问题。附近小村里有一个不幸的人,他过去曾在一个大城市当过局长,只因生活作风问题严重而削职为民。厂领导想利用他原来的关系,请他替工厂出一次差。要有人和他一起结伴。因为全厂工人中只有我一个人戴了手表,于是就和那个人一起上路了。

这是多好的事儿,只可惜旅伴欠佳。

一个大雪天,我们俩提着一个黑包在山乡车站等车。削职局长已有五十多岁，瘦小非常，很矮，面色灰白。他对我用力地笑，背着手，围了一个大围巾。我极力想从他身上找出昨日痕迹。不过他的确落魄了，手粗鞋破，胡子黑浓。由于没有一把好一点的剃须刀，胡子总也刮不净。他说："我是有关系的，能把我留在厂里就好了。"我明白，但我想这是不可能的。

厂领导行前对我说："路上注意些，'江山易改，禀性难移'啊！"人们都知道这个人在战争年代立过功，也就做了大官；又因为他的生活作风特别坏，也就变成了农民。我们只带了很少的路费，所以一路上只能住最差的旅社，吃很粗的饭。除了到外面接洽工作，剩下的时间就在大街上遛，在房间里待着。他非常能喝酒，每顿饭都要喝一碗，当然都是极便宜的散装酒。一喝了酒他就慨叹不息，说："我当时怎么能有那样的'爱好'啊！我怎么能'爱好'这个啊！在这方面，你们年轻一代可千万不要学我啊……落到了这步田地，真倒霉啊！不过话又说回来了，'路线是个纲'啊！是吧？是吧？！"

他讲战争，讲到悲壮处就流泪。他说解放这个大城市时，他左臂受了重伤，还是活捉了一个敌军少尉。"武松单臂擒方腊啊！"他的嘴张成了一个黑色巨洞，对我缓缓摇动；后来复又慨叹："我怎么能有那样的'爱好'啊！这个'爱好'……"我惊异于他把那种事叫成了"爱好"。但我只是看看手表，并未反驳。

我发现这座城市的人真有认识他的，而且仍叫他"局长"。我们身上没有钱，为了节省路费，从乙地到甲地都是步行。北风呼啸中，他走在前边。一幅大围巾包着很小的头颅，让我感动。在大风中说话是吃力的，但由于他一路上兴致很高，所以总是说个不停。说到我们厂，他把它说成了天下最好的地方："那里有一个多么通情达理的领导；他的工作方法多少有点像我！"还说工厂里有那么多好姑娘，"个个都……"说着歪头看看我,"小伙子好好干吧,多有前途啊!"

一连半个月的跋涉,要做的事情多半做成了。可是实在太累了,我们一直在风雪中辗转,最后总算要踏上归途了。可是直到上车时才发现:买车票的钱不足了。他只好出面到以前的"下属"那儿借了一点,可能因为羞涩吧,借来的钱只够一半路程。"另一半怎么办?"他一对小眼睛盯了我一会儿,咂咂嘴:"走吧。"

在大雪中走一二百里?而且这一路我们俩的脚早就磨起了泡。看看这个瘦小到不能再瘦小的人,我恨死了他。我想:走吧,你累不死,我就累不死。

结果我们下车后的一百六十华里风雪旅程,硬是一步步走下来的。快回到出发地了,一看到山影河流、工厂的烟囱,泪水一下出来了。我一步都迈不动了,坐在河边雪地再不起来。"局长"拉我,说这已经是"胜利了"!我真想骂他一句。一路上我没有搭理他。可是他说回去后,要我在领导面前多多"美言",又一次重复那个美梦:"我要能留在厂里就好了……"

我们这一次长旅给危急中的工厂打了一针强心剂。所有人都赞扬我和"局长"。领导问起这人一路的表现,我说:"很好!""怎么好?""能吃苦!"

真是多灾多难。就在这一年春天,刚刚转醒的工厂突然失了一把火。记得那天我正转早班,半夜被火光和呐喊惊醒。不知是怎么跑到了烟气腾腾的河边,那儿早聚集了全部工人和附近小村的人。当一半厂房快要塌了时,里面的东西还没有抢出来。厂长绝望了,他阻止人们进去。可只有一个人不顾一切往里闯,一次又一次拖出烧焦的东西。厂长大喊大叫,那人就是不听。有人说:"天哪,他干野了,什么也听不见了。"正说着屋顶塌下一块炭火,那人一下子被扑倒在地。

人们号着把他扒出，往身上泼水……他探出烧伤的头颅说了一句："多可惜啊！"说完又垂下了头。

我这才发现，他就是那个小村的"局长"……

大火烧过第二年我离开了那个工厂。沿着山脉往东，去寻找新的生活。

离开前想起了一个人。我去看他，门锁着。最后在一块山地上看到了他：正拖着烧残的一条腿做活。他见了我，立刻昂起特别小的头颅笑了……

那些日子里，我一个人踏遍多少山路。常常想起的旅伴就是那个落魄"局长"。一个人走风雪之路，没有人在旁边，真是太苦了。这一年春节，我突然想起海边的家、那儿的母亲。可是到处被大雪覆盖，山岭和沟谷一片朦胧。我恨不得立刻奔到海边，心上阵阵急切。从南到北没有交通车，而且即便绕路，大雪已经迫使客车停止了运营。正在这时，我又想起了那次旅行，想起了那个人的话："走吧。"

我踏着大雪，深一脚浅一脚向北，去翻一座座山。我一定要回去，一定。我知道只要一步一步走下去，就会抵达。

小城风雨

近十余年来我大部分时间生活在东部小城。这里，世纪末的喧嚣一点也不少。我在这里度过自己的白昼和夜晚。散散的小城，远远的小城，郊外有荒草的小城，追赶都市的小城。我抚摸它，如同抚摸我的血肉之躯。

世界太大了，我只能注视这座小城。十年间有多少变化，我一直在目睹一座城市的"蝉蜕"。"风雨十年路，小城可吟诗"，这里的朋友个个爱笑,用笑声送走忧愁。我们去葡萄园,去海边,去一切让人追忆往昔的地方。昨天的林海已萎缩成一条防风林带,热闹的海岸已没有了渔人,代之以泳场和水上乐园;更大的海域则被黄色排污水浸漫。在这儿悼念消亡,同时也企盼新生。

来自几所大学的毕业生回到小城,兴致勃勃又难免沮丧。我们结成挚友。工作之余去郊外,一口气走上十几华里,天天如此。即便是大雨雪也不例外。有好几次在阴天走出,半路又被突降的暴雨赶回,浑身透湿,风雨掩去了呼叫。那个时刻,灰暗的水雾,起着水泡的田野,打得歪斜的稼禾,还有凄唱的树木,都让人心动。这是何地?呼啸的世界为何如此寂寥?神秘的力量左右了四周,在它面前,世俗退让得无影无踪了……

一次,四个人一起去郊外。因为出门时天色不好,但料定不会在短时间降雨,所以只象征性地带了一把小雨伞。其中的一个朋友怀中还有一本书,有顺路捎来的几盘音乐带。想不到走出十华里左右,大风突起,雷鸣电闪,四野马上飞起了急急躲藏的鸟雀。大家相互看看,说一声"来了",弓腰寻找避雨之地。其实一片原野只有蜿蜒的土路,连个草铺土屋都没有。大步往回跑,只跑了几步就明白来不及了。雷鸣就在头顶,大风愈加猛烈。雨来了,不是雨鞭,而是成吨倾下,击在身上。我们喊叫着蹲下,四个人挤抱一起,把唯一的小伞扯紧。最中间的人藏好他的宝贝,我们再紧紧围裹。大水在伞上嘭嘭响,隆隆响,水流马上成河,从膝下涌过。四个人用大笑回应这突来的、罕见的暴雨……

漆黑一片的田野,我们倾听叩击大地的脚步。不知度过了多少这样的夜晚。一起在渠畔树林驻足,遥望远城。无声无息的夜,感受和谛听的夜,如此美好……

在夏秋农忙季节，我们中的大多数要去郊外农村流汗。一身汗湿的衣服来不及换洗，白色的盐碱干成一圈圈图案。每个人的头发都扑满了灰尘，乱成一团，双目却灼灼发亮。鞋中是土，没法穿袜子。手磨糙了，五指不能持笔。从这个季节出来，人全变了，变得陌生可爱，直爽通达。说到文事，说到城里掌故，让人觉得是很遥远的、另一个世界的事了。

去海岛打鱼。只有海岛才有真正的渔民，近处的海不行了。岛上朋友用酒和鱼招待我们，我们一起干活。坐船，种"水地"、撒网，晕船就呕吐，一口气吐出几十年的淤积。一个月下来，回城时带走了十几盘拉鱼号子录音，还有海上传奇，都是原汁原味。

据考证，小城历史上出了一个古怪人物，叫"徐市（福）"。他以为秦始皇采长生不老药为名，带三千童男童女东渡日本。关于他的传说遍布城乡，《史记》上也有明确记载。搜集这些资料，考察古人行迹，成了我和朋友的大事，以至于兴味盎然十余年。我们想找一个徐市出生地，找了个叫"徐家庄"的小村；想找一套完整的徐氏家谱，结果发现一卷又一卷。徐市传说、研究文论，搞起了几百万字。我们终于领悟，与徐市相关的是整整一个时代：秦王统一中国的时代，焚书坑儒的时代，大变迁的时代，各种力量交织一起的时代……徐市故事可不单纯。我们走近了徐市，就是从粗枝大叶的历史观中走出。我们真的受益不浅。什么时候接近过如此多的隐秘？什么时候抓起了这么多的"民俗"？什么时候又沉浸于这般深的史海？我们在小城荒郊挖掘、考古、鹦鹉学舌，直到皱纹爬上脸颊。

后来我们参与盖了一座徐市祠，塑了一尊高大的徐市石像。动手的艺术家都是海内一流人物，而且个个敬仰徐市。

正史记载的徐市与道家一脉，称为"方士"。可是我们都知道这是徐市的骗人之方。他是个心气高远的人物，大隐隐于市而已。远渡重洋，远抵日本，建国立城者，岂止于一介"方士"？"平原广泽，止王不来"，我去日本时脑际一直回响着《史记》上的这句话。在狭窄的日本国土上寻找美丽不难，"平原广泽"呢？我看到了徐市传说最盛、遗迹处处的佐贺，双眼立刻一亮。这就是一片"平原广泽"。

日本的文化，无论如何与中国文化，与我所置身的小城如出一辙。一切的风俗之中，相似相通何止十之七八。食生鱼、炕上盘腿吃饭、古服饰……更不用说文字与建筑。小城的徐市，我们就这样相逢于这个世纪末了。

我的一个朋友从遥遥西部来到小城定居，极擅诗文。他写了许多"徐市诗"。深夜郊外听他吟诗不息，必有激动生出。而且我耳听弦外，听到了另一种鸣响。

朋友中有个诗人，这在物欲大盛之年当是幸事。多少次不记得了，在风雨之中，在乐观赶走悲观的时刻，我的朋友高声吟哦。我们则一声不吭。大家都知道：他在用大声压抑风雨之声……

1998年3月4日

求学今昔谈

《贝壳》的由来

谈到过去,谈我们当年做学生的一些事情,好像就有了许多话要说。那是三十多年前的事了,学校内外的情况与今天差别很大,特别是文化环境的变化就更大了。说起三十年前我们校园的文学生活,跟今天对比一下可以看出许多不同。

当年求学的情景还在眼前。当时恢复高考不久,每一级的入学间隔时间还没有调整好,三个年级的学生在学校交会的时间很长。这就有了更多相互交流和学习的机会,不同年龄不同地区的人在一起,说话南腔北调,特别有意思。

当时热爱文学的同学比现在多,中文系差不多是百分之九十以上。上课谈文学谈语言,下课更是如此,大家常常就新读过的作品讨论争论起来。七十年代末国内各大学都成立文学社团,据说与"文化大革命"前的传统是一样的。我们学校中文系有两个文学社,后来合办了一个文学刊物,那就是《贝壳》。

一开始由我们文学社的几个人拟了好几个名字，找系主任肖平老师决定，他看了看说，就叫这个吧，我们在大海边上，等于是捡回了一些美丽的贝壳。

第一期是手刻蜡版印出来的，这在我们眼里漂亮得不得了。后来才是打印的，那已经是更高级的东西了。

我们刻蜡版的同学有一手好仿宋体，设计封面和插图的人能写能画，总之人才很多。那时学生当中不完全是稚气的小脸，还有三四十岁的人，他们具有丰富的社会阅历。

那会儿即便是刚刚二十多岁的人，也觉得自己经历了很多事情，什么都懂，一副成竹在胸的样子。所以现在一看到青年人的那份骄傲，总是十分熟悉和理解。人应该有这股劲头，这是冲劲。当年认为自己什么都懂了，天文地理无所不晓，而且能够迅速地阅读，牢牢地记忆，顽强地消化。在这种情形下进步肯定是很快的。

除了上课，再就是尝试写作。有的写诗，有的写小说和散文。小说一般被认为是最难的，篇幅长，还需要有人物和情节。过去说的"写书"，就是指写小说。怎样塑造出一个有血有肉的鲜活的人物形象，对我们大家都是一个诱惑。要写出丰满动人的人物，教写作的老师不停地举例子、强调，所以反而让人有了神秘感。

初学写作，最难的就是写出一个鲜明的人物形象。当时处心积虑地想个不停，主要是围绕"人物"。

我们有了刊物，就分别写稿，分开栏目，各自完成"主打作品"。那时好胜心极强，一心要超过其他院校寄来的社团刊物。当年铅印的院校刊物还不多，在今天看来都是很简陋的。不过当时并不这样看，只觉得寄来的所有刊物都香气逼人。这仿佛是一场较劲的比赛，既有趣又费力，四周吸引了很多的人。

同学们飞快传递彼此的一些阅读信息，总是非常兴奋。比如说一个人在阅览室里读了一篇刚刚发表的作品，就赶快告诉大家。什么刊物出了一个新的作者，哪一篇作品产生了影响，大家心里清楚极了。那时候没有网络，基本上也没有电视，就靠阅览室来满足我们。问一下，可能大家印象最深的地方就是那间大阅览室了。我们在那里度过了多少欢乐的时光，产生过多少激动。

还记得第一次看二十多英寸的彩色电视，是在中文系合堂教室里。看的第一个话剧是曹禺的《雷雨》，不久又看了德国作家席勒的《阴谋与爱情》。那种激动如在眼前：回到宿舍里已经很晚了，还要讨论剧情，多半夜都不愿睡觉。看文学作品也是这样，当年任何一个有影响的短篇小说或散文都不会被我们忽略。

由此来看我们热衷于办文学社和编刊物，也就容易理解了。

现在的标准

那时每年都有全国小说评奖，一次评出二十篇小说。我们谈论最多的话题就是哪一个作品能够得奖。就像打赌似的，每个人列出一个二十篇作品的单子，只等新闻联播公布结果。可见那时的文学公信力之强。一连几年，大家猜中的都在十几篇以上。这与今天完全不同。如今不要说在校的大学生了，就是著名的专家也猜不出。原因就是现在的文学标准改变了，变得空前复杂了。

有人可能说现在的作品多了，出其不意的情况也就多了；还有一个重要的原因，就是我们现在的文学写作已经是五花八门，这就不好掌握统一的标准了。其实文学怎么会有其他的古怪标准？它只能是一个文学的标准，只能是坚持这个标准的问题。如果社会变得混乱无序了，没有是非了，文学的标准当然也不会有。

有人固执地说现在是一个没有标准的时代，因为随处什么东西都给"解构"了，说不清了，无论什么事物，说好说坏都可以。还有人认为"真理"也是不存在的，世上没有永恒的真理，只有相对的真理——这样的时代难道不是很可怕吗？因为到处都是这种"相对"，人们也就不再需要去追求真理了，因为凡事此一时彼一时，可以得过且过。生活在这样的人群里还能再谈文学、还值得再谈文学吗？不可能也不必要了。因为在这个世界上，不追求真理的族群不可能拥有真正意义上的文学。

关于写作，没有文学的标准，那就一定会有其他的标准来代替，比如商业的标准、对某种利益集团有用的一些标准。这都与文学无关——不，这只会对文学产生极其严重的伤害和扭曲。文学是人的心灵之业，对文学扭曲了，对人也就扭曲了，这个社会也就变得畸形了。

过去我们大致都知道什么作品是好的或比较好的，什么是不好的，现在则不知道了。那时候我们还幼稚，只二十来岁，没有写出更多的书，也没有读到今天这么多高论，可是我们还算清楚地知道自己向往什么、什么能感动我们，怎样的作品能够引领我们的心灵走向更美更善。现在反而犹豫不决了，我们有可能变得更高深了，文化的文学的视野也比过去变得开阔了不知多少倍，结果也就变成这样的无所适从。降临到我们身上是真正的噩运：丧失了判断的标准。也就是说，我们已经没法弄得清哪些是好的作品，哪些又是不太好甚至是很坏的作品了。

有时候我们刚刚被一部作品深深地感动过，比如说被它的语言、被它的故事和人物、被它蕴藏的某种东西给激发起来——可是我们一直信赖或比较信赖的专业朋友看了却很生气，说这分明是一部很坏的作品……类似的例子或正好相反的例子数不胜数。这样时间久了，我们就给弄糊涂了，不断地怀疑自己。最后，我们不得不试着放弃一直秉持的一些标准。

有人会说世上再也没有比艺术这种东西更难掌握的了，它有一万个标准、有千变万化的奇特因素。可是我们也知道，它尽管复杂，仍然还要我们去读、我们去感受吧，仍然还要落在我们的良知里，被我们的知性过滤和筛选一遍吧。也就是说，无论怎样怪异，也并不等于没有标准了。

如今网络上滚动着无数的"文学"，书店和地摊上也摆放了无数的"文学"。各种读物像海洋一样涌过来，这一切在有标准的人那里哪怕稍稍做以停留，也会让人心烦意乱。这种拣选的工作量是巨大的，能把人累得崩溃。所以一个适时而至的办法，就是认同这个时代的无标准说。没有标准是最好的，最省心了，怎样都行。也许现代真的不再需要标准，因为从世界范围来看，我们来到了一个重商主义时代、物质主义时代，人们不需要文学也能活得挺好。

如果这一切是真的，那么这大约也就是非人的时代了。动物不需要精神生活，只要满足了口腹之欲，它们一定是很高兴的、欢欢乐乐的。

访师散记一

因为从很早起就向往写作，并且听信了一个说法，就是干任何事情要想成功就必须寻一个好老师。这个说法今天看也不能说就是错的，只不过文学方面更复杂一些罢了。

记得自己从很早起就在找这样的老师，这里不是指从书本上找，而是从活生生的人群当中找。我曾想象，如果真的遇到了这样的一个人，我一定会按照严格的拜师礼去做。听说有的行当拜师需要一套繁琐的程序，比如磕头上香、穿特别的衣服之类。这一套我是很烦的，但为了有个像样的、令人钦佩的老师，我也会不打折扣地马上去做。

最大的问题是很难找到这样的老师。他们在那个年头里非常稀缺，这与现在是完全不同的。现在文学方面可以做老师的人多得不得了，每一座城市里都有一批，而且经常可以看到挂牌营业的人。那时则不同，文学爱好者很多，能做老师的人很少。有时候我们觉得某个人完全可以做老师了，但你一旦真的要拜他为师，他就会吓得赶紧走开。

我从十几岁到二十几岁这段时间里，游走的地方很多，虽然是为生活所迫，但其中还是少不了文学内容。我把交往文学朋友和寻找老师这二者很好地结合起来，一听说哪里有老师就赶紧跑了去。这种访师寻友的传统可能主要是东方式的，翻翻我们过去的历史，其中有很多流派师承这一类的故事，有"一日为师终身为父"这样的说法。我对师傅和老师一直是非常尊敬的，比如说我永远不会对老师辈的人说出不恭之言，只不过为了"一日"而"终身为父"，似乎还做不到。

在我们东方这里，做一门艺术或一门手艺，没有师承就很成问题，一个专业人物出门混事，人们总会问起一个最基本的、自然而然的问题：你的老师是谁？这等于问你是不是出于正门、有没有专业上的渊源。没有一个名声很大的老师藏在身后，要从事专业会是格外不顺的。当然，我当年急于寻师绝没有想过这么多，而只是为了快些摸到入门的路径。在许多人眼里，文学写作是很神秘内在的一门学问，它尤其需要高人的指点。

从书本里学习是重要的，我当时所具有的一点写作能力，可能绝大部分还是来自书本。我看了好的作品就模仿，就是这样开始的。可是我还是有点心虚,因为没有老师而忐忑不安,就怕有人猛地问我一句:你是跟谁学的?你的老师是谁?所以我一方面因为进步和开窍太慢,恨不得一口吃成一个胖子;另一方面也深受中国从师传统的影响,极想投到一位老师门下。

在初中读书时,我不知听谁说到有一个很大的作家,这人就住在南部山区的一个洞里,于是就趁假期和一个同学去找他了。当年我们的学校就在海边,认为这里偏僻得像天涯海角差不多;而南部山区看上去只是深蓝色的一溜影子,完全是遥远的另一个世界。我们真的要闯一闯大山了,并且是去找一位住在山洞里的高人,只一想就激动不已。

记得我们两人骑了自行车,带了水壶,蹬了快一天的车子,这才来到了山里的那个小村——它原来不过是村名里有一个"洞"字,高人本人并不住在山洞里。这使我们多少有点失望。同样失望的还有大山,它也不是从远处看到的那种深蓝色,而是土石相嵌粗糙糙的,树木也不太茂密。

急急地打听那个老师,有人最后把我们带到了一间水汽缭绕的粉丝房里,指了一下蹲在炕上抽旱烟的中年男子。他的个子可真高,双眼明亮,手脚很大。我和伙伴吞吞吐吐说出了求师的事情、我们心里的迫切。他一直听着,面容严肃。这样待了一会儿,说那走吧,跟身旁的人打个招呼,就领我们离开了。

原来他要领我们回自己的家,那是一间不大的瓦房。进屋后他就脱鞋上了炕,也让我们这样做。大家在炕上盘腿而坐,他这才开始谈文学——从那以后只要谈文学,我觉得最正规最庄重的,就是脱了鞋子上炕,是盘着腿谈。这可能是第一次拜师养成的习惯。

他仔细询问了我们练习写作的一些情形,然后拿出了自己的稿子:一沓字迹密密、涂了许多红色墨水的方格稿纸。它们装在炕上的一个小柜子里,我们探头看了看,有许多。可是发表在报刊上的并不多,他订成的一个本子里,大致是篇幅极小的剪报。我和伙伴激动得脸色通红。这是一些通讯报道。

老师一个人生活,老婆不孝顺爹娘,被他赶跑了。他与我们交谈中,主要强调了两个问题:一是自己要孝顺,将来找个女人也要孝顺;二是写作要多用方言土语,这才是最重要的。

访师散记二

第一次拜师的经历是永远也不会忘记的。我和伙伴从南山骑车回来,一路上都兴冲冲的,一点都不觉得累。我们最高兴的,是从今以后终于有了一位老师,这不仅是我们文学上能够得以飞快进步的重要的条件,而且还让我们有了一个不会轻易宣称的秘密。我们可能告诉别人在写作这方面已经有了师傅,却不会说出他的名字来。

本来事情是非常顺利的,但最美好的事物往往是格外要费些周折的。大约是从南山回来的第一个学期,我因事出了一趟远门,回来正准备再次去看望老师,就听到了一个噩耗:老师因为脑中风突发去世了!这是伙伴告诉我的,绝对没有错。望着伙伴的两道长泪,我紧张得一时说不出话,一会儿也哭了。

在没有老师的日子里,我们努力实践着他的教导,一方面在家里对长辈顺从,尽可能忍住不顶撞他们;再就是在文章里使用了很多方言土语。后者让学校的语文老师很不耐烦,但我们仍然坚持下来。

未久我们又听到了邻近一个村子里有一位代课老师,这人也是一位作家,就急急赶了过去。原来这人只有二十多岁,父亲是本村的村头,留了分头,鼻子很尖。尽管看上去有点别扭,我们对他还是诚惶诚恐的。他十分傲慢，根本就不正眼看人，只把我们领到一间屋里。一进屋就吃了一惊：整整一面墙都用红笔描画出光芒四射的图案，而放射光芒的最中间是比巴掌还小的一个红方框，里面粘贴了一小块剪报。那当然是他发表的作品。

因为他极其严肃，我们都不敢开口。可是沉默了一会儿，他开始询问：家庭出身？年龄？所在学校？我们结结巴巴的，他就训斥起来……我和伙伴不知怎么就跟跄着出来了，头也不敢回一下。

这样一直到了半年之后，一个偶然的机会让我们知道城里来了一位真正的作家。这人要为本地一个先进人物写文章，所以就要待上一段时间。我和朋友最终还是设法敲开了他住处的门，恳切地表达了拜师的愿望。这人长得比住在大山里的第一位师傅差多了：矮个子，圆脸，花白的头发很长，多少有点像老太太的模样。他戴了一块表壳发黄的手表，我们以为是传说中的金表，极好奇又不敢多看。他非常慈祥。交谈中，他主要谈了文章中要多多描写景物，并且一定要与人物的心情配合起来，并举例说：文章中的人如果烦恼，就可以描写天上乌云翻滚；反之则是万里无云。

我们回来试了一下，觉得并不难做，而且收效显著。

正在我们为即将拥有一位新的文学师傅而庆幸的时候，巨大的打击来临了。那是第三次去找他的时候——老师已经结束本地写作回到了他的城市，我们就坐长途汽车奔去了。按照地址登上一座楼，惊喜地见到了师母。她说老师正在里屋休息，让我们过两个小时再来。我们按规定时间去时，却发现门上有一把大锁。我们先是在门口等，然后到街上转，回来看还是那把大锁。最后一次大锁没有了，敲门，门却再也没有打开。

为了能弄清原因，我们回到了本地小城，找到当时接待老师的一位干部。想不到他见了我们面孔一直板着，特别是看我的时候，目光里有十分厌恶的样子。这样待了一会儿他总算说话了："你们再不要去缠他了，那样身份的人能收你们做学生？家庭严重历史问题……"

我觉得头皮有一种悚悚的感觉，什么话也没有说，扯扯伙伴的手就出来了。

这之后就只能从书本上学习了。这当然是最有效最可靠，且不会遭到拒绝和呵斥的。但还是有一种投师无门的痛苦，隐隐地鲠在了心底。随着时间的延续，日子长了，我觉得没有老师还是不行，甚至觉得这是很糟糕以至于很不祥的。

那时我多少把文学写作当成了一门手艺，后来才知道，这种认识虽然有些偏颇，但其中纯粹工艺的部分也还是有的。让师傅"传帮带"，这是任何行当手艺传承最基本最有效的途径。

就这样，直到我初中毕业，不得不一个人到南部山区游走的时候，还是没有找到师傅。我在山地走走停停，做过不少活计，生活自由而辛苦，是最难忘的一段日子。这段时间里还是爱着文学，除了不断地找一些同好的朋友互相学习和取暖，还要忍住一个念头时不时地就要从心底萌发：找一个文学师傅。

只要听到了哪个地方有个年纪稍大的、有过一些文学经历的，我就要跑去看一看，以便在适当的时机提出拜师的请求。曾经有过一两次差不多眼看就要成了，只因为两次拜师所遭受的打击，最终还是没有开口提出。除了这个原因，另有一个深层的原因，就是我对他们能否长期当成师傅还多少有点怀疑。首先是长相：我印象中师傅的概念是由第一次求师的经历形成的，即这个人要体体面面像个老师的样子才行。第三次拜师不成的那一位虽然并不高大，像个老太太似的，但样子总算和蔼可亲。而后遇到的都不尽如人意，有的油胖胖的有的举止粗鲁，反正都不太合乎老师的概念。

有一个很大的机会说来就来了，这一次真是上天对我的恩赐：有一天我正在一个村里的朋友家玩，突然听说这里来了一位百年不遇的人物，他是一户人家的亲戚，以前是在某大出版社工作的，如今因为思想问题而离职了。那户人家正在招待他，这会儿正在炕上喝酒——照理说我应该在人家酒席结束的时候再去拜访，可因为实在等不得，就让人领着进了门。

那人真的是与常人大不一样：穿了灰色中式衣服，戴了黑色宽边眼镜，面庞白皙，文雅无比。他吸烟，使用透明的长杆烟嘴。我把一沓稿子捧上去。他放下筷子，耐着性子当场读了几篇，很快对旁边的人，也是对我，说出了一句永远令人难忘的话："有才。不过真要成熟，还要十年。"

他怎么就不说九年？或者再短一点，八年不行吗？十年，这是多么漫长的一段日子啊！

那天我兴奋不安地待在他身边许久，直到他离去。自然没敢提出"拜师"二字。他走了，后来就再也没有见到他。

一直到上大学之前，我始终没能拜上一位文学师傅。但是上了中文系，也就自然而然地有了老师。这真是我的幸运。

大地上的文友

我上大学之前没能成功地拜师，却得益于形形色色的文友。这是一想起来就要激动的经历。那时我在山区和平原四处乱跑，吃饭大致上是马马虎虎，有时居无定所，但最专心的是找到文学同行。我在初中的文学伙伴离我很远了，并且他渐渐知难而退，常常是有心无力了。一说到写作这回事,无论是山区还是平原的人,他们都叫成"写书",或者叫成"写家",说:"你是找写书的人哪,有的,这样的人有的。"接着就会伸手指一下,说哪里有这样的人。

我在县城和乡村都先后遇到过一些"写家",这些人有的只是当地的通讯报道员,有的是写家谱的人,还有的是一个村子里为数极少的能拿起笔杆的人。真正的文学创作者也有,但大多停留在起步阶段,就是说一般的爱好者。他们年龄最小的十几岁,最大的八十多岁。

不论这样的人住在多么遥远的地方,我只要听说了,就一定会去找他。有一次我知道了一个真正厉害的"写家",他住在一座大山的另一面,就起早背上吃的喝的翻山去找了。原来这是一个快八十岁的老人,白发白须,不太愿意说话。他年轻的时候在城里待过,所以算是经多见广的人。村里人都说他"文化太大,不爱说话"。他仔细问了我的前前后后,又翻翻我的"作品",这才多少接纳了我。

原来他正在写的书已经进行了好几年,是"三部曲"。他将其中的"一曲"给我看了,我发现是半文半白的语言写成的,主要记载了一生的经历,夹叙夹议。他说这叫"自传体"。其中我记得最有趣的是写当学徒的一段:东家女儿看上了他,他至死不从,以至于半夜逃离……"这闺女原是很美的。"他在一边解释说。

我照例坐下来读了自己的作品。他闭着眼睛听下来,像吃东西一样咀嚼着,又吞咽下去。这样半晌他才睁开眼,说:"你好歹毒啊!"

我吓了一跳。后来我才知道,他这是在表达一种极度的赞扬。他伸手抚摸自己摊在炕上的作品,说:"你看,我写得多歹毒啊!"

那些年我发现散布在山区和平原的各种"写家"可真多,他们有的富庶有的贫穷,有的年纪大有的年纪小,但一律酷爱自己的文学:写诗、散文和小说;有的还写戏剧,写好之后就在自己的车间或村子里演——看他们自编的戏剧简直有趣极了，那些特别的情节和场景永远都忘不了。有一次我被一位山村里的黑瘦青年邀请，说今夜村里就上演他编的一部大戏。

那出戏的演出离现在几十年了，记忆中内容大致是与村里坏人斗争、群众取得了胜利之类。记得最清的是一个游手好闲的"二流子"，手拿一个大红苹果从台子一侧上来，而另一边是一对青年男女亲热地上场。"二流子"斜眼看着那边的两个人唱道："我手拿大苹果，她爱他不爱我……"那婉转悲切的唱腔让我一直不忘。我无比同情那个失恋的"二流子"。

还有一次我住在一个小村里，房东的女儿恰巧就是一个"写家"。她刚十七八岁，公社广播站就已经播发了好几篇稿子了。她胖胖的，穿了大花衣服，平时爱说爱笑，只是一写起来就伏在桌上，谁也不理，一边写一边流泪。我们交换作品，她喜不自禁，一边看我抄得整整齐齐的稿子一边红脸掩面，说："哎呀哎呀，你可真敢写啊！"我知道她看到了什么：那是写青年男女刚刚萌发的、若有若无的情感，是这样一些段落。

我所经历的最大的一个"写家"是在半岛平原地区。记得我知道了有这样一个人就不顾一切地赶了去，最后在一个空荡荡的青砖瓦房中找到了他。他几乎没怎么询问就把我拖到了炕上，幸福无比的样子，让人有一种"天下写家是一家"的感觉。他从炕上的柜子里找出了一捧捧地瓜糖，我们一块儿嚼着，然后进入"文学"。他急着先读，让我听。可惜他的作品实在太多了，一摞摞积起来有一人高，字数可能达到了一千万字以上。这个人多么能写作啊，这个人的创作热情天下第一。为了节省纸张，那些字都写得很小。

天黑了，他还在念。一盏小油灯下，他读到了凌晨，又读到窗户大亮。奇怪的是我们都毫无困意。

那一天我们成为了好朋友。我觉得他是真正的"大写家",是一位必成大事的文学兄长。他大我十多岁,结过婚,只因为对方不支持他的写作,他与之分手了。他曾给我看过她的照片:圆脸,刘海齐眉,大眼睛,豁牙,笑得很甜。

分手的时候我在想,为了文学而损失了那么好看的一位女子,这值不值呢?想了一路,最后肯定地认为:非常值。

书痴今何在

几十年过去了。这个世界变了。与更年轻的人谈那些文学往事,他们会觉得一切都像梦境。那些写书的痴子今天哪里去了?有的存在,有的没了,不知哪里去了。活着的,不一定像过去一样写个不停。死去的,活到今天就不知会怎样了。

这些年来我见过几个以前的文友,无论时下的境况如何,谈到过去的情景,无不神情一振。有的无论如何也打听不到下落了,他们不是像当年一样在大山的那一边,而是隔开了一个世纪那么遥远。比如说一个在七八十年代渐渐有些作品发表的人,几年后投身商场,如今音信全无。我问他最密切的一个朋友,对方说:"不知道,也许去了海参崴了!"

对半岛人来说,"海参崴"既是确指俄国远东的一个城市,又是闯到关外更远更远的一个缥缈的指代。

那个边写边哭的姑娘嫁了一个远洋船长,船长脾气不好,喝了酒就打她。她在痛苦中写了一些诗,都是爱情诗。原以为她爱上了别人,最后才知道这些诗都是写给自己男人的——他越是打她,她就越是爱他。她认为男人打老婆,是半岛地区不好的习俗,不能全怪男人;另外,她认为男人生活极不顺利,自己又无法帮他,实在亏欠了他。

那个写"三部曲"的老人早就去世了,他的后代不愿提那些往事,当我把话题转到这上边来,对方就把话岔开了。

我一度最思念的就是那个写了一千多万字的人,但几次都没有找到。后来终于见面了,结果让我大吃一惊:整个人虽然年纪很大了,但剃了板寸头,两眼炯炯有神。原来他已经做了一家公司的老板,虽然公司不大。问起他的书怎样了?他说:"书?好办。等我挣足了钱,就把它们印出来,印成全集,精装烫金!"

他伸直两臂比画,那就是全集的规模。

最不愿提及的是初中时候的文学伙伴。他就是与我第一次进山里求师的人。许多年来他一直过着贫困的生活,可是热爱文学之心毫无改变,只是写得不多。我们见面时,他已经因为两次中风卧在了炕上,用最大力气握住我的手,摇动,说话断断续续:"咱老师……咱老师,和我一样的病,他走得更早……"

原来他还在怀念大山里的那个人。是的,尽管我们只见过他一次,但他毕竟是我们的第一个老师啊。

文学让我们更为珍视友情,朋友之间,师生之间,所有的情谊都不能忘记。仅凭这一点,文学也是伟大的。

2011年5月6日,于华南师范大学

忆想那个春天

在模仿、拥挤、嘈杂和喧嚣之地,一切美好的东西都将很快被俗化,都将在不断的重复和仿制之中,失去它原有的意义。

我一度很乐意参加"笔会"。那是艺术的吸引,友谊的吸引。一些友谊和智慧的重逢,总是令人感动。在当年,那是很内向、很融洽的聚会。名曰"笔会",真是再好也没有的命名。因为的确是笔与笔在相会。那种特别的安静和相逢感,会使人的精神更为健康,心灵更加充实,一颗诗心扑扑跳动,变得更加敏悟。

八十年代初的那个海滨笔会,是我参加的许多聚会里印象最深的一次。笔会开始时是在一个简朴的海边招待所,而后又转移到一个规模不大的海岛,时间近一月。那个笔会集体活动和交流的时间大约占去一半,每人自己安静写作、思考的时间很充裕。没有什么标新立异,更没有什么乖张之举,大家的热情和探索都非常真切。作家分别来自草原、京城、高原,其中有文坛老手,也有刚出道的新秀。

十几年过去,时过境迁,风气流转,时代发生了如此惊人的变化,文坛已经不可想象。当年参加笔会者也各奔东西,有的不仅脱离了自己的艺术，而且背道而驰。当年的朋友今天扔掉了一支笔，这无论如何还多少有点令人惋惜；但更值得惋惜的是其他——因为一个人完全可以不扔掉自己的笔，却有可能扔掉更重要的东西。

每逢回忆起昨天的笔会就想到了自己这十几年的历程，这风风雨雨。许多人都会叹息坎坷无限，生诸多感慨。尽管一支笔没有松脱，但直到今天仍懂得珍惜，懂得自询，仍能够冷静和清醒，能够有起码立场者，也并非易事。

更多的时候，我们并不这样自嘱自叮，也走不到追忆总结的十字路口。当年活泼的青春，现在已成熟沉静，分别做了父亲和母亲；有的要相当劳累地应付日常生活，疲惫不堪。可贵的是他们仍在写作，在为自己的精神、为人类的明天而激动不已。是的，他们关怀的那一切正被越来越多的人所舍弃和漠视。可是他们仍在牵挂。就像当年笔会举办之地的那一片可爱的春水，仍然是那么温柔多情，那么亲切和不知疲倦……

仅仅过了十几年，世上的许多已经面目全非。时光的水流淹没了那么多岛屿，腐蚀了那么多岩壁，它们不见了，仿佛无影无踪了。

昔日造化变幻的奇迹常常令我惊讶，可是如今，更多的时候是被另一些东西所惊讶。升迁、沉沦、消失、出没、淹息和搏击，这一切就近在眼前，在视野之内交替出现。它们已经让人无语。

后来我又参加了一些笔会，还有以笔会为名举办的各种旅游活动。我有过自己的愉快和收获，有令人难忘的友谊。可是遗在心头的，总是比不上那个海滨笔会的美丽。我在其他一些场合遇到了当年在一起的人——他们竟也像我一样，不约而同地发出类似的感叹。

不同的时期，不同的年代，差异到底在哪里？它们的区别大约是本质性的，所以才让人如此铭记。我觉得是有什么东西腐蚀了我们，它何止是一两次美好的聚会。

各种聚会仍在举行下去,其中不少是"艺术家"的聚会、"诗人"的聚会,或者仅仅是"爱好者"的聚会。斗转星移,时风依旧,聚会是不会终了的。

可是它们的气味变了,性质变了,它们再也没有那么多的魅力了。越来越多的艺术家在设法拒绝和回避这种所谓的聚会。这种聚会虽然说不上比这个时世上的其他各种各样的聚会更庸劣,但也不能说比其他的聚会更儒雅。它们有大致相似的气味和色泽,甚至是同样令人惧怕。混迹的骗子、"会油子"、"二丑",接踵入会,很快使人兴致全无,以至疲惫异常。

聚会作为一个社会场所,就像在其他任何地方一样,有美好感人的一切,可也往往被另一些东西破坏和抵消掉。人们仍将珍存友谊,友谊是美好的。更不难看到秀丽的自然风光、文物古迹,可它们更多被那拥挤的人流、被这个时世所特有的商业气流给污染得一团糟。

看到你微微发胖的、多少有些虚肿的面容,不愿再说什么。我不知道你这些年所经历的全部,但自己也往往可以作为其他生命的说明和参照。那时候我还年轻,好像一切才刚刚开始……只一转眼的工夫,就到了今天。

你却变得英姿勃发,也更为严肃了。你好像有很多奏效的方略,处处得心应手,令人羡慕。不过我们的心离得很远。

在这忙碌的生活当中,一些人失去了许多,像被激流冲决和卷走了,他们正抵消着我们的快乐,增添着我们的痛苦。有时害怕询问故友。远远近近,再没有那么多感人的话语,没有那么多动人的篇章……它们像是随着时光一块儿流逝了。

如果我们能够重新浸润到那个春天的水流里该有多好。这当然只是一种幻想。

记得那天，一艘船把我们载到一片碧绿的海洋深阔处，让人兴奋。我们要去那个海岛。有人晕船，但特别坚强地克制住自己的呕吐和眩晕。风浪渐渐大起来，巨涌像山峦一样排列。那是一次难忘的航程，许多人搞得很狼狈。但今天回忆起来，谁不神往，谁不愿重新拥有那样的一次漫游。

时至今日我们终于明白，更为危险的航程刚刚开始。无论是精神还是物质的海洋，隐含的旋涡与暗礁都令人悚栗。

我们将顽强地寻找人类最美丽的珍藏——它们被掩埋于地下，掩埋于时间的尘埃。我们现在所做的就是拂开尘埃，去寻求那原有的光亮——它们仍在那儿闪烁。

看来关于那个春天的忆想，只是一点微不足道的怀念，近似于无病呻吟——也是有病呻吟——我们都病了。起码是肉体的衰败和心性的迟钝。于是人总需要一点呻吟，这呻吟是一个人的低语，它可以伴人回顾总结自己的岁月。作为一个人，探索了，劳动了，默默祈求了，也就无愧了。他所能做的，就是想方设法使自己不变质，不沿似曾相识的那个陈旧轨道滑下去。这也很难。

那是笔会的春天，也是写作和友谊的春天。那种感觉笼罩了一个写作者，留恋于那种感觉，会是很好的。参加那种聚会的人应该是幸福的。能够常常忆想那个春天的人，也会感到幸福。

艰辛和收获

在二十多年的时间里,我大约写了一百多个短篇。它们甚至就像我的文学日记,记下了我在不同时段里的不同冲动和想念、倾向和爱好。比起我的其他文字,它们显现出另一种具体和真实。

我出版的最早一个短篇小说好像是七三年写成的。那时我刚刚十六七岁。短篇对于我好像是困难的文学样式,也是可爱的、有诱惑力的文学样式。我总是愿意以此实现某一个梦想;我在某一个时期的特殊感悟、接受的启示,最好不过的就是选择一个短篇小说来加以表达。这也是很幸福的事情,它很像一场小小的试验。如果说一般的日记尚不能记录那么复杂的内心体验、猜想和领悟的话,那么用这种形式该是最好的办法。它是艺术的片断、心情和丝缕的片断,是借助形象、意境等等加以蕴藏和传递的一种独特表达。

飞过的一个灵感可以被抓住,豁然洞开的想法可以被贯彻。它们像卡片、片断、散页。也正因为它短小,它才显得那么灵动和随意。可是由于它更为需要技巧、需要精雕细刻的功力,所以它可以费去一个写作者最为宝贵的东西。它短小,但它是一个比较完整的独立世界。它被赋予了生命，可以独立行走，离开母体，到陌生的世界去游荡。比起那些长篇来，它显得简单了些，可是它有时牵扯和埋藏的东西却丰富而繁杂。它与长篇一样连接在共同的母体上，携带着同样的基因和密码。

在那个海边，在那个茅屋，我尝试着写出第一个短篇。当然它们失败了——或许对于我也并非是失败，只是它们佚散了。再后来我又离开，一个人到更远的地方，携带着那么多的短小篇章在半岛山地和城市走来荡去。

今天我甚至能够回想起那一次次长夜诵读，那种发表般的快乐，那种得到了极大奖赏的他人赞许。这也构成了我奔走的动力，成为我急于写作和完成的动力。当然最终的吸引还不止这些——不仅是爱好、兴趣，甚至也不是明晰的目的——那种源于更深处的激情才是艰辛的生活所不能磨损的。它是人生至为特殊的要求，是接连不息的冲动。我觉得最美好的东西可以在这种尝试中得以接近，它才是人的希望，是我生命中难以分割的一部分。

也许就是这样的原因，我的短篇很少有吸引人的故事。一开始我就不满足于讲述一个故事。我发现在平原、在林子里，以及后来的山区和城市，都可以遇到很多讲述精彩故事的人。他们可以是青年，是老年；可以是男人，是女人。他们讲述的故事是万分吸引人的，吸引一群又一群的人，让他们彻夜围坐。我也曾经倾听过——既然如此，我就没有必要再去设计故事了。我发现自己不是一个故事能手。故事在我看来更多的是一种技艺，一种技术。而这些对我的吸引都是表面的。我对技术性的东西一开始就没有表现出过多的热情。

我知道是说不清的渴求才使我倾诉不停。这种倾诉更多是面对自己。发表可能只是一种惯性，它很难影响到我记录和倾诉的性质。正因为有了这阶段性的记录和宣泄，我的艰辛和欢乐，各种各样的收获，似乎都存有一个表象，一个结果。这种循环似乎是很有意思的，也不尽为自己理解的事情。

显而易见我并没有鄙视故事，没有贬低它的意义。我对一切技术性的试验始终抱有极大的兴趣。但我却常常被另一些更有力的手拽回了。它让我回到灵魂上——一切稍稍离开了灵魂、离开了那种根本性的吸引，都会让我淡远、撤离，不由自主地走开。

在这一百多篇记录中，每一篇都可以把它还原到一个具体的环境里去。有的沾上了海的腥咸，有的回响着丛林的呼鸣，有的震动着大山的回响，辉映出沟壑的曲折；而有的更多地充填了大城市的浮华和嘈杂，以及装满了拥挤的人流；还有的映现了极为不安的灵魂的渴求，它在一个小小空间里的遥想和注视——没有比它们对我更为切近和真实的了。它们对于我好像越来越变得直接，越来越变得透明，越来越无欺，越来越不是职业上的操作和玩赏了——我已不再允许自己这样。我觉得它们应该是离我最近的，近在心中、灵魂之中。如果不是这样的感受，它们就会离我远一些，以至最后离去。这会让我难过。

有一段时间，我的很多短篇都超出了一万字。因为那个时候我精力饱满，感觉良好。这种良好是指我的创作状态。"创作"是很好的字眼，可是对于一个写作者而言，有时也是一个坏字眼。"创作"的一个"作"字，或多或少地透露出一点职业的无聊。

很感谢那个时期很快就过去了。那时写下了被人赞许的几个短章。至今我也不能否定它们，它们饱满而充实，从语言，到布局，有时难以挑剔。它们使我脱去了昨天的稚气，又没有了后来的直率。它们是比较典型意义的短篇，特别对我而言是这样。

后来就有所变化了。我的感悟、我的即将滑走的片断，我都想用这种形式去凝固。它们在单位时间里非常真实，更有了流动和记录的性质。我想这是一个人感到了匆促的脚步之后才有的一种记录，它更少"创作"的痕迹，更少职业意味。它们果然直率多了。它们更多的不是被用来欣赏，不是为了消遣，而主要是自己的。那么我会幻想有很多读者吗？不，它们将越来越离我远去。可是我将获得更为坚实的读者，他们也许少而可信。那是一些像我一样，逐渐感到了生命之匆促的人。是这样的一些人——他们走近了我。

我的那些欢欣和艰辛，他们可以从字里行间读到。他们会越来越多地读到。这是我一个阶段的收获和结果。我现在甚至没有办法把任何一个短篇写得更长，它还没有超过一万字我就疲惫了。不是精力上的疲惫感，而是心理上的。没有多少话可讲，讲不了那么多。要说的似乎早就说尽——不是在别的篇章中说尽了，而是在正写的这个短篇中写尽了。是的，聪慧的读者，深刻的读者，他们只需要从只言片语中就会读出很多。我觉得我只能这样表达，没有其他办法。

也许在接下来的岁月里，我的心情会发生一些变动，有另一些变化。那时候我会重新变得饶舌吗？它如果在讲述一些我自己的或是别人的故事，如果讲述的方法变了，心绪变了，人在这个阶段的性质也就变了。可是有一点我敢肯定，大约我还会写出很多的短篇，它们会罗列在我不同的人生阶段上，记录和辉映，展现我的生命。它们会继续下去。也许我还会收获一百或更多的短篇。我爱惜它们，它们收在我的手边，我的书中。它们时常让我拿起来抚摸，让我从中不断地有所发现——原来那个时刻，那个阶段，很多年以前，我曾对这样的一些事情耿耿于怀，津津有味。我看到了自己的过去，也安慰了自己的生活。

很多人曾像我一样在大地上走来荡去。他们或许翻到这些篇章，叹息一声，如此而已。它们——我的文字，对于这个世界是微不足道的；而它们对于我却是不朽的，无论它们多么粗陋。

你的树

　　无论如何，你应该是一个大自然的歌者。它孕育了你，使你会歌唱会描叙，你等于是它的一个器官，是感受到大自然的无穷魅力和神秘的一支竹笛、一把有生命的琴。我想，作为一个热爱艺术的人，无论具有怎样的倾向和色彩，他的趣味又如何，都应该深深地热爱自然，感受自然，敏悟而多情——如果是这样的话，他才可能是一个为艺术而献身的人。事实上我们看到的很多从事艺术工作的人，并不具有这样的素质。他们对于世俗的得失出奇地敏锐，而对于自然、对于土地的变化却十分麻木。这就是我们的艺术衰落、让人失望的一个原因。当我如此审视的时候，常常觉得自己身上多了一点什么，又少了一点什么。如若不然，那就是另一些人太不合时宜、太脆弱和太牵挂了，对生活反而理解得太少——这种疑惑和矛盾促使我更深地孤单和寂寞，使我不愿意思考远离我的性情的事情，也不去琢磨其中的道理。我只是认为，一个伤感的诗人不好，但我们尚可以取他的敏感。他的温和的关怀的意思，是不会错的。只可惜我们太生硬地拒绝关于诗的那一切了。这种拒绝使我们变得越来越麻木。

一个真正热爱艺术的人才会勤劳。他是一个劳动者，让他干什么，他都可以凭力气、凭汗水吃饭。反过来，如果是一个虚假的诗人，那么他就真的离不开他的"诗"了，离开这个，他就要贫困潦倒。原来他只是寄生在艺术这棵树上的人。他拥有自己的树，但那是用以寄生的。

而真正的艺术家本身就是那样的一棵树。他的生命就是那样的一棵树。他拥有自己的树，他与树早已把命脉系在了一起。

不论一个作家的笔在外部形态上怎样脱离了大自然，不论他怎样热衷于写闹市写拥挤的街巷和刻板的机关，我们也还是能感到他对田野上那一排高大的杨树、对渠畔上那一溜整齐的灌木的眷恋。他的这种情感无法掩藏，也无法替代。他的文笔处处透着那样的气味和色泽，大自然的荫绿遮住了他的稿纸。他总是陷入了这样的一种情绪里，而且不能自拔。我们敢肯定他是一个描绘大自然的能手，他可以有漂亮的景物描写——他现在没有写，那是因为暂时还没有机会。他一旦获得了这种机会，就会使我们大开眼界，并且跟上他一块儿陶醉。他的无微不至的关怀，他的特殊的周到，差不多接近于一种女性的纤细和体贴。不错，艺术家有时对这个世界表现出的那股温存和留恋，的确也像女性。比如他们一旦用笔去描绘绿色的原野，那支笔就像刺绣的针，而写出来的文字也真的像刺绣了。

翻一翻同一位艺术家的其他作品，我们或许会发现，当他的笔真的以大自然为直接描写对象的时候，作者也就融化在其中、沉浸在其中了。他与大地一起呼吸，脉搏一起跳动。他笔下的一棵树、一株草，甚至是一粒沙子，都有了滚烫的生命。他满怀深情同时又是小心翼翼地对待它们，与之平等对话。绿色，生命的颜色，这时总是涂满了纸页。生机盎然的原野，奔腾跳跃的河流，一切都带着他的笑容和体温。

这一切是那么熟悉，它引起我们无数的关于大自然的畅想，令我们回忆生活，回忆自己的童年。那时候我们与大自然的关系密切多了，那时的沙地、草木，总是我们紧密相依的朋友。我们与它们朝夕相处。

那为什么一个艺术家就能够一直与他的自然伙伴结伴而行呢？为什么对大自然那么忠贞不渝？他没有匆忙的步履，没有恼人的琐事缠身吗？他为什么忘不掉那一分稚嫩一分单纯、忘不掉透着晶莹的友谊和那份独特的情感？他大概具有一颗特别的心灵。

所以，他是艺术家。

他懂得钟情和怀念——那么生活中的人谁又不懂呢？每个人都有自己的友谊和情感世界，但艺术家的那一份却极为深重，远非常人所及。一个人降生下来之后，他首先认识的是自然社会和人类社会中各种各样的生命。他差不多认为这一切生命都是平等的。这是他的最初印象。后来，只有一小部分人在无形中一直被这个印象左右，并且不能解脱。一种特别温柔的东西浸染了他，使他永远留恋着什么。他记住了赤脚奔跑在原野上的感受，差不多等于记住了在母亲怀抱中的感受。那时他认为是极度安全的、自由自在的。

这就决定了他的温和与明了事理。他在生活中不会那么生硬和冰冷。在理解事物方面，由于他更多地从被理解的对象身上出发去考虑问题，所以就能够寻觅和洞彻更曲折的道理，能够进一步地体贴和安慰外物。这样，他首先是把握事物，其次才是描述事物。他比任何人都更能消化和感悟，容易抓住客观世界的律动和品性，所以他往往能从别人意想不到的角度和方面去做出阐释。这样，也就有了思想和境界，有了情趣也有了诗。

我们发现作家大致有两种。一种是柔和宽厚的，对大自然满怀深情；而另一种正好是冷漠的，对大自然无动于衷。前一种才是我们要讨论的人——他们是理想的人。而后一种，文学和艺术对于他们只有职业上的意义，他们不会把灵魂注入纸页和文章。你看不到他的令人激动的关于大自然的描述——因为他就从来没有关心过它。他注目的只是眼前的世俗利益，或者一直被这些利益所牵动。他心中没有与切近的利益相去较远的那些情愫。他为什么要牵挂田野上、河边上的那一棵树呢？它长得浓绿又挺拔，它是一棵不错的树，可是它与自己又有什么关系呢？

而我们说，它应该是你的树。它生长在你的身旁，你的心中，与你血脉相连，根须相接。它是一棵向上的生命，是你的投影或者你的另一种表现形式，总之它与你不可分离。不是吗？它就该是这样的一棵树。风来了，它在风中抖动，愉快还是不安？雨来了，这雨水只是使它洁净还是有些冷，让它频频颤抖？它的脉管里流动着的，是另一种颜色的血液吗？它的兄弟和母亲在哪里，它有自己的家族吗？它长得多么旺盛，真像一个好的男孩或小伙子，或者是一个明丽照人的姑娘。对了，它也可以比作一匹浑身闪亮的骏马。

它就是这样的一棵树。可惜这不是所有人都能感受到的。它不能在一个人的心中溶解，那么这个人绝对不会占有这棵树。你为了辨别自己吗？那你完全可以去寻找那样的一棵树——当你把它溶进自己心灵的那天，你也就明白了自己。你真的在为它而激动，你甚至听到了它在微笑或者哭泣，那么你也就明白了自己。你真的深深地爱着那棵树，那么你也就算明白了你自己。

我认识一个人。他那时候三十多岁了，可是他回忆起一棵树，差不多要哭出来。那棵树就长在离他家一里多远的地方，正好在一条小路的拐弯处。他们家的人都喜欢这棵树，它是棵柳树。它长得并不好，不够高大也不够直。可是它长在离水渠不远处，水分充足，极其茂盛。他从小就看见它，就是说他出生时，这棵树早就长在那儿了。父亲领他出去时，有时就说：我们走走，到柳树那儿；后来他长大了，家里人与他抬东西，就说：我们抬到柳树底下歇一歇……柳树成了一个特别的标记。有人打听他家的住处，他就介绍那条小路、然后是一棵什么样子的柳树、然后是他的家。那棵树与他的整个童年和少年时期都密不可分，他曾经无数次地爬到柳树上玩耍，眺望原野。就是这样的一棵树。有一年上，附近的一个村子要盖猪圈，响应"大养其猪"的号召，没有木材，就来伐这棵柳树——那天全家人都立在门口看着，他们当中有人哭了。他哭得最厉害。因为这是他自己的树——他不知从什么时候起这样认定了，而且一辈子再没变过。

那棵树长在集体的土地上，他和他一家人都不能从法律的意义上拥有那棵树。当然了，他去阻拦、劝解人家别动那棵树，结果只能让人费解和嘲笑。不过他的确拥有了一棵永恒的树。

我想这就是类似艺术家的那种情感，可也是作为一个人最正常的情感。本来嘛，那样的一棵树被粗暴地砍掉，一个人的心中如果留不下一丝疤痕，难道不是很不正常吗？一个人在他幼小的时候倒往往是十分正常，只是到了后来要为生活疲于奔命，慢慢也就走向了畸形。

一直维护人身上最正常的东西，原来就是艺术家的使命。他唯恐丢掉的，就是这一切。那些一般人认为所有的不可解的、不得当的种种现象，在有些人看来倒是自然而然的。他们富于想象，容易冲动，直率而又恳切，反对或拥护一种事物往往都不加掩饰，有时也难免偏激。这正是较少受到扭曲的一个生命的真实特征。他们愿意与周围的一切达成谅解，善于理解也善于同情。作为一个人来说，你不觉得这样才更真实吗？

有人从来就没有关心过大自然。那棵树与他没有任何联系。但他的冷漠不仅仅是对于原野、对于土地，而是对于一切的事物。可怕的是这样从事了艺术。所以有些文章让我们感受不到温情和色泽，感受不到一丝安慰。我们阅读这样的文章，只会增添不必要的疑虑和猜测，兴味索然。我们体会不到一个人对于母亲——土地——的那种特殊的情感。这种情感真的存在，那么即使他写域外、写星空和海洋，甚至写战争，字里行间都会有那份沉甸甸的东西在，它的神秘的力量会使我们的心灵一次次颤抖。

只有土地才从根本上决定了我们的性质，并且会一直左右我们。我们应该懂得从土地上寻找安慰、寻找智慧和灵感。我这不是一种虚指，而是说要到真实的泥土上去，到大自然中去。当你烦躁不宁的时候，你会想起田野和丛林。无数的草和花、树木，不知名的小生物，都会与你无言地交流，给你宽慰。你极目远眺，看到地平线，看到星空，都有一种说不出的感觉滋生出来。这种感动和悟想是有意义的。它让你从惯常的生活经验中挣脱出来，得以喘息和休憩。你是否有过这样的经历——躺在丛林草地上，或者绿树掩映下的一片洁白的沙子上，静静地倾听着什么？身边好像什么异样的东西也没有出现，又好像一切都经历了，通晓了。原野的声音正以奇怪的方式渗透到我们心灵深处，细碎而又柔和，又无比悠长，漫漫的，徐徐的，笼罩了包容了一切……这个时刻你才觉得自己不是多余的，你与周围的世界连成了一体、一块，是渺小的一部分，是一棵大树上的小小枝杈，是一条大河里的一滴细流。你与大自然的深长呼吸在慢慢接通，你觉得母亲在微笑，无数的兄弟姊妹都在身旁。连小鸟的啼叫、小草的细语，也都变得这么可亲可爱。你这时候才是真正无私无畏，才是真正宽容的一个人！

每个人都或多或少、或明或暗地感受过那样的境界。但对于大多数人，它都只是一瞬间，是一个小小的阶段。它不可以长长地挽留，它很容易就退到了遥远的地方。而有一种人的不同之处，就是能够把自己经常地置于那种环境之下，唤回那样的感觉。这对他来说是完全自觉的。他们不顾一切地到原野上去，去寻找他们自己的树。这种精神也不断地渗透到日常的生活中，使人与人之间的关系变得情同手足。

从艺术的角度讲，我们就可以寄期望于他了。他会写出另一种文字。他的善良会沟通其他的心灵，他不会伤害无辜的人，包括他们的自尊。要知道一个人伤害另一个人那是太容易了，往往是在不经意间就损坏了一种至为宝贵的东西。理解这些，一个人才会善解人意，通情达理，才会懂得处事的艰难与快乐。柔细的心肠不仅仅属于女性，它还应该包括那些正常的人，那些善于自省的人，那些热恋大自然的人，那些真正具有艺术气质的人，那些富于创造力的人。你会从这样的人身上，轻而易举地发现他究竟在关怀什么，他的忧虑和不安。他愿意为保护一种原则而付出一切，决不吝惜。他对于大自然的情感，真正像对待母亲一样。

无论是多么狂妄的人，大自然都可以让他变得驯服——如果想这样做的话。无知的狂暴的人怎样欺凌大自然，我们都有目共睹。一棵挺好的树，他不知出于什么目的，偏偏要折磨它，在它的身上折去枝条、划上深痕，使它一滴滴流下血来。最后，他还要把这棵无辜的树杀掉。那棵树默默无声，忍受了牺牲。可是树木真的没有力量吗？我们知道，一棵树木好像如此，但也不完全是如此。我听说，有一个倔强一生的壮汉，走遍了天下，创下了无数业绩，征服了无数异性，最后却死得奇特。他有一天躺在一棵大树下面休憩，睡着了，大树冠折下了一根碗口粗的大枝丫，一下子把他砸死了。还有，像一片无边的丛林，可以把最精锐的一队骑兵困住，让他们左冲右突，直到筋疲力尽倒地死亡。丛林是树木手扯手形成的，是从一棵树开始的。它们在风中呼鸣嚎叫，威势比得上千军万马——如果在这样的夜晚，你到了丛林里，不感到恐惧吗？在大雨之夜，雷电闪闪的时候，你可以借着电光看见树木怎样通身锃亮，枝条怎样舞动，那你又有什么感觉？而在无风无雨的晴朗夜晚，你如果来到了丛林里，又会觉得四处黑森森，树林变得浑然苍茫，很神秘很幽静，很让人遐想。

如果是一排树呢？它们像什么？一队士兵？一溜英俊的男子或洒脱的少女？它们生在荒野上、庄稼地里、渠畔上，我相信给人的感觉都会不同。树木，它们就是这样平常又是这样奇异。它给人无数的灵感，无数的想象，它既是我们描述的对象，又是我们汲取力量的源头，它有生命，它与人类永远在一起相伴。

很多刚刚开始文学创作的人不知道怎样才能有好的景物描写，但他们很注意训练。渐渐他们发现这十分容易，十分顺手。他们写写云彩，写写太阳，再写写树木和鸟。好像这就可以了。有时看上去，这些描写都是很正规、很像那么回事似的。可是谁也不会被它击中，不会有其他的什么感觉。因为这是机械的、没有活力的，是一种习惯性的组合——这种组合方式已经沿用了几十年。我看到不少的书就是这样组合的。它们又是行之有效的，那就是使一部书不至于变得太干瘪和枯燥，也可以让人舒一口气——可是人们读到这样的地方，都明白那是怎么一回事。都要飞快地掠过去，以免浪费时间。

原因是什么？原因就是他还没有沉浸到其中。还没有那样的敏感和柔和，没有成为自然的一个歌者。因而他就不会歌唱自然，他的眼睛一旦转到大自然身上，也变得茫然无定。那种关怀的、贴近的、柔柔的东西，还没有驻在他的心间。

有人也可能说，艺术是多方面的，具有不同的品位和风格。但我认为，任何风格的艺术，首先还要是艺术。就是说，所有品格的艺术品，都是从一颗艺术家的心灵上滋生长大的，而不是从其他的心灵成长的。我们也可以来剖析另一种意味的作品。这一类作品写得特别刚烈，充满了义愤，那是战斗气息很浓的东西。它的作者就一定是粗犷勇武、对生活的细微部分缺少敏悟的人吗？如果具体考查起来，你会发现事实上恰恰相反。一部真正的艺术品，无论具有怎样的外部色彩，它在本质上都有共通的东西，那就是一种挚爱和真诚。试想他的愤怒和战斗离开了爱的精神，有可能打动读者吗？有可能成功吗？真正的勇敢总是来自一腔挚爱，来自保护一种美好和善良的纯洁心地。

也有一些作品是离开了这一切的。那么它就没有体温，冰冷得让人难以接近。那样的文章无论具有怎样完美的外部形态，也还是没有生命。因为它没有灵魂。它没有在泥土上扎下根脉，大地没有教给它呼吸。它是出自人手的伪制，等于一棵假的花树，没有芬芳也没有汁水。

我每一次走进原野都觉得自己接近了艺术。相反，有时动手写作和阅读的时候，反而觉得离开了艺术。这个精灵到底在哪里？它让我们到哪里去寻踪、去追逐？我的这个感觉有时十分强烈。常常是满怀失望地从案头上抬起身子，然后苦闷地走出去——原野上活生生的一切在向我招手，我走进它们中间。在一望无际的海滩平原上，在一片片的稼禾和丛林中间，我总是感到了令人至为激动的东西。它温厚无私、博爱，它宽宥了人们的所有行为。在这里，我常常待上很久。我可以在这个时刻里回忆很多往事，总结我的生活。这时我开始变得宁静，很清澈，也很能容忍。我对以往的不成熟的一切感到惭愧，我唯一欣慰的是我在勤奋地、诚实地劳动，我在不知疲倦地寻找。满地的花和草都欣欣向荣，小动物不停地奔跑，原野上不知有多少生灵在活跃着，劳碌着，它们有自己的美丽游戏。我觉得我在这一刻里离艺术的精灵这么贴近，它似乎近在一步之遥。

一棵棵茂长的夜合欢树开满了深红色的小花,在蓝天碧海的衬托下,像点亮了一盏盏小红蜡烛。我躺在大树下,闻着浓烈的香味儿,从未有过地激动。它们在与我无声地交谈,深情地交流。那一段逝去的岁月里,它们一直伫立在这个平原上,目睹了阴晴云晦,在雷雨里洗涤,在烈日下沐浴,在闪电里摇动和振作。而我们这些在树底记下了童年的人,却因为生活的变迁远去他乡,在人生之路上匆匆奔波,双脚已经裂口,胡须已经变硬,而且已经不能像当年那样,在它的身上攀上攀下了。我在回忆我的童年和少年,回忆怎样渐渐地热爱了艺术?

我发现我首先学着描摹大自然。我描述了大海和平原,以及平原上的一切植物。色彩斑斓的花让我不知怎样动笔,各种各样的大树也使我用尽了词汇。我深深地迷恋着这片原野,迷恋着原野上的一切。我觉得自己真的离不开它,即使偶有脱离,也是深深地思念和盼望。我发现大自然教导了我热爱艺术,而艺术与大自然又如此密不可分。这就是我的总结,这就是我不可改变的思路。

我羡慕那样描写自然景色:半点也没有让人感到游离和偏移,没有作为一种点缀。它与写到的人物一样,都有活脱脱的生命。作者在用笔与它们交谈,向它们发出心底的问候。他那时觉得笔下的人物与之紧密地交织在一起,连成了一体,永不分离。

我那么喜欢那些自然的歌者。我也希望别人像我一样喜爱他们。他们是我推崇的艺术家。比如普鲁斯特和托尔斯泰,再比如屠格涅夫、后来的普里什文和巴乌斯托夫斯基,直到当代的苏联作家阿斯塔菲耶夫……我可以举出一连串的名单。他们写下了多么好的文章。每一株树都能牵动他们的情思,他们在为每一株树歌吟或泣哭。世上的所有悲哀,他们都以自己的方式、自己的语言告诉了地上的树。树木与人一样在大地上伫立,经受着自然的风雨。有的树活了几百年,目睹了人世沧桑。屠格涅夫曾嘲笑一个枯槁的伯爵，那人指着一棵活了上百年的大树说它是"他的树"。是的，一个腐败的老人怎么能拥有这样的一棵树呢？

哪怕一个人亲手栽种了一棵树，这棵树也有可能最终不属于他。他离开了一种平等的、真切的情感，它也就可以背弃他，成为自由自在的一棵树。它长得寂寞了，就有自己的交往和情谊。但愿我们能与它结识，与它在一起。无数的树总是在各种各样的情形下生出和长大的，并没有太多的树让我们一开始就认识。我们走到丛林里，发现所有的树都是陌生的又都是熟悉的，它们都那么和蔼可亲。很少有一株树会是邪恶的，很少有一株树会丧尽天良。它们不去欺辱别人，在别人的欺辱下又往往默默忍受。只要不是把它们连根刨掉，只要有一根细须留在土里，它们就有可能重新生长——很缓慢很缓慢地长起来，加入丛林生活。

我常常琢磨这样的树。我记得小时候曾亲手栽下很多的树。后来我离开了，它们有的成长起来，有的又被人砍伐。它们落脚的泥土几经改变，已经不能立足了。可是有些幸存者，它们活着。我走近它们需要跋涉上千里路，每一次见面都想：它们竟然是由一个没有什么能力的不成熟的少年亲手栽下的，而今长得又粗又大，很威风的样子，这是多么不可思议的事情！我想如果我当年栽下了更多的树，那该有多么幸福！有意思的是那些树都是我自觉自愿地栽下的——我发现把小树苗或一截枝条埋到土里，它就会吐芽成长，慢慢长大，这是多么吸引人、多么有意义的事情！后来我和别人一样长大了，反而没有那样的植树的热情了，反而要被动地做那样的事情了，比如在植树节里劳动，等等。这就是生命的蜕化和改变，是生命激情的一次消逝。

在很多握笔的人那里，主要是热衷于研究引向成功的技法等等问题，而不是其他。我想这都必要，是谁也不能舍弃的。但是这样坚持下去或许又会发现，我们一方面在读书，却又忽略了土地这本大书。一种书需要眼睛去读，而另一种书需要心。你的心灵需要它的滋养，一旦经过了这个阶段，你才算成长起来。对此迷恋不已的一个作者，总是最好的作者。我们祈求灵性——灵性总是蕴藏在山水之间。技法是重要的，可伟大的技法、百发百中的技法正蕴藏在大自然里。

坚持到野外去生活、去感觉、去修养自己的性情，至关重要。在这个海滨城市里，我看到了很美的自然风光，这里有海，有山，有满城满郊的黄花，这里空气清爽干净。这里一定会有自己的歌者。可是如果忽略了这片土地，不去亲近它，一定会耽误很多的人。你生在这里，你会深深地爱上这里。我们过去一直讲乡土的爱，讲得多了，反而听不懂。没有多少在乎这句话的人，弄到最后人的情感很空泛，很漂浮，没有了扎实的东西。故乡的泥土不会使我们流泪——如果我们不是故意流泪的话。我们渐渐离那种情绪很远很远了，渐渐都成了一种没有故乡的人。可是一个好的流浪汉在返回故乡的时候也会激动，哭得双肩抖动。怎么回事？是什么使我们丢掉了最可宝贵的东西？我们怎么变得这样空虚和不可捉摸？

设法在出生地寻找丢失了的那种东西，这比什么都重要。认真地想一想这片土地，它的独特的性格。它真的不会让自己的儿女激动了？我们就真的成为一个冷漠的人了？大概不是。这种麻木和冷漠只是奇怪的传统，是一种习惯，而不是你自己的真实的性格和品质。你还会面对土地激动起来，一定会。你如果做不到这一点，就不会顺利和成功，一定是这样。任何知识、技巧，都不能替代人对大地的深长的情感，不能替代你对大自然的永不改变的温柔。你必须怀着这样的情绪走下去。你的爱和恨，无论什么意绪和倾向，都要以此作为理由。这是不可改变的，是规律而不仅仅是一种要求。

如果我们一开始就用真诚的笔触去刻画自己的土地，写什么东西都是使用这样的一份情、一支笔，那么写出的事物就会改变。一切都渐渐出现在你的笔下，你开始写一个更广大的社会。可贵的是这样做的同时，你把土地与人联结起来了，你抓到了问题的核心，不自觉地将土地作为了一切问题、一切变故的根据。

这就是我所理解的一种深刻。一个初学写作者往往被斥为不深刻，可一个作者到底到哪儿去寻找人们所要求的深刻呢？我所见到的所谓深刻，有时不过是一种巧妙的趋时的辩解和嘲讽，并没有什么深入的独特的见解。他们没有试图去抓住问题的要害。一些时事性的东西被他们咬住不放，或叹息或解剖，可是问题的根源并没有触及。我倒觉得再也没有比一个依恋大地的人更容易走向深刻的了。这样的人好像很脆弱，实际上无比坚强。他能够正视生活，正视艰险，不会惊慌失措地去应付什么。

这就是我——一个艺术学徒对艺术和艺术家的理解。我认为有一类人既是天生的，又更可能是后天造就的。关键是他要一直正常，一直不去脱离土地。他如果能做到这一点，他就在本质上是一个艺术家，而不管是否从事了艺术的工作。如果一个人在根本气质上离这一切很远，就不能算艺术家。因为他们寄生在艺术之树上，而不是用心血浇灌了培育了这样的一棵树。

愿你真的拥有你自己的树。愿你一开始，就能与另一些人有所区别。

1984 年 4 月，于威海

不倦的水

总难忘这样的场景：干旱的地垄不见一丝水汽，庄稼的叶片垂下来，太阳烤了一天。暮色来临，绿色的叶片还没能在夜气里舒展。土地多渴，它们需要水。车水的人到远处去了，到更需要水的地方去了。这里只有等待他们归来之后，才有可能让一点珍贵的水濡湿这焦干的土末。这里需要解救，这是一个角落，它不是大片的土地。可是角落也会干渴。

等啊等啊，天完全黑下来，第一颗星星出现了。车水的人大概被第一颗星星所牵引，来到水井旁。很深很深的井。上面有一架老式辘轳，发出吱扭扭的声音。水斗被扳来扳去。水斗里的水溅声是世界上最美妙的声音。可惜水井离那片稼禾还有一段距离，一条弯曲的水道顺着茅屋后墙绕过来。

水道也是干渴的，它吃进了许多水。首先是它饱吮一顿，然后才舍得把水送给这边的庄稼。那水流，晶莹晶莹的水流，在灰暗的夜色里闪着光，吃力地往前蠕动。水道洗了半截，后来又是一寸一寸往前——好不容易才走到田里，一个地垄一个地垄开始喂水。半夜，甚至是一整夜的时间才能浇上一半地垄,剩下的只有再经历一整天烤晒了。那多么可怕。

他想象自己就是那没有来得及浇灌、苦苦等待的干旱庄稼。他是一株烟草、一株玉米。他伏到井上,发现水在很深很远的底层,像一面镜子。它映出了他,不甚清晰。那是一面安在地层深处的镜子。他还扳不动辘轳,水斗也被取走了。在这干旱的季节,只有很深的井才有水。他当时误以为这是一口取之不竭的水井,但后来干旱的季节过去了一半,才知道平原上很多的水井都干涸了,连机井也干涸了。这使他害怕起来。

这口砖井打在了特殊的水脉上,它总算还有水,尽管这水离地表越来越远。

在记忆中,这是一口多么珍贵、多么清澈的水井。它供很多人饮用,供一大片土地浇灌。他不记得后来饮用过比它更甜更清冽的井水了——无论怎样的自来水都远远比不上它的清澈和甘甜。他觉得拥有这口井的人,应该是聪慧而美丽的。果然如此,他看到了那些以这口井为生的人,都比其他地方的人要完美许多。多少人在这里汲取,多少树木、稼禾和土壤被它滋润。它像不知疲倦一样。有时候,他偶尔想到了它干涸的那一天,就感到了一种深深的悲哀和恐惧。因为在他看来这是不可能的,这像末日。它被不断地汲取,在地下,它正一点一点汇聚和渗流,然后又等待新的汲取。大地奉献了这个甘泉,这个甘泉表现了最大的慈爱和无私。

到后来,当他去了远方,经历了许多,特别是走进了自己的写作生涯之后,回忆起这口井的时候,才有了更多的理解,有了新的联想。

一个作家和一口水井、一个泉是那么相似。干涸了的泉很多很多,它们成了令人同情的废墟。泉可以因为各种各样的变故而突然中止；慢慢干涸，被汲取干净，变得空洞、干燥，那是非常悲凉的事情。是的，很多这样的泉，它们由于离地表或太浅，或远离了地下的潜流和水脉……

有像母亲一样的不倦的泉，这泉被无限地汲取，不停地浇灌——靠它的滋润，我们看到了一片蓬勃和葱绿。不停地汲取，在深夜、在凌晨、在烛光下，我们看到了汲取的身影。由于它连接着土地深处，那些看不见的脉系和支流在这儿汇集，每时每刻都在汇集。这储藏的过程是缓慢的，看不见的。因为它的生命就是水、是流动，是随着时间而延长的鲜活，所以它永远是这样。

同是一个泉中流出的水，每时每刻都是新的，是生命的一个过程，一个阶段。时间在流动，水也在流动，这些似曾相识的水联结着很长的生长。它似乎没有个终止。连接地脉的水和泉就是这样，人们不必感到惊诧。惊诧于一个泉的不倦奔流，等于惊诧大地的力量、生殖的力量、收获的力量。

泉水只是大地呈现给我们的一个隐秘的窗口，我们通过它打捞的，是无限的生命的奥妙。一眼泉水也许代表了很多我们无法理解的深邃，只要它与大地融为一体，只要它是大地上生长出来、开掘出来的，那么就会有不息的奔流。

一个作家有自己的高产期，也有自己非常艰难的滞留期。这是他自己的不同阶段，不同色彩；是他这个生命不同的侧面和季节。他会遇到自己的干旱时期，也会有自己涨水的日子。在自然天籁不停地发出歌唱的时刻，他会以自己驰骋的饱满的水头扑向他眷恋的土壤。当他的肌体被不断地磨损，回到了苍老的晚年，那么由于他的水脉还强烈地涌动和渗出，也仍然还不能干涸。泉的四壁在不断地剥落，时光想摧毁它，拆掉它，让它坍塌。最后的一天真的不远了。可是他那蓄起的激情仍然不能消失，那简直是在不停的涌动和渗流之间结束了自己的一生……即便在最后一刻，他也仍在奉献自己仅有的一滴水。这滴水汇入了涓涓细流；这水流是戛然而止的——就此，大地接受了他一生的馈赠。

世界与你的角落

三次到美丽的苏州,前两次是十几年前,都没能到这个学校。这么漂亮的一个校园,在这里做学问、读书会是非常幸福的。

写作者愿意把自己放在文字后面,这样交流起来更方便。他们有一支笔一张纸,通过它,彼此可以不太失望。瞬间吐出的一些文字反而不太可靠。讲来讲去,重复过去的思想和语言,有时候会引起自己的厌烦。

这个题目很大,但可以把它分割得很小。今天用三种人称来说,就是"我、你、他"。三种人称交替,再分几个小题,就方便了。

写作工具

写作要有工具,比如很早以前的作家,要写作是很费力气的。那是因为工具不行。当时要刻在竹简上,写在动物毛皮上,用锥子或刀来刻记自己的思想。后来才发明了各种各样的工具,毛笔、钢笔、圆珠笔,直到电脑。

现在作家的写作工具主要就是电脑。我现在仍用钢笔和稿纸，而且有点挑剔。我觉得自己在用心写一个东西时，就开始挑选稿纸。这也是个安静的过程。我总想找一种不那么滑爽的纸；选择的钢笔也不要过分流畅。稍微写得快一点就可能把纸划破。这样一笔一笔，将思想和情感慢慢落到实处来。

我对纸的苛求，可能只是源于一种习惯。

六十年代没有纸，或者很少能得到一张像样的纸。你在那样的一个时代里热望写作，可就是找不到纸。连学校的课本都是乌黑的粗纸印的。当时有一个地方可以搞到纸，那是一个国营园艺场。出口苹果包装程序严格，每个苹果都要用一种彩纸包起来，淡绿的、浅黄的、草莓红的，还裁成了四四方方。我设法搞到了这些纸，很幸福。

抚摩它，感觉若有若无的香气，上面一层淡淡的荧粉一样的东西。我用这种纸写出了第一批作品。

直到现在，我对纸的敏感和贪婪也没有多少改变。写作时面对了一叠纸，感到欣喜和安定，也有信心。

我对电脑则有一种不信任感。我八七年就对电脑好奇，至今也只能用它写一些简单的文字，比如记录什么、修改和储存等。我用笔来写。从写作工具上看，我既是一个保守的人，又是一个受惠者。

我们现在打开好多刊物报纸，包括书本，常有一种不满足感。这是因为我们看到的不是文字，不是词汇，更不是语言。它好像在对我们诉说，实际上却没有口气，没有呵气声，只有满纸代码。文字，一粒一粒的活的生命，我们感觉不到；文字原来的存在方式，它的意义，都一块儿消失了。

我们面对的再不是过去的阅读。纸页差不多就像荧屏一样，一些符号在上面快速掠过。我们不得不一再提醒自己是在看书——竭力排除并不存在的声音和图像，要从文字、从语言上去把握和感受。但是不行，就像网络的流速、影视的闪烁一样，这儿也没有什么例外。好像就因为到了数字时代，所有讯息都是数字变成的，只有代码，没有语言。语言所独有的美，这里找不到了。

我们现在常常感叹，说文学正在死亡。是的，它是从一个字一个字开始死亡的。

作家们没有在今天这个数码海洋里，把迅速下沉的文字抓住——从语言艺术的本质去抓住它。在日常的写作——工作中，我们会自觉不自觉地把自己的语言等同于电视或网络的语言、新闻媒体的语言。我们所用的词汇、所做的表达都差不多。我们落下的文字没有自己的特质，没有自己的语感。

其实这种变化的发生，从写作工具的变化上就开始了。我们已经没法好好地、缓慢沉着地记录自己了，思维被工具驱赶着，越来越数字化了。

文学要生存，大概首先是要想法区别于其他。回到源头上，就是回到一种古老的生产方式上去。手写的东西和电脑输入的东西当然是不一样的。你如果不得不用电脑来做，那就得为保留强烈的文字感而付出极大努力。文字，让它出场，让它直接诉说。现在的阅读之所以不必，也不能耐着性子一个字一个字地读，是因为它一开始就不是以文字为单位出现的。是电脉冲，是数字流。你感觉不到字的存在。你甚至不能一个词一个词去读，因为它在产生之初也不是以词为单位出现的。所以你不会被语言所感动。

这儿只有数字，只有信息，只有快速的传递。

你只能用飞速的，和记录时的状态一样，让目光迅速掠过。电流的速度，光的速度，一切正是这样契合。

文学作品是这样领受的吗？文学是这样产生的吗？当然不是。

我们一再说，文学是一种语言的艺术。作者对于语言，对于词和字，要有极度的敏感、极为苛刻的要求。字是一笔一笔写出来的，那是象形字。

今天被数字化的文学，与影视小报、其他各种各样的传媒所传播的情绪、意绪和意境究竟有什么区别？没有。它们都是一个味儿的，仅仅是质料和装订不一样。

既然如此，那为什么还要文学？所以有人说，现在不必读小说了。为什么？因为现在从报纸上电视上看到的东西，远远超过小说提供的信息——小说中的故事和事件，远远没有生活中发生的更生动更刺激，"我为什么还要读小说？"

所言甚是。因为依据正是时下的文学作品。但是这种见解显然有问题：我们期待文学的不应该是简单的、一般意义上的信息和事件，而是特别的愉悦和感动——这些只有文学才能提供。有这种东西吗？当然。你应该从语言艺术本身，从文字本身，去寻找你生命里所需要的那一份感动。那是一种纯粹的阅读快感，是语言和词汇给你的，是另一个生命在调动文字时，与思想高度合作的结果。这儿有强烈的个性，而不是一般的个性；这里有非常的敏感，而不是一般的敏感；其讲故事的方式，语言的兴奋点，智性，都是极为特别的——你是在寻找这些东西——离开了文学作品，从哪里才能获得？没有，没有这种可能。

所以说文学是永存的。这种刺激、这种快感、这种欢乐、这种领悟，是生命里的需要。这种需要同时属于表达和接受两个方面。如果我们作为一个写作者不能珍惜这种需要，将自己的表达和铺天盖地的现代传媒混为一团，文学就会死亡。

为什么要讲写作工具？因为我们要从它的演进开始，进入对文学的理解；从写作工具变化的历史，去寻找文学退化的根源；同时也要从写作工具发展的历史上，去寻找文学永远存在的信心和希望。

一百多年前有人问雨果，说我们的文学、戏剧和诗很快就要死亡了——当年也有很多新东西构成了极大的吸引力，比如更通俗更便当的那些读物，那些表演——雨果说你不要担心这个，如果连文学都要死亡，那就等于说情人之间不再相爱，比利牛斯山就要倒塌，母亲不要她的孩子，也没有阳光了。

一百多年过去，我们的文学时而高潮时而低谷，但有一点是可以肯定的，它没有死亡。非但没有死亡，而且单从印刷量上，已经比雨果时代增加了百倍。

关于写作工具，一个朋友与我辩论，他认为用什么东西写对文学品质没有影响。电脑只是一个工具，它可以更便当、更迅速地工作罢了——怎么与之争论？这仅仅是一种感受，一种猜悟，就像"兴趣不争辩"一样，要分辨就得使用成吨的语言，直到最后也说不清。正好到了中午，我们一块儿到饭馆去吃饭，他一坐下就对服务员说：我要手擀面。我问：你为什么要手擀面，不要机制面？他说手擀面才最好吃。

是的，写作用纸和笔，就相当于制作"手擀面"。这是文学的绿色生产方式，虽然缓慢费力，但是好吃。

脑体结合

写作的人，闷在书斋里的人，必须有相应的体力活动。经常到野外去，让其成为对照自己思想的地方。思想的一部分是在外面完成的，而不是在屋子里。有人说这是一个工作方法问题，是关于休息的问题。是的；不过它更可能是一个艺术品质问题。

现在的许多作品面目相似，感觉都差不多，使用的语言和表述的方法也大同小异。造成这个的重要原因，就是写作者没有办法摧毁陈旧的思路。他们长期以来从书本到书本，从书斋到书斋，从笔到纸再到电脑，形成了一种思维的循环。这种循环是非常可怕的。刚才说过，思想需要到野外去对照，许多思想就是在这种对照中完成的。尤其是真正的创见、源发性的思想，往往是这样形成的。

"文革"时期提倡"脑力劳动和体力劳动相结合"，科学而美妙，但把它作为一种对知识分子强制劳动的借口，又是另一回事。从历史的观点看一下就会发现，由于社会的发展，分工越来越细，专门的文字工作者多了。可是这种专门化并没有保证我们的想象力越来越强，相反倒是萎缩了、陈旧了。为什么？就是因为脑与体的使用也趋向了专门化——这两个部分本来有不同的思悟能力，后来却分开了，不能交融，更不能相互支持了。

有一个日本朋友说，他每天要骑自行车走一百多里，让自己有一段时间大汗淋漓。为什么要这样？回答是：为了有新的思路。

他这里所说的是原创式的、真正的新思想，而不是将别人的思想来一次新的、巧妙别致的组合。这两种思想是不一样的。我们现在就没有学会区别不同的思想：新的思想和组合起来的"思想"。要知道，无论怎样奇巧的组合，也仍然不是创造，不是发现。思想是这样，艺术也是这样。新的艺术，创造性的艺术，非同一般的大悟想，必定要历经身体的劳碌，要有它的参与。

人的阅读不能只是文字制成品。因为久而久之，所有的文字迟早都会在脑子里重叠起来，乱成了一团。研究学问，有时就是从这乱成一团的东西里设法揪出一个线头来。这当然也有意义，比如某些"大学者"。不过这一类工作的意义往往被夸大了许多倍。其实真正的大思想是诗意的,是从大地上产生的,而绝不会是从书斋里抄来的。

思想需要用汗水洗涤一新,因为思想不仅产生于脑,而且还产生于体。

现代人的一个重要事情,就是设法经常跟大地、跟大地上的植物动物相处,经历山河,风吹日晒。人的视野囊括它们,肉体接触它们,才能滋生深刻的痕迹,想象就会打开。仅仅是从翻译的作品、他人的文字、流行的读物,从这些地方寻找智慧,那很容易就会枯干。只有自己的肉体去亲自感受的,比如两脚踢踏之地、两手抓握之物,才是丰实的。这样我们再分辨纸上的东西来自哪里,也就容易了。坚实的思维可以生发无数的角度、繁衍无数的空间。这的确事关我们写作和思想的品质。

还是那个日本朋友告诉我,我们读过的很多日本作品都不是最好的作家所写。通常的情形是,最好的作家外界根本就不知道,作品一篇也没有翻译。比如说有一个人原来是很有钱的,后来选择了文学道路,并慢慢意识到了工作的严肃性。这个人住到了山里,那里没有电视,也没有报纸。他种了一点地,同时刻苦写作。原来的工作停止了,钱也就变得非常少。几年后钱更少了,作品还没写完。他就把仅有的一点钱分成了一小堆一小堆,按月按日来分。他要把生活之需限定在最低点,算出每天做多少工作,出产多少东西,写作时间又是多少——就这样,他把自己的收入和劳动量化,分割使用,维持写作,维持强大的思维力。这个人的作品是无与伦比的。

他认为这个作家是日本最重要的作家之一:内容生鲜,思想独到,想象奇特。

我听后有了异样的感动。我在想中国是否也有这样的作家,是否也拥有这样的意志力。我知道这不可能仅仅是一种生活方式，而且极有可能根本不是。他为什么要这样做？大概身体接受磨损之时，也正是思想忍受砥砺之日。

现在我们大量的时间是在大城市，而没有留给偏僻的小地方。那样做不是养生，也不是方式和兴趣，而是为了生命的感动，为了思想的收益。人的所作所为成为所思的基础，这才有可能写出与众不同的东西。世界上的文字很多，想法很多，故事很多，大家是这样容易互相投影和抄袭——一种隐性的抄袭。

为了避免这些，避免书本和知识对人的伤害，人要尽可能地退回寂寞。世界之大，今天的人竟弄到无处可退的地步。人如果不能争取每天有一个独立守持的空间，心上就会紊乱一片。有一个相对安静的空间来沉默自己，因为沉默过的人，与没有沉默过的人是不一样的。嘴沉默了，心却没有沉默；而要让心沉默，就要进行体力劳动。边缘和角落，泥土和沙子，找和挖，这样的方法便是产生脑力的方法。我们在提倡体力劳动和脑力劳动相结合，也是力戒庸俗的方法。知识人进入这个状态，必会改变自己的品质，与这个世界构成一些崭新的关系。

看老书

我们接触到大量的人，也包括自己，某一个阶段会发觉阅读有问题，如读时髦的书太多，读流行读物，甚至是看电视杂志小报太多。我们因为这样的阅读而变得心里没底。还有，一种烦和腻，一种对自己的不信任感，都一块儿出现了。

总之对自己，对自己的阅读，有点看不起。

相对来说，我们忽略了一些老书。老书其实也是当家的书，比如中国古典和外国古典、一些名著。我们还记得以前读它们时曾被怎样打动。那时我们把大量的时间花在读老书上。这些书，不夸张地说，是时间留下来的金块。

新的读物没有接受时间的检验，像沙一样。人人都有一个体会：年轻的时候读新书比较多；一到了中年，就像喜欢老朋友一样喜欢老书了。他们对新书越来越不信任，越来越挑剔。还有，他们对一般的虚构性作品也失去了兴趣。

如果人到中年还不停地追逐时髦，大概也就没什么指望了。

我有一次在海边林子里发现了一个书虫。这个人真是读了很多书，因为他有这样的机会：右派，看仓库，孩子又是搞文字工作的。他们常拿大量的书报纸杂志给他，只怕老人寂寞。结果他只看一些像《阿蒙森探险记》一类的东西，还看《贝克尔船长日记》，看达尔文和唐诗，又不止十次地读了鲁迅。屈原也是他的所爱，还有《古文观止》《史记》，反复地读。他把老书读得纸角都翘了，一本本弄得油渍渍的。

我问这么多新书不读，为什么总是读老书呢？他说：你们太年轻了，到了我们这把年纪，就不愿读那些新书了。我们的时间不多了，抓一把都该是最好的。还有，经历了许多事情，一般的经验写进书里，我们看不到眼里去。虚构的东西就是编的，编出来的，你读他做什么？我们尽可能读真东西，像《二十四史》《戴高乐传》《拿破仑传》《托尔斯泰传》，这一类东西读了，就知道实实在在发生过什么，有大启发。

我琢磨他的话，若有所悟。回忆了一下，什么书曾深深地打动过我们？再一次找来读，书未变，可是我们的年龄变了。我们从书中又找到新的感动。我们并不深沉，可是大量的新书比我们还要轻浮十倍，作者啰啰嗦嗦的，这对我们不是一种伤害吗？老书一般都是老成持重的，它们正是因为自己的自尊，才没有被岁月淘汰。

轻浮的书是漂在岁月之河上的油污、泡沫，万无存在下去的道理。

当年读像托尔斯泰的《复活》，感动非常，记忆里总是特别新鲜，不能消失。里面的忏悔啊，辩论啊，聂赫留朵夫在河边草垛与青年人的追逐——月光下坚冰咔嚓咔嚓的响声，这些至今簇簇如新，直到现在想起来，似乎还能看到和闻到那个冬天月夜的颜色和气味。现在读许多新书，没有这种感觉了——没有特别让人留恋的东西了。而过去阅读中的新奇感，是倚仗自己的年轻、敏感的捕捉力，还是其他，已经不得而知。后来又找《复活》读，仍然有那样新奇的发现。结果我每年读一二次，让它的力量左右我一下，以防精神的不测。

我发现真正了不起的书，它们总有一些共同特点。一般来说，它们在精神上非常自尊，没有那么廉价。与现在的大多数书不同的是，它们没有廉价的情感，没有廉价的故事。所以有时它们并不好读，故事也嫌简单。大多数时候，它们的故事既不玄妙也不离奇，有时甚至是"微不足道"的。就是说，用现代人的眼光来看，它净写了一些"无所谓"的事情。正因为现代人胆子大极了，什么都不怕，什么都不畏惧，所以现代人才没有什么希望。我们当代有多少人会因为名著中的那种种事件，负疚忏悔到那个地步呢？看看《复活》的主人公，看看他为什么痛不欲生吧。原来伟大灵魂的痛苦，他不能原谅自己的方面，正是我们现代人以为的"小事情"、微不足道的事情。

我们现代人不能引起警觉和震惊的那一部分，伟大的灵魂却往往会感到震悚。这就是他们与我们的区别。

读一些老书，我们常常会想：他们这些书中人物，怎么会为这么小的事件、这一类问题去痛苦呢？这值得吗？也恰恰在这声声疑问之间，灵魂的差距就出来了。我们今天已经没有深刻忏悔的能力，精神的世界一天天堕落，越滑越远。现在的书比起过去，一个普遍的情形是精神上没有高度了，也没有要求了。没有要求的书，往往是不能传之久远的书，也成不了我们所说的"老书"。

这儿的意思是，人到了中年以后在阅读方面要求高了。比如愿意读真实的故事，那是因为岁月给人很多经验和痛苦之后，对一般的虚构作品不再觉得有意思了。《复活》是虚构作品，为什么还能强烈地吸引人？鲁迅的书也是人们百读不厌的，他的小说也是虚构的。由此我们又会得出一个结论：要么就读真的，要么就读非同一般的虚构作品：灵魂裸露，个性逼人，从语言到思想，不同凡响。

人的一生太短暂，而作家的出现是时代的事情，以时代作为考量单位，问题也就清楚了：我们身处时间的局部，当然会对作家有极大的不满足。四十年五十年，不会有那么多优秀作家出现。作家是非常少的，我们现在说"作家"如何如何，那是一种客套，是对人对劳动的一种尊敬。

作家是一个非常高的指标，像军事家、思想家、哲学家等一样。他要达到那种指标，是有相当难度的。作家不是一般的有个性，不是一般的有魅力，不是一般的语言造诣；相对于自己的时代而言，他们也不该是一般的有见解。有时候他们跟时代的距离非常近，有时候又非常遥远——他们简直不是这个时代里的人，但又在这个时代里行走。他们好像是不知从何而来的使者，尽管满身都挂带着这个星球的尘埃。这就是作家。

他们在梦想和幻想中、在智慧的陶醉中所获得的那种快感，跟世俗之乐差距巨大。显而易见的是，真正意义上的作家不会太多，所以这才让我们一生追求不已。阅读是一种追求，是对作家和思想的追求、对个性的追求。正因为这种种追求常常落空，我们才去读老书——老书保险一些。

当然，这仅仅是谈了问题的一个方面。还须同时指出的是，这样讲并不是让大家排斥当代作品。这仅仅是说：因为时间的关系，鉴别当代的思想与艺术是困难的。当你有一天非常自信地找到了自己喜爱的当代作家，那么你就是幸运的，你该一直读下去。

再了不起的老书，再了不起的古代作家、外国作家，也取代不了当代的思想，取代不了当代的智慧。

背诵和朗读

现在是一个网络时代，信息像潮水一样涌来，我们难得像过去一样耐心地阅读。这是一个迅速的，并且是一再提速的时代。许多东西正在泡沫化，像泡沫那样飞扬，转瞬即逝。在这个时代里，一个人要记住什么，比如牢牢记住有意义的东西，将是十分困难的。

所以，一些很优秀的人就走在相反的道路上：回到一些古老的阅读与记忆的方法上来。比如读书，不光是看，还要朗读。古文，好的小说，诗，应该朗读。这是个美好的过程，这个过程会引起进一步的感动、联想和回忆。对理想的追求，对境界的领会，都在同一时间里得到加强。字里行间有一种鼓舞的力量，需要声音去传递和强化。

再就是抄写了。好的文章要一笔一笔抄下来，以体味从字到文的过程，感受文字的意义。古文要抄下来，诗要抄下来。这些办法好像太笨太慢，但有以一当十之功。时代强加给我们的精神疾患，比如浮躁、恍惚、不求甚解，被我们用抄写——这个古老而简单的方法给遏制了。时代越快,我们就越慢。当我们进入了一个缓慢的系统之后,时代的流行病毒对我们也就无可奈何了。

回想一下,现在人们朗读的兴趣和欲望是大大降低了。记得在二三十年前,那时候的人是很愿意朗读的。古今中外,我们身边,都有一些朗读的好例子。你会记得中学时代,那时候写出一篇东西来会有怎样的冲动——远方总是有一个朋友,总是有一个知音,总是有一个文学的耳朵;而你总是恨不能立刻把一切呈现到他的面前——不是从视觉上,而是从听觉上,越快越好。

我们是否拥有这样的记忆:天正下雨,你把刚刚写好的东西用塑料布包好,走几十里路,只为了去找一个人——为了说不清的热爱,为了赢回那一小会儿的骄傲和陶醉。如果我们发现了一本好书,也会带上它走很远的路,翻山过河——只因为山的那一边有一个人,只为了让他与自己一起感动。

可见,谁发现了一本好书,这本书首先感动了谁,都会成为一桩可资记忆的快事。

传递好书可能是人的一种义务。那些真正优秀的人,往往一生都保持了这种对艺术和思想奔走相告的劲头。

现在我们偶尔还能遇到这种人:他们时刻准备着去朗读,以分享幸福——可是当这个人正处于激动不已的时刻,山那边还会有一个倾听者吗?

山那边的人正转向了其他的兴趣,在看电视连续剧,在酒吧里,在网上。人们变得口味粗疏。结果这个人再也找不到一个喜欢倾听朗读的人。

你可以找到一本好书,由于它好得不得了,忍不住就要找人共享——四下里遥望,到处都没有你所要找的人。于是你就像站在了漠漠荒野里一样。

这个时代是朗读的荒野。

有人写了一个得意的片断，很想像当年那样用塑料布包好，冒着雨雪翻山越岭、过河，去读给一个人听。很可惜，山与河俱在，听他朗读的人却没有了。虽然这个时代的文学人士比过去翻了几倍，可是他们都不愿朗读了，也不愿听别人朗读。

那个寻找朗读的人可能心怀了一种古老的情绪。情绪也可以古老，这在我们年轻的时候是无论如何也没有听说的。但这是真的。

朗读，这不仅是一种对待文字和语言的形式，不仅是一种状态，而是孕含了一种生命的质量。

有人仍然具有当年的那种热情，但是大大降低了。一个人成熟了，老练了世故了，就懂得隐蔽自己：什么都隐蔽，从情感到激动。有人连友谊也要隐蔽起来。所以说这是一种遮遮掩掩的生命，是生活品质的降低。

记得这样一个真实的故事：有两个天资非常好的文学少年，当年一个十七一个十九，天各一方，谁也不知道谁。其中的一个由于偶然的机会看到了另一个的作品，感动不已，马上远远赶来。他们的相见对于彼此都是一件大事。后来几十年过去了，一个仍然在写，另一个却转而经商，并成了大老板——他对文学的信念完全丧失了。偶尔大老板还是要想起少年时代，想起与那个伙伴在一起的场景：他们那时急急相约，就为了心中那团火。那时他们一夜一夜不睡，激动得奔走不停，吸烟，一个听另一个滔滔不绝地朗读。就是这样的一种气氛和感觉，他们本来可以如此一生——可是时代把他们分开了，分得越来越远。大老板有一天又想起了往昔的伙伴，心里一热，就从很远的北方赶到了南方。

他们在深夜两点见面。一个见了另一个，竟然马上想到的是为对方读新写的作品。

大老板在听，一直听到了黎明。他一声不吭，迎着曙色吸烟。后来他回过头，让人发现了满眼的泪水；半晌，他小声说了一句："原来文学在默默前进……"

大老板是一个绝顶聪明的人。他十几岁时可以一口气背两个小时的唐诗。他一直着迷于朗读，愿意背诵。

回头再说那个大老板的朋友——深夜朗读的人。这个人在十七岁的时候，由于各种原因，背着写下的一大包东西和喜欢的几本书，到南边大山里流浪去了。他一边打工做活，一边到处寻找喜欢朗读和写作的那种人。七八年的时间里他只找到了两三个：有两个像他一样既能写又能读；有一个女的，她喜欢写，一边写一边哭，但她不太喜欢听别人读。

父辈的视角

我们的记忆中，对老一代的见解大多数时间是排斥的。这种排斥不仅是源于情绪，而且还来自理性。他们太老了，而且出生在一个愚笨的时代。他们令人同情。出自他们的见解总是这么偏狭保守，这么荒谬。他们知道的东西少而又少，简直可怜。虽然我们那时不愿意说，但我们心里明白，自己是厌恶他们的。

我们会把这种厌恶稍稍遮掩一下，让其变成厌烦：对整整一个时代的厌烦。

随着年龄的增长，人生过半，再回忆当年见闻，回忆从老一代听到的很多东西，竟然十分惊讶地发现：它们大多都是对的。老一代对于事物的判断，今天看来大致都是对的，都非常中肯。

我们当年最受不了的是一些传统的价值观念。世界发生了什么，发展到了哪里，他们好像一无所知。他们竟然还在这样看问题。我们与他们简直无法争论，因为面对着的是愚不可及。

是的，世界变了，电子，纳米技术，克隆，世界正一日千里。可是道德伦理范畴的东西，这些支撑我们活下去的规则，这些世界上最基本的东西，并没有随着瞬息万变的当代生活而发生根本改变。它们没有随着流行的时尚大幅度摇摆，顶多只有少许的调整；甚至其中的绝大部分压根就没变。原来它们比我们想象的要坚硬得多，像是化不开的顽石。

直到今天，比如说对于偷盗，对于一些伦理禁忌，还有许多职业方面的褒贬，几十年几百年下来看法未变。有人试图改变对它们的部分看法，结果一无所成。

父辈的视角其实仅仅是一种生存的视角。

我们要生存，就不得不回到那样的视角。我们发现这个世界上改变的只是皮毛，而不是根本。比如现在许多青年染了头发，打了耳环，甚至连鼻子上、脐与唇，也学外国人打了环；穿的鞋子一只绿一只红；裤子膝盖那儿搞破，做成了乞丐裤。这一切都让人惊呼，说世界变成了什么！吸毒，公然纵欲，暴露癖，抢掠和战争，所有这些加在一块儿让人瞠目，以为世界一下跌进了完全陌生的内部规则。

其实这仅是事物的表层。一个民族的内部，它的文化内核，总有非常坚硬的东西。这一部分要变也难，可以说几百年下来所变甚小。

我们看了很多时尚之书，接受了很多全新的思想，有时候是冲击者，有时候是被冲击者。许多时候我们很乐意做个冲击者，一路上不断地呼喊：解构解构解构；我们对世界的回答是耳熟能详的四个字：

"我不相信"。但是后来,随着年龄的增长,生活的教训,你会发现自己越来越"相信"了。

父辈的视角令人不快,却非常珍贵。可惜当我们意识到这一点的时候已经非常晚了。

比如说,老人常常流露出对一些职业的看法,时有鄙夷。他们有自己的标准。在他们眼里,各种职业的道德基础是不一样的。"行行出状元"的说法,与职业具有不同的道德基础的理解并不矛盾。我们会认为这里面保留了很多封建和传统的偏见,可是并不妨碍我们在这种"误解"和"偏见"里找到它的真理性,找到它必然包含的伦理依据。

古往今来,人们对于教师和医生、思想家、诗人和作家、宗教家,都是非常尊敬和仰慕的。人们总是严格地区别科学家与技术员、艺术家与艺人。人们宁可从心里爱戴极普通的劳动者,比如辛勤一生的农民。这是一种人类生存的伦理尺度,是智慧的道德或道德的智慧。

工作不分贵贱这种思想是对的,因为我们无法用一种职业概念替代具体的人。商人与商人不同,艺人与艺人不同。这是后话。我们今天对于许多门类一般而言是惧怕的。比如有人每年要把最浅薄无聊的东西组合到一起,耗费了大量纳税人的钱,结果搞出了那么多庸俗下流。这一部分人哪里有什么判断力,哪里谈得上责任心,只要给钱就可以为任何人去做。依此推理,你可以发现许多类似性质的工作,即各种抽掉伦理内容的"卖"。

人有了相当的阅历,思维走入了严整,就会采取看似保守的父辈视角。这时候我们就会发现,人不能以新潮欺世,更不能以时髦欺祖。

有一个作家住在一个很大的城市里。这个人的作品拍电影、拍电视,免不了要跟导演和影星们在一起,偶尔还出国讲学,在北京上海这样的大码头谈论后现代、解构和建构——尽管如此,到了割麦子的时候还是要回老家。因为他父亲做不动了。一到了农忙他就得回去。他父亲是个瘦弱的人，没有文化。他割麦子，脑子一走神，把垄里的玉米苗弄折了。他父亲喊一声就追过去，他拔腿就跑。父亲穷追不舍，他索性站下来等父亲。喘吁吁的父亲一把抓住他——抓住他的头发一下扯倒在地，然后用脚踩住，脱下鞋子硬揍了一顿。他一点也没有反抗，只是呜呜大哭。

我明白这是怎么一回事。我跟另一个朋友说：你看吧，这个作家还要进步，还能写出非常好的东西。因为我知道，一个能在夏天的麦地里被父亲打得哇哇大哭的作家，一定会更上层楼。

因为他那会儿流露了不曾掺假的一份纯朴。这是对父辈的一种认同，是在自觉接受父辈的裁决。其中包含的内容也许更多更丰富。他真不错，总还算能够将城里的时髦，与土地的真实加以区分。实际上他懂得用后者去否定前者。骨子里，他是嘲笑城里时髦的。他在城里与之周旋，一半是出于无奈，一半是因为软弱。他在内心深处是信任父亲的。

相信文学

这似乎不能作为一个问题。这样提出来，是因为它出了问题。我们或者已经发现，今天的一些人、甚至是"作家"也未必相信文学。文学这玩意儿作为谋生的手段尚可，但要真的相信它，在心里保持它的尊严和地位，他们是不干的。

对于许多从事文学的人而言，他们也许从来都没有爱过文学。

能够像古典作家那样相信文学，相信它的高贵，它与日月同辉的那种永恒，已经成了古典情怀。不相信文学才是"现代"，不相信一切精神的价值才够得上"现代"。然而这样的"现代"是可怕的。

回头看,越是大艺术家,越是对诗有永远没法摆脱的敬畏。直到二十年前,我所认识的一个人,他每次走近书桌的时候,都要把手洗干净,一点也不允许自己邋邋遢遢的。他写作时常要找一朵花插在瓶里。他的周边全是洁净、敬畏和肃穆。而现在我们看到的某些作品,从语流、质感,包括内容,都让人想到这是在一种肮脏的环境里炮制的。

相信文学的人,不会以其作为达到某种世俗目标的工具。真正的爱总有些无缘无故。人的名利之心会随着他的道路变得越来越淡:淡到若有若无,最后淡成一个非常好的老人,既随和又偏激,质朴极了也激烈极了,极为出世又极为入世。

我们发现如今甚至出现了对于所谓文学的没落、文学的死亡的快意。有一种不可理喻的、不可解的,对于文学和诗的败落表现出幸灾乐祸的心情。说白了这不过是一种垂死的恐惧,一种末世情绪。众所周知,人的绝望很容易转化为对生命的憎恨。生命的活力,它的创造性,在很大程度上就是表现为对于艺术、诗,对于完美的不屈追求。一个人是这样,一个民族也是这样——出现过许多艺术巨匠的民族一般来说是强盛的,最终难以被征服。

文学是一个民族生命力的表征。它们从来属于整个民族,而不会作为一种职业专属于某一类人。

最近有一篇文章用嘲笑的口气介绍说,法国有五千多万人口,竟然有二百多万人立志要当作家——结果连最有名的某位大作家都饿死了。看来今天所有热爱艺术、钟情于诗的人都要感谢这篇文章的提醒、感谢它送来的情报了。不过大家知道,法国的艺术并没有那么可怜。至于说到死亡,人世间各种千奇百怪的职业和死亡方式很多——一个作家饿死了不等于法兰西文学饿死了,就是如此简单的道理。还有，难道有二百多万人立志要当作家，这会是法兰西的耻辱吗？这只能让我们更加明白，为什么会有个不朽的世界艺术之都，它的名字叫巴黎。到了巴黎，气粗如牛的人可能只是一个乡巴佬。文明的水流日夜不停地在巴黎奔涌。举世闻名的先贤祠门楣上写有一排金字："祖国感谢伟人"。这里面安息的主要是作家和诗人，还有哲学家和科学家。

相信文学的民族是伟大的民族。因为文学不是专属于某一部分人的，不是一种职业，而是孕含在所有生命中的——闪电。

正是基于这样的理解，我从来觉得文学不是一个爱好与否的问题，也不是一个选择与否的问题。我不赞成作家的职业化写作。"生命的闪电"能是职业吗？所有职业化的写作都在从根本上背离文学。作家的一生都应该抗拒职业化写作造成的损害。

说好作家是"大匠"，那是指他拥有和超过一般匠人的功力。但他毕竟不是匠人。

属于灵魂里的东西怎么传授？怎么教导？怎么量化？所以文学命定了不是一种职业。

世界观

"世界观"的话题显得生僻、老旧。因为我们又想起了许多年前的"改造世界观"之类。所以后来都不再谈了。

这就让人觉得它是可有可无的。我们现在对自己常有一种不满足，就是时常发现心灵上的轻飘、闪烁和恍惚——它带给我们的不安。作为一个写作者，我们对这个世界还缺乏大的想法。

对生活意义不懈探究的决心，一般的人可以没有，一个作家或一个进入而立之年的人应该有。现在的写作聪明机巧，很流行也很时尚，但是从文字背后感觉不到对这个世界有什么热情，感觉不到一种关怀力。人对生活的探究是相对持续的，人就不可能完全没有固定的看法。如果是一个瞬息万变的人，那肯定是可怕的。

即便到了"后现代"也仍然需要认真生活，需要留意我们这个世界上发生了什么。我们接触的一些年纪在二三十岁的人，他们没有经历"文革"，对此一无所知。但是"文革"对于我们这个民族的过去和未来将会发生多么大的影响，具有多么大的决定力！还有1958年和1960年的事情，人民公社化，土地改革，国内战争，抗日，孙中山和鲁迅，这一系列的大人物大事件，样样亲历当然不可能。问题是我们作为一个人是否努力地去理解。

令人痛惜，现在好多三十岁左右的人谈到"文革"苦难，不知道也不想知道。他们的情感疏离得很，连一点点了解的愿望都没有。这是多么可怕。

一个人的思想要参与历史和事件。像"9·11"连带了多少大问题，它需要耗费我们的许多思想，它在等待我们的见解。如果自己没有见解，就要接受别人的见解，就要放弃思考的权利——世界上再也没有比放弃思考的权利再窝囊的事情了。可是这样的事情天天都在发生。

如果生活在今天的一个人，认为自己与"9·11"没有一点关系，与"文革"没有一点关系，那么他就是一个非人。

我们需要的只是人的思想与艺术。排除了历史感，也必定抽掉了现实感。对世界没有大的想法，小的想法也就可疑。他根本不可能告诉我们什么。

小聪明可以风行一时，但是无济于事。如果一个作家认为自己可以游戏这个世界，那是可悲的。

人的内心应该燃烧着辩论的热情。这种热情可以是写作，也可以是直接的交流。我见过一些极愿意跟人辩论的朋友。那是一段特殊的时期——这个时期已经过去了——那时中国人十分认真。这一伙朋友每天都在城市南郊的山下讨论，一开始只有十几个，后来越辩越多，简直成群结队。因为参加进来的人太多，他们不得不往山上走。随着辩论的深入，他们越登越高，跟上去的人也越来越少。最后辩论者由三十多人减到了十几个人——每往山上移动一个高度，跟上去的人就要少一二个。那些在辩论中承认失败的人就下山去了。一场大辩论进行了两个半月，人也登到了山顶，这时只剩下了三五个人。这几个人的见解是最深刻的。

我们或许会认为这个方式太古罗马了，太稷下学派了，而且稍有一点戏剧性。但他们的认真执着却是不容怀疑的。

人要尽可能拥有一种大关怀大视野，这显然是一个好作家必备的条件。在一个文学的小时代，肯定会以大关怀为耻辱的。从关心小世界到只关心我们自己，人变得越来越自私、越来越不求甚解，最后对这个世界连一点把握的欲望和能力都没有了。当历史进入大时代的时候，其首要指标就是人民的思考力强大，关心问题，并相应地产生出一些思想者。

我们历史上有过非常有名的稷下学派——从暴秦、从各地汇集到齐国的学士。齐国喜欢思想，它就在山东临淄。这是世界历史上了不起的一个事件。稷下学派每天都有各种思想的交锋。一个叫田巴的人，记载上说他"日服千人"——一天可以辩倒一千人，可见思想的力量。

商业时代用金钱把一切都销蚀掉。商业扩张主义盛行的时期往往有这样几个特征：官场上的贪污腐败，科学上的技术主义，文学上的武侠小说——它们三位一体，同时出现。

上山下乡

我们说的"上山下乡"当然不同于"文革"时期的内容。我们在说今天的智识人物,怎样经常走入底层。

一个不作农村研究、不表达农村的人,也有上山下乡的必要。

中国知识界的问题在于,有写作能力的人,有话语权的人,大多都集中在城里。这恐怕是个弊端。他们的结论是以城市、甚至是以区区斗室为依据的。而且这种方式正进一步因袭,使人误解为城里产生思想,城里产生艺术。

果然也就谬种流传。城里产生了很多时尚,但真正的思想却不尽源于这里;而且极有可能是,真正的思想和生命的发源如出一辙,从根本上讲是来自山川大地。思想和艺术离开了更广大的参照就会苍白无力。中国具有自己的特殊性:农民和农村占绝对多数。中国的很多奥秘都潜在大山里,藏在贫穷的乡野沟壑里。你如果对农村的艰难曲折有了一点体验,对联合国、塔利班,对现代主义和印象派后期,理解起来都会容易得多。

所以必须上山下乡。现在有人对具体的底层资料不屑一顾,只做书斋游戏,从学者到学者、从书本到书本,人人都像吃了摇头丸。研究一棵树不能只观树梢,还应该研究树的根部和土壤。如果对广袤农村没有情感,只热衷城市的灯红酒绿,怎么会不浅薄。因为城市再大,也仅仅是大地上派生出来的一些小物件,是一些小摆设。

我们当然可以生活在城市,但生活的兴趣不可为它禁锢。生活的重点和思考的重点,思想的艰辛长征,人生的长征,起点和终点也不见得要在这里。有的知识分子见了大城市就慌,什么高楼大道,一看就慌了。其实我们这样的大国,把钱集中起来盖房子并不难。每个农民拿出一百块钱，集中起来是多少个亿，会改造和新建多少大楼？所以见了城市不必慌。见了什么要慌？见了一片片不毛之地、一座连一座的秃山；见了一群群的贫民、失去教育的儿童，我们要慌。不仅是慌，还有痛。

一个国家的强盛，在于人民的知书达理，在于人的文明素质。

一个人在基层久了就会注意最基本的东西。比如大多数人的生活状况、人的教育、身体素质，还有农田整治、水土流失、沙漠治理、灌溉能力，是这一类东西。有真实的感性才能研究问题，才能对全局稍微有点把握。我们现在不关心这些，哪里会有生活的热情，哪里会有思想。一个艺术家对生活失去了热情，就是衰败的开始。

环境污染到一定程度，再高的经济增长也不可弥补。还有全社会的道德素质——过去自行车放在街上一个月都不会丢，现在防盗窗都安到了五楼。要改变这些需要多少时间！人变得没有义愤，没有正常判断，为数不少的人竟为滔天大恶欢呼。甚至连高等学府里也有人幸灾乐祸。这不能不让我们恐惧。有知识的聪明孩子从来不缺，有是非感责任感的孩子倒是非常珍贵。恻隐之心人皆有之，我们中国人的传统是这样的。我们如果怂恿了一批缺少同情心的孩子，将是我们这个时代的最大污点。

有一个从国外留学回来的人，他患了一种病，常常出血不止。可他多年来还是带上一点止血药到处走，三五年内走了大量的艰苦之地，连最偏僻的山区都留下了足迹。他记了大量笔记，跟他交谈，只觉得羞愧。农田建设情况，贫困人口，入学率，这些具体数字他能脱口而出。

还有一个学者眼睛都快失明了，还是常年坚持搞农村调查。他的每一篇文章都来自底层的判断——严谨的学术再加上悲悯之情，这是一切好学者的特征。

前些年我结识了一拨不平凡的青年。他们有的马上就大学毕业了，有的在做非常好的工作。但他们不能忍受眼下的境况，为自己痛惜。他们觉得简单的人生经历限制了理解，视野狭窄。他们要离开原来的生活轨道，来一个改变。他们在为一次迁居做准备。弄简易帐篷，自己做睡袋，因为这等于自我流放。他们认为人的出生不能选择，但道路可以选择。最后成行的只有六人。这些人失去了工作，丢了学籍，到最艰苦的地方打工多年，付出的艰辛不可言说。有人还落下了残疾。

他们说不亲临其境，就不知道什么叫贫穷。一个深山小村到了冬天没有柴火，结果锅里煮的是地瓜干，灶膛里烧的也是地瓜干——老乡拉着风箱烧着珍贵的地瓜干，你想想泪水不是流在心里吗？很多农民就是这样生活的，有时一个村子二十多户，只有四五户有木头做的东西。一进门全是土坯家具，土坯床、土坯柜子，红薯和土豆就堆在屋里。小孩与羊和鸡都在屋里。

什么是知识人立论的基础，需要思考了。任何东西都要有个基础，不然就要倒塌。

自由地命名

三十年前有这样一个小村，它让人记忆深刻：小村里的很多孩子都有古怪有趣的名字。比如说有一家生了一个女孩，伸手揪一揪皮肤很紧，就取名为"紧皮儿"；还有一家生了个男孩，脸膛窄窄的，笑起来嘎嘎响，家里人就给他取了个名字叫"嘎嘎"；另有一家的孩子眼很大，而且眼角吊着，就被唤作"老虎眼"；小村西北角的一对夫妇比较矮，他们希望自己的孩子能高一些，就给他取名"爱长"。

三十年后的小村怎样了？不出所料，电视之类一应俱全，无一例外地热闹起来了。满街的孩子找不到一个古怪有趣的名字——所有名字都差不多。好像取名时相互都商量过了，本村和邻村都有重名的：如果一个名字好听，别人很快也会取一个类似的。不仅这样，当年的"紧皮儿""爱长""嘎嘎""老虎眼"们，他们自己也不喜欢别人叫原来的名字。显然他们认为那是一种羞愧。

这就是网络时代。世界变小且空前拥挤——每个人都失去了自己的角落。原来属于个人的空间给填平了，大家的创造力和想象力被扼杀了，以至于失去了自由命名的能力——不仅是对自己的孩子，对于世界上的任何事物也都一样：没有这个能力了。

他们过去有更多的想象自由，能够从爱好和心情出发，叫出一串"紧皮儿""嘎嘎"之类。这个能力既自然又强大，这种能力正是小村给他们的。当时他们可以依照自己的主意去行动和思想。现在则不同，他们不得不与各种思想达成妥协。想想看，每天有多少信息、观念，伴着港台音乐和艳俗的形象往小村人的脑子里硬灌——他们有什么办法保护自己？

小村人是这样，我们大家又比小村人高明到哪里？

于是最后只有极少数人留住了自己的一点能力——为这个世界命名的能力。其奥秘在哪？无非就是竭力为自己保留一个角落。过去讲一个人要拥有一片土地，现在不行了，现代人不可以有这么大的奢望——现代人能拥有一个角落就很不错了。

实际上我们在现代世界里的退避才刚刚开始。这是不可逆转的趋势。且回到自己的角落吧，无论它多么窄小。

但人毕竟是强大的，人哪怕只拥有一个小小的地方，就有可能展开自己的想象，有可能恢复一种能力。这个角落既是实指又是虚指：人的精神要有一个角落，我们要在那里安息。的确，一个人要想稍稍像样地度过一生，就得这样。许多人就是因为没有一个空间来安静自己，结果失败了。

有一个了不起的学者，一个基督徒，说过的一句话真是好极了。这句话非常朴素，但是会让我们一生受用。他说："我每一次到人多的地方去，回来以后，都觉得自己大不如从前了。"

想想看我们这些年里凑了多少热闹，周旋于多少场合——回忆一下归来时的心情，真的很糟。喧嚣之声让我们如此紊乱，状态极差——我们常常需要一个星期的安静，才能稍稍恢复到出门之前的样子。

人这一生除了迁就庸常，古往今来最易犯的一个毛病，就是趋炎附势。作家也不例外。但对于作家而言，这就是致命伤了。所以作家一生都要像警惕肝炎一样，警惕自己趋炎附势的毛病。

我经常在海边走，那里最多的是海鸥，它们一群群喧闹鸣叫。海鸥千里跋涉、海阔天空，飞得很高，有时又能一个猛子扎到水里。海边林子里还有另一种动物，这就是刺猬。我经常看到刺猬，它们走得很慢，想躲都躲不掉。它一挪一挪地走，你走近一碰它就球了起来。我常常想：作家们大致也可以分成海鸥或刺猬这两种类型。我们会做哪一种？刺猬比较安静，活动半径小，而且始终有自己的一个角落，在那儿一挪一挪地走，只吃很少一点食物。它所需甚少。

有一类作家真的就像刺猬，一生都在安静的、偏僻的角落里，活动范围并不大。他们也是所需甚少。一般而言刺猬并没有什么侵犯性，有什么碰了它惹了它，也不过就是蜷成一个刺球而已。可刺猬唯独怕一种东西，那就是黄鼠狼。近来由于生态失衡，林子里的黄鼠狼多了一些。黄鼠狼常常释放一种恶臭的气体——这让刺猬最不能忍受，于是它就要厌恶地走开——它展开刺球时柔软的腹部就要露出，这容易受到伤害。

所以说，在一个角落里刺猬是自由的；它所要提防的只是黄鼠狼，黄鼠狼会释放恶臭的气体。

2002年3月8日，于苏州大学

在复旦

它大概是华东大地上最重要的一所学府了。人们走进它的怀抱，满怀尊敬。我想它具有深邃庄严的内容，也相信真正深邃和庄严的东西，都伴随着最大的真实和美好。一个人以这样的心情走近了它，才会有自己的理解。

比起它，一个人大概是肤浅的。可是人应该寻找与它的总体精神相一致的东西。一个人应该像它一样充满善意，应该溶解在其中。如果一个人没有这样的自信，就该远远离开。

朋友的邀请，使我们有一次聚会、有一些感兴趣的话题。这里有点空空荡荡，同时也有点忙忙碌碌。

雨天，可爱的年轻朋友撑着雨伞，把我接到一间宽敞的教室。我看到了熟悉的眼睛。这里曾经举行过很多讨论、接待过不同的客人。那些人曾经使人失望或是兴奋过。那些人有时未能满足一些起码的期待。雨哗哗下着，与室内的声音融为一体。这儿有许多熟悉和陌生的朋友，我们在文字和倾诉中进一步相识。人处于世纪末，总会有一些特殊的友谊和信赖。

想到这些，心中陡增感慨。它们难以表述。未来之路曲折而遥远，未来需要多么坚韧的生命。

这是一个美好的上午。共同的话题使我们忘记了疲劳和时间。我们都有着过多的期望。我们都关注着这个世界的声音，那些动人的，或者并不令人信任的文字。人应该在一片目光中感到稍稍的不安。

雨下个不停。

……我想着那片平原、雨中的一切、经受冲洗的动植物，我此刻与它们的距离、心理上的距离……它们也在淋雨吗？

我知道人类——起码是有一部分人，总是试图与自然万物沟通——那是一种感激的心情；他们与之相互尊重、平等相待。我们应该依赖它们，指望它们，依靠它们的支援来度过艰难的岁月——在未来我们当然非常渴望它们的帮助。动物和植物对于我们，不是一般意义上的生物。这当然不是指一个人艺术追求上的需要，不是指倾诉的需要，而是生命底层的渴求——这或许有点言重了，但它是真实的。

……一片闪烁的眸子，难以区分。青春、明天、希望，它们常常从大学里成长。我的一些文字或许不应该使美好的大学失望。我不会疲惫，但我知道在生命的旅途上，原本没有什么奇迹的，它依靠的只是一种真诚和不畏艰难的信念，一份追求完美的执拗。这更多的不是表现为一种能力，而是一种品质。人一旦缺失了一种品格和质地，就完全没有前进和再生的希望。

在这所著名的学府，在这个热烈的教室，我进一步感到和想到，一个新鲜的、正在渴望前进或已经在前进的旅途上的生命，多么需要一种信念，坚毅的信念。与以往不同的是，现在的精神之路更崎岖、更艰难了。我们行走在差不多的旅程上，但有时又不尽相同——偶尔也会背道而驰。这些曲折之路正在大地上交织成网，它们指示着不同的人生轨迹。未来的考验对于我们同样复杂、同样频繁，我们都可能面临着差不多的诱惑。种种誓言、慷慨的话语，都代替不了事实。背叛，在这个时代是极有可能发生的。

背叛是可耻的，但背叛有时又是不可避免的，就像先于它出现的苟且不可避免一样。背叛不是对某个具体的人而言，背叛的分量常常是因为它面对了时代、真实、道义等等最基本最沉重的命题……

时间很快地流逝。当我走得很远的时候，再回头望这所学府，会产生很多感慨。那里有很多学者、师长和同学；那里也是一个世界，并且与四周的世界血脉相通。一切都可以顺着那些血脉，进入它的肌体。

在紊乱而匆忙的精神之域，我接受了许多鼓励和支援。这愈加让我感到一份沉重，道路的长远起伏，还有其他……

我觉得自己已经走过了遥远之路。我的跋涉又像刚刚开始。未知的一切似乎皆在把握之中，又像永远面对着一片苍茫。我曾经被自己的坎坷所吸引。因为我可以藐视我的表达、我的艺术，可是从来未敢藐视我所经历的坎坷——这种坎坷不是一般的困惑，而是精神的艰难历程。记录下的仅仅是一部分，而且是一小部分。我像盯视一个陌生的灵魂似的，从中寻找共鸣。

这所对我来说显得有点古老的学府，让我感到分外亲近。奇怪的是那些经历浅近的院校，那些大楼簇新、树木还未来得及茂长的学府，却常常让我感到一些生疏。我需要经历、需要古老、需要积累、需要潜在的智慧，这大概就是我对于复旦的特殊情感。

这样年代久远的学府我还到过几个，它们往往让我感到特别的、类似的亲近。这里可以让我焕发出很多冥思，获得一种深层的感动。我从那些陈旧的建筑里，从或多或少的关于它们的谈论之中，感悟到一种精神的激励。这种精神不会泯灭，它或许就藏在这曲折的走廊、这各种颜色的建筑间隙之中。一种漫长的、不会消失的精神作用着这里的人，也作用着每一个走进它怀抱中的人。这是一种健康的治疗，是一种启迪。我觉得一个在大地上行走的人来到这儿，即可以微微地感到大地怎样在此凝结出一种精神、它们二者之间又怎样互为表里。

只有靠一点浅薄的知识和书本堆成的某些所谓学术机构，才会背离大地的精神。它们丝毫也没有大地的博大，她的兼容并蓄的气度。

匆匆而来，又匆匆而去。我们在雨中分离。

我只把心中的祝福留给了这座学府。

华师大之夜

一场风雪之后,来到沪上。这里又是奇怪的寒流。这里甚至比北方更冷。

刚刚开过一个讨论会[①]。感谢朋友们为作品付出的辛苦,他们的阅读。

精神的聚会已经不多了。或许很多,但我觉得不多了。

一个智慧而正直的华师大教授让弟子来接我。那里有很多年轻学者、博士生。

寒冷的冬夜,他们已经在我的住处等了一会儿。路上很拥挤。我从一个聚会上匆匆赶回,接我的人已经在客房里等待了。

这个夜晚星光不亮,路灯微弱地闪烁,车子驶进沪上这所有名的学府。黑影里我觉得树木葱茏,那些常青植物很多。好像有一个落满了枯叶的浊湖。踏过桥,进入中文大楼。果然来晚了。可爱的朋友在这儿已经等了半个小时。当时我不知道将在这个热烈的场面里度过三

[①] 1995年12月6日,由上海文艺出版社、《文汇报》等四单位召开《家族》讨论会。

个多小时。

教授主持了这场对话讨论会。

这里产生过不止一位优秀的作家和学者。特别是学者,他们曾经发起了关于"人文精神"的讨论,在中国知识界激起了极大反响。

上次来沪,计划中到华师大参加座谈。后来因为别的聚会而耽搁,至为遗憾。这里需要我领略和感受的东西很多。我读过很多这里的优秀学者所写出的有力篇章,从心里感谢和尊敬他们。

他们的纯洁的眼睛,表明了他们的纯粹的心灵。

讨论中更多的还是关于《家族》,关于"人文精神"、理想主义,关于近来各种各样的声音、莫名其妙的理论。

从一个寂寞之地来到这儿,时觉新鲜。在那里,没有电视,也没有花花色色的报刊。那里关于文化文学之类的传闻很少。只是到了一个拥挤的省会、到了沪上,才能听到这么多的声音。

我需要听到这声音。

我想把自己那个角落里默默劳作的一份心情带给这个东方都市的朋友。他们在这里学习、工作,有着完全不同于我的一些经历。这是一个最好的交流之夜和安慰之夜。无论一个人有多么复杂的心绪,我想我这个期望和愿望都不会落空。因为这是一所美好的大学,它培养了自己的卓越学者,它正从这里送给世界一个重要的声音。这声音很少有一个正直的人会说它是无足轻重的、无聊的。它让人尊重,让人静思,让人满腔热情和兴致勃勃。应该走进他们中间,有幸地参加他们的讨论。

他们绝大多数是比我更年轻的人,比我年纪更大者大概不过十位。有的提问是出乎意料的,表现着独特的见解;但他们都非常诚恳。我觉得这声音会把我引入新思考。在这里,在他乡异地,我都会继续这思考。

1993年的秋天，山东四高校曾经为我举办过一个"文学周"。轮流下来历时近一个月。那时我听到了一些年轻的声音，各种各样的声音，包括具有挑战性的声音。九三年的秋天我不会忘记。那是一个非常特殊的时期。九三年总给我留下独特的印象。我甚至写了一篇短短的文章，叫作《九三年的操守》。我觉得一个人在九三年里应该有声音，应该有自己的训诫，应该是非常谨慎的。我觉得一个写作者，一个精神之路上的探求者、思索者，正遇到了空前的考验。这考验已经过去两年了。回头看，我并不觉得在这种考验面前完全失败了。我多少应是一个胜者，哪怕是险胜。我走过来了。不知对其他人是否如此？起码对于我，九三年是非常重要的……

在华师大之夜，我很容易又想起九三年的那些场合。白天和夜晚，友好的、挑战的、善意的、嘲讽的，各种各样的质询都有意义，都让人记住。

这个夜晚是润湿的、温暖的。友谊的温暖、交流和倾谈的温暖，驱散了四周的寒冷。在沪上，我常常感受到很多的友谊和信赖。从这个学府走出来的人，有很多将是我的同行者，大约也会有很多将与我走着完全不同的道路。这都是自然而然的。但这个夜晚会在心中凝固，对我而言尤其是这样。他们的友谊会伴我走远。

聚会结束，我的朋友甚至一直把我送到住处。天很冷，可是我心里感到了很大的温暖。

我是一个懂得和能够深藏记忆的人。我最难忘怀的就是真挚的友谊、热烈的气氛、真诚的话语，它们一旦发生，我就难以忘掉了。

我觉得这个夜晚从某些方面讲超过了前一天的"《家族》讨论会"。因为这儿更热烈更无忌也更内向；还有，这儿是一个夜晚，我们一起用精神之光驱走了黑暗,这儿很明亮。

我离开校园时想,到了春天,这里将变得更加美丽,茂密的植物会长得更好。

第二辑　书院的思与在

人的用具

鞋拔子

鞋拔子作为一种日常生活用具，现在又渐渐多起来了。这之前大约有十几年的时间里没有见过它，无论是城市还是乡村，好像都不再使用它了。鞋子还在穿，但是没有鞋拔子也并不觉得少了什么。而在小时候的记忆中，鞋拔子都放在一个显著的地方，以便用时能马上摸到。它大多是铝做的，最好的还用黄铜做成，总是磨得闪闪发亮。记得很早以前，鞋口的后缘总是收得很紧，这样在穿鞋时就要费力一些，甚至是非用鞋拔子而不能为。我至今还记得这样的场景：急着要穿鞋子而又找不到鞋拔子，那真是又烦恼又尴尬。这在今天看来好像是不可理解的，不理解为什么穿鞋子要那么难。可是这种情况在今天的鞋店里又出现了，顾客试鞋子时常有小姐从旁递上那个久违的用具。在过去，新鞋子，特别是手工鞋子，刚穿的那段日子里非要使用鞋拔子不可。

关于鞋拔子的消失，以前我曾经以为是生活进步的标志。好像鞋子越讲究，那种用具也就越是可以免除似的。另外的原因可能还有，格外奔波的生活需要鞋子的后口收得更紧，因为只有这样才不容易在匆忙的追赶中掉鞋子。如果人处于更清闲的日子里，就可以穿拖鞋了。可见鞋口收得紧不紧，的确与生活情状有关。但是这种理解又很快被推翻了，因为我们发现今天的繁华商业区的高级鞋店里又有了鞋拔子。许多名牌鞋子的包装盒中直接就配有一副鞋拔子，当然是非常廉价的塑料制品。买这些鞋子的人，并不都是生活匆促的人。

其实不仅是鞋拔子，还有许多用具的消失，往往不是生活水准提高的标志，而是生活变得粗糙的结果。只要回忆一下，就会发现过去有一些非常讲究非常细腻的东西，现在已经再也找不到了。那是一些至今仍然实用之物，但是没有了，并且连制作工艺也一块儿流失了。与此道理相近的还有其他许多，不仅是用具，还有思想和精神，我们总是因为匆忙和遗忘，因为不懂得保留既有的珍贵，而荒废和遗弃了许多。这就使我们人类的生活更添了很多困难，有时是——苦难。

火　镰

火镰是火柴发明前后的取火用具，是当时最普遍最流行的东西，差不多等于现在的打火机。过去谁家没有几把火镰是不可思议的。它是由好钢制成，长不过三寸，厚仅五六毫米。用它击打一种纯白或白中透红的石头，迸发出火花，再点燃火绒草。这里的火绒草是至关重要的，它是山野里生长的一种白绒草，晒干后沾上火星就着，所以称为火绒草。如果没有火绒草，还可以将高粱秸秆的内瓤烧成嫩灰代替。总之要用易燃之物充作星火的媒介，一场燃烧才可以发生。

过去的抽烟人必有几样用具随身携带：火镰、石头囊、烟斗、烟口袋、火绒盒、烟钎子，这些缺一不可。我小时候爱与抽烟的男人在一起，就为了看他们怎样咔咔几下打出火花，看神奇无比的火星落在草绒上立刻冒出白烟，看烟斗上红色的火头瞬间形成，看他们香甜地吸上第一口烟。由于用火镰打火是他们每天进行无数次的工作，所以那真是熟得不能再熟，一般情况下只是咔嚓一下，顶多两下，烟就会冒出来。我那时学习这种取火之方，不知试了多少次，一次也没有成功。可见仅取火一项，也足可见过去生活之不易、之有趣。

火镰与火柴不同的是，只要火绒护好，就绝不怕雨。因为生火的两大关键物器是铁与石。不知是传统习惯还是其他原因，在火柴发明后的几十年时间里，竟有许多人仍然不愿意舍弃火镰。记得在春天的艳阳下，我蜷伏在白沙上看着他们咔嚓咔嚓击打火镰时，心里常有一种难以名状的激动。有的男人的确很固执，他们就靠了这种固执，会把一些不乏美好的事物一路送上很远。我爱他们。

电　脑

我们这一代人遇上了一种极不平常的东西，叫作"电脑"。机器自己有了头脑，这是最值得重视的事情。我从很小就遭遇了机器，那是嘭嘭响的锅驼机，还有柴油抽水机等。它们不响的时候常用一领席子盖上，我们就蹑手蹑脚上前掀了席子看。但我们惊讶中并不害怕，因为我们知道它没有脑子没有心眼，是不会思索的；它需要我们人来好好指导调弄才能工作，尽管它们力大无穷。今天的电脑稍有不同，它一经戳弄就举一反三，据说它们自己还会做出一些令人大为恐慌的事情。

于是有许多智慧人士开始为世界的未来而忧虑。电脑的运算能力是人教给的，但由于是多人多次地教给，它的运算能力就几乎不可限量了。它的一个不太可怕的方面，就是它不会想象。智慧的最重要的部分是想象，是思想里面蕴含的诗性，这是电脑所没有的，所以电脑还不是那么可怕。从电脑推及人类，我们于是就可以明白为什么有的人运算能力极强，但就是够不上第一量级的聪明，原来是因为他们的想象力不够，因为诗性不足。电脑总而言之在算一笔死账，刻板如一，强大然而僵直，将来会是一个冷面杀手。

家里有了电脑，可以上网，写字，画画，还可以用来进行一些简单的管理工作。公家有了电脑用处就更大了，它们的思路一经设计，就可以为公家做一些意想不到的大事。从某些方面来看，电脑使公家变得更强大了，而不是我们个人。电脑为个人带来的方便，远没有它带来的麻烦大。这个倾向，这个事实，会随着时间的推移而变得越加明显。

每个人都有自己的个性，他们都要追求自己的完美，总要有许多的想象。所以电脑基本上帮不了个人的大忙。而公家不需要多少想象，公家所要做的事情大多经过了折中，从思想到举措都取一个平均数值。这些事情机械而繁多，所以电脑在公家手里就有莫大的用处。

手　机

每一代人都会享受自己时代的科技成果，接受科学技术的恩惠。虽然个人的事业成就与时代的科技水准不一定成正比，但总会有密不可分的关系。一般而言，社会科学领域的人物对于时代科技的敏感度往往有别于其他专业人士。他们需要人文关怀，需要多维视角。因为周密的思想要来自一次又一次的综合，在这个过程里面，必然包括了对科学的历史和现实的纵横考察，包括了对于科技与历史进步、科技与社会道德等诸多方面的复杂思索。这种种思索要求思想者本身与科技、特别是技术保持一种稍稍疏离的关系。他们对于科学和理性极为重视，然而同时又十分警惕蔓延在社会上的技术主义。技术主义是将技术凌驾于科学和理性之上的，并在一定程度上取消和替代了社会伦理的极为有害的东西。

九十年代末开始广泛使用的便携电话，是引人注目的一种现代应用技术。它在多大程度上改变了当代人的生活，一时还难以概括。报刊上关于这一现象的动人而平庸的描述是："手机进入寻常百姓家"。使用手机的普遍化，是一个时期生活和生产工具进步的标志和象征。不过就像当年人们对于无线电技术、对于收音机的惊叹一样，也将很快成为过去。科学技术的迅猛发展，主要取决于它能够有效积累的自然属性。人类对于科学的经验和经历是难以忘却的，所以可以做到代代接力，比如电子传播技术的从有线到无线——有线传播从普通电话发展到了今天的电脑网络；而无线传播则发展成了卫星电话，这就有了我们现在谈论的手机。比起社会道德伦理范畴的东西，科学技术的发展总是较少曲折的，总是能够做到有效的积累，呈现出一种线性进步。

我们今天手持一部手机，有时等于是抓住了一个欣慰。享受着，思索着，心里充满了新的憧憬，以及无以名状的忐忑不安。

2002 年 10 月 5 日

拉网号子考

屺峿岛由一个沙坝与龙口城区相连,终成一个半岛。它形成的年代太远了,大概数以千万年计。从此就有了一个美丽的"龙口湾":从半岛最里端的石崖开始,由沙坝往东南方划出一道弧线,直抵龙口城区,形成了一大片椭圆形的海面。整个龙口湾内外都是优良的渔场。

海岛的西部和北部都是陡峭的海蚀崖,居住了大量海鸥。站在崖上看海,那水清澈无一丝杂质,真正像蓝缎子。如果是阴雨风天,温柔美丽的海又变得黑乌乌的,凝重肃穆。龙口湾东部靠近城区分别有一个客货大港、一个渔港。两个大码头都有几百年的历史了,属于北方老港。

渔船有不同的猎鱼方法:进深海使用拖网等器具;将一面大网抛进一二百米远的海中,由岸上人扯住两端往上拉,即通常说的"拉大网"。在过去,后一种方法才是最重要的,是收获最大、最壮观的捕鱼方式。那时候鱼多,机械捕鱼船还没有,所以"拉大网"的收获常常是十分惊人的,一网就能拉上一座高高的鱼山。

沿长长的沙坝往东，可以一直走到烟台。这一溜海岸线除了有几处被山崖阻断，大半都是可以"拉大网"的开阔沙岸。所以这一段岸线的渔民最多，也最富裕。这种劳动方式已经延续了千百年，直至今日才有了改变：鱼类资源和人力资源同时减少，渔民只好驾小船去深海了。

"拉大网"人多势众，要同心协力就必须倚仗拉网号子。这种半喊半歌竟然演变成重要的劳动艺术，在千百年的豪唱中，其形式和内容渐渐固定下来。从屺坶岛往东几百里，不知要穿过多少渔村，也不知有多少渔场。这沿岸一途下去，拉网号子也多多少少地变化着，从内容到调式都稍有差异。

屺坶岛的拉网号子比起东部，最大的不同是音调起伏变化大，似乎更具舞台表演性。比如它能从最大声的号叫，一转而成小声的数叨，声音由低到高，由急到缓，再一次掀起高潮，然后放声号唱起来。

整个号子喊唱的内容与东部差不了多少，核心部分仍旧要提到一个"子虚乌有"的人："二姑娘"。这个"二姑娘"是一个不会衰老的女子，年龄永远在十八九至三十岁之间，在海边活了千余年，至今风姿绰约。拉网号子中直接描述她的文字少而又少，一直重复的不过就那么几句，可妙就妙在每次重复的音调与口气不同、声高不同，再配以长长的感叹、和声，一个活脱脱的形象就出来了。

这个"二姑娘"在号子中大致是顽皮的、俏丽风骚的，还有点小小的邪恶。她极有可能出身于贫苦人家，是个常来海边玩耍或买卖鱼虾的女子。由于夏天拉网的男子通常不穿衣服，所以绝少有女人靠近海边，一旦有个姑娘出现，那一定会引人起哄的。除非万不得已，女子是不会来拉网现场的。这种情景或偶有发生，或直接就是杜撰，是打鱼人为了解除劳动的辛苦寂寞而幻想和创造出来的。从屺坶岛往东至少五十里，沿岸拉大网的人所喊的号子中都有一位"二姑娘"。

"'二姑娘'这个鸟儿啊，不是个鸟儿啊！嗐哉！嗐哉！"这是他们反复喊出的一声独吼、一片和声和长长的感叹。前边第一个分句由一个嗓门最粗最躁的壮汉喊出，第二个分句则由众人应答；"嗐哉"两字是所有人一起呼叫的，节奏感极强。"鸟儿"在此并非不雅的字眼，而是相当于"这东西""这家伙"之类，有玩笑调侃的成分。以前有人解为垢语，是不确的，属于望文生义。后面的齐声"嗐哉"，也有人解为一句脏话的音转，其实也不对。在这里联系全部号子的语境和意涵，可理解为"好家伙"的音转。这是夸张和感叹，是突然看到"二姑娘"出现时，大家不约而同的惊呼。

可以想见，一群身强力壮的光腚男子在拉网，此时此刻出现了一位不速之客、一位光彩照人的女子，他们该是多么惊讶和兴奋。一群人干得更起劲了，完全忘记了劳累。在女性的注视之下，"拉大网"的工作顿生色彩和意趣。

"来一杆呀，又一杆呀！又一杆呀！又一杆呀！"这种一再重复的呼喊，同样是一人领唱，众人应和。对这极有限的内容，统一的解释中仍然未能挣脱淫秽的意思，其实仍旧是以讹传讹。这同样是呼喊中拖腔的音变，真实的字样应为："拉一绠啊！又一绠啊！"

屺姆岛东部一带，除了号子内容稍有不同之外，再就是调式的区别了。比如第一句领唱者呼号出的关键词"二姑娘"，就比屺姆人喊叫得尖细悠长多了，极具戏谑意味。而屺姆人却粗号猛烈，强悍，一直到后面的和声都是如此。这极有可能因为东部沿岸气候更柔和一些，风势一般不大，拉网人也相对舒服懒散，表演性就增强了。而屺姆岛海风强劲，领喊号子的人除非要大力粗吼，不然就带不起后面的和声。

屺姆号子的"启网""收网""卷网""抬网",分别有不同的号子。这些号子与东部号子既有相同处,又有很大的区别,除了语句变更,调性也改变了。"抬网"号子加了"往前走哇,到龙口哇!嗜哉!嗜哉!"说明从龙口湾西部收网,抬起渔网行进的方向为东,一抬头看到了龙口城区,那里是打鱼人的念想。

在呼喊的节奏与高低变化方面,屺姆号子比起东部有明显的差异。一般来说屺姆号子节奏更强,起伏更大,竟然可以从极为粗壮响亮的呼吼,一变而为悄悄私语,真是奇妙到不可思议。

这种改变的原因在哪里?由于一代代人都是这样喊唱过来的,所以必有一个漫长的演变过程。观测屺姆沙坝内外,一边是龙口湾,这里是主要渔场;一边直接面对了辽阔的渤海。在春夏秋三个捕鱼季节,不是西南季风就是西北季风,而秋末又是猛烈的东北风。这三个季节的风向因为屺姆崖的影响,在龙口湾内外拉网的人常常要"吃风",就是一张嘴遇到迎面而来的海风。于是当他们喊"嗜哉"时,就要将口型改变一下,这样形成的一片"和声"也就压低了,久而久之成为例行的"悄语"。这不是由谁规定的,而是自然形成的规矩,谁如果不这样喊,就会被指为"棒槌"了。

拉网号子貌似简单,实则千变万化。它的特点是内容单薄,几乎没有几句实在的、语意分明的叙述,却能在极简中表达相当丰富的意蕴。从屺姆岛往东,号子变化越来越明显;往北,则是渤海湾中的桑岛和长山列岛,那里的拉网号子又是另一番风味了。

2015 年 4 月

松浦居随笔

葡萄园

我不知还有什么比一座葡萄园更好。拥有这样一片园子将是幸福的。它是生机盎然和甜美的代名词,是和平与安怡、勤奋与劳动的代名词。如果这片葡萄园在半岛地区,享受了湿润的海风和明丽的阳光,那么简直就是无与伦比的美好了。

什么人拥有这样的一片园子更好?首先是种植葡萄的行家里手。半岛上有许多这样的人,他们的一辈子劳作就为了北风吹出的葡萄香气,为了人们口中的甜汁和酒厂的佳酿。他们因为日日操劳而变得肤色黢黑,脸上闪着光亮。

如果一个读书人做了葡萄园,那可能也是上上之选。为了不致太孟浪,这样一个人最好和老葡萄把式合伙干,这样才稳妥一些。这种工作不像想象般的浪漫,它甚至一点都不浪漫。这是一种辛苦的农活,也是技术含量很高的园艺。如果只看到一片茂盛的葡萄树而忽略了其中的奥秘,那是太天真了。以为施用了充足的肥水就可以享用适时而至的收获，那也太过奢望了。这是古老而神秘的种植，从地球的另一面算起，关于它的记载汗牛充栋。圣卷典籍上的尤其要注意，那些神圣的记录不可不牢记在心。

葡萄园会被学贯中西的人士看成某种象征。这个意思自然是存在的。这不是书生意气，更不是偏见。有葡萄园的地方该有完全不同的气氛，似乎属于另一种生活。这种生活质地甚至在现代工业化浪潮中也无法改变。

大量收获物都运到了酒厂。这是葡萄的合理归宿。也有一部分运到了鲜果市场上，由包着头巾的妇人看护和照料，向客人时不时地夸耀。葡萄产自哪片园子是重要的，葡萄摊前的人从不忘申明这一点。

有一些很大的园子工业化的痕迹很重。这除了它与酒厂有一种联合的关系，再就是整齐划一的机械化操作、一望无际的矮架，一切都给人这样的感觉。现代化的工业生产形式将古老的葡萄园的诗意冲洗净尽，这里就像大农场上等待大型收割机的麦田差不多。

开进畦垄里的小型施肥机、一架架自动喷雾器，都向人展示了规模生产的最新方式。这样的葡萄园告别了古老的诗句，也从圣典记录中剥离了。

我们在心底奢求的那种葡萄园还有吗？它在何方？

在半岛地区的确还有一些小型的葡萄园，它们安安静静地待在一些角落，同样茂盛或更加茂盛。由于拥有园子的人往往把这里当成了自己的家，所以总有一幢不大的屋子，有水井，有堆房，有看护园子的狗和无所事事的猫。这儿鸟雀比较多，它们好像更喜欢这里的烟火气，这里的错落有致。它们或许在这里看到了古老记忆中的园子。

小型的葡萄园一般并不使用中大型机械，所以并没有统一的矮架，而是矮架与高大的棚架兼备。比如那些园中的宽道就由高高的棚架罩起来，这样既可通行车辆又可收获果实。这样的棚架使园子看上去更加神秘庄重，增加了层次感和立体感，绝不像一片矮架那样单调、一览无余。

一座园中小屋就紧依在一道道棚架旁，像童话中的情形差不多。绿色移到、攀爬到高处，人们可以更好地享受它的荫护。夏天和秋天都是这里的好季节，园子凉爽、繁茂、朴素而静谧。每一座这样的园子都有花椒之类的矮树围成的栅栏，上面还有密密的蔷薇或凌霄。这是一道厚实的彩色镶边，加强和美化了一座葡萄园的概念。

侍弄这样一片园子，因为更多地倚靠传统的手工，所以会更加辛苦。这辛苦本身也透露出一点古典信息。辛苦是愉快的组成部分，正像劳动是幸福的组成部分一样。

夜晚，点亮一盏桅灯，在小屋的白木桌前记下一些文字。粗手捏住小小的笔杆有些吃力，但显然更加有力了。一笔一笔划在厚厚的笔记本上，像是用刀子刻字一样。许多事情需要写下来：园子里的事，往事回忆，某本书，对朋友的思念，愤愤不平的心绪。很多很多。

只有葡萄园而没有记述，这对于某些种植者来说是极大的缺失。除了夜晚还有雨天，只要是不适宜在园里劳作的时刻，种植者都要在屋子里书写。

消逝的灯火

现在的灯比过去更亮也更多了。城街的灯璀璨逼人，形状各异，是现代城市最得意的装饰，已经超出了实际照明的需要。这是一种浪费，还是适得其所的艺术，还得好好讨论一下才好。

增多的灯饰使一切场所变得更亮，在给人方便和享受的同时也似乎有了另一种不适。白天无阴之日就已经很亮了，夜晚如果太亮，就使日与昼的区别减少了。我们还会想念朦胧的灯火，想念街巷里的阴郁感。大树滴着夜露，月亮爬上来，地上一层莹光。这一切都会被强大的现代照明给破坏。

另有一些灯火消失了。它们曾经也是先进和文明的象征，不久又成为落后的代表。煤油灯，罩灯，桅灯，油汽灯，它们当年使人产生了多少惊喜，连关于它们的回忆都是温暖和亲切的。

在野外，那些远远闪亮的灯火可能是看林人的煤油灯，也可能是鱼铺老人的桅灯。在瓜田里，看瓜老汉的灯也是桅灯，它就挂在草铺的柱子上。神秘可人的夜之原野，有多少美好的感觉是源自这些闪烁的、若有如无的灯火？如果没有它们，那么原野就是空洞的，没有眼睛的，没有召唤的，没有希望的。

夜晚的点点灯火从遥远处透出来，那是多么好的安慰和期许。只要走近它就有故事，有水甚至有吃的东西，有未知的一切。孩子们像天上的星星一样单纯，他们不会过多地想到其他危险，而只会热情地兴冲冲地走过去。如豆的光明也有更大的感召力，他们只需迎向它。

鱼铺里的老人是最有意思的，他们让童年百读不厌。老人日夜伴着海浪，听着噗噗的声音，孤独了只会抽烟喝酒。太孤独了，所以他们的酒喝得太多，烟也抽得太多。他们的酒气直顶人的鼻子，见了小孩子两眼发亮，像打鱼的人发现了大鱼。他们捉住小孩，想让他哭。小孩不哭，他们就掀开羊皮大衣，把他收到衣襟内，然后往他头上喷出浓浓的烟。一番捉弄之后，小孩就哭了。为了哄得小孩止住哭声，他们就拿出鱼干和地瓜糖之类，小孩就笑了。之后就是讲故事，讲有头无尾的妖怪的故事，小孩又吓哭了。

看林人的铺子比鱼铺高爽，主人个个有枪。他们的故事总是与枪有关。这些人的枪筒子上堵了一撮棉花,这个印象让人永远不忘。看林子的人身体比鱼铺老人强壮,因为他们常常要离开铺子去林中追赶什么。这些人到了夜晚就把大狗唤进铺子里,让它挨紧他睡觉。大狗偶尔抬头谛听,嘴里发出一声:"呣!"主人就丢下一句:"毛病!"大狗于是又垂头睡了。主人讲故事时,大狗又抬起了头,听着,再高一点抬头,叫:"呣?呣呣!"主人于是说:"又来人了。"他迎出一看,又来了几个少年。

瓜铺里的老人烦烦的,把一切夜间来玩的人都当成了不怀好意的人。他们吝啬之极,这是职业的特征。来的人逗他说:"口渴了,给咱点水喝吧!"他说:"喝水水不开。""那就给咱个瓜吃吧!"他恶声恶气的:"吃瓜瓜不熟!"不过他偶尔也有高兴的时候,那会儿整个人就像全变了似的,轻手轻脚出去一趟,回来时就抱着一个又大又亮的瓜。在灯光下,这个瓜真好看,还散发出浓浓的香味。他不是用刀,而是用拳:嘭一声将瓜击碎。不规则的瓜片格外甜。看瓜老头说:"知道吗?瓜一沾了刀,就有一股馊味儿。什么都不能沾铁器。"

桅灯是野外才有的,它不怕风。它挂在木柱上,提在手上,无论怎样都让人喜欢。

我有三十多年没有见过桅灯了。

一些美好的树

相信人人都有关于树木的记忆,或一片,或一棵,或几株,是他们的故事和印象,甚至是一份情感。它们大半在远处,在依稀可辨的遥远之地,或早已经模糊了,消逝了。

一些美好的树留在了昨天,在原地,而我们自己移动了。有时候正好相反，是我们自己留在了原地，而树木离开了，不见了。

总之我们与它们的故事，是分别离散的故事，是伤感的故事。这种分离往往是人间最不幸的，它或许根本就不该发生。想想看，当我们离开一片土地很久之后，归来时一眼又看到了它待在原地，那是怎样的欣喜。这时会有一句滚烫的话在胸间泛动：又回来了。它像昨天一样沉默、含蓄、深情，也像昨天一样细语和注视。你想听清它的每一句话，你抚摸它，亲近它。它从不主动对你说些什么，现在仍旧如此。但是它镇定自尊地站在那儿，满怀期待或一无所求。

我还记得少年时代的那片白杨。它们高大，洁净，挺立在白色的沙滩上。每一株都英姿勃发，树干粗粗的，泛着鸭蛋青色，叶片油亮。它们相互之间并不密挤，而是恰到好处地疏离，相距有五六米或十几米不等。它们组成了不大的一片疏林，自成一个世界。这是我度过了许多美好时光的地方，我迷恋关于它们的一切。冬天春天，夏秋，它们都有自己的故事，自己的表情和模样。洁净的沙地上偶尔走过一只小虫，它在树下徘徊一会儿，然后就沿树干爬向高处。蝴蝶飞来了，从这一棵飞向那一棵，亲近过一株白杨才离开。有五个大喜鹊窝建在了树顶，这些一尘不染的大鸟与这些白杨是最好的朋友。牵牛花开了，一朵朵仰向天空，似乎要与高大的白杨对视。

如果穿过这片白杨树往西北方向走，大约是五六华里的地方，还会遇到七棵高大的橡树。人们都说这七棵树是年纪最大的了，到底多大年纪谁也不知道。它们是兄弟七人，从很远的地方走啊走啊，一直走了几千里，直至看到了这片沙滩。它们大吸一口清新甘甜的空气，看看脚下和四周，决定就生活在这里了。它们驻足不前，从一棵棵不到碗口粗的小树，长成了如今这样的苍劲大树。它们不像白杨那样笔直，而是略带弯曲，看上去就像探身说话一般。它们相距也有五六米的样子，每到了风大起来，就要大声地费力地说话。它们是兄弟，它们总是有说不完的话。

在我的心目中，没有什么树比橡树再严肃的了。它们黑黑的粗粗的皮肤，说明这是一种在风霜里毫不畏惧的生命。它们一律都是男子汉，刚直，坚定，眼神沉重。树木像人一样，有目光。我试着感受过不同的目光。柳树的眼神是顽皮的，白杨的神色是温暖的，槐树的眼睛是闪烁的。橡树有时严厉地看着我，让我小心翼翼地挨近它，或退开一点。但我喜欢它们，有些离不开它们。我每隔几天一定要来看望这七棵橡树。

我们居所正北方是园艺场。在场部的边缘那儿有东西一排大银杏树。它们奇异而旺盛，漂亮极了，那么神奇的叶子，简直是画出来的一样。我看过了多少树木的叶子，就从来没见过一种叶子像银杏的一样美丽。每一片叶子就像一面小小的扇子，又像一只小巴掌。它有均匀的掌纹，有涩涩的手感。银杏的表情就来自叶子，这叶子是娟秀而羞涩的。

银杏树从第一眼看到就是那么高大。它们一定是先于我很多年来到这片沙滩上的，那时这里可能是清静的，没有多少人烟的。它们见证了这里的一切，将所有的故事都记在心里。我不知道它们与那片白杨和橡树是否互通消息，只知道不同的树林是难以相见的，因为它们无法像人一样移动，只要生在了哪里，差不多也就要待在那里一辈子，直到生命结束。

我认为银杏树全都是女性。它们温柔细腻，有和善的面容。它们的身材高爽而美丽，几乎比人世间一切的生灵都要好看。是的，植物和植物、植物和动物，所有的都可以比较，比性格，比容貌和身材，比力气和品德。当然这种比较是十分困难的，有时真的难以判断。比如一只洁白的小羊和白杨之间，它们谁更洁净和可爱？再比如一头青牛和一棵橡树，它们谁更有力和顽强倔强？还有，我们班新来的女老师，她不知为什么越看越像一棵银杏树。

在离我们家不远处有一棵紫叶李。它长得有屋檐那么高的时候，简直茂盛到了极点。叶子浓浓的，枝条疏密有致。我几乎每天都要从它身边走过，除了高兴也没有什么其他的感觉。可是这一年夏末的一天，大约是黄昏时分，我正从它的西面走来，当走到它的旁边时，突然就将脚步放慢了。我在看它，渐渐一动不动了，我觉得它太美了，太可爱了。我这时才意识到：我爱上了这棵紫叶李。

一连许多天，我都要远远近近地望向这棵紫色的树。我甚至觉得我们之间彼此拥有。我有许多话要向它倾诉，而它也不停地向我诉说。我在依偎它的时候，感受到了来自它的痒痒的抚摸。那时我已经清晰无误地明白了，这是发生在人与树之间的一场爱恋。这也算初恋。

时光飞逝，转眼十年二十年过去了，三十年四十年过去了。我走向远方，树木们留在原地。我向它们告别，然后一步步远去。我在几年后也曾回过那片沙滩，那时就有一次难忘的相逢。后来我越走越远，返回的机缘越来越少。我在异地他乡想念着那些树。

我特别想念那棵紫叶李。

我想念我的白杨林，七棵橡树和一排高大的银杏。我想念所有的树。

直到有一天，我又一次归来了。这是可怕的遭遇，因为那无边的沙滩上所有的一切都在改变，时代之劫终于开始了。我看到了塔吊、围墙、人流。唯独没有了树木。荒原被剖开，一条条壕沟里是铁锈色的水，让人想起血汁。那棵紫叶李早就没有了，我甚至无处指认它原来的、具体的生长之地。七棵橡树没了，一排银杏没了，一小片白杨

111

没了，一切都没了。

那些可爱的树都没有了，它们因为完美和正直，所以难以存活人间。人世间的杀伐是如此惨烈，以至于没有留下什么。当几十年过去之后，谁能在故地找到记忆中的大树？一片，一株，一丛？都没有了。

管理一片林子

看来我这一生是没有这样的幸运了。人生来可以做许多工作，它们对于一个人的意义是多么不同。比如说如果有这样的机缘，我能否拥有和管理这样的一大片树林？拥有是一种自由，是为了更好地管理；不拥有而管理，那也不错，但会发生与管理者的意志相去很远的事情。那将十分痛苦。

这片林子很大很大。多么大？开车或骑马走上一会儿才行。树木很高大，树种很杂，有的地方稀疏，有的地方密挤，密挤处望上去黑乌乌吓人。有林中空地，那是到了冬天泛出金色的草地。

所有的植物都长得健硕生旺，因为这片土地太肥沃了。剖开泥土就是油黑发亮的所谓膏壤，有一种沃土才有的美感逼近。林中气息厚重而沉郁，是大林子大树木大沃土才会滋生孕育的，走贫瘠之地是绝不会有这种嗅觉感受的。

柳树林有一种闲适感，让人想起春天，想起朴素的民居和不远处的庄稼。松树沉穆踏实，冷，和冬天的意象混在一起。多么好的威严的大橡树，至少有五十年的树龄，苍黑的枝干给人无以匹敌的力量感。没有大橡树就让人想不起北方，想不起严肃的辽阔的北方。最美的树木大概是白杨，它的挺拔和树干的颜色，都像青年英气勃发的一面。白杨既不过分严厉，又没一丝嬉闹，温煦而庄重，是最舒展最优雅的树木了。

这是一片北方的树林，大部分树木冬天都要落叶。在秋天的苍凉里，如果没有风，就会感受一种异样的肃穆。即便是夏天，浓重的荫色深处也不会有令人烦恼的湿热。林子里时常看到深棕色的兔子，还有在枝叶下闪烁一双美目的狐狸。黄鼬胆子很大，许多时候并不怕人，在离人十几米远处提起一对前爪观望。野鸽子在远处鸣叫，这使林子变得更加幽深。

有一条浅渠从林子里流过，清澈见底，渠边长满了长胡须般的草叶，那里藏了各种鱼。一些大一点的鱼如河鳗在渠底无声滑过，水面的小蜻蜓循着鱼迹飞过。渠水在最茂密的杂树林那儿拐弯，旋出小小的半月形的沙地。这片沙地洁净得一尘不染，是最适合驻扎帐篷的地方了。

在不冷不热的中秋，一顶小帐篷坐落在渠边。帐篷里有折叠床，有一些日用杂物，有老茶和烈酒，还有一只装满了书籍的木箱。在帐篷外边一点，离开渠水三五米的地方有一只炉灶，它用来兴炊。老茶煮得发黑了，浓浓的香气一直飘进帐篷。

帐篷离林中小屋有六华里。那座小屋才是主要居所。小屋由老树桩做墙，内壁涂抹了厚厚的草泥；屋顶是苫草做成的，风雨把它洗成了苍黑色。院墙由碗口粗的木桩和砖块一样厚的木板围起来，将小屋和一旁的堆房绕在一起。鸡舍也离得不远，它们需要依傍着主人。鸡舍旁的一条小路连接起一片空地，那里是一个打理得很好的菜园，里面的豆角和韭菜长得油旺旺的。

在这片树林的东南部，有一块更大些的空地，那里经过了几年的操劳，已经成为一个人人羡慕的葡萄园、一个小果园了。这是林子里的大芳香和大甘甜，是让林子主人最骄傲的地方。主人有几个帮手，这些人和他的家里人是同样亲密无间的。从形貌上看不出哪个才是主人，因为林中生活让这些人变得皮肤一样，黑中透红。他们都常常打赤膊、绑裹腿，手粗，眼亮，口角常常被野果染上颜色。

在靠近葡萄园处有另一处稍大些的屋子，它也是草顶，只不过是粗石做基的泥墙，窗户开得也大。原来这个屋子除了住人，还包括一个小小的葡萄酒作坊、一个豆腐房。一条和善的大狗在屋子近旁走来走去。

因为要在这片大林子里做没完没了的工作，所以每个人都很忙碌。这种忙碌也使他们心情愉快，只偶尔有些小厌烦，比如不小心被马蜂蜇了、一些有害的杂草疯长之类。常常有一些外面的人走入林子，他们一般都是采药人、养蜂人和猎人。猎人是不受欢迎的，结果总是被不无严厉地劝走。还有采蘑菇的，这些人都受到了和气对待。其实在林子里常年劳作的人最擅长采药之类，他们知道怎样医治自己的病，很少到林子外边求医。

在外来养蜂人的帮助下，林子主人也有了几箱蜜蜂，于是也就有了吃不完的甜蜜了。

他们还尝试过做了个很大的暖窖，这样就能在冬天栽种嫩绿的蔬菜了。除此而外还试种过茶树，结果失败了。

说不定什么时候会有一两个有趣的客人。这些人来自天南海北，大致是主人的朋友。他们需要和林子里的主人席地而坐说说话，或者在木桌旁喝茶聊天。最受欢迎的礼物是客人的新茶和书，主人回报的大致是蘑菇和草药之类。

那条日夜不息的水渠在林子北部积起了一个大水潭，经过林中人几个季节的挖掘修整，已经成为一个水面开阔的小湖。湖边林木蓊郁，湖心水浪微微，时不时还有跳鱼。夏天的小湖是大家的最爱，几乎每个人都能横渡湖水，顺便逮一两条鱼回家。小湖中有蛤蜊和毛蟹，有细细长长的银鱼。

林子主人有忠诚的大狗，还有顽皮的猫儿。猫儿分别在主居所、葡萄园屋安家，还随主人蜷在帐篷里呼呼大睡。这是林子里最幸福的生灵，它一天到晚工作清闲，尽情玩耍，爬树或钻灌木丛，有吃不完的东西。所有的猫儿都洁净、聪慧，有一张俊俏的脸。

春天繁花，夏天浓绿，秋天果实，冬天冰雪。比起前三个忙碌异常的季节，冬天的林子要悠闲多了。不过在北方的冬天，的确需要好好对付这些极严肃的日子。大风吹拂几天之后，严寒就凝结在白杨树梢了。大橡树愈加沉默，它们脸色如铁。柳树、白蜡树、火炬松、苦楝、洋槐，都抱紧了自己的衣服。

渠水结冰，一路结到那个小湖。小湖亮闪闪的，真的成了一面镜子。林子里的人有一两个会滑冰的，他们试着滑到湖心，听到嘎嘎一响，又赶紧滑向岸边。

小屋是不怕严寒的，因为里面有一个泥坯垒成的大炕，它连了灶口，并且有长长的烟道通着墙壁的空腔。灶火燃起来时，半个墙壁都是热的。灶口上滚动沸水，煮了糯香的吃物。白天在暖融融的屋子里喝茶，讲前三个季节积累的故事，真是惬意之极。冬天的夜晚太长了，这样的时光被一盏桅灯照亮，让人尽情享受。该把自酿的米酒和葡萄酒端出来了，还有自制的鱼冻和香肠。

身上的热力

从心上漫开来，继而涌遍全身的一股热力，会让人坚持和不倦地去做一件事、做成一件事。这种热力是由生命力的强弱来决定的，拥有强大的生命力，涌遍全身的灼热感就会频频出现。这也可以看成是生命的冲动。但冲动的性质和结果会是不同的，强有力的冲动会把一个人的行动推向很远。

随着年龄的增长，人会变得沉稳和迟缓。一般来说年轻人是更长于行动而少些顾虑的。从生理上讲年轻的心脏推动血流更有力，生命还是簇新的，外部的世界也是簇新的。一个人在渐渐走向衰老之后，会涌起多少年轻的记忆，总是回忆翻过的一座座山岭、跋涉的一条条长路。

为什么要动身？就因为心头一热，再也不能停息，于是就行动起来。去结识、去倾诉、去辩论、去劳作、去寻找、去歌唱。汗水浸湿了浓密乌黑的头发，迎着冰凉的北风毫不畏惧。这就是青春的优势，青春很少叹息。

还记得那些黑漆漆的夜晚，因为月光还没有升起，所以丛林和沙地显得神秘吓人。听多了鬼怪故事，认定所有的鬼怪都在这样的夜晚。可是心口发热，这热力一点点散到全身，当从胸部扩展到双腿双脚的时候，也就再也按捺不住了。

不管随时从黑暗里溜出的鬼魅，也不在乎荆棘刺破双腿，翻过一座座沙岭，穿过一片片丛林，还要过一条河，去对岸找一个能够聆听的人。这个人是少年伙伴，他能够欣赏我刚刚写出的这篇文字。

一路上想象着灯下诵读和倾听的情景，那是多么有趣又多么幸福啊。不记得还有什么比这样的经历更诱人，它可以深深地吸引我，并让我久久地记在心底。

因为走得急促，我的衣服很快汗湿了，头发粘在前额上。月亮刚刚升起，黑影处有什么沙哑地叫了一声。不知是否看花了眼，好像有一只大鸟扎到了旁边的灌木中。天上的星光渐渐稀了，这个夜晚清明极了。

终于踏上了窄窄的独木桥。这小桥滑滑的,走到中间就颤颤悠悠的。因为心急和兴奋,我几乎是跳着跑着过了河的。

小村紧紧伏在河岸不远处,差不多没有什么灯火。我多么喜欢这样的小村和夜晚,甚至喜欢它的气味:有一股白杨花的气息从小巷里飘出,一直钻到鼻子深处。鸡鸭入窝了,它们为了缓解一天的辛劳而不断发出哼哼声。狗打哈欠的声音尽管不大,但十分清晰。猫在院墙上守候了一会儿,开始扭动着走路,偶尔止步,自信地望着远方。

敲开了朋友的门。啊,不吭一声,一只手搭到肩上,就接通了最隐秘的暗号。我们急急地奔到小屋的东半间里,脱鞋上炕,炕上有一面小木桌,桌上是如豆的油灯,我们盘腿相对坐下。

我读起来,声音不高,就像深夜里的溪水在流淌。他垂睫倾听,一会儿发出轻到不能再轻的一声:"啊!"他的嘴巴微微张开,露出稍大一点的门牙。我只停了一秒,然后又让溪水流动起来。

当诵读完毕的那一刻,我已经知道了他将说出的一切。他的话在腹中跃动时,我就能一字不差地捕捉它们。这事多么奇怪,可差不多是真的。他赞叹,重复我说过的一些句子,找出我自己最得意的字句和段落。我知道,任何有趣的字眼儿和意思,都别想逃过他的耳朵。有时我想把最好的东西藏在文字的丛林里,再盖上一层茅草,可是一切都没用,他全能翻找出来。

这是少年的至宝,彼此都将对方作为至宝,珍惜,庆幸,依赖,羡慕。真不知道人世间还有什么能够抵得上这种相知和友谊,和这一切的价值。一人因为感激和幸福,鼻尖上生出了汗粒;另一个在特别的冲动中,使劲扭动着双手。

夜深了。但是必须离去,因为第二天还要起早上学。再说家里大人一旦发现孩子彻夜不归一定会分外焦急。

就像去的时候一样,回程再次经过那条河、那些起伏的沙岭,还有丛林。不过最大的不同是月亮更高了,整个大地都笼罩在晶莹的光色里,而且四野愈加安静了。

我心上充满了异样的感觉,这是语言难以表述的压抑了的冲动,一种表面上的满足和平静。我正为自己的创造而自豪和得意,并像一个领取了最大奖赏的人那样,用自信和欣喜的目光打量周围的一切。

道德楷模

几十年之后,我再次回到这个镇子。街巷变化不大,这让人一下想起往昔。匆忙的生活让人无暇回返,甚至连思绪也要紧随脚步。我熟悉这里的人和事,许多故事在短时间一齐涌上心头。这是一种热辣辣的感觉。

镇子上中年以上的人才认识我。这里出现了这么多青春的、陌生的面孔。于是我只能和中老年人说话,共话当年。那些熟悉的人和事成为今天的话题,说了一件又一件。令人神伤的是,那么多人死去了,他们已经永远离开了这个镇子。这是我始料不及的。扳指算一下,他们的年纪的确不小了,大约在六十至七十之间,个别是八十岁左右。

可是我发现有一些年纪更大的人还活着。这其中的几个还出现在街巷上,张大嘴巴看着我,然后就笑了。他们的笑容还像昨天一样顽皮。这些人的记忆力都很好。

在镇子上度过的第一个夜晚久久不能入睡。我在想往事,想那些离开的人。我后来突然觉得有什么不对劲,就打开灯坐起来。我在想：真是奇怪啊，这简直有点巧合了。我发现那些离开镇子的人，大多都是中规中矩的人，他们口碑很好，受人尊敬，可以说是镇子上的道德楷模。而今天仍然健在的几个老家伙，当年都是令人厌恶皱眉的。这几个家伙几乎个个不太正经，时常流出不雅的传闻，简单点说就是有"生活作风问题"。可就是这样的几个人，他们尽管年龄这么大了，还要赖在这个镇子上，久久不愿离去。

如果说生活中有太多的不公平，那么这个镇子就是最好的例子了。平时常说的一句话是"仁者寿"，难道这几个行为不端的家伙是"仁者"吗？

我想不明白。

遗弃与忠诚

黄昏时分的岔路口，有一只土黄色的小狗在遥望。这是一座矮山，石砌的三岔路口上，这只小生灵在专注地望向一个方向。它大概记得主人是从那个方向消失的。它望得那么专注，歪着头一动不动，以至于我们叫了它第二声时才转脸看了我们一次。它依旧定定地望向原来的方向，竟丝毫不顾我们怎样从它身旁走过。

我在不远处观察了一会儿，认为一定是它的主人让其待在这儿，他（她）要离开一会儿。我们疑惑的是，这位主人为什么要让它独自等待？要知道它和儿童是差不多的，如果在山野上独处的这段时间走丢了或被他人领走了怎么办？我们还不忍心想别的，真的没有想过它会被主人遗弃在山路上。我们的同类会做出这样的恶行，但最好先不要这样想。

我们往前走去，在山路上游玩了一个多小时才转到原路。我们发现那只小狗还待在原地，还在望向那个岔路口。我们终于怀疑，可能是主人把它扔在了这儿。那个可怕的时刻主人也许欺骗了它，让它先在这儿待一会儿，说自己很快就回来，然后就溜掉了。

它于是等下去。它牢牢记住主人还会返回。它以为人类像自己一样，一定会信守诺言的。

我们仔细端量了这只狗。它的体量比中型狗小一些，已经成年，也许有两三岁了，总之是很成熟的样子。严肃，善良，无助和可怜。它很有自尊地看看我们，然后仍旧看着那条岔路。天色很晚了，山路上已空无一人。

在它身旁耽搁的半个多小时里，我们开始讨论怎么办，是不是将它领回？当我们之中有人试图这样做时，它严厉地表示了拒绝。

它还在等待那个人，等它的主人践行诺言。

来了一群大清的人

比我年长四五岁的朋友告诉我一个令人吃惊的故事，这是他亲自经历的，没有一丝夸张的。他说：

有一年秋天，是初秋，天还有点燥热，六七岁的他正在路边一家饭店里玩。那饭店空空荡荡，食客不多。大约是接近中午时分，突然杂杂沓沓进来了一帮挑担子的人，一色中青年男子，都很壮实。他再次注目立刻有些惊讶，还有点小小的害怕，因为他看清了，这帮人打扮差不多，老式布扣衣褂，宽松的黑裤；最主要的是个个剃光了前额那儿的毛发，扎了长长的独根辫子；这辫子有的缠在颈上，有的搭在背上。

他这样端量时，店里一点声音没有。所有人都在看着这群客人，见他们轻撂担子，擦汗，坐下来准备吃饭。旁边有人半晌才轻轻吐出一句："大清的人！"

这一伙打扮完全是清朝式样的人不是来自舞台，而直接就来自现实之中，这在现场的所有人看来都是新奇而怪异的。听口音这伙人其实并不远，问了问，原来来自泰山周边的山村。

我的朋友说，他和身边的几个人好奇极了，一直盯着这伙人，看他们怎样吸烟、买饭、怎样说话和吃饭。他发现这伙人礼礼道道的，互相像敬酒那样举碗，然后才喝下一口白水。这些人不太笑，嗓门也不高，话不多。

后来时间长了一点，他和几个人才试着问他们话，这一问才知道是进城担东西的。他们常年住在偏远的山村里，那里交通不便，这回是头一次被人领出来。原来在当地，许多人都是这样的穿戴，所以这对他们来说一切都是自自然然的。

这个故事让我久久难忘。像朋友说的那种装束，而今只有在电视剧中才看得到。这真是不可思议。要知道朋友口中的那个场景，就发生在上世纪五十年代初的济南，具体点说是靠近城市西郊的一家小吃店里。

这使我想到了服饰的演变，它的许多诡谲之处。服饰与方言古语一样，只保留在商业文化活动不够剧烈的偏僻之地，在那里留下几处标本。时间在那里不是停滞了，而是大大放慢了。

不同的时间流速，使历史的印记更清楚有序地展示出来。不同的印记叠加在一起，让匆忙的历史从容一些，驻足观察的机会也就来了。

比如说，除了大清的人涌入五十年代的街头，更早的人可不可以？如果仅从观感而论，我们不少人都喜欢明代的服装，赞叹它的五光十色，华美和大方。我们街头出现一些明代打扮的人，且又不是为了表演而来，那该是多么美、多么动人。

看来这是不可能的。人总要趋新就时，要跟上时尚，只要时新就是美，美没有什么固定不变的客观标准。人如果能真正自由地选择，真正独立持守地生活，将是难而又难的事。

仅仅就服饰打扮来说，人也不是自由的。

一位兄长

因为一次工伤，他成了瘸子。那还是十八九岁的时候。这个英俊的青年从一个大工业城市回到了故乡，可能认为一个伤残之人更适合生活在乡村吧。这种认识大概是一种错误。反正万般辛苦都让他经历了。他的一生实在是不幸的。我认识他的时候他已经二十多岁了，真正算得上一位兄长。他结婚很晚，主要原因是他长得十分俊美，但却是一个瘸子，这就有碍于农事生产，所以极不利于婚配。他虽然伤残，但人还没有彻底颓丧，心气也算高，在择偶方面也就挑剔了。

这位兄长的女人肥胖和善，面庞纯朴，大概这是最可爱的方面，也由此而博得了男人的爱护。他们一生相伴相持，非常和美。

但是这并不意味着这位兄长的始终专一。随着日月的延长，风气多变，风俗也不尽相同，喜欢兄长的女子终于不少。她们与他交往和爱恋，因为没有了不利劳动生产的担心，只专注于爱的本身，所以也就觉得这个男子卓越了。男女之爱没有附加地位及其他条件，这爱也就单纯了。于是这位兄长在海边，在河的两岸，都有一些爱慕者。这些女子在许多年后议论起他，还咂着嘴说："那真是一个好人！"她们越是到了年长，越不忌讳什么。

这位兄长善良，自尊，热烈，拖着一条瘸腿在人世间寻找爱情的样子，许多年后都让我记得清晰。开始不知道是怎么一回事，最后才明白其目的所在。因为观念的不同，个别时候他会受到严厉的指责，这时他就表现出了巨大的痛苦。他不安而胆怯地问我："怎么办呢？我！"我认真地批评他，自认为有责任保护他的贤妻，让她免受伤害。他叹息说："我这方面到死才能改吧。"

对于善良的妻子，他无微不至地关怀，嘘寒问暖，唯恐她悲伤。她也多少知道男人的行为，却并不狠责，只皱着眉头对我说："愁死人了啊。"

这位兄长因为青年时代在工厂工作过，所以对一切机械都表现出热情，也比大多数人显得内行。他懂电、拖拉机、压面机、钟表，对一切有齿轮的东西都大感兴趣。儿童的电动玩具坏了，必定要找他修，他会将一些小小的齿轮摊在桌上，非常享受地忙上半天。对于机械方面他确有专长，这更多的不是知识的多少，而是一种罕见的天赋。比如当时极为少见的手表戴在一位女教师手上，它坏了，对方就找到了他。没有修表的工具是不可能完成这次修理的，但这位兄长毫不畏惧地收下了它，然后闷在家里琢磨工具。我亲眼见他怎样打开了这只表，马上对复杂无限的精微内部感到了恐惧。我知道，这一次兄长遇到了大麻烦。

谁也难以想象后面的事情。兄长笑眯眯地看了一会儿，用一根细小的铁锥触动了一下，说："看到了吧，这么多小齿轮！"我听明白了，正因为齿轮多，他的兴趣才大，也变得信心无限了。他从一旁取出一个不大的油布包，打开它，是一小堆长长短短的工具，如小螺丝刀、小镊子、小钢针之类。他还取来一只长柄放大镜。从镜子后边看着他的眼睛，真是大得吓人，就像牛眼。

几天之后，手表修好了。他将手表戴在自己手上，去找那位女教师了。对方是因为丈夫出身问题遣返到农村的，从打扮到长相都美得出奇。兄长把修好的表还给她，她感谢了他。

后来我不止一次看到黄昏的光色里，兄长一拐一拐地陪女教师散步。他们竟然好上了。当我知道这个之后，简直吃惊极了。我第一次觉得兄长配不上女教师，因为对方不仅美丽，而且芬芳四溢。而这位兄长，在常年的奔波操劳中，已经相当憔悴了。他的指甲因为经常摆弄机械的缘故，差不多天天都是黑的。我表示不解，说："她怎么会同意、愿意？"兄长咬咬嘴唇说："这个，需要好好商量的。""这种事也能商量？""能，总能的。"

我因为上学和工作，离开兄长很有一段时间了。这中间回来几次，因匆匆来去并没有见面。大约相隔二十多年了，我总算有机会好好地看一次兄长了，问了问大吃一惊：人早不在了，他和妻子都不在了。

原来那位女教师随着落实政策就返回了城里，兄长失去了她。这中间他虽然也千里迢迢去寻过她，但总是难得一见。就这样，兄长的身体一天不如一天。他的妻子用各种好饮食滋补男人，结果还是无济于事。

在一个冬天，兄长去世了。他离世前手腕上戴着一只表，那是女教师赠予的。

夜　访

在荒野上有一座小土屋，它的四周光秃秃的，少树木，更无邻居。土屋平时静静的，无声无息。一天里的某个时候，会有一个老男人从屋里出来，在屋外忙些什么：搬搬屋旁堆的碎木，从屋前的土井里提一桶水。

这个老人脸黑黑的，戴了一个黑线小帽，嘴闭得紧紧的，看上去有些吓人。谁也不认识他，都认为这个不属于任何村庄的人太奇怪了。我们几个一直观察他的少年觉得，这人足够可怕。大家甚至打赌，说谁如果敢于一个人进到他的小屋，那就是极了不起极勇敢的；谁如果敢在夜间进屋，那更是了不起的。大家谁都不敢逞强。

我从未想过独自一人去小屋探险，因为这太可怕了，也实在没有必要。

怪就怪在有一天夜晚我走在月光下，不知为什么一抬头看见了黑魆魆的小屋，心里立刻痒了起来。我端量了一会儿，竟然不太畏惧地迎着它走了过去。

小屋没有围墙，只有半截豆角架子简单做了标界，走过它，就算进了小院。小窗上灯光阴暗，肯定点了一盏煤油灯。我在门口站了一瞬，然后敲了一下，还没等里面的人应声就推开了门。一股浓浓的煮红薯味儿。

老男人坐在炕上抽烟，好像刚刚醒过神来。他看着我，烟斗含在嘴里。他不说话，偶尔发出一声"哼哼"。我在离他三四步远的地方站住，没有勇气靠前。我并不知道为什么来这儿，只是想进来。

他从炕角端过一个小筐，里面是黑乎乎的东西。灯光下我努力看着，看清是小半筐炒糊了的红薯条，就是当地人所说的"地瓜糖"。它的做法是将红薯煮熟，然后切条晒干，最后放在锅里，埋入大量细沙炒熟。地瓜糖是过年时家家必备的，平时倒也少见。他的眼神送来鼓励，我就取了一个。地瓜糖在我嘴里咬得咔咔响。

他抽出烟锅，也捏了几个地瓜糖。

余下的时间我一边吃地瓜糖，一边端量这小屋里的一切。只有小小一间，被一个大炕占去了一半。炕上是油滋滋的蓝被子、枕头。屋角有紫穗槐编成的小囤子，里面装了半囤红薯。有两只小木凳。还有一些不起眼的杂物，如一个生锈的老鼠夹子、一把小镰刀、一个玻璃瓶。好像再也没有别的东西了。

他咀嚼地瓜糖的声音真响。我这会儿觉得他的食物主要是地瓜糖。这就使我明白了，他为什么不到别处去，很少出门，也不需要邻居和其他亲人，因为他的生活是最简单的，只要有水、有地瓜糖就可以了。

在屋里待了一会儿，我终于坐在了那只小木凳上。老人一直看我，吸烟，不时抓一块地瓜糖放进嘴里。

我要走了。当我一脚踏进小院时，觉得外面的月亮真大啊。他站在背后，说："哼哼。"

我离开了。刚跨出小院我就飞跑起来。跑了足有四五里路我才站下。我发现自己的衣服全都湿透了。回身望那座黑魆魆的小屋，它在月光下竟然微微活动，就好像一只大动物在呼吸似的。我搓搓眼，小屋不动了。

2014 年 8 月

书院的思与在

一

有朋友从远方来是让人特别高兴的事。近处的朋友更是经常来，他们和我们一起工作。远远近近的热心人聚集到这里，还有不定期来此工作的"义工"。我想可能因为这儿是书院的缘故吧，所以才有了一些友谊的、精神的聚会。我以前谈到书院时，曾试着说明白她的一些特质，就借用了楚辞里的一个词，说"书院"这两个字当中有一种"内美"。我想现在不是别的，正是这种"内美"将一些朋友吸引过来。当然这种"内美"还需要今后我们一起去发现，看看这其中到底有些什么。

我以前想象的书院不是热闹地方，不是庙宇，不是旅游景点，不是一个机关或什么事业单位。她清寂单纯，就像一个粗手大脚的劳动者微笑着站在野外。说是这样说了，她美好的内容还需要许多人去一起挖掘。

但是我也知道，这种工作千万不能急躁，不能焦躁，也不能因为有人不理解，来参与她的事情，就不高兴。因为大家都会不同程度地存在着不理解的现象。相互启发，用美好的心情吸引对方，事情就会逐步干好。这个过程可以说是我们在寻找一座现代书院，一座现代书院也在寻找我们。这是一种双向选择式的、人与事物的一场美好遭遇吧。

有人说既然是继承古代书院，那就依样去做就行了，只要不走样就行了。其实哪有这么简单。现在毕竟不是古代了，再说古代的书院也有各种主张，倾向也不一样。历史上一度书院很多，多到了泛滥的程度，但这并不等于学术和教育的繁荣。一些家族私学，一些简单的藏书之所，都冠以"书院"的大名。比如现在，连一些书法和画画的场所也叫什么"书院"，在概念上真是荒唐得可以。当然，关键问题还不是名称。

最美好的东西，一些人物，一些理念，在历史上由最优秀的书院传下来了。书院有一些伟大的主持人，当时叫"山长"。就因为他们的精神在那儿，书院也就在那儿了。关键是坚持和专一，头脑既清楚又执着。从古到今的道理都是一样的，生活在任何时代里的人都要有爱心，都要爱得深刻，然后做事情的目标也就有了，态度也就有了。如果一个所谓的知识分子不关心人，不忧患世事，没有文化上的坚定性和责任感，只想有点"说法"，就会成为一个酸腐文人，就没什么意思了。

一想到书院就想到诵经。经是经典，当然不会是一般的佛经。是需要诵经——读经。书院如果不守住中国文化之根，那就非常可疑了。近百年的中国历史中，中国文化之根并非是逐步强固的过程，这个毋庸讳言。可以想象，我们的现代化过程中如果出现了一批深入研习中国文化的年轻人，而且能蔚然成风，我们的民族就好了。这才是时代的觉悟。许久了，博大精深的文人或者无声，或者做些鸡毛蒜皮的事情，并且因此而得到了不适当的推崇。长期以来，我们不仅没有了钱穆这一类人，就连南怀瑾这样的先生也没有。所以我们今天的书院不得不再一次强调：从头读读四书五经吧。

现在有些文学人士，一开口就是杜拉、杜拉，昆德拉、昆德拉。总这样"拉"也不行，因为太简单了，太偏食了。谁还能指望这样的文学有什么深度呢？中国的文学必然是从自己的沃土上茁壮而生的，这个不必怀疑。

当然，就书院来讲也有个面向世界的问题。全球化时代不是我们的理想，却是一个潮流。我们在这个时代里将有自己的对应，所以还是要听到窗外的风雨之声。所以我们的书院没有建在山东腹地，没有在邹县和曲阜这种地方立足。但问题是这儿海风太强，摇摇欲坠，中国文化的砖石更要好好垒起来才行。也许我们根本就不能做成什么大事，既不能惊天也不能动地，但我们为一种文明的传承坚持了，做了，尽力了，这就很好吧？这也可以算是过去说的"大事"。书院存在下去，这真的是一件大事。

二

从历史上看，书院是高级形态的研究和教育机构，不是培训班之类的，也不是一般意义上的大学。她首先需要相当的能力，具体说来就是能够与一个时期最高层次的思想和文化对话。没有这种能力，也就成了遍地皆是的私学和官学，或者狭隘，或者办成平庸的庙堂。她屹立于天之一角、一隅，正好得之于偏僻。她有时也可以沉默，可以不发声，但是她要存在那儿。她任何时候都要有自己的磁力线，要辐射和切割，要生电。

惠特曼说："我歌唱带电的肉体"。他其实是歌唱真正的生命力和创造力。在古代，那些著名的书院哪个不带电？不带电的肉体只会是淫荡的肉体，不带电的书院也必会是一个空有其名的俗物，变成一些好事之徒的俗腻场所。

学者来了，要住一段时间，每一次都会有特定的安排，比如和大学搞一些活动，制订较为完整的学术研究计划等。比如某个学者来书院，计划是半个月的时间，到哪些大学去，有哪些大学来，研究的题目是什么，等等。书院联合了五所大学一起推进学术，以后还会有更具体的目标。但这只是形式，重要的还是内容。学者把美好的心情和理想一起带来，彼此感染，这样天长日久必有好的收获。我们这儿有安静的自然，有大海和树木，它们也构成了强大的内容，也是力量。大自然有渗透力，有参与性。我们这儿的学问与闹市里的学问肯定不同，如果一样，我们为什么要在海滨丛林中建一座书院？

古代的书院都有独立的院产，大半建于山中大野，所以主持人不叫"院长"而叫"山长"。这种僻远开阔的环境有利于大思大悟，有利于生长真正的见识。在这里既是读书，更是读山林土地。纸上的东西与地上的东西相互交融，一些新的创见就会滋生出来。我们现在常见的毛病是从书本到书本，从文字到文字，写作也是从文本到文本的投射：每个人的语调都差不多，都是一个调门。好像他们在按一个曲谱唱出来一样。他们没有自己的语言，不会说自己的话。我们知道，在生活中，那些结巴越急越说不出来，这时候就得让他们按照一个曲调唱着说。现在，那些写作者当中，时代的"结巴"比比皆是。你只要打开一本书、翻开一篇文章，马上就会感受到一种熟悉的语调。为什么？因为这些写作者只是读书，而且都在读一个时期最热闹的书，并不读山林大地。没接上地气的文字，没接上地气的学问，终归不会有什么惊人之笔，不会有什么大的价值。

三

书院与一般学校的区别会很大的。这里可能不那么授课。来的学者和老师也不会那么教。这里要尽最大努力自然起来，冲一冲现已形成的那种僵死的假学问以及传授方法。至于常常说到的"人气"，这儿倒不太追求。我们说过，这儿首先是一个拒绝的地方，而不是一个接纳的地方；这儿是一个寂寞的地方，而不是一个热闹的地方。这一点我们不会怀疑。这看起来无非是人多人少的事情，其实是书院之根。书院这样的地方如果热闹了，人的头脑也就热了。所有的坏事、不得当的事都是头脑发热才办出来的。还是得冷静、安定，这些说说容易，做起来就难了。因为还是喜欢热闹的人多，有人想天天过节，而不是想天天学习和劳动。

这里一旦人来人往，车水马龙的，我们也就完了，书院的精神、整个的立足点就会七零八落，甚至会完全散掉。有人要在这个喧嚣世界的一角倾听、思悟、揣摩，还有遥望。我们不能慌张，就像这里的大自然一样，沉静如一地生存。大海和松林从来没什么慌张，只有风中的海涛和松涛。这是它们在激动，是它们在长年累月的沉默中养成的能量在释放。

最了不起、最有创建、最有见解的那些学者专家，包括艺术家，既然热爱自然，就会与我们的书院声气相通。心通了，来不来这里倒在其次。无论从遥远还是从近处，我们都能感受到他们。他们如果亲临其境当然也是书院的福，他们如果不来，我们也会从遥远的声音中听到他们。

钱穆先生当年在香港创办新亚书院很不简单,那时的艰辛不可想象。他那里名为书院,其实不太具备传统书院的一些要素。他大概是瞅准了"书院"这两个字的内美。他要把书院的精神保存下来,结果做了许多事情。一个生在乱世的人,做了文化传承的工作,做了保存读书种子的工作,这就是勇者之事。勇者,就是知其不可为而为之,逆流而上。这样的人稍有成就即是大得。他们才是民族的中坚。有人以为夺到一块地盘才是大业大勇,这是极其粗浅和庸俗的认识。实际上,有形的地盘要失去太容易了,而文化的根基一旦立起来,却会最终决定着一个民族的前途和命运。

在污浊的世风之下,精神是向下的,这时候正义不存,伦理不守,离一种文化崩溃的时间也就不远了。是不是到了文化崩溃之期,得看两种人,一是知识分子懂不懂廉耻,再就是要看看更年轻的人,比如青少年学不学好。青少年向不向善可是大指标。如果相当数量的青少年乐于表达丑恶、变得心怀恶意并且沾沾自喜,那么这个文化崩溃之期也就不远了。文化崩溃了,一切幸福都谈不上了,一切希望都谈不上了。我们所说的文化是中国文化,我们的根在这里,学习西方只为了更新和吸收,但不能连根拔脱。一个民族的衰败,最终都是因为他们自己的文化崩溃了。书院不过是文化之堤上的一些小小砖石,但能做小小砖石也是无上光荣的。

新亚书院当年在香港找了一所楼房,是几层楼中的一小部分,学生都睡在走廊里。那真是辛苦。可这些物质条件似乎并不特别重要,钱穆先生还是做了许多事。所以品格和力量这二者,品格才是第一重要的。有了品格,力量才会有。我们的书院如果讲生存,还是比新亚书院讲究多了,可以说好上几十倍。可是我们一定就能做成什么传之久远的事业吗?这就看我们的志向和心力如何,看我们是否具有持之以恒的品格了。

四

我们一开始要在两个方面坚持做下去。一个对外，一个对内。两个方面相互统一，互为表里，互为依存。对内即书院内部的人怎样、书院又建立了怎样的日常规范。现在看没有比内部的风气更重要的了。因为风气不是一日生成，风气是人在时间里养成的。书院的人对真理的爱，对世事的关切，在文化上深沉的使命感责任感，是最为重要的。不要以为书院看起来有这样好的设备，这么好的环境，这里的人就一定会爱惜。因为把一种美好的东西挚爱到底也并非一件易事。人最后背离了理想，走向了反面，变质了，这并不罕见。一起同甘共苦搞建设难，一起在初具规模和规范的环境里坚守下去更难。

我想这儿是渴望求知的地方，也是朴素向善的地方。这不是一个通常意义上的吃饭单位，尤其不是通常所说的一份职业。今天做书院的人，其职业感受越少越好。我们是在做一种时代的非常事业，这是自信的事业，献身的事业。这不是仅有一份职业的勤奋就能做好的。有人说在这里要修身养性啊，要读书啊，这是不言自明的。性是性情、个性、品性、命性吧；修身，古人说得再清楚没有了。"文革"当中有一句语言通俗易懂，就是"打铁先得自身硬"。我想所谓的"对内"就是这么一回事。书院里的人，应该有无形的徽章。比如说这些人很安静，很和蔼，有教养，有内力，有独立思想性。能这样就很好了。

对外当然要做些事情。比如办网站和与大学的合作，都是要求很高、起点很高的事情。一般地做并不难，做到了好处就难了。中国的专业网站已经不少了，书院的网站有什么过人之处？联合教学和研究也不少了，书院来做又会怎样特别？有人说书院做出来的更纯粹更纯洁，可仅仅这样也还不够。怎样贴着事物的真实往前走，这是最难的。不沾染任何时髦习气，踏实求真，这也很难。

就说现在的教学吧，千夫所指，因为它已经形成了许多非常荒唐的东西。我们书院介入教学，还要从头开始。我们首先是设法把人从一些放肆的胡说和可怕的教条中解脱出来。引导人去悟想、能理解，这并不是一件容易的事。不少人不断地问：书院究竟做什么？我看可以做的事太多了，多到了不知从哪儿下手才好。但我想凡事不要嫌小，只要有益就值得认真做下去。小事嫌小，大事又做不好，结果就是荒废，最终就会变得中空无聊。

刚才有朋友说到了美国的梭罗研究，说到了梭罗故居开展的事业。他们这一伙人就在林子里的几幢木屋中，那儿是梭罗生活过的地方，他复原的小木屋就在一旁。这是美国的康科德小城西郊，我以前也去过，去过这个研究中心。其实一个梭罗有什么可研究的？一个著作不多的作家，一个行为引起争议的独居主义者和自然主义者。但这对于商业繁荣和现代化的美国颇有吸引力，对于文学历史浅薄的美国也有很大的吸引力。我看过的梭罗研究中心，把梭罗所有的资料、照片什么的，包括他当年在林中或其他地方生活时用过的、积累起来的一些东西全部收集起来了。他们编书，接待热衷于梭罗的人，印一些研究资料。他们这种专注的行为可以把梭罗这一件事情办得更深入、更透彻，而且就在原来梭罗活动和生活的地方做，真是天时地利，没人能比，世界上其他的地方不可能做成这样，因而他们就是天下独一份的。想想看，在这个世界上仅仅做好梭罗的事情不也是挺好吗？他们这些人的工作是充实的、有意义的。

人们现在议论的最多的是中国的教育体制，开始进行反思了。从小学到中学到大学的应试教育是非常可怕的。那么书院在这种情形下能做些什么，选择一个切入点是非常重要的。现在教辅多得汗牛充栋，有的是出于忧虑，有的仅仅是一种商业行为。我们书院的责任感，也表现在这里，我们不能在这场教育的反思和变革中做一个袖手旁观者。我们也要有声音，我们也要做努力。

还有现在可怕的艺术批评风气。其实这与应试教育的性质是一样的：一个特殊时期，教育和出版的充分商业化，伴随着后工业时期的高度现代化的制造功能，真正的艺术欣赏能力已经丧失殆尽。无论是专业和业余的艺术批评，常常在不同程度上存在着漠视艺术本身，或者说根本读不懂艺术品的情形。欣赏和阅读的口味被彻底败坏了，而且愈演愈烈。就我们的目光所及，这种趋向可不是中国所独有，恰恰相反，这是从西方，从商业竞争的炽热之地传播过来的。这个时期整个社会的零件都差不多，它们在一块儿运转。这个时期人的头脑已经被充分系统化、格式化，所以基本上读不懂文学艺术作品了。流派越来越多，他们与艺术的关系却越来越少。各种批评流派搅成了一团，形成了一套独特的学院批评体系。文学作品放在这一架架高效率程式化的粉碎机里，其命运也就可想而知。

我们可以想一想中国传统的文学艺术批评，想一想"以诗论诗"的传统。批评的基础如果不是悟想和赏读，没有一场深入的纠缠和感动，不是参与阅读并一起创造和激动，批评也就变成最无价值最无聊的事物。我们这时候好好研究中国的文艺批评史是最有必要的，比如刘勰的《文心雕龙》，看看中国传统上是怎么搞艺术批评的。

五

我们刚才说过,热闹和虚荣是书院的毒药。我们所以非常警惕这个,知道这个时期任何的知识求索都会毁在这上边。还是强调一点,就是先要稳住,不能慌。不怕做的事情小,不怕没有影响,重要的是做的事情要有意义、要坚持下去。这个时刻头脑要清晰,不能混乱。因为只有这样书院自身才会产生自己的精神,才会感悟到什么,才能与远方那些思想的呼吸接通。书院与各种各样的思想者有所接触,有所来往,有所结合,有所建树,书院也就接近了自己的功能和使命。不在于书院一下吸引了多少人、是否与别人研究同一个题目:我们思考的事情要是自己的,要找到自己的点,形成自己的想法。不必有意地靠近别人和吸引别人。只要书院坚持不懈地做有意义的事情,自然就会产生魅力。而且过多的人集中在一起也不好,不如分别坚持,大学和小城,北京和山西,北方和南方:大家各有侧重,互相区别,本质相同。

目前形成的非常庸俗的商业潮流,它对学术和艺术的损害,一些随大流的思想和见解,包括业已形成的学术体制,让人强烈地不满。我们对这些问题的看法都能达成一致。古代书院的产生,首先是因为不满于当时那种教育体制。所以说它安静,却又非常不安分、非常具有创造性。它的意义不仅在于保存自己,而且具有很大的辐射性。只不过书院的这种性质,有时候会蕴涵在稍稍保守的形式之中。

我们想从学会阅读开始。刚才说,那些从僵死刻板的教育机器中形成和产生的一些后果,就是让人丧失了阅读能力。那么我们每个人现在是否都不同程度地存在这种倾向呢?因为不能高估自己。我们也是这个时代的产物,我们也应该有这样的忧虑。所以我们要从头寻找阅读的方法，形成自己的阅读习惯。不妨从一些最有魅力的、令人着迷的书开始读起，搞一个"万松浦阅读"的系列活动。我们就从这种基本的方面入手。这看起来很小，实际上是一件大事。我们在此地此刻感悟这本书，让它在心中重新激活。

按照规划，万松浦这个地方的人流会达到八万左右，到时候我们将建一个特别的书店。书店的美好是不用说了，一个高尚的书店，书院自己的书店，既务实又浪漫。如果没有特别的问题，这个书店必会发挥一般书店难以发挥的作用。卖书，阅读活动，朗诵会，作品推荐会和一些讲座，都可以在这里搞。里面有热腾腾的茶和咖啡。

还有流动讲坛。我们已经在大学建了几个点：烟台有两个点，上海有两个点，济南一个点。济南学校多，还可以更多些。我们会慢慢把它丰富起来。我们的院士和专家在书院研修一段，讲一段学，然后就去大学了。第一站走烟台，直到济南上海再返回。以前陪专家去大学时，一个扇形阶梯大教室里挤得满满的，那是一种令人难忘的热烈气氛。这是书院的气息和大学的气息混合在一起的情形，所有的人都感觉到了。

总之勤奋工作的日子已经到来了，我们书院将过一种简单朴素，同时又是很热烈的生活。这里很安静，这种安静将适合许多追求思想的人、爱学习的人。这里是林中、河畔、海边，是非常好的环境，然而我们要对得起这种环境。

2003年10月5日，于万松浦书院讨论会

万松浦纪事

古河道

万松浦书院东临的港栾河,如今看只是一条波澜不兴的小河。早在建院之初就有专家来勘测地形,他们同时也要关心周边的风貌。我请其研究一下古河道,心里很想知道这里原来的情形,因为以前听过许多关于它的传说。勘测的结果大出所料:原以为古河道再宽也不逾五六十米,谁知它当年竟然宽达一百四十余米,而且还是最保守的估计。

据说它在古代是一条大河,宽阔到足以行船扬帆,入海口处还形成了一个大湾,偏右一侧就是一个大码头,往东不远约十华里,就是更有名的古代军港:黄河营港。它们当是姊妹港。今天的港栾河湾右侧仍然是一个码头,一个小渔港兼旅游码头。

现在的河床里只逢大雨天才有水头从上游下来,平时虽然河水充盈,也只是随着大海潮涨潮落。河里鱼蟹很多,主要是鲈鱼和海鲇。在春秋天里,钓鱼少年在阳光里携一条银白的大鱼,模样煞是好看。

书院门卫是个逮海鲇的好手,他用一个柳条篮子蒙一面纱网,里面再放几块西瓜皮投进水里,一会儿就能捉一些海鲇。

这条河与龙口界内注于渤海湾的绛水河、泳汶河、黄水河差不多,都起源于素有胶东屋脊之称的黄县南部山区,属于境内四大河。今天看这四大河中最小的就是港栾河了。大自然往往在不知不觉间发生一些惊人的变故,这个过程尽管在人间显得十分漫长,但在自然神的眼里只是短短一瞬。

也仅仅是四十多年前,龙口海滨的雨雪还大得吓人——有人说更早的时候雨雪还要大上几倍。我印象中,四十多年前的雨是真正可怕的:在夏天和秋天常有水灾,只要遇上一连几天不能停歇的大雨,老人们就要祷告了。在老人的祈祷声里,大雨浇泼下来显得格外恐怖。大雨像是毫无来由地下着,下个不停,虽然早已经沟满壕平。

当年记忆中的平原,到了夏秋天常常出现一片片大湖,那是白亮亮无边无际的大水。虽然地处海滨,但因为排水系统不够顺畅或干脆就是雨水太大的缘故,积水总是一连数周不能消退。高秆庄稼露不出梢头,地瓜和花生一直泡在水底。猪和羊被主人牵到了沙岗上,用绳索一一系上。那时猪要像狗那样戴上脖扣,模样显得十分可笑。

一开始下大雨是有趣的,因为一片大湖给人畅游的诱惑,给人新奇感。但是不久大人们的懊丧情绪就感染了我们。我们也开始忧心甚至是恐惧了。

最不能忘怀的是秋天收地瓜的情景:虽然好看,但性质是很悲惨的。年轻人划着门板到大水中央,然后一个猛子扎进去,冒出水面时手里擎着一个地瓜。这样的地瓜煮不烂,有一股难以下咽的苦味。那时候的收获真是可怜,不歇气干上一天,门板上才有一小堆地瓜。

只有捕鱼的事是令人欢快的。到处是水,也就到处是鱼。大人捕大鱼，小孩则捕小鱼。大人捕鱼为了生计，孩子们捕鱼是为了养在瓶里。那时候见过了各种各样的鱼：红的黑的、细细的宽宽的，还有长了绿色鳍翅的。那有着斑马一样花色条纹的鱼，在我们眼里简直就是不可思议的神奇生灵。

　　大水季节里发生什么奇怪的事情都不会让人吃惊。因为我们已经来到了一个怪异的日子。那时候我们常常听说一些闻所未闻的事情，有一次甚至听说海上出现了人鱼：它长得到处与人一样，只不过仍然还是一条鱼；它面对下网的人会流泪，会发出哇哇的叫声。它的眼睛据说像小姑娘一样妩媚。传说的事情虽然近在眼前，但可惜仅有极少数的人亲眼见过，而且问他们，他们总是一副遮遮掩掩的样子。

　　雪季同样让人心悸，让人难忘。那是铺天盖地之雪，是压在平原和沙岗上一冬一春不会消融的雪。厚得惊人的大雪使整个冬天都上演着悲剧：无数的鸟儿因为无处觅食而倒毙，一些身个不算小的动物也饿死在雪地里。还有不得不走上旅途的人，也时不时要掉在雪窟中。原野上再也无道路无标界，浑茫一片。在这样的日子里，只要变天了，乌云积得遮天蔽日，一家之主一定要在临睡前把铁锹收拾到门边，以防大雪封门时捣雪出门。

　　如今回想这些，竟然觉得像梦境一样不可信了。

　　这大概就是今天港栾河萎缩的原因。河里没有了帆影，没有了浩荡之气。时间的水流变得如此纤细，以至于难以承载自己的历史。在这条河的两岸，谁还能如数家珍地讲述当年？比如这条河的今昔、关于它的故事，更有两岸人物，他们那些惊天动地的豪举？

　　可是我们不能忘记书院是建在一片古河道上，不能忘记它的昨日波澜。

码　头

　　港栾码头每到了春天就热闹起来。我们书院沾尽了这个码头的光。只要有渔船来归，必是海物丰盛之期。渔人身穿胶布衣裤，浑身闪亮从船上下来，然后张罗卸鱼。小码头上的海物比城里鱼市上要便宜许多，而且鲜美无比。

　　码头西侧是一处绝好的泳场，沙岸洁净，滩底平坦，且没有激流，没有鲨鱼出没。东侧是最好的垂钓处，在这个地方可以毫不费力地钓到海鲇和小鲷鱼。有一年春天我们三两个朋友一起，只用了两个小时就钓到了一大桶。最愿上钩的是有毒的小河豚，它们模样可爱，不知好歹，贪吃成性。我们每次都把上钩的小河豚摘下来抛进海里，因此要费去不少时间。如果能到码头里面，在伸进大海那一面的人工礁上下钩，就会有更大的收获，比如钓到珍贵的红鲷。

　　从书院步行到小码头只需十几分钟；而从小码头坐船进岛，水路也不过才一刻钟。站在海岸这边遥望海里绿蓬蓬的岛，常有许多美好的想象。我们曾多次与客人一起进岛，并且带了车辆、备足了吃物，在岛上度过一天。

　　历史上，这个小码头远没有东边的黄河营港大。那里称之为"营"，因为是一个军港，一个要塞。直到今天，那里还常常在周边挖出许多古物，如巨大的带辙印的铺路石、古军营兵器、大船锚碇等等。这个"黄河"不是通常所说的第一大河，而是胶东的一条大河。

　　《史记》中所载的方士徐市（福）骗过了秦始皇，三次去海中神山求长生不老之药的好戏，就在这里上演。其中的第三次带足了所需之物，并携走了三千童男童女和一些智慧人士、五谷百工等等，更有药品和其他种种。总之完全做好了一去不归的准备，然后就消失在茫茫大海之中，再无消息。

其实徐巿这之前已经多次在海中寻访探究，起码前两次是勘踏路径。第三次即最后一次，也就有了这决定性的远航。这是中国历史上的一个大传奇，为中国的信史《史记》所载。《史记》上写到"齐人徐巿"，写到他统领浩大船队抵达东瀛，看到了"平原广泽"，于是"止王不归"。许多人之所以把徐巿的传奇当成彻头彻尾的传说故事，是因为他虽然骗的是千古一帝秦始皇，但毕竟是消失在渺海之中，于是只有开始，没有结果——整个故事没有了后半截。当时的航海技术对于西部蛮王秦始皇而言还多少算是陌生之物，但东部沿海的徐巿们却运用娴熟。所以一队人马一旦入海也就如同泥牛，再无音信。

整个大传奇的后续故事在大陆上戛然而止，却没有完全消灭在深渊里，而是发生在东瀛列岛，即今天的日本。从考古上得到的越来越多的证明是，自徐巿东渡以后，尚处于石器时代的日本一跃进入了弥生时代。而且关于徐巿的故事和传说，已经遍及今天的日本列岛。

徐巿东渡的摇篮就是这两个海港：黄河营港和港栾港。这已为众多徐巿研究者所首肯。

这两个海港既是徐巿庞大船队的集结地和出发地，也是他建造船队和训练水手的营盘。这一次伟大的探险和跋涉大大早于西方的哥伦布，其准备之周详、行动之隆重、意义之深远，也早已超出了哥伦布当年。

今天已在中国境内发现的有关徐巿东渡遗址的，就有山东胶南的琅琊，青岛的沐官岛，河北的千童县，江苏的连云港。这说明一次划时代的壮举并非一蹴而成，而是经历了诸多筹划、百般计议、无数实施。这其中必有虚实相间，有尝试和失败，也有暗中的密谋和得计。

想一想当年的坎坎伐木之声、造船的浩大场景，再看看今天小港的微风撩波，尽可以留下万千感叹。

桑　岛

　　这个椭圆形的岛与书院相对，二者隔开了十里水路。海岛横卧于碧波之中，绿色葱茏，房舍或隐藏于雾气或闪亮于艳阳，是对面一片不变的诱人美景。我想该有一个上等骚客为其写下一首"桑岛赋"才好，可是几千年过去，华文美章还是没有等来，殊为可惜。

　　岛上有九百户人家，可见也不是一个很小的岛了。名为桑岛，可是如今岛上并没有几株桑树。它的西部和北部都是一片槐林。传说是当年徐市在岛上植桑养蚕，并从这里将纺织丝绸的技术带往日本列岛。由徐市把桑蚕带往日本是可信的，但桑岛作为养蚕基地则有些牵强。因为龙口一直是富饶的古莱子国故地，其西北部一直为鱼米之乡，不可能唯有一个海岛才更宜于植桑纺绸。当年这个岛上很可能生长着可观的桑林，以至于成为一时的风景也未可知。

　　岛上几乎全是渔民，早在二十多年前就拥有出外海捕捞的大型渔轮。中学时期开门办学时，我们几个同学被遣来岛上，曾在这里度过了一段欢乐时光。那时我们常常作环岛游，在南部的滩涂上捡海菜，在东边的礁丛上捉螃蟹。记得有一次捉了一只海参，因为第一次面对这种活的海珍，一时竟不知该怎么办，只用手攥住，想不到走了一会儿松开手掌，它早已化成了一汪汁水。我们那时胆大妄为，合计着要写一个船队去远海捕鱼的剧本，还提出上大渔轮出海以"体验生活"。一个红脸船长听了哈哈大笑，说你们在风浪里折腾一天就会呼天号地。我们仍然坚持上船，但最终未被应允。

　　现在岛上有了城里人开发的旅馆房舍，而过去全是清一色的海草房子。岛中出产一种深黑色的岛石,坚硬致密,是最好的建筑用材。一般的岛上房屋都由岛石做基,配以海草屋顶和泥墙,望去别有一番韵致。全岛只有一个淡水井,井口的石板上已磨出深深的绳痕。几十年来曾多次勘查淡水井,结果都没有成功。可是这唯一的淡水井用了千百年,想不到近些年渐渐有了麻烦:开始渗出咸味,最后竟不能饮用。现在岛上不得不使用一套海水淡化装置。

有一个夏风轻拂之夜,我和一些朋友站在书院北边的海岸上,突然对面的岛上放起了焰火。海里映出彩练,星夜更为绚丽,一时照亮了几千年的荒芜。

一年多来,我一直与朋友筹划一个事情,就是为书院在桑岛置几间海草房子。因为每一次与来访学者去岛上,都会引起他们的一片钦羡之声。如果岛上有我们的居所,就可以让四方友人安心地住在岛上,让他们尽情地亲近这个岛。

现在虽然岛上也建了旅舍,但奢华并非适宜于我们的朋友。我们倒希望这始终是一个淳朴的岛。因为我们知道所谓的各色开发,各种现代变革,带给自然之子的往往是更大的不安,有时甚至是可怕的变故。如果桑岛一直能够拥有一片洁净的海水,能够世代捕捞丰富的海产,过上一份安定丰足的生活,就是最好的事情了。实际上几十年里岛民的生活一直优于对岸,他们并不羡慕岛外的人。

特别值得一提的是,桑岛出产的海参品质极优,售价也远高于国内其他海域,是一种效力奇特的滋补珍品。在龙口,甚至是整个胶东地区,人们最为信服的滋补品就是海参。说到什么营养和进补方式,他们首先想到的也是它,很快会睃着你问一句:"还能比得上海参吗?"

提起桑岛海参,当地人神情傲然。

依 岛

依岛如果称为桑岛的卫星岛也不为过。因为它就在桑岛的西北侧，是一个没有人烟的荒岛。从桑岛去依岛并不是一件容易的事，虽然二者相距不远，但中间有一道难以逾越的激流。我曾请朋友摇一条小船送我去一次依岛，朋友伸伸舌头没敢应承。

依岛其实是一个极为有趣的岛，我早就听过许多关于它的传说故事，这些故事虚虚实实，难辨真假。有人说很早很早以前岛上曾有过一户人家，他们想必是胆大过人，敢于独居。想想看，在一座孤岛上，没有四邻，又因激流阻隔出岛极不方便，生活起来该是多么冒险。可是他们也会拥有另一种快乐，那大概是国王般的快乐吧。一个岛国，领地也就那么大，可是能够任由独一无二的主人自主自为。

这个小岛上没有淡水，所以那一户人家只能采集雨水。听说如果从那儿到桑岛上来，只有一条水路可以稍稍绕开那道激流。我们想象独居小岛的人家每一次回桑岛会是怎样的情形。桑岛对他们来说就是母亲岛。

即便是桑岛的人也很少有登上依岛的。问一句依岛，渔民们往往笑而不答。再问他们依岛平时派什么用场？他们就说：那是躲避风暴用的。这让人不明白，桑岛为什么就不可以躲避风暴？要知道海上起了大风，船驶回桑岛与依岛都差不多啊。

可能是过去的渔场在西部，那儿离依岛更近的缘故吧。但更有可能是从渔场回返时，依岛的水路更顺畅一些。我们知道，有经验的老渔人放眼去看大海，就像我们平常瞭望大地一样，哪里有沟坎河流，都一清二楚。

反正后来那唯一的一户渔民也从依岛上消失了，他们搬离的原因不明。现在依岛上还留有半坍的房屋二间，是否为原来的居民留下来的不得而知。但据说里面锅碗瓢盆齐全，还有一点饮用水和吃的东西。这一切都源于渔民的一个规矩：时刻为遇险的渔人准备着。

传说岛中的小屋里还有两块叠放的大石头，石头下压住了一个小纸包，里面有一点神秘的药面：所有在海中被毒鱼所伤的人都可以被它挽救。

近几年来不断听说一些巨富打起了依岛的主意，想把它买下来开发经营。有的竟然放言，说要在岛上开设一个大赌场。他们大概要效法沙漠中的拉斯维加斯，想起了灯红酒绿和声色犬马。不言而喻，现在的一些人是极善于模仿的，特别是模仿西方。但可惜对于这块属于国家的、很小又很完整的水中方寸，许多主事者也没了章程，一时真不知该怎样处置。所以十分有幸的是，它至今还在那儿荒芜着。

只要留下一个岛屿，也就留下了一片诗情、一些故事，更有一些美好的想象。

屺峿论剑

屺峿岛是个伸进海中的半岛，距离书院只有十几华里。那里与两个海岛不同的是，它已经被尽情地开发了，上面已经有了胡编乱造的"名胜古迹"和一片花哨拙劣的建筑，以及必不可少的一个泳场。那里澄清碧蓝的水域倒是可爱无比。

岛上还有两大雕像：一是明代的名将胡大海，一是东渡日本的秦代方士徐巿。徐巿东渡时期少不了在这个天然的深水码头徘徊，这里与港栾码头及黄河营码头同属"东渡"的旧址范畴，当不算虚言。但胡大海的传说与"屺峿"的由来却有些可疑。它说的是这位名将在征战中不得不将老母寄托岛上，因而此岛才得名"寄母（屺姆）"，还以岛上有许多胡姓为证。此说牵强，显然经不住推敲。

胡大海的雕塑没有特色，属于泛泛之作，大概出于商业雕工。徐市的雕像颇有内容，神色凝重，或许当初有过一些认真揣测。

前几年我陪一个诗人去岛上游泳，因为天色太晚，看一看岛景迷人，也就宿了下来。当时正逢酷夏，四处热得不可忍受，唯有屺姆凉爽宜人。那一天直到深夜，我们面对明月，迎着徐徐海风，真有点不忍睡去。我们一会儿凭栏远眺，一会儿又端坐窗前，最后躺在床上还是聊天。陪我们的另一个朋友就在一旁，我们坐他也坐，我们躺他也躺，只是于黑影里不吱一声。

不记得那个美好的夜晚都说了些什么，只有一片愉快留在心里。可是那个陪同的朋友事后说起来却仍然兴奋，用力点一下头说："你们那是——'屺姆论剑'啊！"

多么有意思啊。不过怎样论呢？

那个朋友说我们那一晚的话他还句句记得，并且觉得十分受用。我问谈了什么？我们不过是在闲扯啊。他摇摇头："嗯。可不是闲扯。"但他什么也没有讲，不再复述。

一些美好的朋友来到一起，就像最好的自然景致一样，一旦经历也就会长久地记在心头。我今天回忆起来，有时候那些美好的相逢的确是难忘的，每每回想起来就在胸口那儿温暖一下。不过，像屺姆之夜一样，交谈的一些具体内容许多时候倒也记不清晰了。

那一次，有一个当地官员第二天赶到了屺姆。他是慕名而来，因为他年轻时就读过诗人的词句。官人前来索求一部诗集，诗人懒洋洋地看着对方，一直没说行还是不行。吃饭时官人请客，饭菜当然丰盛。可是其中有一盘腌辣椒，简直辣得可怕：诗人伸手捏起一枚填到嘴里，抿抿舌头就咽下去了，面色不改。官人于是满脸惊异地看着诗人，又看看大家。诗人目不斜视，又捏起一枚填到嘴里。

这一天分手时，官人又提到了诗集的事。我代诗人应了一句：他回去会寄的。

诗人走了。一年之后，那个官人找到我，有些沮丧说："他还是没有寄。"我问：我也写诗，我送你一本不行吗？官人摇摇头："两回事的。"

莽林的阴影

龙口在我的心中是这样一个形象：丛林茂密，一望无际，天气湿寒。可是现实并不如此，除了南部山区有些林木外，再就是书院附近的几万亩松林了。所有来书院的客人放眼四周，无不大赞一声：好一片松林。

其实这仅是我记忆中的十分之一。眼下的林子诚然可爱，但美中尚有不足。这遗憾留在心头不为人道，却不能说没有。也许本来就不是遗憾，而直接就是痛，是伤口。

龙口受伤的历史，其实就是整个人类受伤的一个缩影。这样讲毫不夸张。我们的大地如何变迁，我们的家园怎样受辱，只需看看龙口大地便可知晓。早在秦代这里就属于天下名郡黄县的属地，一直有"金黄县"之称，在海内最早拥有渔盐之利，是炼铁术和丝绸纺织业的发源地。古黄县统辖范围大约是今天的几十倍，她包括辽东半岛的一部分，更囊括今天胶东的主体，有山脉有平原，东与南北三面临海，且有兴旺的畜牧业，盛产稻米。黄县的大部分土地原来属于古莱子国，这个古国后来被齐所灭，齐于是获得了东部沿海最富庶的地区,一跃成为最强盛的大国。古莱子国的都城就在黄县境内,即今天的龙口市归城一带,那里至今还保留了古国的夯土城墙。齐国既是天下繁荣之邦,最后却被相对落后的西部秦国所灭。秦国强悍,齐国则强而不悍。在古代,先进地区被落后地区战胜的例子屡见不鲜。物质极其丰富、文化极其繁荣的国家,尽管其科技水准相对先进,但由于普遍处于农耕时代,她对落后地区不见得就有什么军事优长,更多的却是被物质所累——面对异常强悍的民族进攻反而失去了抵御力。

当秦国一切都还处于粗粝原始的阶段,齐国已经拥有相当细腻的生活了,那些贵族阶层可以说出有豪车居有华屋;齐都临淄,商业极为发达,一片歌舞升平。几千年前的孔子在齐都听了韶乐,竟然兴奋激动得三月不知肉味。

当年天下所有的美酒丝绸骏马,先是悉数集中于莱子国,囤积于黄县归城,再后来就是——齐都临淄。

今天的黄县只是古黄县的缩影。就像上帝有意为之、格外偏爱似的,这里三分之一是平原,三分之一是丘陵,三分之一是山区;另外还有自己的两个岛屿、一个半岛。从上苍的眼里看下来,这里可能就是一个美丽的盆景。几百年来,在葱茏的胶东半岛上,黄县一直是富饶安逸的代名词。

不说遥远的古代,只说一百多年前,这里是怎样的自然风貌?根据记载,也还有老人的回忆,此地是一片茫茫无际的森林,到处流水潺潺,古树参天。

直到六十多年前,近海四十多华里的一片广袤还被自然林所覆盖,那时候的人轻易不敢单独深入林中,人人害怕迷路。四十多年前,沿海的林地虽然大大萎缩,但仍然拥有好几处林场,有一片片阔叶林和针叶林交混生长的十万亩苍茫,其中活跃有很多狐与獾、黄鼬之类；天上有苍鹰盘旋，草间有野兔飞驰。今天呢？苍鹰犹在，野兔尚存，可是林木只剩下了区区两万亩，而且以人工防风林为主。

如果人类的认识再深入到远古呢？那么这几十年来的地质勘探告诉我们，黄县龙口一带沿海并深入海中几十公里，当年全为茂密的丛林所簇拥。时光流逝，物非人亦非，无边无际的丛林被埋到了一百多米的地下，所以今天这里就诞生了中国第一座海滨煤田。

原来自从有了人类以来，我们就一直走在一条告别绿色的道路上。我们离曾经有过的那片莽林越来越远，越来越远，直到今天，已经快要走到了一片不毛之地。

雕　塑

我们一个多才多艺的朋友在书院待了十几天，临到走时觉得来去空空，没有为书院留下点什么，遗憾得两手搓动。他在院子里来回走了一会儿，又站在高坡上看一看，最后长时间望着北部的大海。后来他说：让我为这儿搞一个雕塑吧？我们都吃了一惊，因为他虽然是半个画家，但从未听说他还是个雕塑家。有人将信将疑，问用什么材料？他说：铁。

接下来，一连几天他和书院的人出门找材料，在一些工厂的废铁场里转悠，回来时或沮丧或兴高采烈。他们找到了一些粗铁筒、角钢、铁球等等。这些废料装车时，厂里工人十分困惑，问书院随行的人：弄这些能做什么？对方答：咱不知道。工人又指着铁球问雕塑家：这好做什么？回答：头发。"头夫（发）？""头夫。"

雕塑家把一堆乱七八糟的铁料运到了离书院不远的小码头上，然后就干了起来。他找来的帮手是一个码头气割电焊工，两个人比比划划，极为认真投入。电焊工脸色黝黑，有时点头，有时目光呆滞地看着他。

他们工作了一个星期，小码头围看的人越来越多，有打鱼的，有渡轮上下来的游客。大家都产生了不能遏止的好奇心，在一边指指点点。他们猜测，还在一旁打赌，看谁估计得更对：有的说是要做几个放东西的大铁筒，带盖；有的说是某种器具的壳子；还有的干脆说就是在制造垃圾箱之类。但唯独没有人想到这是一件艺术品。

又过了一个星期，两个粗铁筒不仅连在了一起，而且上部出现了镂空的眼睛，有了嘴巴和角钢做成的鼻梁。围看的人终于明白了什么，看懂了这几天两个人一直在忙什么，于是一齐叫起来："是做了大胖孩儿！"喊过了，有人又细细端详，发现了新的问题，觉得实在受不了，面红耳赤走出人堆，指着镂空的地方问："眼珠呢？"对方回答："没有，这里不用了。""不用眼珠？嗯？"他愤怒地望向四周，希望得到支持。可是这时候围看的人都直盯盯看着这件奇怪的玩意儿，其中有一个嘻嘻笑着："一个胖孩儿没有嘴！"另有人指着圆筒上部、四周连在一起的那些铁球说："看吧，这就是头夫（发）！""真是头夫！"

两天之后，雕塑家和电焊工把他们的作品移到了书院广场上，使用了一台吊车。安放在哪里呢？雕塑家四下转了一圈，提议放在西南部槐林边的草地上。可是这件雕塑需要一个基座，哪里去弄呢？事前又没有计划。大家都围在一块儿议论，愁得要命，嘴里咕哝着："怎么办呢？想个什么法儿？"正这会儿过来一个黑黑的个子不高的人，原来是住在书院的另一位客人——他两手逐一分开围拢者，两只手掌分别向下轮换挥动，说："这么办！这么办！"

他领几个人走向海边。那里堆放了一些修砌海堤的巨石，他从

151

中挑选了最大的一块，上面还有一个洞眼，他说正好用来固定雕塑作品。吊车转眼就把石头弄进院里，然后很快把雕塑安放妥帖了。接着就是喷漆，喷成了火红色，与一片碧绿的环境相互映衬。

这时候退开几步再看雕塑吧——原来这是几个神色凝重的人，他们高高矮矮并肩而立，正望向西北方，那里即是一片无边无际的苍茫大海。他们永远这样遥望着。

怎样命名？雕塑家咬着嘴唇，面有难色。围看的人相互瞥瞥，一时都说不出什么。正这会儿又听到了一旁有人大声说："这么办！这么办！"原来又是那个黑黑的个子不高的人，他伸手拨开众人，手掌往下一挥说："就叫'凝望'！"

是的，没有异议，就叫《凝望》罢。

惶　恐

去年十月间，闻声来访书院的客人中有两个异人。一个是雕塑家，长得身高腰隆，巨腹吓人，宛如将军，单名一个"艟"字。另一个面如釜鼎，身个不高，浑壮有力，单名一个"犝"字。艟已年近五十，心性志趣却与儿童无异。这人确有奇才，敏而有悟，能把所见一切人与动物模仿得毕肖。他听了《二泉映月》，抓过二胡撸弄一会儿，竟然发出了与音乐磁带录音极其相似的演奏声，可惜只有第一句。他还善画唐马——即肥臀细腿的那种，这都是看了一个画家之后的模仿。来书院后他觉得应该有所贡献，每天端着大碗吃过之后，嘴里就念一句："今日吃饱这顿饭，再为书院立新功。"

艟找来了一些瓷盘，然后就画了起来。那都是一些绚丽的现代画，看上去真是独一无二。上面画了猫和狗、虎豹之类，但面容却酷似一些熟人。他画的一只小老虎，一眼看上去绝对像同住书院的那个牰。有一天他正画着，看到了一位大家都熟悉的倩女在电视上哭，于是随手就把她画了出来。

傍晚走在书院松林中，他听着狗叫就说："空气多么清新；还因为——有树；听听狗叫，亢、亢、亢，是一种金属声。"他对书院同时期来的客人，最喜欢的就是牰。他说：谁有才能？牰才是真正有才能的人。我们问他为什么？他说："无论遇到了多么难的事，大家都愁眉不展了，不知该如何是好了，牰一步闯过来就说'这么办这么办！'然后就迎刃而解了。"所以有许多时候他只和牰在一起。

艟善画会写，还做过陶艺和雕塑，每一样都在平常艺人之上，只是不能持久。他作画时问站立一旁的我："咱画哪种？"我想了想说："黄宾虹好不好？"他于是找来黄宾虹的画集研读几日，关门闭户。再次见了我时，他声音平静地说一句："也就是黄宾虹了。"我一张张看了他积在桌上的画，真是酷似黄之画集。

有一段时间他在书架前站立良久，忽生写作之念，问我该学哪位作家？我顺手抽出了一本索尔·贝娄的书，他取走了。几天后他把写出的片断拿给我看，让我不由得一阵惊叹：其语气风貌，真的像索尔·贝娄！

稍稍可惜，他不能长期专心一事。我观察，他只有与动物和牰相处时，才能保持永不疲惫永不厌倦的心情。他与牰一起琢磨画瓷盘的事，两人可以在屋里闷一个上午不出门。他不止一次对我说："牰真懂啊！牰说得真对啊！"

艟住在书院西边林中的研修部里。这是一幢六百余平米的三层小楼，尚为安逸。艟本来住得颇为惬意，谁知有一天邀牰同住，牰突然就慌张起来，边退边连连摆手说："不，不不！""为什么？"牰还是往后退，嗫嚅道："也就是艟，是你在这儿吧，我自己，大白天也不敢进这座小楼啊！"艟紧紧追问："怎么怎么？"犅无能为力地摊开两手："不知道。我也不知道。一进来就害、害怕。这楼里有一股钢、钢硬的什么气。我顶不住它啦……"

犅一个人大白天从小楼旁走过时，总是用眼角小心地瞥它一下，然后匆匆而去。

自从那次犅说了害怕之后，艟就不安起来，非要让我与他同住这幢楼不可。他常常四下打量楼内，神色肃穆，不再专心于写和画了。有一天我因事离开了一次，半夜里突然接到了他的电话，语气里全是惶恐和恳求："你快些回来吧！你怎么能让我一个人抵挡这股钢、钢气！"

南　方

在书院筹建之初，负责人老德与筹建处的小王要去一次南方：参观几处古书院。他说，做什么都要有些见识，要看看别人是怎么办的。这当然有理。一路上乘车坐船，好不辛苦，但总算是看过了许多地方，特别是看了岳麓书院和白鹿洞书院。

回来时，两人抱回了许多关于书院的书籍。老德说："照这样建就行。"我问起一些书院的事情，随口说了一句："那些古书院大概规模不会很大吧？"老德立刻瞪起眼睛说："哪对！大啊，好几千亩啊！"

一说起南方之行，同行的小王就觉得有意思，嘿嘿笑。小王说，老德一定能把书院建好，因为他善于学习，有好奇心，一路上遇到什么事情都问得很细。小王特别说到这样的事情：在江南路边，常有一些女子摆摊，她们那是为过路人有偿作诗——只要报上姓名，她们就能把对方的名字嵌进诗中，而且十分和顺动听。老德见了，一定要在摆摊的女子跟前停下，把作诗的全过程看下来，以至于耽搁了赶路的时间。每一次从摊前走开，老德都满口感叹，自言自语道："原来南方遍地都是才女啊！"

我听了小王的叙说，觉得老德真有意思。有一次老德来访，我特意问起了南方之行，主要是路边女子作诗的事。老德马上叹一声："哎，原来南方遍地都是才女啊！怪不得他们那儿经济发达……"

沉　默

书院里平时多么安静，因为大家都在室内做自己的工作，只有到了下午四点多钟，也就是课间操时才走出来——不是做操，而是到园中劳动。

因为对书院的挚爱和厚望，常有一些热心人从南南北北来到这儿，要为书院无偿地贡献自己，说是做个"义工"，让人感动。时间一长，书院渐渐人气充盈，井然有序。工作人员中有一个叫"老佃"的朋友，常与我一起讨论自己工作的意义、书院的意义。他每到此刻就议论横生，嘴角生沫，真挚而又热情。看着书院里来来往往的一些学者和专家，老佃就说："我多么喜欢他们啊！"

一些专家来书院里座谈、讨论问题，正好是书院工作人员精神聚餐的大好机会，大家都停下手头的工作去旁听。每一次听完，员工们都很满足，并把自己理解和受用的一部分记下来，有时还聚在一起讨论。

有一次从四面八方来了一些教授和学者，他们逗留一周，共进行了两场研讨。这是一些多么热烈的、高质量的讨论，书院的人自始至终都在旁听，认真做着笔记。老佃从来都是最专注的一个，他一边记一边无声地动着嘴唇，像是在重复和默念什么。一位我素来敬重的艺术家谈到令人厌恶的时风和世相，愤愤然道："真诚等于自杀，理想等于毒药！"

那时，我看到老佃的笔不记了，嘴唇也不再活动，一下怔在了那儿。他手托腮部好久，欠欠身子像要站起，后来还是坐在原地。他这样一直到座谈会结束，只目不转睛地看着那个艺术家。

从座谈会上下来，他在走廊里一转身正好看到了我，就一把攥住了我的手。我发现这会儿老佃由于过于激动，右嘴角翘得很高，说："他说得真对啊！真对啊！"我问什么真对？他就重复了那句话。我点点头。

他还要和我讨论下去，但因为我要去招呼客人，就走开了。

但老佃从那次座谈之后就发生了变化。他常常陷入沉思，不再像往常一样愿说愿笑，偶尔还要面壁出神，一双眼睛似乎有些歪斜。我担心发生什么不祥的事情，就想找时间和他好好交谈，想听听他正琢磨了一些什么。谁知错过了那天座谈刚结束时走廊上的机会，他已不再想说什么了，我们相对而坐，他只是沉默着。我一遍遍提到了那次研讨会，他仍不吱声。他的目光转向了窗外，像在捕捉学者们远逝的身影。这样待了好久他才转过头来，对我深深地点了一下头。

我提议到院子里走一走，因为我怕他运思太累。我们一起走在鲜花盛开的甬道上，两耳全是鸟喧。他的目光或落上甬道，或望向重重叠叠的林木，一声不吭。这样走了许久，当来到一条岔道时，他站住了，像在犹豫走哪条路。当他往旁边跨出一步时，又一次对我用力地点了一下头。我抬头看他。这会儿他一字一字说道：

"他说得真对啊！他说得太对了！"

哭

到现在为止，我只遇到了三个善哭的人。

其中一个是老艺术家，今年快要八十岁了。只要一提到上级领导对艺术家的关怀——有时仅仅提到领导的名字，他就要哭起来。这是一种真诚的、毫无牵强的、朴素的泣哭。其可贵就在这里。而且我特别注意到，这种哭不是因为衰老的缘故，因为在我的记忆中，从很早以前这位老艺术家就这样。

老人提着拐杖走来，我赶紧上前搀扶他。我问老人的身体和近期创作，不小心提到了一次座谈会——我忘记了那次座谈有一位领导参加——于是老人马上说出了领导的名字，然后呜呜地哭起来，边哭边擦眼睛说："我们，我们怎样努力工作才能、才能对得起他、他的关怀啊！难道，我们……"我正想怎样劝慰老人，谁知老人从这次座谈会又联系到了前年的另一次什么会议，那次会议也曾有另一个领导人出席，而且——"领导从台上下来正好看到了我，就过来和我握手，问我的身体怎样！我……"他的泪水再也不能终止。

在老人泣哭时，我看着他在漫长的艺术生涯中，在不息的操劳间变得稀疏的、雪白的头发，还有所剩不多的牙齿，心里泛起阵阵不可遏止的怜悯。我多么想劝老人再也不要哭了，不要了，可他那时已经完全不能自已，什么话也听不见了。

另一位是一个五十多岁的朋友，我们不常见面。他是一位业余写作者，很少动笔——我较少看到比他更为多情的、更为珍惜情感的人。有一次我们一起散步，走到一个桥头他突然止步不前了，然后直盯盯看着桥边的一棵火炬松。当我们终于又往前走去时，他的眼窝开始发红——只不过我没有注意。因为他毫无铺垫地就说起了二十多年前的一位女同学，长叹："那身个啊！那眼睫毛啊——往上翘着啊！"说着说着就哭了起来。我看出他在用力压抑自己，尽量不哭出声音。他就这样啜泣了一会儿，低着头。后来他抬起头看我时，我发现他正紧紧咬着牙关。

记忆中还有一次，我和邻居出门办事，刚走到路边又遇到了那位朋友。他快步迎上来，于是六只手紧握，抖动，那位朋友眼中泪花闪闪。"我们多久没见了啊！我们……"他的声音最后低得不能再低。我马上说起一些愉快的事，于是他又破涕为笑了。可是这样刚说了没有一会儿，他的眼睛转到我邻居身上，目光立刻凝住了。邻居不知该说什么才好，正犹豫着，我的朋友咬咬嘴唇说起来："你父亲在世时对我多好啊，他晚年还对我说，让我读一些、一些书……那真是言传身教啊！你父亲……"朋友说到这儿已经泣不成声了。

这一次他哭得太厉害，一时我和邻居两人都不知该怎么办，真是手足无措。他哭着，同时也想极力忍住，这是我们都看得出的。他只是不能够立刻止息。大概他怀念和回想起的事情太多了，并且所有这一切对我们又一时难以尽言。

这位朋友给我印象更深的一次哭泣是在前一年的春天。那是我去参加一个音乐家的大型座谈会。中午吃饭时我们正巧坐在了一桌，于是高高兴兴又一次见面。菜上得很慢，大家边吃边聊。我的朋友看着桌子边上的人，看着看着眼圈又有些红。他转脸瞅瞅我，把手放在我的手上，拍打着说："你这么忙，还是赶过来开会了。大家在一起讨论多么好！我听说你也要来，他也要来，我一看大家真的都来了！"

他说到这里擦了一下眼睛。过了片刻，他渐渐哭出了声音。因为他哭得厉害起来，所以同桌的人都不再夹菜了，都怔怔地看着他。有的开始规劝，但没有用。朋友一直在哭，最后差不多号啕了。他流了那么多泪水，但不取餐巾擦一下，以至于满脸闪亮。"在今天，在今天……这样一个时代，大家！这是真的，我们……"他在哭泣中偶尔吐出的只言片语，虽然没有人能听得明白，但都知道他已陷入了深深的激动。

我感激所有热爱书院帮助书院的人。他们大多是无私的，表现出了极大的慷慨和热情。有一次在省城，我对一个朋友求助，请他为我们书院寻找几种北方少见的花卉，立刻得到了应允。接着朋友长时间地注视起来——他望过了四周，又把脸转向了我——这马上使我吃了一惊：他的眼眶里满含了泪水。他抽泣着说："你放心，你放心吧！"我说我放心。他又说："你就放心吧！你千万放心啊！"

有一天，我再次感谢他，并请他喝茶。可是他刚坐下一会儿就说到了花卉的事，又哭了，说："你就放心吧。你一定不要太费心啊。"

这就是我见过的最善哭的三个朋友，都是男人。一般而言，善哭的男人是让人不敢赞许的；可是我所遇到的这三个人却无一不是朴素动人的。他们的品格是无可挑剔的。他们的真诚和善良让人难忘。这个世界对于他们而言，总是有着太多的纠缠和触动，所以在许多时候，他们是无以表述的，他们心中的一切也只有化作泪水流出来。

逗　人

我的厨房外面是一片望不透的林子。每天做饭吃饭时常有鸟鸣，这本正常。可是有一天有一只大鸟的叫声还是引起了我的不安。

它的模样我不认识，但它的声音怪异，叫起来花样很多。它的体积很大，像一只肥胖的喜鹊，只是颈部有红色环纹，头也较喜鹊更大，看上去有些笨模笨样。当我专心做事的时候，它就伏在窗的上方，把头探到窗檐下叫出几声。那声音是婉转有趣的，很像是一种打招呼的声音。当时它与我对视，并不害怕。它甚至在端量屋里的人，头颅一动一动，调整着自己的视角。我对它做了好几个手势，它才离开。

可是当我再次专心做什么时，它又探头叫起来：这一次的声音更怪了，不再那么流畅婉转，而是夹杂有几声或尖或糙的单音。如果不是我想得太多的话，那么它这次是在逗弄屋内的人。我拿出一点吃的东西递到窗外，它看了两眼，像是笑了一声，飞走了。

一连几天，这只奇怪的鸟都在窗前出没，探头往里望着，神情专注。当我注视它时，它就缩回了身子；当我做自己的事情时，它就出其不意地弄出一种怪声。

我找来一本鸟谱，想查一下它的名字，可是没有。可见它是一只极罕见的鸟。

但我相信它是懂一些事理，并有一些闲情的。很明显的，它是主动来观察林中人的生活，并且感到了一些好奇。它在向我询问吗？可是当它得不到回答时，也就逗起了乐子。我一直相信，大多数动物与人的语言虽然不同，可它们的情感模型与人却是大致相同的。它们也有自己的快与不快、厌恶和喜欢，甚至有沮丧之情。它们也会寂寞，而且一定能够好奇和愤怒。

谁来破译鸟儿、猫狗，还有羊和牛马们的语言？当然，这会是很难的事情。但是尽管如此，我们与它们之间仍然还有交流，有情感，有依赖，并且产生了许多有趣甚至是感人至深的故事。

人怎么能失去动物呢？

书院里有许多动物，我们与之和睦相处。大家都知道，由于动物在与人共处的经历中有了太多不幸的记忆和经验，所以我们必须以自己的实际行动、以自己长期的亲切和谨慎，才能让它们不再畏惧我们。

泳汶湾

从书院往西不到十五华里就是泳汶湾。那是一片开阔的水湾，与大海似连还断。这片海湾简直就是一片硕大的湖，湖上水鸟翩飞，苇荻成片，岸边微浪拍击。

这个湾大致是平浅的，所以一直被儿童们喜欢。记忆中海边大人不允许自己的孩子去海里冒险，却乐于看到他们在这个河湾里嬉水。印象中只有在三十年前的一次发大水中，这个河湾才滚动着滔滔巨流。平时它总是清湛蔚蓝，给人一种平安温馨的感觉。

在北方，我几乎没有看到比这个河湾更漂亮的入海口了。因为与之有诸多交往，所以更不知道还有哪里比它更为可亲和多趣。小时候记得大人一声呼喊"踩鱼去了"，也就立刻欢呼雀跃。我们眼看着许多人手里只提一篮，再不带任何家什就往河湾里赶去，心里既好奇又兴奋。我们一群孩子尾随着，并像他们一样在不太深的水里抬高两脚往前走。这时候如果觉得脚下有什么软软的，且一动一动的，那就是踩住了鱼——快些弯腰取鱼吧。可是我们远不如大人们老练，往往踩得着鱼却取不到手——因为当脚下有什么一动时，我们的脚心就要发痒，于是脚板稍一活动，机灵的鱼儿就逃掉了。

我们都知道：要想踩住鱼，首先得练好脚心不发痒的功夫。

可是记忆中谁也没有练成。问了问大人们，他们的意思是说：一个人只有到了二十岁之后，一双脚才能持重耐搔，那时也就不怕鱼儿们了。说是这样说，谁有耐性等到二十多岁呢。

161

我只有十几岁就离开了泳汶湾，从那时起不再关心脚心痒不痒的问题了。

当年在河湾时，我们踩鱼不行，却是做其他事情的好手。比如我们可以一口气逮满大桶的螃蟹，可以在一片片的蒲苇中找出真正的小香蒲，既吃清香的蒲米，又烧烤如同芋头一样滋味的蒲根。河湾四周有多得数不过来的云雀，它们一天到晚不知疲倦地欢叫，只有我们知道——空中每一只欢叫不停的鸟儿，它正对着的下方草地上都有一个隐藏得很好的小窝，那里面有它的孩子或还没有变成孩子的蛋。我们如果耐心寻找，就会找到像一个精心编制的草篮一样的小窝，里面有三四枚蛋，或干脆就是几只长了绒毛的小雏。

关于捕捉小鸟的故事，大半有一个令人后悔的结尾。当年我们一帮人很快悟到了这是一种伤害云雀的勾当，所以到后来虽然依旧寻觅那些精制的鸟窝，但对触手可及的宝物只看一会儿、顶多是抚摸几下，然后就忍痛离去了。

今天，泳汶湾还在，可是一些迷人的情趣却只存于记忆之中了。它的姿容与昨日相比稍微逊色，比如水变得少了，似乎也不如过去清湛；还有就是，它周边的河柳与蒲苇也不如过去茂盛了。特别是河湾上空的云雀，它们都叫得懒洋洋的。

但无论如何，这个河湾仍旧是可爱的。在今天，没有什么比这样的小湖更加值得珍视的了。它离我们的书院尽管还有一段距离，可是我们一直把它看成是自己的宝物。

灼　热

因为常常在林涛中入睡，所以有时半睡半醒时恍惚觉得身在他处。那是一个与生命之弦拧得更紧的地方，一块比邮票还要小的土地。思绪托起身下的床榻，让人觉得它像船一样浮起，在时间的绿色波浪上航行，最后无声地停靠在一片灼热的土地上。

我闭上双眼，就觉得它是我们书院的近邻；实际上它离此地也仅有七八华里。那是一片美丽的沙原，是我所知道的世界上的至美之地。那是我们从遥远的闹市开始寻找，最后才觅得的一片生存之地。在由无一丝灰污的白沙构成的原野上，有起伏的沙岭，有一望无际的丛林。白杨和柳树、枫树、合欢树，都长得油黑生旺。大橡树粗硕惊人，浓荫匝地——后来，我走遍大江南北也没有见过类似的大橡树林；只是在意大利的庞贝古城遗址，我四十年来才第一次见到可以和那片沙原媲美的大橡树林。除了翁郁的大乔木林，再就是各种果林。一处林场和一处园艺场毗邻而居。这里的水果从来以甜美著称，就连丛林中的野果也硕大甘甜。

一切都由水土所决定。这是一片难得的土地，是神灵护佑之地。看一眼沙原上水旺的植物，再看一眼这里的人，都会觉得二者给人的感受是一样的，全都蓬蓬勃勃生机盎然。

那是我童年的居所。

我生命中的梦想总是与之连在一起。如果不是那片自然的荫护，我将更早更快地跌入无望的黑夜。

可是黑夜总要来临的，但这不是一个人的黑夜。这是整个沙原的黑夜。从三十多年前开始了一场开发的噩梦，恶采煤矿，乱掘金银，化工铝业，无所不包。从此丛林不再茂长，沙原不再飘香，令人难以置信的是，整个沙原上竟然再也找不到一棵当年的硕大树木。没有那样的白杨和老槐，没有合欢树和柳树，一棵都没有了。大橡树呢？既然如此，那么英俊的大橡树又怎么会有、怎么会让其生存下来！

那是一片让人心头灼烫的美丽沙原。连这样的美丽也要破坏，会是人类所为吗？

不，许多人说，那只能是畜类的行为——还比不上畜类，因为畜类更多的还是温驯可爱。于是我们只能说：这是恶鬼的丑行。

我们的书院就是在这样的一隅和一角默默守持。我们在仰望和遥望，在祈祷。书院遍植绿色：对于一片大地而言她是太小了；可是作为荒原之心，她还在不停地搏动。

大东东小东东

没人不夸这里的两只美犬，她们是姊妹俩，女性，所谓的同年同月同日生：大东东和小东东。大东东的脸色偏黄，长得非常强壮；小东东微黑，比较柔弱。她们从小妩媚，那目光与动作，随处都透着少女的韵致。她们身上完全是两个小女孩才有的率性，狡慧而顽皮。当时由于书院居于远野，林木太茂，害怕她们被林中野物所伤，于是就寄养在市里大姐家中。那是她们无忧无虑的日子，两个小家伙整天嬉戏，追逐逗能，每天都能博得几个满堂彩。

这世上大概不会有多少人像大姐一样宠着她们——在未来，在她们的一生，大姐都要为她们担心。

小东东小时候生过病，不得不一次次送到诊所去打点滴。我曾经不解地问："她一刻不停地蹿跳，怎么有法静脉注射呢？"大姐说："这你就不懂了，别看她平时是那样，到了医生跟前可老实呢，十分听话。让她打点滴，她就侧侧身子躺倒了，然后把手伸出来。整个过程从不乱动。"我听得出了神。大姐又说："不光是她，诊所里有许多打点滴的狗都是这样，它们在床上躺成了一排呢，全都伸着小手。"

姊妹俩长大了,她们在阳光下浑身闪亮,真像披了锦缎。如此威风英俊,的确像战士。不过只有离近了端量,才会看出她们仍有一丝最终不能消退的娇羞。没有办法,此刻她们只能告别城市,只能去林中服役了。

姊妹俩与大姐临别的场面要多动人有多动人。最初的日子里大姐每隔几天就要乘车去看一次——她们俩每一次都哭,眼里有泪光,嘴里有哭声。

书院地处野外林中,当然需要两只暴烈的卫士,她们至少看上去也像。所有到书院来的生人都会畏惧她们,于初来乍到的一刻躲闪着她们直射而来的眼神——人们暂时还分不清这威严之中夹带的女性的温柔,所以总是退避三舍。但她们出于好奇和友善,这时一定会蹦跳着赶过去——于是人们吓得大呼小叫起来——但还没等叫得太久,大东东小东东已经幸福地在他们脚边滚动起来。

这些情景书院人看在眼里,心中泛起的往往是复杂难言的心绪:一方面疼怜爱惜,另一方面是担忧——忧其不能很好地担负起警卫书院的任务。

书院小王不止一次说:"该送她们上学去了。"

市东南郊真的有一处警犬学校。那里是非常严厉的生活。

然而,直到如今,大东东小东东还是没有入学。

雾锁大野

书院四周所有的林木,还有对面的大海与小岛,远远近近都笼罩在浓雾中。一连四天大雾没有消退,尽管时浓时淡,但最淡时也只能看清百米之遥的景物。记忆中很少这样的天气,竟然有如此漫长和严密的雾笼。所以白天没有晴空，夜晚没有星月。而北部海滨松林上空的蓝，白天与黑夜是怎样地令人心旷神怡，那绝非无亲临其境者所能想象。可是大雾之夜让一切都消失了，隐匿了，以至于万物不安，鸟儿们先是因为恐惧而一声不发、忍住，到后来惊呼四起，此起彼伏。那浓雾中的鸟啼啊，湿淋淋的，很像呜咽。

我觉得一连几天都像在被沾了水的丝线里缠裹，烦闷无言。走在林中，由于视觉的局促而变得小心翼翼，与林中的一切沉默对视。雾与冷结盟，与凝止的空气为伴。雾是海北的乌云滚滚南下的一个过程。

终于起风了，一丝丝增大的风把槐叶拨动了。松针一齐颤抖。莽野激动了。

一片蓝天闪烁出来。太阳发出了逼人的强光。原来雾海把一切笼在心中，让其长成了更为清新的明天。所有人都贪婪地望向四野，发出了舒心的长吁——当我欢乐的目光转向南方时，立刻就被折了一下。那里有几个大烟囱一如既往地矗立着，其中的一个正舒服地喷吐。我又把目光转向别处：西边的万亩丛林，北方的大海，东部葡萄园的氤氲。

这一刻，我突然那么怀念浓雾锁笼的日子。是的，那是浑茫一片的世界，那是梦想和幻念飞扬的日子，比起现在的懊丧，那时的郁闷已经完全不算什么了。

2004 年 6 月 8 日

济南：泉水与垂杨

如果从高处俯瞰，会发现这样一座城市：北面是一条大河，南面是起伏的山岭，它们中间是绿色掩映下的一座城郭。河是黄河，中国最有名的一条大河，行至济南愈加开阔，坦荡向东，高堤内外尽是蓬蓬草木。山岭为泰山山脉东端，覆满了密挤的松树，有著名的四门塔、灵岩寺、千佛山、五峰山、龙洞等佛教圣地。

济南将始终和刘鹗的名句连在一起：家家泉水，户户垂杨。这八个字给人以无限想象，说的是水和树，是人类得以舒适居住的最重要的象征和条件。如果一个地方有水有树，那肯定就是生活之佳所。

来济南之前，曾想象过这样的春天：一些人无忧无虑地在泉边柳下晒着太阳，或散步或安坐，脸上尽是满足和幸福的神色。煮茶之水来自名泉，烧茶之柴取自南山，明湖有跳鱼，佛山有倒影，市民从容又欣欣。这样的描绘当然包括了预期，当然是外地人用神思对自己真实生活的一种补充。

来到济南是七十年代末八十年代初，春末夏初时节。尚未安顿下来，即风尘仆仆赶往大明湖。果然是大水涟涟，碧荷无边，杨柳轻拂，游人闲适。最让人感到亲切的是泥沙质湖岸，自然洁净，水鸟拦路。这令东部人想起了海，让西部人沾上了湿。一座多泉之城，名泉竟达七十二处；其实小泉无限，尽在市民家中院里，从青石缝隙中蹿流不息，习以为常。记得当年从大明湖离开，穿小巷抄近路，踏进阴阴的胡同，一脚踩上的就常常是润湿的石块，有人告诉：下面压了泉。

而后又去龙洞山，看见了出乎意料的北方大绿：无边的山地全被绿色植被所遮掩，放眼望去几乎看不到裸石和山土。怀抱粗的大银杏树、长达十丈的攀崖葛藤，让人触目叹息。正是秋天，径湿苔滑，野果盈怀，采不胜采。耳听的全是野鸡啼山猫号，一仰头必有大鹰高翔。守山人比比画画说山里有狼，有银狐和豹猫之类。最难忘一只猫头鹰大白天蹲在路边，让人抚了三下光滑的额头才怏怏而去。

由于济南以前曾有德意志人染指，所以留下了一个著名的车站广场钟楼。这座钟楼与另外几处历史更久的大教堂一起，给古老的城市添上了异国情调，于对比中调剂了人的口味。苍苍石色和高耸的尖顶，记录了异国人的智慧和美。这是一段特殊历史的见证，见证了国势羸弱而不是开放；但它的美不仅是客观的，而且还无一例外地同样凝聚了劳动人民的智慧。

看过了自然与建筑再听戏曲，听当地最为盛行的吕剧、说书和泰山皮影。湖边说书人使用的济南老腔，厚味苍老，直连古韵，听得人颈直眼呆。泰山皮影则有专门的传人，属于视听大宴，特别入耳入心的是老艺人略显沙哑的泰山莱芜调，说英雄神仙和妖魔鬼怪，如同畅饮地方醇酒。与这一切特别匹配的就是泉水和垂杨。

这种初始印象既是确切的又是新鲜的，它一直会留在心中作为一个对比，并作为一个记忆告诉未来：这就是济南。

近三十年弹指而过。如今济南高楼林立，垂杨尚可寻，名泉迹犹在。钟楼渺无踪,皮影留泰安。仁者爱人,不爱人就会杀树。三十年来,爱树的济南人顽强地护住了湖边垂杨,虽不再"户户";力促干涸的泉水重新喷涌,虽不再"家家"。这就是一座城市演变的历史,这就是现代工业化中的进与退。

如果仍然给梦想留下了空间,那么这个空间里最触目的仍然也还是那两个老词:泉水—垂杨。

2008 年 4 月 20 日

济南的泉水、钟楼和山

一

在济南住了二十多年,心中藏下的是最初几年的美好。济南素有三宝,即人人知道的杨柳、泉水和湖。我记得第一次去大明湖,沿岸走下来,踏着自然质朴的砖道,头上是飘洒的杨柳,再加上阳春三月,心里总是蹿跳着一个响亮的字眼:济南。

的确,当年走进青石铺就的街道,石隙里就有水。不知有多少泉,大大小小,或在一处喷涌,或在默默渗流。它们想必是一个泉的大家族,在地下交织串连,然后分头出世寻找阳光。还有杨柳,印象里总是迎向太阳,总是在微笑。

说到济南,除了泉水和杨柳,然后就是具有异国风味的车站广场钟楼了。苍黑的建筑肃穆沉静,蒙着一层岁月的烟尘。这是济南的象征。我每逢出差归来,远远地一眼看到钟楼,心里就涌起一股热流,马上泛起的就是对自己城市的亲昵情感。

济南的龙洞山在东郊,是我所看到的北方最绿的山。我第一次看到它时，简直没有发现一寸裸土。到处都是生旺多汁的植物，是藤蔓纠缠。野果多得摘也摘不完，小兽四处乱窜，头顶上盘旋着鹰。这里的古迹残址不止一处，虽然让人痛惜，但也令人生出一种追怀的伤感。遗址上总有高大异常的白果树，有精工细凿的石柱。

龙洞山，神秘幽深的山。它同样可以作为济南的指代。

总之济南的泉和柳、钟楼广场、龙洞山三宗，是一座城市永久的标志，更是她不朽的纪念。我甚至想，当它们有一天消失或破损之时，也就是这座城市衰败的开端。

我爱济南，爱她的得天独厚、她的不同凡响的拥有。

二

现在的济南是干燥的城市，给人的印象是尘土飞扬。湖还有，泉水不多了。杨柳和其他各种树都活得勉为其难。模仿外国人盖了几座高楼，像中国的许多城市一样。我多么热爱自己的城市，可是泉水和杨柳在退却隐没，湖给整得惨不忍睹：沿岸安了摩天轮、各种塑料物件、玩器。我总是远远地躲开这个湖，因为我害怕触景神伤。

记忆中的泉水蹿起足有半尺至一尺高，现在什么也没有了。和泉水一起消逝的还有著名的济南火车站。那个美丽的钟楼，那片广场，曾经是济南的骄傲。可是它们令人难以置信地被拆除了，取代它的新火车站是半截凹在地下的庸俗建筑，灰头土脸，毫无可以让人记忆的风采。

不爱树，也不会有水。没有树和水，也不会有可爱的城市。几乎每一条街道马路都难免开膛破肚的命运，几乎每一个居民区都忍受着噪音的折磨。我相信这里没人能忘记夏天的酷热、冬天笼罩在城市上空的深棕色云气。

再说龙洞山。如今的绿色少得让人难以理解。动物也消失了。它们原来存则并存，失则共失。一座在干燥中等待什么的山，像济南四周所有的山一样。多了几座小楼，游玩之所。那一个个神秘的苍绿峰头哪去了？雄鹰哪去了？

除了缺水少树，我所爱的城市很快还将被汽车拥住。可是尽管这样，有许多人还在不停地为济南的种种进步而欢歌。

当它到了林木蓊郁的那一天，我会从中找到自己遗失的城市。

2003年4月24日

难忘观澜

"观澜"是深圳市内一个村子的名字。这里如今已成为海内外版画家的云集之地，所以人们都叫它为"观澜版画村"。

从深圳的高楼林立之间走出来，忍不住要长长呼吸一口。然后就到了这个村子，它就藏在市区之内，车子三拐两拐就到了。搓搓眼，一个愣怔：这是到了哪里？满眼的黑瓦白墙，一片静谧。下了车，两脚马上踏到了陈年石板路，路两旁全是一层两层的古旧民居，一眼看上去就知道是原貌故态，而不是后人仿盖的。一股浓郁淳朴的气息像老酒一样挥发出来，让人产生了醺醉感。

迎面有一棵大菩提树，它立于村子大街正中，枝叶繁茂。这棵树像有一股巨大的吸力，让所有人都靠前停下步子，行注目礼。它是这个村落的灵魂，已经在此地生长了好几百年。

我的心静下来——不是刚刚从闹市带来的那颗躁心静下来，而是将许久以前的、潜隐的浮躁悉数安抚，变得平平静静。这儿有一种罕见的能量，这能量可能就潜藏在这棵大菩提树上——还有四周，这片安然自如的民居街巷之间。

在这个世界上,我是说那些海内华埠、繁荣都市,都应该葆有这样的一片清静温煦才好。现代人以高耸层叠和奇形怪状的建筑为能事,移植沿袭,竞相追逐,气喘吁吁。伴随这类建筑的一定是从西方抄来的各种游乐,是彻夜不息的放肆号唱,是大型舞台上扭动蹿跳的红男绿女。

东施效颦的激烈与轰鸣,成为一场热病之源。在阵阵鼓噪声中,劳动和创造的生命一天天被耗尽,收获的却只有一丝肤浅的、转瞬即逝的所谓"幸福"。

就为了建起一座座时尚之都,无数的"观澜"在消失,而且不留一丝痕迹。从南到北,一座座百年村屋被摧毁,连接童年的长巷业已推倒,标志和象征着一座古城的钟楼被炸掉。文明传承正处于危险的时刻。

心怀恻隐的旅者来看看观澜吧,你也许会在这里得到一点启示和安慰。

观澜除了低矮的民居,还有两座高起的建筑,那是矗立了上百年的碉楼。这就使整个小村呈现出另一番情致:既有贴近土地的朴拙生存,又有努力向上的抬头仰望。

刚拐出一条巷子,转身又是一道窄门:入门是一处芭蕉低垂的院落,院里有炽红如火的三角梅在盛开,有石桌,还有一口古井。

一个身着素衣的男子从一间屋里走出,垂着两只粗手,是从版画作坊里出来的师傅。原来这里不少房子虽然外部形制依旧,内里却被版画艺术家们使用起来,作了创作室和印制车间。

多么古朴沉寂的村子,这里的一切简直随处都可入画——艺术家们置身其间,不是有福了吗?他们在此地挥洒灵感,凝思,养气,一切都再好不过了。

就因为有古村落的气质笼罩一统,有那棵大菩提树的安定守护,所以尽管与商都大埠近在咫尺,空气中仍然没有染上什么异味。如果它的明天仍如今日,喧嚣止于白墙黑瓦,那么这里就永远有着诚笃的向往,有着神圣的朝拜。

一个金发碧眼的女子,来自西域,是个版画家,在这里产生了自己的得意作品。看她一手卡腰,一手揽住村里的同行,笑着,留下一幅照片。

鲁迅当年曾为版画在中国的复兴热情呼唤过,据说先生当年鼓励过的一个青年版画家,就出生在这个小村里。

我不由得想象:鲁迅穿着灰布长衫,手持香烟走在观澜的石板路上,仔细地瞧着这里的一切,满眼都是欣慰。

2012年1月6日

西双版纳笔记

西双版纳就像一个梦幻，自小就在脑海里萦绕。已看过她太多的图片和文字，只不知道真的走近会是怎样的情形。在我们的经验中，许多美丽是经不起就近打量的，那只会让人失望和后悔。可是西双版纳，我们不可违拒地走进了你的秘境。

佛　寺

只要是大一点的傣族村寨都有一个佛寺，这是精神与信仰的象征，是身心向往之地。这与西方和中东地区信奉基督教或伊斯兰教的村落是一样的，那里稍大的村镇也必定有一个基督教堂或清真寺。在尖顶指向苍穹的美丽建筑四周，才是围拢一起的世俗生活。有没有这样的一个尖顶指向苍穹，那将是大为不同的生活。

傣族人家，许多男子在七岁左右必要剃度出家几年，住到佛寺里。虽然他们将来大半还是要做世俗营生，但这种少年经历是极端重要的。这是早早开始的心灵洗涤。

傣族人的佛事活动频繁，无一例外是为了心灵的洗涤。一个人和一个民族，时常经历心灵的洗涤，实在远比身体的洗涤更为重要。我们知道，在内地的广大农村和城镇，过去由于生活条件所限，做到每周或每天都能进行身体洗涤也是很难的。现在许多人都有了洗浴的条件，可是心灵的洗涤一年里会有多少次？一次？两次？如果连一次都没有，这种生活就有些危险了。

从这里讲，傣族兄弟真是令人羡慕。

这一天又遇到了盛大的佛事活动。那是在景洪的总佛寺。身着鲜丽服饰的队伍绕寺行进，伴着节奏分明的音乐。队伍最前面是几排僧人，后边是手捧棉帛锦缎的男女老幼，再就是边走边舞的美丽少女：舞姿简洁典雅，只有手和两臂在重复同一种动作。她们身着盛装，右鬓佩戴一串鲜花。

我们久久地站立一旁。我们知道这不是表演，而是传统的延续，是从久远的时代开始的一个仪式。

醉　绿

人如果享受到过多的氧气会发生"醉氧"，而从北方来到西双版纳的人，会有一种"醉绿"。因为这不是一般的绿，而是人间大绿，是置身热带雨林之间。到处都是蓊郁，是浓阴匝地，是让人惶惑的青翠欲滴。百鸟喧腾，异兽长啼，显然来到了另一个世界。这世界对我们有些突兀，得让人好好适应一番才好。

如果长期生活在这里，我们将如何消受这大绿簇拥的日子？有点难以想象。比起这里，北方的干燥，裸露的石土，还有无法告别的阴霾，几乎已经让人习以为常了。而这里的绿色又太多太盛，空气太过洁净。一切都得从头领略，从头开始，面对一场人生的惊喜。

祖辈在西双版纳山林中过活的傣族、哈尼族、基洛族，他们是怎样认识这满眼绿色的？他们常说的话是："没有森林就没有水，没有水就没有粮食，没有粮食就没有生活。"

原来他们将绿色看成了生活的源头。

这是对林木植被最为深刻的一种认识，也是最为朴素的一种认识。其实远在拉美的古印第安人早就知道森林与水的关系：为了享受充沛的雨水，总是小心翼翼地维护着林木，视毁林者为大仇。

雨水量的分布虽受天然地理板块的制约，但人也并非毫无作为，也就是说只要尽了人事，气候条件仍然可以逆转。比如记忆中的山东半岛北部沿海地区，在五六十年代之初就是绿色葱茏的，雨水也大。而在老人们的记忆里，更早的时候林子更密雨水更盛。

人间没有了绿色，苦难也就离我们不远了；没有了大绿，也就失掉了幸福。生活在苍白的土地上，首先是疾病的来袭，进而是人心的焦枯。在尘土飞扬寸草不生的地方过日子，其实只是一种煎熬。

大　象

在西双版纳可以看到大象。在全世界，除了非洲和东南亚某些地区，这种动物都罕得一见。其实大象比人们珍惜的熊猫更需要爱护和保养才好，因为熊猫食量并不大，它们的吃物不过是竹子。大象则不然，一头大象每天不知需要多少植物的茎叶才能填饱肚子。

能够有一群大象自由自在游荡的地方，必有不可想象的密林绿地。所以在云南，在西双版纳这样的大绿之地才能养活得起它们。它们去了北方会是怎样？我们知道，那不过是在动物园里饲喂几头供孩子们看，让他们伸着小手点画："这是大象。"

如果我们北方游动着一群大象，气候是否适合先不说，仅以吃食论，那么不需太久的时间，本来就少得可怜的一点绿色都得被它们打扫得干干净净。我们真的没有供养它们的本钱，我们的绿色太薄。

西双版纳人当然以大象为傲，在城区，街头路口都有大象的雕塑。而我们知道，通常的城市里一般要给英雄人物才塑起雕像的。这里的大象就是活生生的大英雄。

我曾参加了当地的一次泼水活动。虽然不是泼水节，但总有机会让外地人感受水的恩惠和吉祥。同样是盛装的少男少女，他们手持水盆倾水泼洒，呼号祝福，还牵出了一头大象。

大象通人语，能交流，一根长鼻子擅取物，并不时地高举过顶向人致礼。它体大雄健，步伐沉稳，一双眼睛留意四周，憨态可掬。奇怪的是在它的面前，我们这些自以为聪明的"万物的灵长"，常常会有莫名其妙的羞愧感。

我们平时对那些能做大工、拥有大力的人给予赞美，称他们为"大象"。大动物与小动物在姿态上有一个最大的不同，就是拥有一副特别稳重的外表。小动物如黄鼬之类，总是活泼机灵的。

据专家们研究，大象是动物中唯一能够追思亡故的一类：它们行走在野地里，如果遇到先辈的遗骨，一定要停下来整理归拢，久久地伫立悲悼。

大象是最配享有阔大绿色的生命。

老　茶

人们熟知的有云南普洱茶，一度价昂逼人。人们还知道有一条古老的茶马古道，更早的人以牛马驮运茶叶运到西部边陲。这条茶马古道今天还在，已成为当今的一条追怀之路，散发着永久不息的茶香。

西双版纳的老茶树王绝不罕见。古老的茶林留下来，在新的时代吐放新芽，供人们品尝时光之味。好大的叶子，好苦好香，经过了特别的工艺更变得醇厚，可以冲泡出琥珀金色。

在丛丛密林间散着一间间普洱茶作坊，游人喜去，循香而至。这在外地人看来是多少有些神秘的地方，因为裹在山内，小鸟敛声，真好比古代道家的丹砂之地，不可轻易示人。不过好客的现代普洱人会引游客从路口进入，然后坐在草寮里，聊聊茶事，小口品一下他们的酿制。

我们相信，如果没有原始雨林，没有南国湿气的日夜蒸润，就不会有这种特异的老茶滋味。龙井属于西湖，那是另一片水土的精致。普洱出于大山，正得力于苍苍茫茫。杯茗与浑茫共生，才滋养出一派厚重的气象。这片大林莽中常有高达八九十米的望天树，还有繁衍成一大片的独木林。大鸟衔籽，巨鳗化龙，花腰傣歌声袅袅。

真正的普洱茶是深壑万物的综合滋味。我们啜饮品茗，须得静下心来，让胸怀与远山一统。

有一位蓝布裹头的老婆婆，她毫不费力地攀上一棵古树，采下一兜乌叶，准备了特别的礼物。她算好了将有一群年过花甲的男人从远城来，这些人最记得当年滋味。原来他们是四十年前的支边青年，曾在此地披星戴月干了十年。这些人后来终得回城，有了儿孙，如今算是旧地重游。

老茶树王，你是深山的见证，雨林的芬芳。

2013年11月17日

古镇随想

在四川与贵州、重庆交界处有一座古老的小镇,叫"二郎镇"。它处于三区交界的边缘,锁在重叠深山中。

踏上这里的街巷,身处有些突兀的静谧,令人忍不住猜想:这里太远了,究竟有哪些多情的趣人到过这样的镇子?这里又为何热闹起来,涌动着不息的人流?

古镇有许多时候隐在浓雾中。雾幔扯不掉,它就长时间挂在山的半腰。峰峦秀丽,一色灰白陡立的石壁,青翠的山顶。一道深水从山间流泻而过,那是声名远播的"赤水河"。镇子建在河边有限的平地和山阶上,随意自由。

我们漫步其间,想象这座镇子生成的种种缘由。它首先是当地山民的祖居地,因为随便一方水土都会诱惑生民,成为他们休养生息的地场。最早那一条条蜿蜒小路是山水冲刷出来的,再由人和兽一天天拓宽。无数生命的痕迹就这样连接起山里山外,沟通了一个越来越大的世界。

在外地人眼里这里偏僻而幽美,也许最适合做隐居之地。现代人的确陷入了新的窘迫,深刻感受着文明的挤压和追逐,说不定会逃到这样的深山僻地里躲藏起来。但是在遥远的农耕时代,是否也会有这样的隐士?他们又为何而来,为避祸,为求悟,为放浪,为修行?

山川大地之上,人就像种子一样撒开,然后顽强地生长。人与山水相依持久,渐渐生出浓烈的情感,好比母子之情。在深壑高岭之间,一代代人开拓雕琢出一方方小小的田园,上面长出一层嫩嫩的葱绿。

这种人与山的相守多么辛苦,多么寂寞,又多么超然安静。这里的劳作和收获,与大山之外当有许多不同。就为了品咂山中岁月,让其变得更有滋味,他们慢慢开始了酿造。这里的河水格外凌冽清新,粮秣最为单纯饱满,思悟愈加内向深沉。三者合一,日日演练,于是好酒出世。

世人都知道赤水河两岸是美酒的滋生地。随便扳着手指数一下,就能吐出一串串名酒的名字。

饮者说:在漫长而又短暂、悲伤却又欢娱的人生之路上,如果没有了美酒陪伴,那还了得。或许果真如此,于是就有了这样的酒香浓烈,代代不绝,赤水河一带已成为海内外神往之地。

二郎镇人造郎酒,技法灵异,如有神授。他们在大山里找到一处奇怪的天然溶洞,它竟然分成上下两层,阔如神仙厅堂;洞内四季常温,正好用来囤放酒瓮。那一排排黑色陶瓮就安歇在大山腹中,不管世外风雨吹打,只默默孕育自己。待度过了几十年上百年,它们才开口吐香,一瞬间醺醉了整个世界。

走在二郎镇的古街上,踏着百年前的石阶路,一层层往上登去。两旁是木墙青瓦,是来历深长的建筑。整个一条街巷渍痕斑斑,简直就是一首写在大山深处的七律,或者是李白《蜀道难》那样的长吟。

被乳雾浸染成暗红色的木墙，脚下滑腻的石头，都给人神秘幽深的感觉。攀登时人要大口喘息，这时满鼻满腔都是酒香。因为镇上人已经酿造了几百年，天长日久，这里的一切都被醇酒给笼罩了，化成了朦胧一体的美酒世界。

外地人在这里一边吃着山菜，一边饮酒思源。

喝过酒再来赤水河边，端量着比它的名声小了许多倍的深色水流，自然要问来问去。当地人手指两岸裸出的河道、被流水切割出的道道深痕，言说往昔的争战和大水故事。这里是码头，那里是航路，首尾不断是盐船，欸乃声声帆影远。不远处的自贡为古老的盐都，赤水成为要途，所以才有深山里的繁华和忙碌。盐使山地有了重味，酒令劳民多了品咂。

航道，战争，美酒，这三样事物加在一起，就不再是寂寞边地了。人类历史上还少有比这更富戏剧性、更多蕴含了诗意的天然组合。多少篙橹，多少弹痕，多少沉醉，多少爱与恨。时间就这样弹指而过，一闪就是百年，连那些活生生的记忆也变成了飘忽的神话。而今这河道上，只有坚硬的石头还在，上面刻满了细密紊乱的水痕，让后人阅读不尽。

当一切故事消失之后，古老的酒瓮还矗在那儿。它是深山溶洞里的珍藏，是秘而不宣的滋味。对于无法度量的时光而言，我们常常觉得也实在只有痛饮一途了。大山幽处有琉璃，云雾层叠生兰花；鞭马难上九重岭，回头一盼是古刹。那就在这里安营扎寨，与默默无闻的日月长相厮守吧。

打开一瓶封存五十年的老酒，从中品尝千古赤水。主人解释着"酱香"二字，令人遥想起东方人情有独钟的"酱"之使用。无酱不炊，颜色深邃，百炼成膏。一个"酱"字绘出了中原，荤素不论，蔚为壮观。一瓶酒即牵出千万条文化的长丝，好比做酱的人挑开了一坨酵豆，低头深嗅无法言说的民间气息。

人偶有长饮和沉醉，以感受美好和虚幻，眼神明亮，心情舒畅，长于忘却短于记忆。人需要这清纯而浓烈的液体，这古怪又辛辣的芬芳。

望遍赤水河畔，全是酒坊；探过无尽街巷，无非醺香。我们踩着湿漉漉的石板路，一直登上古镇最高处。引领者一路指点战争旧痕、盐船泊地、异人事迹。不远处是颜色深沉的芭蕉叶子，它们谦虚地垂着，和我们一起倾听。

我们在二郎镇宿了两夜，然后离开。

同行的人当中没有一个是酒徒。

2012年1月4日

第三辑　你的生命之光

伟大而自由的民间文学

文学一旦走进民间、化入民间、自民间而来，就会变得伟大而自由。

就作品的规模而言，没有比民间文学再大的了。它可以是浩浩荡荡的史诗，是密集如云的传说，是无头无尾的倾诉，是难以探测的大渊。

它的品格一如它的规模，恢宏大气，自然傲岸。它的气度之大，足可以淹没一切粗倨的单音。它广瀚无边地往前推进，无所不思无所不在，举重若轻；它思考的命题从纤若毫发到天外宇宙。为之咏唱和记录的，有成千上万的口与手，那数不清的强力跳动的心脏，就是它的动力，它的直接源头。

一个神思深邃的天才极有可能走进民间。从此他就被囊括和同化，也被消融。当他重新从民间走出时，就会是一个纯粹的代表者：只发出那样一种浑然的和声，只操着那样一种特殊的语言。他强大得不可思议，自信得不可思议，也质朴流畅得不可思议。后一代人会把他视为不朽者，就像他依附的那片土地山脉，那个永恒的群体。

他不再是他自己，而仅是民间滋养的一个代表者和传达员，是他们发声的器官。

他是无数心灵的滋生之物，是生命的证明。这些证明以难以言喻的方式显示着人的尊严、生命的瑰丽，以及生命感悟和掌握世界的强大能力。生命在此表达了自己最大的浪漫。

生命的质地是各种各样的，可是各种生命会在无边的时光之中被无休止地融解和冶炼。生命于是同时出现了渣滓和合金，放射出难以辨认、难以置信的光泽。民间文学作为复杂的记录，可以有谜语、谶词、大白话、歌与谣；可以短小数言，也可以漫长如川。它真正大得可畏，大得奇特，一片光怪陆离。

在这泥沙俱下的大川之前，我们可以听到漫卷一切的自然之声。它迎送时光的方式也包含了真正的智慧，它可以藐视和嘲笑神灵，一切造化的未知。它的气魄宏巨到不可比拟，延揽了全部的精神：伟大与渺小，崇高与卑琐。它的全部复杂甚至稍稍有些令人不安。

当我们试图以理性和科学的态度走进它的时候，又会面临极大的困惑。因为它是不测的、无边的。它只可以感知，可以截取局部，可以掬滴水，可以管窥。它实在是太大了，太费解了，在生命的个体面前，它已经是一个遥遥的存在，如远逝的山峦和彤云。它坚实如冰岩钢铁，有时又柔软如丝。它拒绝，又容纳。个体可以在其中穿越，逗留驻足，也可以完全消失了自己。它的确为个体留下了穿行的通道，每个人都能在其中寻到自己的过去与未来。它成为母体，养育补给，供予乳汁。它的繁衍力和再生力，无论怎样想象都不过分。它对精神的个体，有着神秘的宽容和恩惠。民间文学触摸了星河一样渺茫繁琐的命题。它以各种方式去接近和分解神圣。神祇、古俗、史诗和神谕、社稷、美女和魔母、文献、海妖和天神、一万年的奥秘……集小为大，又化大为小，在精神的宇宙纠缠和编织，想象无穷，循环往复。它的胃口大得惊人，简直是永不疲倦地消化一切。

而它的自由正与它的伟大连在一起。所有的禁忌和障碍被粉碎之后，真正的创作自由也就出现了。一旦有了这种自由，它也就无所不往、无往不胜，在历史的长河中遨游，在人类的高空中飞翔。它可以超越历史、政治、神话。它既能高超地图解，也能随意地吟唱。它的癫狂、痴迷、无畏和真实，都达到了令人惊讶的地步。它轻而易举就超越了一般的"政治的诗"，可它又会义无反顾地发出某种尖厉之声、隐喻之声和呼号之声。它的声音能够不加遏制地、反复地、奇妙地变幻；这声音也许从某个不为人知的角落悄然萌发，尔后滋长得越来越大，无限膨胀，形成山崩海啸之势；也许仅仅是潜流底层，细细吟哦而不会死灭。

它不负有狭义的责任，也不受追究。它借助和依仗了一种极为抽象的存在，可以在地表和天空飞驰。它一旦形成就属于了每一个人，属于时间，属于某一个地域，比如属于整个华北或华南，属于欧洲或亚洲。如此广大的一片土地构成了它的依托，所以它也就逍遥得很，神乎其圣。

自由是有条件的。自由来自深刻的理解、来自强大，更来自创造者的生命特质。环顾左右、欲言又止；严厉的注视，反复的叮嘱，庸人的自扰，双重或多重的误解，对命数的迷惘无知……这样是断不会有自由可言的。创造者不断将想象的触角向内收缩，在一个狭小的空间营造织结，绚丽是绝不能产生的。

正因为民间文学获得了近似奇迹般的自由，所以我们也就真的看到了奇迹。一部部非人力所及、几乎被误解为神灵所赐的伟大史诗产生了——这样的史诗竟然出产于不同的大陆，需要几代人去整理和发掘。类似的奇迹多得数不胜数，它们潜在土壤里、掺在气流中，说不定什么时候就被我们的双耳捕捉到，被我们的双手开发出。

不可思议的想象力，胆大包天的构想，这一切都饱含在民间文学之中。从妖怪到王子，从贫儿的磨难到公主的奇遇，形形色色，一应俱全。一支曲子可以唱到东方既白，一串故事可以讲遍九州四海。没有拘束，开阔如天空，深邃如泥土；如果有谁担心创造想象之力会贫乏枯竭，那就看一看漫漫时间之缆上，联结了多少不绝的生命吧。是他们，是人类的全体在想象……

民间文学不仅藐视一些皇皇巨著，而且有力地挑战了专制，特别是思想的专制。它在传达一种自在的、仅仅为生命负责的精神，创造出无数个来往于天地之间的思想的精灵、艺术的侠客。这自由的声音是由无数个声音汇成的，丰富芜杂，既庄严高古又荒诞不经，既俚俗乡野又殿堂神阙。这声音是双向或多向的，是反叛与对抗的，是恭顺和不驯的，是矛盾重重和纠扯难分的；但无论如何，它放荡不羁之中仍深透着人的原则，浑然的多声部仍突出着抗争的旋律。

有人会认为民间文学的全部都通俗无碍，都仅仅依赖于口头传递。其实如果真的如此，也会伤害它自由的资质和属性。它有民间的矜持和尊严，有民间共享的秘密，有民间自己的记录和传播方式，有尚待化解的隐喻，隔代相传的寓意，有密码，有指代，有虚拟的发言人，有伪装的嬉戏者……总之它是无所不用其极的一种文学，是以惊人的博大和开阔而著称的一种文学。

它以自己的方式改写着历史：政治的和艺术的，心灵的和世故的。没有比它更巧妙的史书执笔者，也没有比它更机智的史官。往往是不经意的一戳，就按紧了历史之弦。它用各种华丽的枝蔓去掩盖一枚思想之果，于是既给后一代留下了采摘的困难，又增添了寻觅的乐趣。

如果用严格的规范去框束它，那就既不可能又荒唐可笑。它甚至无法禁绝——有效的禁绝。至此我们可以看出，民间文学的自由是一种彻底的自由——独立的精神和无边的想象。

由于它的生命力即是人类的生命力，所以它从不孱弱。这种强大通常表现在如下方面：一是它不易侵犯，即有超乎寻常的存活能力；二是它的自我调节选择力，即不断趋向完美的自身校正能力。它居然能够花上十年、二十年或长达一个世纪的时间，自发调动起无数的生命投入一部巨作的创造。这期间包含了多少改写、删除，多少自我判断、去粗存精。最终那些更有力的部分保留了、凸出了，熠熠闪光了。这是人民动手打磨的结果。人民有自己的珍宝，它就是民间文学的瑰丽。

不难设想民间文学与一个当代作家的关系。他如果向往更大的智慧和真实，那么就得学习永恒，就得返向民间。这个过程是心灵的历程，而不是操作的途径。是砂粒归漠，是滴水入川。一切淡掉了名利的艺术，才有可能变为伟大的艺术。

伟大的艺术必然是自由的；而离开了民间的支援和支撑，从来就不会有心灵的自由。

1995年6月27日

中年的阅读

我们以前不太知道年龄与阅读的关系。比如不到中年，就不知道中年人读什么。当然，有各种各样的中年，各种各样的兴趣。这里只是说了一种。

随着年龄的增长，书会像潮水一样涌来。不能随便歌颂书了，书往往是一些垃圾。清除垃圾很难，但起码可以绕开，绕得越远越好。当然有时候对于某些书的疏离，不只是书本身的问题，而主要是人的问题：作为一个读者，他的心情变了。

人们之间议论起读书，常常只关心读什么，而很少注意到不读什么。从来不读、连眼睛也不转过去的是哪一类书？这种阅读的边界可能更重要一点。

让青少年兴奋的书，中老年不一定看。人一到了中年，心情就多多少少变得苍凉了。中年人的情感既结实又朴素，这就影响到书的选择。有阅读能力和阅读习惯的中年人是很多的，而且他们因为知识和经验的积累，其判断力更加让人重视。他们有可能在深层上左右着阅读的方向和趣味。中年人更愿意看真实事件和场景的记录，比如一些重要人物的传记，一些游历笔记，回忆录和目击记，地理勘察录，探险记等等。在这种阅读中有一些特别的快感，那是因为整个过程始终伴随了这样的提醒：这些文字是真实的。

作伪的"实录"也有很多，但它们仍然是以标举真实为前提的。真实的，曾经发生过的，也就具有了极大的参考性，而且比较起来更能刺激联想。人一过中年就越发讨厌杜撰，十分警惕虚构的文字。所以，中年人一般来说对小说和诗之类，是非常挑剔的。如果一本书的前提是虚构，那么它在中年人的面前将接受非常严格的考验。虚构即编造，这很容易变得轻浮和廉价。一篇写得疙疙瘩瘩的实录文字，也远比一篇浮华的小说更能吸引人。中年人关心的是：在异地他乡，在另一个时空里，到底实实在在发生过什么？

比较起已经发生的事实，他们不太重视各种各样的假设，哪怕这种假设十分巧妙。

一个从事虚构文字的作者面对了一位中年人，往往是很尴尬的。这对创作者甚至显得残酷了一些。虚构一事，很容易变成低一等的工作——这往往也是已届中年的写作者迟来的觉悟。自古以来，文字最重要的价值即是：将发生的一切记下来，忠实，无欺。文字在诞生之初确是担负了忠实记录的职责的，而且毫不含糊。谁如果歪曲了事实，那就等于是对文字本身的侮辱。

对于中年人来说，读与写几乎是同一码事，有相似的意义。中年人对文字的心情比年轻人朴素多了，他们不再有过多的奢求。但是中年人的好奇心不是减少和蜕化了，而是变得更加深入了。从这个意义上说，有阅历的读者并不会一味排斥创作，不会一概拒绝虚构。问题是虚构作品怎样抵御其他文字坚实而强大的魅力，这才值得好好探究。

让虚构不那么拙劣，这对于写作者将是很难的一件事。因为想象往往比现实更窘迫，想象的园地比起真实的土壤总是显得过分逼仄了。在科技信息时代，人类某些机能的蜕化是很快的，比如想象力。现代的想象空间经过了一再压缩，却在这种羸顿局促之地拥挤和簇生了一种叫作"小说"的攀援植物。于是，相互投影，因袭，一而再再而三的复制，极为无聊的敷衍，也就成为常态。虚构作品要么足以吸引一个阅历深长的人，满足他们的好奇心，要么就甘心退出这些人的视野。他们所面对的文字，要营造出童话般的神奇，能够撩拨味蕾、牵引思维的触角。他们经验的世界要求射进炫目的灵光，而且还要足够锋利。

语言艺术的冶炼者要有超凡脱俗的趣味，银匠般的耐心，打造极其微妙的细部，以及拥有最为重要的——超人的想象力。他们具备自然而怪异的品质，刺目的个性，柔弱或激烈的情怀。总之要有一个独特的、陌生的、自给自足的精神世界，这个世界即便让心灰意冷的男人也驻足不前，流连忘返。这时，虚构作品就会成为纪实文字不能取代之物，它们将使人的灵魂欣悦。

现代的中年经过了五千年的文明沤制，再加上声光电子的风鞭日晒，面部的突出特征是：冷漠。苍老积蓄在内部，难得真正一展笑颜。谁想向他们一示新鲜，那将是难而又难的一件事。一部书，一段文字，只要打上了"虚构"的印记，也就难逃严苛的质检。这大概是许多文字的玩弄者所始料不及的。

一个人在心理上脱离了童稚阶段，在精神追求方面就会转向一些更便捷更实在的方式。他们除了对"真实"产生兴趣，或许还会从文字本身索取快感。但这时的文字必须是真正令人陶醉的，必须确定无疑地升华为"语言艺术"。一种常人所没有的语感，一种被质朴稍稍遮罩了的精到与刻意，一种令人痛快击节的简洁，都能使一个老到的读者为之一振。

从阅读和接受的意义上谈论中年，当然主要是针对了一种心灵指标。毋庸讳言，有人常常要让浮浅和粗陋陪伴一生，他们或许永远也走不到"中年"这条线上。这就是另一种阅读了。谁也无法阻拦一个人去咀嚼破破烂烂的故事，或者紧盯着屏幕上摇摇晃晃的大头。这自然不在讨论之列。

简单一点概括，可以说匆忙的现代并没有排斥阅读，冷漠的心情也不可能完全摒弃文字；只不过读者进一步分化了，其中有一部分极为重要的读者正在做出这样的抉择：或者是真实的记载，或者是绝妙的虚构。对他们来说，时下那些如潮似涌的印刷品，那些一般意义上的文字，都将被搁置，或交给另一些人。

2002 年 2 月 2 日

域外作家小记

我们这一代作者有机会接触这么多外国作家作品，当然是很大的福分。读得多了，会不断地鉴别和比较，对其中的一部分，就留下了难以磨灭的印象。这些印象大多是很早以前的，再说它有多大价值？它会准确吗？我深知把这些写给你是十分冒险的，不过我也知道，一个写作者如果过分怀疑自己的悟力，也只得放弃写作了。

索尔·贝娄

他的书在中国出版较多。我最喜欢的有《洪堡的礼物》和《赫索格》。我一直感到奇怪的是，当代作者很少议论这位了不起的作家。我几乎没有读过比他更幽默更机智的作家了——他用这一切稍稍遮掩着心底深切的悲凉和怜悯。

他的这方面的巨大才能，使得其他专事调侃、用嘲弄的笔风描叙当代生活的作家顿失光彩。他让人想到这方面的其他作家都是轻量级的。

人性中最曲折最隐秘的部分也难以逃脱他的眼睛。这是一双万里挑一的眼睛——穿透力、视角、目光的性质……一切方面都是那样卓越。

他的著作给人丰富华丽的感觉。这绝不仅仅是形式问题，而是它所包含的内容给人的感想和联想。

他的思维常常到达最为偏僻的一些角落，令人叹为观止。他最好的几本书都让人觉得细致坚密，容量极大，几乎可以无数次地重读而不致烦腻。

《更多的人死于心碎》是他最近的一本书，幽默和机智似乎一如既往。不过细读下来，还是可以隐隐地感到活力降低了，它没有了鼎盛期的那种巨大的蓬勃的生力。

贝娄的作品由于仅仅止于悲凉的心情、无望的冷嘲，缺少某种坚定性，所以也稍稍缺少了一种"伟大感"。

索尔·贝娄（1915—2005），美国作家。生于加拿大，父母是俄国的犹太人。代表作为长篇小说《赫索格》《洪堡的礼物》。1976年获诺贝尔文学奖。

米兰·昆德拉

他的书短时间内在中国几乎全印出来了，而且在西方也红得又透又快，是个奇迹。他不是一个通俗作家，可是书的印数有时像通俗作家一样大。

我认为他的几本书中，最好的是《玩笑》。其次是《生命中不能承受之轻》。后一本书把他的拿手好戏推到了一个高峰。其余的只是在重复和演变，像后来的《不朽》，已经写得相当吃力。尽管作者依旧做出一副悠闲的、从容不迫的解说和镂刻的姿态，但捉襟见肘和敷衍的感觉仍较明显。它使人想到一个人在用力挤下几滴水。

最令人称道的当是《玩笑》——几大块结结实实，真实有力，弥散出无法言喻的美。它是作者情感世界中最成熟最稳定的一次倾诉。《生命中不能承受之轻》虽不如它那么有力、内向和扎实，但仍然写得才华横溢。这是典型的欧洲作家的杰作，它不会出现在东方作家手中。它是逻辑的、分析的。而东方作家绝不会以分析见长。

米兰·昆德拉是一个信得过的、极有特色的作家。这又一次证明了：无论一个作家有多么深刻的思想、多么曲折的表达，只要总体上看属于特色感很强的作家，就仍然具有和接近某种通俗性；社会读书界在接受一个特色作家时，远比接受一个苍然浑厚的作家容易。

米兰·昆德拉（1929— ），捷克作家。当过工人、爵士乐手，后致力于文学和电影。1975年移居法国。代表作为《生命中不能承受之轻》，80年代以来在国际文坛上有重要影响。

略　萨

他在当代中国的命运有点像米兰·昆德拉，属于最幸运的几位外国作家之一。同样幸运的还有马尔克斯。

略萨最好的书是《绿房子》和《胡莉娅姨妈和作家》。他自己最喜欢《世界末日之战》，可能因为它写得最用力。作家写这本书的心情不一般，稍稍严整一些、庄重一些，像一切创作大作品的作家一样。不过《世界末日之战》还不算典型的大作品，尽管它也有那样的色调、规模和主题。略萨是不正经的，一正经就影响了才华的发挥。

前两部书就是他的人格和才华、艺术趣味诸因素结合得最好的作品了，综合看效果好得多。一个作家在漫长的写作生涯中难得表现出略萨那样的放松感和随意性，而且始终保持一种技术上的实验兴趣。虽然有些实验并非是高难度的，但探索的热情一直鼓胀着。这种热情同时也在激发他巨大的创造力。

《绿房子》像作者的其他作品一样，结构上颇费心思。但它们给人和谐一致的感觉，并不芜杂。《胡莉娅姨妈和作家》也是这样。如果作者在写作、在全篇的实现过程中心弦稍一松懈，再机巧的结构也不会带来好的效果。真正的艺术品总是生命激情的一次释放，当然会排斥一切技巧性的东西——除非是激情的火焰将其他阻碍全部熔化。

我印象中的其他几部书就没有这两部书好。有时候略萨给人太随意太松弛的感觉，还多少有些草率——我是指作为一个作家在写作时并没有特别的、深深的感动。

略萨（1936— ），秘鲁作家。曾先后在巴黎、伦敦、巴塞罗那等地侨居。16 岁开始文学创作，26 岁发表《城市与狗》，一举成名。代表作为《绿房子》《胡莉娅姨妈和作家》等。他被视为拉美现代文学代表之一。2010 年获诺贝尔文学奖。

厄普代克

他的作品译过来的主要有《兔子》系列，有《成双成对》等。与这些作品相类似的主题在欧美作家中并不罕见。他的凸出当然只能靠自己对美国一个局部的独特把握，靠一己的才华。他写出了具体，因而也绝不重复。

将他与索尔·贝娄做一比较最合适不过。他们所表现的历史时期不尽相同，但也相差不远。主人公的属性也差不太多。而且他与贝娄的艺术趣味相去并不遥远，比如说不如海明威和福克纳、伍尔夫与曼斯菲尔德离那么远。比较中我们会发现，厄普代克写得太松了，阅读中给人的艺术刺激没有贝娄频繁和深刻。包含的东西少了一些，似乎不够紧密。

还有，它们经不住重复阅读，这也是他与贝娄的区别。

厄普代克（1932—2009），美国作家。1954年毕业于哈佛大学。代表作为《兔子，跑吧》《兔子回来了》《半人半马》等长篇小说。他的短篇小说也独具一格。

海明威

他最让我羡慕的作品有一部长篇《丧钟为谁而鸣》、一部中篇《老人与海》，再就是十几个短篇。西方有不少评论者将《永别了，武器》作为他的长篇代表作。

在那部写西班牙战争中一次炸桥行动的长篇中，他一切过人的技能都得到了尽情发挥，给人炉火纯青的感觉。整部书写得一点也不吃力，作者始终掌握着艺术上的主动权，自信而又坚定。这部书有强大的张力，像作家其他的成功作品一样，很收敛，却有着巨大的内力从中生出。

《老人与海》何等单纯。这是一个壮心不已的艺术家在创作生命接近终点时的最后一次突围。它大概凝聚了作家一生中的全部经验——艺术和人生方面的经验。它像一首长诗，一曲长歌，在读者心头引起了深深的共鸣。

他的短篇不像其他作家写得那么即兴和轻松，所以每一篇都很沉，包含了无尽的内容。

所有人都说他的语言是简约的，是电报式；他经营出很多的"艺术空白"，这是显而易见的。但我同时又觉得他写了很多自己过分感兴趣、一般读者却不一定感兴趣的场景和意思——这时的海明威很饶舌。我们之所以可以忍受，是因为他的强烈的"海明威式的热情"感染了我们。他常常是自我感觉非常良好的——在生活中、在写作中。这也显得单纯可爱。

他所处的那个时代，古典主义的影响还是颇大的，所以他仍然借用了一种强大的余韵。这也是海明威在现代主义实验中多得一分的缘故。他远比后来的某些现代派作家庄重和大气。他富于冒险，可是也非常精明，无论在日常生活中还是在艺术创作中。

他身上有很多油彩，这也帮助了他声名远扬。比起他的实际成就，他的名声也许显得太大了些。

海明威（1899—1961），美国作家。早期以"迷惘的一代"的代表著称。风格独特，文体简洁，在世界文坛很有影响。代表作为《丧钟为谁而鸣》《永别了，武器》《老人与海》等。1954年获诺贝尔文学奖。1961年7月2日开枪自杀。

福克纳

福克纳的作品数量比海明威多，质量大约也均衡稳定——除了明显的、故意的敷衍之外，作为一个作家，他看起来并不特别凸显某一篇某一部，虽然也有特别好的，像《喧哗与骚动》《我弥留之际》和《熊》等。

写作对于他而言，更像是不可缺少的日常劳作，可以长时间地坚持下来。他的作品很内在，因而也更能经受时间的挥发。他很孤独，所以他从写作中汲取的快乐是至为重要的。这也是一切真正的艺术家的共同特征。为了抵挡人生的永恒的烦恼，他在一个角落里咀嚼、倾诉，喃喃之声后来惊动了世界。

作为一个人，他没有像海明威一样留下那么多耸人听闻的故事，但却创造了一个更为复杂的世界。他有趣，沉默，含蓄，比海明威在世时打扰的人少。

福克纳（1897—1962），美国作家。是一位庄园主的儿子。初期写作得到作家舍伍德·安德森的帮助。代表作为《喧哗与骚动》。他擅用意识流和时序颠倒、象征隐喻等手法，对世界文坛有较大影响。1949年获诺贝尔文学奖。

尤瑟纳尔

她有点像男性作家，作品中洋溢着另一种气息。她的作品可不仅仅具有细腻柔婉等女性作家的特征，而是充满了洒脱爽快感。几乎不存在什么心理方面的障碍，笔锋锐利畅达。正像她对话集的名字（《开阔的眼界》）一样，她的视野太辽阔了，关心的事物繁杂而丰富。

有一些女性作家是重要的，她们常常以自己纯洁的或极为特殊的创作而使人赞叹，让人难以忘记。有的甚至非常勇敢，比如勇闯禁区——人性的政治的宗教的历史的。但其中的多数大致上仍然可爱而单薄。尤瑟纳尔却不仅仅如此。给人这种感觉的大概不是创作的数量问题，也不是创作的风格问题，而更多的是视野，是文笔的力度。

她销量最大的是长篇小说《阿德里安回忆录》。但我们从中并未看出有多少讨好读者的地方。同样是取得了巨大成功的《苦炼》，也显示了作家非同一般的严谨态度、丰富的知识和分析的能力。

她的境界、关怀的事物，都超出了我们经验中的女性作家。

尤瑟纳尔（1903—1987），法国作家。16岁即以长诗《幻想国》获得泰戈尔好评。二次大战后移居美国。1980年当选为法兰西学院建院340年间第一位女院士。代表作为《阿德里安回忆录》《苦炼》等。

屠格涅夫

他在中国的影响一度超过了陀思妥耶夫斯基。他作品的气质符合大多数中国人——特别是上一茬中国人——的欣赏口味。难以掩饰的俄罗斯贵族气、典雅绚丽的文笔，这一切都让有教养和渴望有教养的读者感到受用。要读好书就得找屠格涅夫那一类的书，人们似乎达成了这种共识。他不如托尔斯泰厚重和伟大，可是也因为没有那么强烈的哲学意味和宗教气息而更易接受。

他多情而善良，但只会被人民喜爱而不可能化为人民的一员。他的艺术是有良心的贵族的艺术。他的巨大才华会令一代又一代人钦羡不已，无论有多少人随着风气的转移而轻率褒贬，他的艺术价值是不会改变的。他所表现的美是真实的、不变的。

对他的误解、某种偏激的损伤是会经常发生的，这也是贵族气的艺术家最容易遇到的。连曼斯菲尔德这样杰出的人物都忍不住叹息,说屠格涅夫"多么虚伪!多么造作"!——没有一点吗?有那么一点,但只是一点点而已。

真正的人民作家、被苦难浸过并专注于表现苦难、深深地理解苦难的作家,才会彻底抛弃和消除那"一点点造作"。对于屠格涅夫而言,他一辈子也洗不尽"铅华"。不过这也好。

他的《白净草原》《歌手》等短篇写得棒极了,真是浑然天成。它们有不灭的美,在这种美面前,一个诚实的人总会感动的,会发出无条件的赞美,无论他信仰什么、有什么不同的审美倾向。

他的长篇不如短篇,而他的后期作品又不如前期。《猎人笔记》也许是最真实有力、最能代表作家艺术成就的作品?

屠格涅夫(1818—1883),俄国作家。生于贵族家庭,目睹母亲虐待农奴,深恨农奴制。早期作品《猎人笔记》具有广泛影响,后写有多部中长篇小说,如《木木》《前夜》《父与子》等,均产生广泛影响,在世界文坛享有很高声望。

陀思妥耶夫斯基

像托尔斯泰一样,他是文学世界中难以超越的高峰。一个真正的巨人最好能像他一样,那么真挚、纯洁、深邃,又是那么充满了矛盾、犹疑和晦涩。他太不幸了,一生中度过了不少拮据期和病痛期。可是这些都没能阻止他成为一位大师,而且还援助了他。这真是奇迹。与托尔斯泰和屠格涅夫、普希金一起,他成为对中国影响最大的四位俄罗斯作家之一。这个备受煎熬的灵魂影响了那么多的心灵,他的博大和慈爱与偏执和冷酷一样显著触目。

小市民不会喜欢他。他的作品不是为一些肤浅而无聊的人写的。他有时也并非不想写消遣的作品，只是他的一颗心太沉了，从这颗心中产生出的一切终于无法消遣。

与托尔斯泰一样，他在《卡拉玛卓夫兄弟》等作品中有那么多直接的诉说和辩解，直接面对着灵魂问题，剖示使人战栗。在这种真正的人的激动面前，我们不由得要一再地感到自己的渺小、平庸和微不足道。

陀思妥耶夫斯基（1821—1881），俄国作家。生于医生之家。父亲因虐待农奴，被农奴打死。初期翻译巴尔扎克的小说，后创作了许多杰出作品，如《被欺凌与被侮辱的》《死屋手记》《罪与罚》《卡拉玛卓夫兄弟》等，对世界文坛有重大影响，被视为"现代派"的鼻祖。

列夫·托尔斯泰

我始终相信，他是赢得作家的尊敬最多的一个作家。没有一个人敢于用轻薄的口吻谈论他，没有一个当代艺术家不去仰视他。他的天才、难以企及的技巧，比起他的伟大人格，似乎都是可以略而不谈的因素了。没有人敢于断言自己比他更爱人、爱劳动者，比他更为仇恨贫困和苦痛、蒙昧。

他的作品多得不可胜数，又由于都是从那颗扑扑跳动的伟大心灵中滋生出来的，所以一旦让我们从中加以比较和鉴别时，就不由得使人分外胆怯，涌起阵阵袭来的羞愧。它们都由生命之丝紧紧相连，不可分割，不可剥离，真正成为一个博大的整体。于是他的一部长篇巨制和一篇短文同样伟大。

我们在现代作家的机智和领悟面前发出惊叹时，最好忘掉托尔斯泰。因为一想到他，现代作家的那些光华就要受到不可思议的损失。在他面前，聪明和睿智都显得不太必要，也似乎有些多余了。

他是"伟大"的代名词。

他多么偏激，可是他多么真诚。在这种大写的人的真实面前，我们第一次想到了伟大的作家原来都是超越了自己的艺术的。而那些创造了现代艺术的辉煌的作家们，总是被自己的艺术所淹没，这同样是一种不幸。

列夫·托尔斯泰（1828—1910），俄国作家、社会活动家。他先以文学扬名天下，其代表作《战争与和平》《安娜·卡列尼娜》被视为不朽之作，对世界文坛影响巨大。后热心于平民教育和社会进步事业，强调道德的完善，提出"不以恶抗恶"的托尔斯泰主义，被奉为道德的楷模、民族精神的领袖。晚年作品《复活》是一部反映其精神轨迹的杰作。

兰　波

他让人想到一种奇迹。天才和艺术的成熟，它的展现，总需要起码的时间和过程。而兰波似乎把这一切都省略掉了。读他十几岁的诗作，人人都会对天才产生一种深刻的神秘感。遥遥感知着那个奇特的、也许几百年才会出现一个的灵魂，想象着人生的全部奥秘和美好——人的无穷无尽的创造能力——无法不陷于深深的感动。

他的作品很少，译过来的又是一部分。我们怎样领略这个早熟的诗人？魏尔伦曾经这样描绘这个了不起的少年："这个人是高大魁梧的，几乎是运动员般的敏捷矫健，脸像被放逐的天使那样，完全是椭圆形的，一头乱蓬蓬的栗色头发，眼睛则属于那种令人不安的浅蓝色。"

像很多真正的天才人物一样，难以言喻的强大生命力使其狂躁不安，在大地上来回奔走，毫不怜惜地折腾着自己。他做过好多种职业，经商、当兵，最后又早早夭折。我特别搞不明白一个诗人是怎样经商的，因为我恐惧今天的商人。

兰波（1854—1891），法国诗人。由于父母不和，自幼悒郁寡欢。16岁起常外出流浪，与著名诗人魏尔伦交往亲密，后发生冲突，被魏尔伦打伤。1876年参加荷兰殖民武装到爪哇服役，后曾参与贩卖军火。其诗作现存140首左右，主要为16至19岁所作。

普鲁斯特

在现代艺术的代表性作家中，难得使用"伟大"这个词。是说不清的禁忌阻止了我们，使我们从不轻易地说他们当中谁是"伟大的"。但我们可以经常地说他们是绝妙的、天才的，等等。可是面对着普鲁斯特，我们却常常要表现出某种慷慨。

普鲁斯特的《追忆逝水年华》，大概可以说成前无古人后无来者的书。几乎看不到借鉴，也看不到模仿——所有的模仿都不会成功。再也找不到比他更为自信从容、旁若无人的精神巨人了。他只在自己的世界中遨游，这差不多就是一个生命的全部意义。在中外古今的作家中，谁具有如此的极端色彩？

这不仅是一种实验，不，这完全不是实验——他将自己仅有一次的生命如数地押在了一部长长的著作上、一场无声无响的劳作上。他没有渴望与这种劳作精神相去甚远的酬谢和犒赏，无论它来自哪个方向，他都全无兴趣。

就是这种罕见之至的纯粹性，才使一部长卷具有某种无从想象的洁净和丰富华丽感。

作为一个生命，他那种独特的、细致入微的感知是任何人都无法重复、都要叹为观止的。我们常常在普鲁斯特惊人的发现和描述面前感叹：人哪，像他这样敏感多情，才不枉为一个人！

我们不知何时失去了这些——一个人至为宝贵的东西，它们永远地失去了……

普鲁斯特（1871—1922），法国作家。自幼患哮喘病，终生为病魔所苦，并因此而死。36岁起因病不再外出，闭门写作。代表作为《追忆逝水年华》，构思写作长达16年，其中后三部是作者去世后出版的。该书被奉为现代派的经典，改变了对小说的传统观念，革新了小说的题材和写作技巧，超越时空概念的潜意识成为小说的中心。

叶　芝

我想象着他的内心世界、特别是他的情感生活，还有他作为一个艺术家的日常状态。文字的栅栏不断地阻碍我走近，我只能透过那些缝隙去注视他衰老的身影。我看到的是一个永远不会忘记的生动面庞，他的开阔的微凸的额头。

他反对抽象的说教，而主张从感性生活的深处汲取艺术形象。他超人的想象力、真挚动人的渴求，都一再地打动我。他作为一个诗人的全部生活，那么真实而内在。他曾在长达十五年的时间里追求爱慕着一个女人，她就是毕生献身于民族自治运动的爱尔兰女活动家毛特·岗。叶芝的这些诗句令人热泪潸潸："为那无望的热爱宽恕我吧／我虽已年过四十九岁／却无儿无女，两手空空，仅有书一本……"

仅仅是这几句简单的吟唱，就可以打开我们全部的想象，让我们去翘首遥望。

叶芝（1865—1939），爱尔兰诗人、剧作家。生于一个画师家庭。代表作有抒情诗《白鸟》《世界的玫瑰》《盘旋的楼梯》《拜占庭》，诗剧《心愿之乡》《胡里痕的凯瑟琳》等。1923年获诺贝尔文学奖。

哈　代

今天看，他那些长篇小说所描述的故事都不太新鲜了。可以想象在当时也不见得会是什么传奇。可是它们却有一股神秘的力量不能消失，即便经过了遥远的传递也还是存在。的确，极少有一个作家会像哈代一样常读常新，经得起一代又一代人的咀嚼。那些看似陈旧的、被多次讲述过的故事，竟能在刚刚成长起来的一茬读者中找到知音；它可以不断变幻，闪耀出新的光彩。

有一种作品会随着时间的延续而生长，这一类作品总是极少的。一般而言，时过境迁，作家当年的感动会变得老旧，至多是有一些古董气让人留恋。它们不可能继续向外生长，长出新的东西。它甚至不具有弹性，在外力的作用下也不会增加长度和宽度。

而哈代以《苔丝》为代表的长篇小说既有迷人的古典气，又会随着时光而新生。我想象它的奥秘——可能仅仅因为他是一个感悟力特别，并且又十分强大的人。他能让笔下的一丝一缕都根植于土地，从中一点一点长出，而且让其永远都不离开那块不大的原土。这样风雨飘摇之后，一个个季节度过，新的一茬收获还会重新来临。我想他在当时绝不追求时新，而是自主性特别强的一个作家，坚持从脚踏的土地上发现永恒的诗意。大地的斑斓被他重现了，这种色彩浓烈充盈，永远不会被岁月冲淡。面对这样的巨幅画卷，我不由得想起密茨凯维支的诗句："好一片田野，／五谷为之着色！……"

哈代（1840—1928），英国诗人、小说家。其父是石匠，一生住在农村，爱好音乐，对哈代有重要影响。哈代26岁开始文学创作，代表作为《德伯家的苔丝》《无名的裘德》。他在英国文学史上占有重要地位。

毛　姆

他的作品很好读——但好读的却不是他最好的作品。他很理解大众读者，尽可能写得机巧，这自然损伤了自己的艺术。他如果不这样做呢？以他的才力会成为第一流的艺术家吗？

《月亮和六便士》是雅俗共赏的书，却并不让艺术家过分地挑剔。在这本书中，他对艺术家和他们的劳作有透彻的理解，这种理解本身就让人感动。

但是真正令人刮目相看的，大概还是他更长的一部书：《人性的枷锁》。他写这部书时不太渴望世俗意义上的成功,而是想好好地写写自己。他很少在过去的写作中表现过如此的纯朴,如此的沉着。当然也显得琐细、冗长,特别是用今天的眼光看。但只要耐住性子读完就会发现,它是庄重沉稳的、有深度的。这部书越往后越好。它写得太长了,艺术上多少有些平庸气。好像老牛拉车,尽管缓慢,但毕竟负载的东西很多。

比起以前那些机灵的短篇,他的一二部好长篇使其稍稍超越了自己。

毛姆(1874—1965),英国小说家、戏剧家。自幼父母相继去世。曾学医,后创作剧本,获得较大反响。代表作为长篇小说《人性的枷锁》和《月亮和六便士》,短篇小说也颇具特色。

萨 特

他一直主张介入和干预,贴近现实,所以一度很对中国作家的口味。不过比起一般作家来,他还是一个哲学家,活得更真实,有一副称得上天才的不凡的头脑。大概一个作家有了这样的本钱,然后再力主干预生活,就显得更可信更有价值,会焕发出新的光彩。

他的戏剧比小说更为成功,我想这是因为他作为一个外向的艺术家和社会活动家,戏剧这种形式更合适一些,更容易直接面对广大民众。他们是他特殊需要的。

他有极高的艺术才能吗?这往往令人怀疑。他是一个综合体:艺术的,哲学的,社会学的,诸方面的综合。他最突出的方面或许不是才华,而是敏感与聪慧,是介入社会生活的巨大勇气和激情,是一份真实有力的人生。

这就构成了他的艺术品格，使其提升到了一个新的层面上。

萨特比任何作家哲学家都更具有"当代性"。理解他离不开那个时代，他是与时代紧紧结合和互助的思想艺术巨人。我们也许难以独立考察他的学术和艺术成就，因为这种独立剖析会弄伤了他的思想和艺术肌体。他是那个季节里茂长的一棵枝叶浓密的大树，旁边还长有差不多的另一株树：波伏瓦，即被他称为"河狸"的非凡女人。

> 萨特（1905—1980），法国作家、哲学家。幼年丧父。二战中他应征入伍，曾被德军俘虏，获释后参加地下抵抗运动。他是法国战后重要文学流派存在主义的倡导者。代表作为小说《恶心》、剧本《群蝇》等。1964年瑞典文学院决定授予他诺贝尔文学奖，被他谢绝。

加西亚·马尔克斯

在短时间内风靡了中国，他的确是迷人的，新时期十年中的影响超过了所有外国作家。他经营的那个世界的独特性令人魂牵梦萦。他最让人着迷的作品除了一些中短篇，就是《百年孤独》和《霍乱时期的爱情》。后一部书是获得诺贝尔奖之后的创作，这就让人感到奇怪：他在那个大奖之后仍然能够沉下心来写出一部真正的杰作。这种现象几乎是罕见的。

一个作家的所有好作品、真正有魔力的作品往往都是在刻苦奋斗中、在压抑的气氛中写出来的。一旦缺少了这种环境，一个人就失去了力量。而在马尔克斯那儿，这个神话被打破了。这是他特别令人钦佩的方面之一。

他的作品太迷人，太有趣。他感动人的，并非是某种人格的力量，不是他的心灵。他是伟大的匠人，但不是伟大的诗人。始终站在他前方那座山巅上的，大概是托尔斯泰一族。

他是一个非常非常奇怪的生命。这种人在一个民族里是绝不会出现太多的。他古怪的程度完全比得上美国的贝娄，虽然他们之间差异甚大。

加西亚·马尔克斯（1928—2014），哥伦比亚作家。生于医生家庭。代表作为《百年孤独》《家长的没落》《霍乱时期的爱情》等。以魔幻现实主义手法著称，80年代以来在世界文坛有重大影响。1982年获诺贝尔文学奖。

阿斯图里亚斯

我读过的《总统先生》和其他一些中短篇，都没有特别惊讶的感觉。但《玉米人》一书却能彻底征服读者。书的前三分之一写得特别好，从《查洛·戈多伊上校》一章完成之后，就松弛了。前三分之一有难以抵御的磁力，牢牢地将人吸住。

我们一般这样认为：一部书有一半写松了，失了心力，那么整部书都不会是优秀的。可是到了《玉米人》这儿就不适用了。因为这是一部奇书，因为它的前三分之一写得太好了，简直有如神助。

我们可以想象那片怪异的土地以及它孕育出的一种文化。尽管这一切都是陌生的，可是由于作家把这些传递得准确逼真，我们把握起来有时真是得心应手。在我所读过的众多的拉美小说中，《玉米人》

前三分之一的篇幅给予的，已经超过了其他拉美作品的总和。

我觉得阿斯图里亚斯是正宗的拉美作家。

他有点像东方作家，只以神遇而不以目视，伸手一抓全是事物的精髓，完全靠土地气脉的推动来行文走笔。当他稍稍偏离了这种感觉时，就只有依靠一开始形成的那种推力的惯性了——于是我们就看到了松弛的、维持下来的三分之二。这当然是可惜的。

阿斯图里亚斯（1899—1974），危地马拉作家。父亲是一位法官，母亲是小学教员。两次被迫侨居、流亡国外，多次担任外交官。代表作为《总统先生》《玉米人》。1967年获诺贝尔文学奖。

博尔赫斯

这是教导小说家的人，而不能用来指导诗人。他是一本大书，但不是一个足踏大地的行吟者。他热衷于迷宫，在穿行中获得了极大的乐趣。他是依靠读书、修养和知识获得成功的一个范例。他总是出色地操作，并在其间掩藏了小小的激动。

他常常使一些匠人望而生畏。他关心人的状况，也关心人的灵魂，但比起他的操作和实验来说，那种兴趣毕竟小多了。

他的作品让人想起庄重的深棕色，甚至是稍有恐怖感的黑色。一种檀香木的气味从中散发出来，使人在迷茫中滋生奇特的尊重，小心翼翼地走入其间。

读他的作品很磨性子，很累。娱悦只在长长的苦涩之后，像饮一种老茶。

博尔赫斯（1899—1986），阿根廷诗人、小说家。生于一个有英国血统的医生家庭。童年受英国家庭教师教育，读了大量欧美文学名著。一战后随家移居欧洲，就读于剑桥大学。1921年回阿根廷，在图书馆工作，同时进行文学创作。1941年出版短篇小说集《交叉小径的花园》，以其超现实主义的表现手法赢得世界声誉。曾任国立图书馆馆长。

阿克萨科夫

这位俄罗斯的老作家开始写作时很老了，又写一些老式地主生活，所以是十分老旧的。但是读他的《家庭纪事》却会兴味盎然。他根据目击和记忆，准确地写出往昔，极少夸张和虚构。他运用的艺术手法，在今天看几乎没动什么脑筋。也就是这些老方法使他在当时和今后都获得了成功。这又一次证明了形式本身的确是第二位的。他丝毫也不具备实验意义，但却让人着迷。

俄罗斯大地的辽阔，与土地相依为命的农民、乡村风情、激烈的不可调和的冲突，都被异常有力地勾画出来。我们甚至想象不出一个作家舍弃了这副笔墨会获得成功。

由此我们会联想，一个作家如果不是特别有内容，那么他哪怕稍稍疏远了形式本身的探索，也就失去了很多的价值；但如果他是一个经历和经验丰富到了极点的人，"怎么写"的问题就不那么紧迫了。

阿克萨科夫（1791—1859），俄国作家。生于贵族家庭，曾任书刊检查官。代表作为《家庭纪事》《巴格罗夫孙子的童年》，均具有自传和回忆录性质。

紫式部

《源氏物语》的中国读者有多少？谁也不知道。它好像待在一个文学的壁龛中，只让人礼拜而不必研读。它属于早已退出了时新的老年人，属于注重体面的上一茬读书人。其实它一旦回到青年读者手中，他们就会大受裨益。

它的奇异的质地、叙说的节奏、非凡的才情、华丽的色彩，一切都让人惊诧。这是日本很久以前的一块紫玉，闪着古典的光泽。它其中写到的一些出身高贵的男女，接触之后就要交换一二首诗——中国古诗或日本俳句。这种令人入迷的生活，与现代社会的生存状态反差何其巨大，因而也相映成趣。

它很容易使我们想到《红楼梦》和《三国演义》，但绝想不到《水浒》《西游》。像贾宝玉林妹妹那样缠绵，却更像三国争斗那样的氛围。宫廷生活总是特别吸引人，如果一个记录者对那一切烂熟于心，同时又不厌其烦地讲述，局外人就会看重这些故事。这样自然而然产生的韵致和情趣色调，就必定不同凡响。局外人无论有多么高深的修养、多么大的才能，也难以写出那一类作品。

这是一部很益于养生的书。读着这样的文字，可以使心情很快平和下来，不再浮躁。我们得以面对一个拉近了的古代，对比人类千年不变的一些因素，比如亲情暖意、爱与被爱等，来理解人类生活中的真实和美好、它的永久的意义。

这样的书永远值得读。它的意趣连绵无尽，会永世长存。它的柔情爱意、安稳如一的风度，会轻而易举地战胜令人眼花缭乱的现代艺术。也许我过分偏爱古老的东方艺术了。

紫式部（约978—1015），日本古代女作家。出身书香门第，自幼随父学汉诗，尤爱白居易的诗。曾在宫廷中任职。代表作长篇小说《源氏物语》是日本古典文学的高峰，内容庞杂，行文典雅，笔意缠绵，表现出鲜明的日本民族气质。

亚玛多

他是一位能干的职业写作者，把一切感兴趣的东西都化为了文字，构成了一个非常庞大的阵容。他的《加布里埃拉》说明他有职业写作者那样的热情和精力、非同常人的巨大制作能力，且并不安于一般的制作。他的这部代表性作品写得诗情荡漾，散发着"丁香花"的气息。有他这样随意的心态，再加上过人的才华，才会写出一部声情并茂、内在结构非常严谨的长篇小说。

整个故事像流动的活水，时而汪成水潭，时而冲刷而下，发出清脆的回响。作家并不珍惜笔墨，舍得使用文字，浪费中又有节制。他很不同于惜墨如金的另一个拉美作家马尔克斯，倒有点像洒脱的略萨。他们的长处很相似，弱点也相似。我仿佛看到他在使用一支粗长大笔，而不是那种纤巧的绣花针。他写作是很痛快的，大概很少有迟滞不前的状态。

他的思路和文字都十分流畅，读者接受起来也很方便。可是这样畅达的水流始终没有淹掉精细的思维、巧妙的运筹。这就使他能从根本上区别于那些过分通俗的作家，也区别于那些比较平庸的作家。

如果全部地、仔仔细细地阅读亚玛多的作品，大概也有点划不来。

亚玛多（1912—2001），巴西作家。19岁发表处女作。因参加巴西共产党活动数度入狱、流亡国外。代表作为《加布里埃拉》。

乔伊斯

他是作家当中走得最远、不允许重复的艺术家。他像普鲁斯特一样写得魅心魅意、特别专注，也一样孤注一掷。一个东方作家好好研修乔伊斯，就会发现西方作家在从另一个角度、以另一种方式走进了深刻的分析。他的那些所谓意识流、潜意识的连缀，与东方人运用感觉含混而传神地抓住本质的方式仍然区别甚大。

乔伊斯是一个很讲理性和科学的作家，所以东方作家从相反的角度理解他并学习他，就难得要领。乔伊斯繁琐而不神秘，而东方作家的艺术，比如中国、印度和日本的艺术，有时神秘到超出了分析的范畴。我理解中的乔伊斯，不认为他是不可分析的。所以那些愈来愈多的西方研究者才可以兴味盎然——失去了分析的基础，他们就无从下手。

中国作家或研究者如果运用西方习惯了的武器来对待中国艺术，比如说对待《红楼梦》，一定会走入肤浅。"红学"是品的学问，而不是什么供人考据和解剖的实验。考与剖不是主要的。而对待《尤利西斯》就可以。

他这样的作家不会多也不必多。这点有些像劳伦斯和博尔赫斯。

乔伊斯（1882—1941），爱尔兰作家。曾多年在意大利等国旅居，以教授英语为主。1920年定居巴黎，专事写作。代表作为《青年艺术家的肖像》《尤利西斯》，广泛运用意识流手法，被称为现代派小说的先驱。晚年失明后，创作了又一部力作《为芬根守灵》。

卡夫卡

他的作品不多。但我们从文学史上却难以找到像他这样完整的、简洁的作家。他对现代主义的不可替代的贡献，使不少人把他归于了大师级——这肯定会让固执的东方作家感到茫然。因为我们这儿，"大师"是一个高耸伟岸的概念，有着相当固定的标准和色彩。

其实在卡夫卡这儿，是否"大师"已经不那么重要了，因为他从一开始就完全无视"大师"们的传统。这真是少见的一类生命的感悟，那么新奇又那么淳朴——我们常常发现新奇的东西往往是不那么淳朴的，所以有时那些独特性是要大打折扣的。而卡夫卡能够真实地生活在他的想象中，想象激动了他也指导了他。他在想象中获得和汲取了现实世界中绝无仅有的一份健康。

他的想象从那只有名的大甲虫（《变形记》）开始，被千万人议论开去。那一次想象的结果是显豁凸露的，所以不求甚解的大众读者也可以津津有味谈个不休。在我看来，最能代表他的特异思维的，倒不一定是那一篇和那一类。比如他的另外的文字，长篇，或者是那封写给爸爸的著名的长信，就重要得多。

卡夫卡的一切，主要是内容而非形式。一些从形式上入手借鉴的，必然得个皮毛。他是一个不灭的、特别的灵魂。这个灵魂永远训诫和启示着人类。

卡夫卡（1883—1924），奥地利作家。生于犹太家庭，父亲是百

货商人。一生写了三部长篇，均未完成，还有多部中短篇小说，均极精彩。生前发表作品极少，遗嘱朋友焚毁所有作品，但朋友反而整理出版了他的所有著作，其中《城堡》《变形记》《地洞》等对后世文学有重大影响。他被视为现代派小说的先驱。

艾特玛托夫

他是这些年在中国影响最大的苏联作家。他的那些好作品会长久地让中国读者记住，而在其他作家那儿，要做到这一点却很难。我特别重视的是他的《白轮船》之前的作品。那些中短篇使作者耗去了心力，使用了更真实的情感。它们看不出得意的作家惯有的一丝飘忽感和聪明机智，而是沉下来的心跳之声。这些作品中显现的人的自尊会让人记住。

哪怕是写红苹果的一篇恋爱故事，短短的，读过也难以忘怀。故事与主题之类看来并不那么重要，重要的是字里行间留下的痕迹。它如果是质朴的、援助弱者的，那么它起码会是好的。如果除此之外还有同样多的挚爱、不屈的声音，就会令人倍加珍视。

他后来的作品写得并不草率，像《断头台》等。他忙着加入世界性的、很重大的一些讨论，比如环境、专制与人性、宗教……这些都让人看重——但可惜的是字里行间的某些痕迹在消失。那是一份压抑的人生刻划下来的，只有它散发出的能量才不可思议。这是神秘之所在，一旦失去了，再高的技巧和开阔的视野之类都无法弥补。

在这方面，任何作家都没有例外。有些中国当代作家曾写出了简洁而真挚感人的、生气勃勃的作品；可是后来当他（她）影响更大了，生存状况得到根本改善之后，那些沉沉的真挚的东西就像热气下的冰一样化掉了。他们无论写怎样的悲剧、怎样低沉的调子，也都无济于事。不感人了——不深深地打动人了。

艾特玛托夫（1928—2008），苏联吉尔吉斯作家。1937年父亲被突然镇压，他随母返回故乡，从一名干部子弟变为山乡少年。他的中篇小说《查密莉亚》《白轮船》等获得广泛声誉，长篇小说《一日长于百年》开创了新的写作方式。

阿斯塔菲耶夫

他主要引人注目的是《鱼王》。这其实是一部中短篇集——作者以长篇的形式出版，就显得冗长芜杂了一些。这是一部极少见的好作品，曾是新时期里对中国作家构成了较大影响力的一本书。

整部书像一曲长长的吟唱。长久的、在夜色中不能消失的叹息、对悲剧结局深深的恐惧和探究，都使人感到这是一部杰作。它的主题指向绝不新奇新鲜，中外作家都写过不少类似的东西。但问题是它的色调、它难以淹没的音韵。俄罗斯文学的伟大传统强有力地援助了它，它继续了它的余音，让其在冻土带上久久环绕。

这是社会主义国家所能产生的最好的诗篇了，他的诗章留有当代深刻明晰的印记，磨擦也是枉然。这样的诗意底气充盈，不像某些好看的泡沫，只浮在水流之上。

阿斯塔菲耶夫（1924—2001），原苏联作家。生于农民之家，童年曾四处流浪，卫国战争中受重伤。27岁开始写作，代表作为《牧童与牧女》《鱼王》等。

聂鲁达

他始终是热情灼人的一位歌手，越到后来，他越是懂得把热情倾泻到民众中。民众和政治都支持了他，但民众并不等于政治。这期间或多或少的虚荣在损害他，因为他过分地相信了诗与民众的关系。那种关系可以写成诗，但它并不结实。他着重地谈到西班牙战士为印他的诗集，在战地上自制纸浆，原料包括带血的戎装和敌人的旗帜……虽然这是一种"真实"，但也太具体了。

马尔克斯把他比喻成一个点石成金的神，我当然同意。尽管这样，点石而成的金，与直接开采出来的金还是有所不同。我更喜欢后者。比如《二十首情诗和一支绝望的歌》，是他名声大振的第一首长诗，也是一生的杰作。它是开采的金子，是不朽的。多少人反复诵读而热泪盈眶，它激动了不同肤色不同时代的人。它的魔力甚至经过了东方人的翻译也不会失掉。后来的聂鲁达有了魔法，他常常把石块点成金子，所以有时不免疲惫，落下一些半金半石的东西。

我相信他投入政治和民众的热情同样是巨大的生命力化成的。但是这种热情有时化为诗，有时没有。

他那么豪放——诗人式的豪放。多少人只学到了他的豪放，而没有学到他的天才。这有点像海明威，多少人学到了他的狂放粗鲁豪饮爱欲，却没有学到他的诚恳和献身精神。

聂鲁达（1904—1973），智利诗人。早年丧母，父亲是铁路工人。曾任大使，并当选为国会议员，加入智利共产党，后因政局之变，流亡国外六年。成名作为《二十首情诗和一支绝望的歌》，代表作为《诗歌总集》。1971年获诺贝尔文学奖。

劳伦斯

他写性的奥秘的小说,首先给人一种洁净和纯粹感。他书生气很重,像个科学工作者一样严肃地实验。他沉入其中,专注到一般人望而生畏的地步。他是因为相信自己的劳动而获得成功的一个范例,当然还有他的天才。他在一条荒芜的小径上倾注了极大的兴趣。

这就影响了世界上的很多作家,特别是可以写性的新时期后的中国作家。不过他做的事情,与他的纯粹和他的才能都非常匹配,这一点别人要重复也很难。他专注的方面,与小市民的兴趣是背道而驰的。

劳伦斯(1885—1930),英国作家。生于矿工家庭,当过屠户会计、厂商雇员、小学教师,曾在国外漂泊十多年。代表作为《虹》《查泰莱夫人的情人》等。后一部作品他在去世前重病中三易其稿写成,其中写性爱的章节引起争议。

普希金

他有点像中国唐朝的李白,更像个仙人,而不像我们所熟悉的现实中的一代又一代人。这种神奇感,来自他的无数超乎常规和经验的天才创造。可李白是古人,很久很遥远,而普希金只是沙皇时期的一位诗人。

他这样的诗人有谁能够稍稍接近呢?拜伦吗?拜伦也风流倜傥,才华横溢。普希金的诗总有最奇妙的发现——当我们被这种发现的辐射所击中时,总是浑身一战,久久凝视篇章。

他下笔如有神授，一泻千里也毫无疏失。这样的诗人仿佛不是"天才加刻苦"这样惯常的公式所能概括的，而像是苍穹中一块闪亮的金石落在了人间。

普希金（1799—1837），俄国诗人，俄国近代文学的奠基者和俄罗斯文学语言的创建者。生于贵族家庭。学生时代就诗名远扬，其抒情诗风靡一时。其代表作叙事诗《茨冈》《叶甫盖尼·奥涅金》被视为世界文学的经典之作。他的小说、戏剧、文论、散文也具有很高水平。死于决斗。

高尔基

没有一个苏俄作家像他那样荣耀，在中国落地生根。他一度成为天才和革命的代名词。后来中国作家，特别是当代作家才敢于正面凝视他。他不久以前是不可能被挑剔了，但后来又被急躁的年轻人过分地挑剔了。

其实无论如何他还是一位大师。他让人熟悉了俄国的流浪汉小说，正像以前熟悉美国的马克·吐温一样。高尔基的流浪汉小说写得无与伦比。他很早的那些短篇多么坚实有力，差不多篇篇掷地有声。

到后来，他忙于记下心中的一切，事无巨细地记，篇幅也越来越长。那些纯粹的诗开始离开了笔端。像一切作家一样，他有时对新生事物也表现出过分的、并不成熟的热情。这既使他变得更为重要和更为勇敢，也使他的精神、他的创造力受到了考验和损害。

我读他那些文论和小说戏剧，常常涌起深深的崇敬之情。他是跨越两个时代的大师——做这样的大师可真难，不仅更需要才华，而且更需要人格的力度。

高尔基（1868—1936），苏联俄罗斯作家。早年丧父，11岁即离家谋生，做过各种苦工，参加政治活动。完全靠自学写作，24岁发表作品，30岁即成为欧洲驰名作家。后参与俄国共产党的活动，成为苏联文学的代表人物。主要作品为《童年》等三部回忆录、《母亲》、《克里木·萨姆金的一生》等，中短篇小说、戏剧创作也十分杰出，享有世界声誉。

泰戈尔

像中国一位画家为他作的那幅肖像给人的感觉一样，他的作品也是仙风道骨。精灵一般的老人，天生多情也天生富贵。他的神奇联想让西方人惊诧，而且有人模仿也成功了。

他真是印度一位老智者、老歌手。他心中的一切都化为了歌；他眼前的一切都供他吟诵。时光之水流过他的心头，再一次流出就成了芬芳的液体。

时代风云变幻不停，艺术的偶像也挪来动去。可是没有谁想更动泰戈尔的位置——他身上有一种难以测知的神力在护佑他，就像印度的瑜伽功法一样。那种古老文明国度的精华雨露滋养了一位身穿红袍的白须老人，老人永远神采奕奕。

泰戈尔（1861—1941），印度诗人、作家、艺术家、社会活动家。父亲是哲学家和宗教改革者，大哥是诗人、哲学家，五哥是音乐家、剧作家，姐姐是小说家。泰戈尔以诗闻名，一生发表大量诗

作，因诗集《吉檀迦利》获1913年诺贝尔文学奖，但他的短篇小说及长篇小说也十分著名，他还热心于办教育，并创作了1500多幅画，谱写了大量歌曲。

契诃夫

托尔斯泰赞叹他为"完美的人"。他的艺术也少见的完美。短篇小说的规范杰作，在他这儿得到了确立。他的艺术像他这个人一样洁净、纯粹。即便是创作历史更漫长、成就更大的人，在他的严谨和忠诚面前都会感到羞愧。一个几乎不受时风影响、永远被人喜爱的作家，也许就需要像他一样，从里往外地真实和完美。任何时候都不要失去优雅的风度，永远保持和流露着最良好的教养。

除了文学创作之外，他还有一份同样具有强烈道德感的职业，那就是治病救人的医生。

我相信在艺术手法不断翻新的今天或以后，在越来越浮躁的现代人之中，那些读者仍然会找到他，并发出由衷的赞叹。比起他同时代的某些现代主义作家，他似乎没有什么繁琐冗长。于是一个既不喜欢现代艺术又对老式创作手法有些厌烦的读者，就会去读契诃夫。

契诃夫（1860—1904），俄国小说家、戏剧家。祖父是赎身农奴，父亲曾开杂货铺，后破产。契诃夫很早就独立谋生，一边当家庭教师一边求学，毕业于医学系，行医。以短篇小说著称于世，追求崇高理想，关心社会进步，其作品影响世界文坛。剧作亦影响深远。

歌　德

他是西方引以为荣的文学家和思想家，一度人们还把他看成了重要的科学家。有人把他与荷马相提并论，将他比作莎士比亚。他离我们要近得多，因而就不可避免地产生争议。人们习惯上总是愿意承认更遥远更陌生的事物，比如东方人承认西方人，中国人承认外国人，今天的人承认古代的人。

他有着许多伟大人物才有的耐心和自制力，并不轻易转移自己认为重要的那些兴趣。比如说他能长时期坚持自然科学方面的观察实验，花费六十年的时光写作《浮士德》。在文学的灿烂星空中，他是一颗恒星。

任何时世里都有一些老派的保守人物，他们一般都是些年长的人。他们的看法有时足以对年轻一代构成刺激，引起一片急躁的否定。可是他们的声音中往往掺有非常重要的提醒，含有真理性。这些人物也大致是经历了狂热和激进的青年时代，那时他们的热情曾像火焰一样烧灼。像歌德就是恰当的一例。

他的生命力何等旺盛，这不仅表现在他的长寿上，而且还表现在他不倦的创作中。从《少年维特之烦恼》到《浮士德》的最后完成，经历了多少时代风云，他却依然在为心中的激动而吟唱。那个因爱而死去活来的少年，到了七十多岁的高龄，也仍然为爱浑身滚烫，两手抖动——这才是令人羡慕的生命。

歌德（1749—1832），德国诗人，同时研究自然科学，参与政治活动，在世界文坛占有重要地位。代表作为诗剧《浮士德》，被视为欧洲四大文学名著之一。另外，他还以各种体裁写了大量文

学作品，比如《歌德自传》、著名的小说《少年维特之烦恼》等。

马雅可夫斯基

他很像后来的聂鲁达，似乎能随意地把什么都变成诗。他善于把句子排成美丽的图案，既可看又可读。他在特定时刻里的一些冲动，处于其他时空中的人是难以理解的。他的那些冲动是真实的、美的、深刻的，所以仍然能够传得遥远而不失其音色。一提到阶梯时，中国读者立刻会想到他，同时也想到苏联，想起"老大哥"时代。

他太偏激了，去世时只有三四十岁，作为一个永远年轻的诗人形象保留下来——这样的诗人在过去和现在都有。他们的偏激像旋风一样强劲，没有多少人能够适应。每个时代都会娇惯这种偏激，特别是开始——只是到了后来人们才往往对这种偏激表现出过分的严厉。他们渐渐忽略了它的纯洁和可爱——孩子般的可爱。这样一直要等到更远的将来，有人才开始怀念那些可爱的人，怀念他们存在时的光景。

他最好的诗是前期的，而不是新作迭出的后期。随着令人惊讶的巨大热情的涌动，他不停地歌颂和鞭挞新的事物和新的时代，当然主要是高声礼赞——人们从中渐渐听出了一种尖厉的声音。

马雅可夫斯基（1893—1930），苏联俄罗斯诗人。父亲是林务官。15岁加入共产党。曾学绘画。19岁开始写诗，追求新奇的语言。25岁后改变诗风，写了大量革命诗篇，传颂一时。代表作为《穿裤子的云》《列宁》等，并创作了剧本《臭虫》《澡堂》。1930年4月14日自杀。

雨　果

关于这位伟大的作家谈论得足够多了，可是在新时期中却越来越少地提到他。他是一位飞翔的天才，当大多数人还在地上行走的时候，他已在高空翱翔。只要谈起他，很少有人会使用不恭的口气。他在一个时代里，因为身影过于巨大，几乎挡住了所有的视线。

他的那些不朽的篇章映照出一条波澜壮阔的生命河流。在逝去的上一个世纪中，没有几个诗人能够伴他行走。

他独自登上了阿尔卑斯山巅，于是只能让人遥遥地仰望，而难以亲近了。越是经历了漫长的时光，后辈作家们越是有着这样的感觉。在他的轰然不绝的回响中，我们有点无可奈何和不知所措。他的艺术是强者的艺术，虽然他的作品充满了人道主义精神。他遵循的是老式的浪漫主义传统，现代艺术的后来者极少从中得到他们所需要的灵感。当我们站在二十世纪末的土地上，试图屏息静气地倾听那位大师内心深处的某种隐秘之声时，突然发觉那个比宇宙还要开阔的胸襟有些空旷，太辽远也太博大——除非我们有着超人的听力，不然就是一片模糊。

雨果（1802—1885），法国作家。父亲是拿破仑部下的将军。雨果一生创作了大量诗歌、剧本、小说，被公认为浪漫主义运动的领袖。他热情投身革命运动，关心社会进步，曾流亡国外十九年。其代表作为《悲惨世界》《巴黎圣母院》《九三年》。死后法国为其举行国葬。

巴尔扎克

他写了很多精力充沛的书，使用了锋利的解剖刀。关于那个时代的人心与金钱的奥秘，他烂熟于心。至今没有人在这些方面能够超越他。但在今天的很多艺术家眼里，也许他有点过分地关心钱了。

就因为这种关心，使他的作品失去了很多色彩，显得有些单调。没有一个相同量级的现实主义作家会像他那样一再地重复自己，会像他那样老旧得如此之快。

也许关心政治经济学和社会学的人会兴味盎然地阅读他的书，但二十世纪以来的作家们大约不会把更多的时间花费在上面。

我们面对他的全部著作，常常渴望找到更多的诗意。可惜他对这些并不在意。像写人与狮子的奇特关系的《沙漠里的爱情》一类，在他的创作中占的比重太小了。

巴尔扎克（1799—1850），法国作家。很小就被送到乡村寄养，童年生活十分痛苦。20岁决定专职写作，发表多部作品，但毫无反响，后改行从事出版、印刷工作，均以亏损告终。29岁时重新投身写作，此后不到二十年间，创作了91部小说，其代表作《高老头》仅写了三天三夜。后来他把自己的作品统一于《人间喜剧》名下，勾画出整个法国场景。他在世界文坛占有重要地位。

阿勃拉莫夫

他的四部曲《普里亚斯林一家》大获成功，其中最让我感动的只是第一部。后面几部可能作者没有守住心力，只有情节在发展，已经没有崭新的情绪生成。

一个作家能够写出那样的一本书，也就应当无有愧疚了。对于土地的真切感悟、对于母亲的一片忠诚，让我久久难忘。人的顽强、人性的美好与残酷、大自然的绚丽与酷烈，都表达得淋漓尽致。我因为这部书而记住了一位苏联作家的名字，认为他是能够举起一部巨著的人。

令人奇怪的是，无论在中国还是在外国，那些仿佛早已写出了什么了不起的著作的人，却从来也没有真正重要的作品问世。他们的名声是非常可疑的。

阿勃拉莫夫（1920—1983），苏联作家、评论家。主要作品有长篇四部曲《普里亚斯林一家》，该作曾获1975年度苏联国家奖金。另有短篇小说集《木马》、中篇小说《阿里卡》等。

茨威格

他的作品太吸引人，太漂亮也太巧妙，好得让人嫉妒。他的小说都可以被读者牢牢记住，都有极为用心的设计，但绝不是市面上的读物。"雅俗共赏"的评价对于他是真正适用的。

他描写一个恋爱中的女人、一个赌徒的手，都是绝妙的。那种独到的观察和天才的表达，达到了使人怦然心动的地步。

我们觉得他有大师的力量，但没有那样的色调和特质。比如说他还不够苍浑和博大，比如说他没有一生专注地表达某种思想，没有形成自己的哲学。但我们可以走近他、喜欢他、学习他，在很多方面奉他为楷模。

他能把引人入胜的故事写得很典雅。他并不想让自己的作品在气质上接近平民，但大众读者却非常喜欢它们。

茨威格（1881—1942），奥地利作家。生于犹太工厂主家庭。23岁任报社编辑，曾游历世界。早年从事文学翻译，1919年后埋头于创作。二战中流亡英国，后到达巴西。其主要成就在传记文学和小说方面。代表作为《焦躁的心》《象棋的故事》《一个女子一生中的二十四小时》等。1942年2月23日与妻子一起自杀。

莱蒙托夫

他的诗和小说都达到了一个高峰，虽然写作生涯比较短暂。他与普希金、拜伦、裴多菲、叶赛宁和雪莱有些相似，即同样具有超人的才情又同样的不幸。他逝去得太早了。他留下的光彩四射的篇章永远照耀着世人，将有一代又一代人享用它的甘美。

我反复咀嚼他的作品。像《当代英雄》中那个盲童和走私女人的故事，谁读了都会留在心中一辈子。

像他一类奇怪的生命常引人作各种想象：他是怎么吸取各种知识以形成自己的技巧？生活究竟用什么方式恩惠了他？还有，在任何一个时代里，难道都隐隐藏下了类似的非凡人物吗？为什么他的杰出诗章可以永葆青翠欲滴的新鲜感？

莱蒙托夫（1814—1841），俄国诗人。父亲是退役军官。14岁开始写诗，19岁已写出了大部分代表诗作，如《一八三一年六月十一日》等。普希金决斗而死后，他写了《诗人之死》，因此被

流放。他的代表作为长篇小说《当代英雄》，长诗《童僧》《恶魔》。1841年7月27日在决斗中被害。他被公认为普希金的继承者，对俄国文学有重大影响。

马克·吐温

海明威把他誉为"美国文学之父"，这不仅说明美国的历史短暂，还标明了他的伟大的难以超越的地位。在阅读中我们一再地感到他那些著作流露着一种特别的芬芳。它们的美是更自然也是更永久的。

民间文学给一位作家的滋养起到了某种至为关键的作用。并非随便一个作家就能得到这种滋养——哪怕他来自民间。有的作家有一种奇怪的排斥力，使其难以吸收他很容易接触的一些民间营养。

马克·吐温的魅力很大程度上倚仗了民间文学的力量。这种不可战胜的力量使一个作家永不褪色，同时又构成了众多作家的源头。他讲的关于密西西比的故事、哈克·贝利芬的故事，并没有什么现代作家感兴趣的色彩，可是由于葆有一种原生的美，也就没有任何人能够小视。

他的书即便流传到很远的地方，人们也不会因为陌生而拒绝它。一片土地与另一片土地沟通起来是非常方便的。而仅仅依靠书本推导复制的东西，有时干燥晦涩得丝毫不可亲近。

马克·吐温（1835—1910），美国作家。父亲是乡村律师和店主。他曾做过排字工人、舵手。以写幽默作品著称。代表作为《汤姆·索亚历险记》和《哈克贝利·索恩历险记》，后者被誉为"美国文学的起源"。

西　蒙

这位法国新小说派的代表性作家，对于正在热衷于试验的中国作家当然是重要的。我承认阅读他非常吃力，但仍能够捕捉到他的弦内弦外之音。如果我没有误解的话，他当具有很高的技巧和修养，而且是一个耐得住性子的人。他有极大的勇气。

另一位作家，也是新小说派的重要人物——萨洛特——从形式上看就好读得多。西蒙的形式太重要了，他是艺术把艺术家逼到绝路之后，奋力挣扎的一位好汉。我们未来的文学史家也许将用充满同情和怜悯的眼光看着他。

他因为自己的求索而损失的东西很多，有些损失又是致命的。他有时不得不损失掉内容。

西蒙（1913—2005），法国作家。曾从名师学画。二战参加骑兵团作战，被俘后逃脱。战后他回故乡，一边经营葡萄种植园，一边从事写作。作品多以战争为题材，写作中受福克纳、加缪影响很深。代表作为《佛兰德公路》。

波　特

她写得很少，可是从事文学的时间又很长。她一生只写了一部长篇、二十个短篇和不足十部中篇。可是她写下的每一部每一篇都不容忽视。她忠于自己的艺术，非常看重自己的感悟。我们总是为她的严谨，为她对艺术深深的投入和巨大的、非凡的艺术成就而充满敬意。

从过去到现在，我们觉得像她一样让人敬重的艺术家并不是特别多。她专注于每一篇每一部,尽力把它写得完美,写得合乎自己苛刻的要求。为此她甚至牺牲了自己的幸福。《灰色马,灰色的骑手》《老人》《绳》等小说,都让人对其超绝的技巧感到钦佩。

她是海明威那个时代里又一位不朽的小说家,这个时期给人留下了最深刻印象的还有福克纳等。

波特(1890—1980),美国女作家。16岁从修女学校出走,当过记者、演员、歌手、编辑、教员,后专门从事写作。30岁始发表作品。以中短篇小说著称,唯一的长篇小说是《愚人船》,创作跨度二十多年。

川端康成

他是我们东方的一位旁若无人的探索者,十分懂得用什么办法去征服西方人。他的《古都》《雪国》《千只鹤》及《伊豆的舞女》等一批作品,都引人入迷。它们像岛国上的真丝织品,细细的,人们唯恐用力接触时会损伤了它。他强烈地显示着维护着自己很得意的那一切,缓慢地咀嚼享用,并不怕别人议论。他知道生命的奥秘——自己的和别人的。

比起那些强悍的男人,他显得有点手无缚鸡之力。可是由于他敏感而细腻地猜悟着、把玩着,直逼人性的深处,尽情地在日本文化的海洋中遨游,所以没人觉得他是一个弱者。他另有一种强大,这就是他借助的文化的力量、他瘦小的身躯中包含的自信力。

不过他毕竟只局限在那样的一种境界中,先是清美——正是这种清美使他不朽——接上就有点腻了。

川端康成（1899—1972），日本作家。自幼失去父母。22岁发表小说即引起文坛重视。以短篇小说《伊豆的舞女》成名。在艺术上，他受现代派影响，在思想上，又深受佛教禅宗和虚无主义影响。代表作为《雪国》《千只鹤》《古都》。1968年获诺贝尔文学奖。1972年自杀。

伍尔夫

她有点像离自己很近的女作家曼斯菲尔德，诞生在一个折磨人的时代里，心比天高。她目睹了经济萧条、战乱，特别是被现实主义大师们搞到了尽头的艺术。

只有她那么争强好胜，同时又有一副奇特头脑的人才会搞出那样一批实验品。它们是《达罗卫夫人》和《到灯塔去》等小说。这是给力求上进的艺术学徒和有闲的成功者看的，并不奢望送给整个社会。但它们却成了那个世纪艺术家交出的一份值得珍惜的礼物。

她探索着这个世界，同时也入迷地探索着自己头脑中的秘密。这种交织一起的艰难而寂寞的工作耗损了她的神经。她不断地追寻一种绝对的真实和完美，并且在一条至为偏僻的小路上开拓。她把自己的全部都祭了艺术。

伍尔夫（1880—1941），英国女作家。生于文学世家。早年写书评，与许多作家如亨利·詹姆斯、艾略特交往密切。她的主要成就是小说创作，擅用意识流手法，代表作为《到灯塔去》《海浪》《达罗卫夫人》等。1941年3月28日自杀。

杰克·伦敦

除了一段短暂而又巨大的成功之外，他一直都在挣扎，从未屈服。贫困使他成为一个独特的人，他懂得一个生存在下层的人要用什么去获得自尊，要付出怎样的力气。也许从来没有一个作家能把人的拼搏写得那么生动逼真。他的作品是关于弱者的说明和强者的炫示，是傲立于世的宣言。

他最杰出的作品是一些短篇，再加上《荒野的呼唤》。《雪虎》在前一个写狗的中篇的高度上稍稍跌落了一下，多少失去了一点神秘莫测的力量。

他特别令人敬佩之处还在于，所有作品——无论是成名前或成名后——都看不出作者曾为自己的出身而羞愧。他坚定地代表着自己的出身，有着从不打算遮掩的自豪与傲慢、仇视与抵触。这些特质，既不是出身于中产阶级的海明威和福克纳所具备的，也不是那些以贫困为耻辱的另一些倒霉汉敢表达的。

杰克·伦敦（1876—1916），美国作家。父亲是破产农民。从幼年起就卖报、卸货，14岁进工厂当童工，15岁干非法捕捞买卖，后当水手，还曾冒险淘金。他完全靠自学写作，获得世界声誉。代表作为《荒野的呼唤》《马丁·伊登》《热爱生命》等。1916年11月22日自杀。

欧·亨利

他对不少短篇小说作家产生了长久的影响，也的确写出了为数不少的好作品，当然是短篇。他有匠人的耐性，同时又具有诗人的情怀。他的作品是技巧十足的，却又因为自己真切的激动而避免了另一种浮浅。他与大多数技巧型的作家不同，他能深深地感动。

无论如何，他只是一个机智的、非常聪慧的大文人。

欧·亨利（1862—1910），美国短篇小说家。父亲是医生。亨利曾做过多种工作，后涉嫌被捕，在狱中开始写作，出狱后专职写作。共创作短篇300多篇，轰动一时，如《麦琪的礼物》《警察与赞美诗》等，被公认为短篇名手。

汉姆生

他像哈代一样执着一样厚重，凭着对那片土地的感激打动了一代又一代的读者；他的魅力同样不会随着风气的变换而失掉。《大地的成长》是按照古老秩序排列构筑的，也是展示一种古老的情感。人们会在一些最基本的发现上长久地驻留，从中找到一些未曾变更过的感念。这就是永恒的诗意。

随着时间的推移，他的作品像他着力描述的土地一样，不断有新的东西滋长出来。他确立的一切：情感、故事、人物，比其他那些机智灵巧的作家要持久得多。

任何时候，那些擅长于讲述老故事和"平淡"故事的人，都往往蕴藏着强大的力量。

汉姆生（1859—1952），挪威作家。生于贫苦农民家庭，15岁起独立谋生。曾两度流落美国。他提倡心理文学，代表作为《牧

羊神》《大地的成长》等。1920年获诺贝尔文学奖。因拥护纳粹1945年被捕，后因病获释。

艾略特

他在众多的诗人中总是独占一份光荣。他的超人的气魄、瑰丽斑驳的想象、芜杂而和谐的意绪，都让一代代人视为神奇并诠释不尽。他像一个独行大侠一样，风卷残云般地从大地上掠过，让后来人望而生畏。

重复他是非常危险的，也是不可能的。他写出了大气磅礴的《荒原》，又写出了《四个四重奏》。他的劳作和实现的结果向我们昭示了一个人到底能够做些什么，并让我们更加忠于理想。

艾略特（1888—1965），英国诗人、批评家。出生于美国。先祖是英国人，祖父创办华盛顿大学，后任校长。母亲是诗人。1914年起定居英国。代表作为《荒原》，是他的成名作，被誉为现代派诗歌的里程碑，还有《四个四重奏》，被认为是他创作的顶峰。1948年获诺贝尔文学奖。

怀　特

他是澳洲的多产作家。他之前我们极少注意那块土地上的诗人。他那些大部头的书里，故事应有尽有，而且写得极为放肆。比如《风暴眼》等书，作者并不顾虑什么，甚至也不担心篇幅太长。结果它们真的有了这些倾向。

怀特很倔强，越是后来越显示了这样的性格。那些好的艺术家，在经历了一切之后，剩下的最后一件珍宝就是倔强。而那些没出息的所谓艺术家，只能越来越乖巧、越来越懂事。

怀特（1912—1990），澳大利亚小说家、剧作家。生于英国，二战中曾就职于情报部门。1948年回澳大利亚定居。其成名作是小说《人类之树》，代表作为《风暴眼》。1973年获诺贝尔文学奖。

索因卡

使我难忘的是他的剧本《森林舞蹈》。他的戏剧比他的小说《痴心与浊水》等更好。它以令人惊奇的丰富多彩、深深植根于民族沃土的非凡气质征服了我们。我因此感到，艺术家要倾听土地的声音必须屏息静气——当然对于读者也是这样。

许多单薄的作品主要就是没有传递出土地的声音。土地没有卑贱的，而感受土地的心灵却有卑劣和高贵之分。索因卡在那个戏剧中充分表达了他对一片陆地的敬重、和面对生母般的情感。

他的作品如此频繁地出现鬼魂之类而不使人厌烦。这很奇怪。鬼魂的参与其实是一种假设和言喻，这在古今中外的作品中，特别是在拉美作家手中反复磨擦过，已经提不起人的胃口。索因卡却成功地找到了一条鬼魂来往的通道，所以它们出现得再多、再疯狂，都显得自然贴切。

索因卡（1934— ），尼日利亚剧作家、诗人、小说家。在英国攻读文学，毕业后在伦敦皇家剧院从事戏剧工作，1960年回国。他把西方戏剧艺术与非洲传统音乐、舞蹈等结合在一起。后期作品

表现手法荒诞。代表作为剧本《路》和长篇小说《痴心与浊水》。1986年获诺贝尔文学奖。

托马斯·曼

这是一个使很多天才黯然失色的伟大作家。他在令人难以想象的青年时代就写出了皇皇巨著：《布登勃洛克一家》。后来这部书成了一些家族小说的楷模，是那个时候传下来的真正的经典。比起它来，那些现代主义的经典就显得太牵强、太寒酸了。它具有经典作品才有的庄重感和相应的规模、超人一等的气质。

更令人惊讶的是他后来一连串的杰作。一个强大的生命有着怎样的创造力、不倦的热情，在他身上得到了最充分的表现。

他甚至写出了《死于威尼斯》这样的作品，这进一步说明了他是一个超越时代的作家。作品中特异的品质与思维、无比纯粹的艺术格调，都能引发别人无穷的想象。

所有的现代主义作家几乎都有隔膜的痛苦、寂寞的孤单，以及由于历史的短浅和某种缺乏根柢造成的担心，总之都有着程度不同的苦恼——如果能够更多地听到上一个时代大师们的回声，那将会使他们感到特别的幸福。而《死于威尼斯》一篇正好满足了他们的期望。

托马斯·曼（1875—1955），德国作家。父亲为巨商，母亲有葡萄牙血统。26岁发表《布登勃洛克一家》，一举成名，被视为世界文学中的经典之作。二战前因反对纳粹，被迫流亡国外，1938年迁居美国。晚年移居瑞士。其代表作还有《魔山》。1929年获诺贝尔文学奖。

米斯特拉尔

那些专注于某一种题材和主题的作家,极少获得她这样的地位和荣誉。她差不多一生只歌颂爱、爱情。人人都触摸得到的那个大主题在她这儿变得很实在又很新鲜。它甚至在一开始是非常具体的,这种具体性带来了单纯的美,并使她一直坚持到底,她于是获得了极大的成功。

一个作家在捕捉那些真实而具体的诗意时,并非是十分容易的。因为它们很快就会变质,成为很抽象很色彩化的东西。于是作家有可能因此而变得庸常。

米斯特拉尔难能可贵的,是她一直执着于看到感到哀过痛过也痴过的这种情感,一生不再忘怀。这种执着本身就是最好的诗。这种情感的性质属于人类亘古不变的那一部分,最受人尊重和厚待。

二十世纪末最缺乏的就是这种情感。反映到艺术上,就是这种艺术家的绝迹。现在开始的是一场更复杂更含混、更无所适从的痛苦。

米斯特拉尔(1889—1957),智利女诗人。早年独立谋生。14岁开始发表诗作。后从事教育工作,曾任中学校长。还曾任智利驻国外领事。代表作为诗集《死的十四行诗》。1945年获诺贝尔文学奖。

斯坦培克

现实主义创作在他那里接近了尾声。我们可以在他身边发现一大批杰出的现代艺术实践者,如帕索斯、海明威和斯泰因等。他们及所处的时代不可能不影响斯坦培克这样的实力派作家。我最喜欢的作品是他的《托蒂亚盆地》(一译《煎饼坪》)和《罐头厂街》。他的产生了极大反响的长篇《愤怒的葡萄》写得结实有力，沉郁凝重，囊括了广阔的社会生活场景，有扎扎实实和极其有趣的人物，有无可取代和没法忽视的当代性。这一切都使人不得不极大地重视。它特别像一曲正剧，这也是让人看重的原因。

但前两个中篇深刻的幽默感、自然天成的流畅、对人性宛若无意的有力揭示，都最好地表现了他的才能和艺术倾向。他的其他作品很难达到这样的高度。这也使他稍稍脱离了现实主义，有了别一种色彩。

他是始终可信的、严谨的作家。即便到了《伊甸之东》和《烦恼的冬天》这样的阶段，也仍然保持着那种严肃工整；即便是写《战地随笔》这样的短章，也仍然充满了绝妙的思维。

斯坦培克（1902—1968），美国作家。生于工厂主家庭。成年后修过路，丈量过田亩，捕过鱼。代表作为长篇小说《愤怒的葡萄》及中篇小说《托蒂亚盆地》《罐头厂街》《珍珠》等。1962年获诺贝尔文学奖。

舍伍德·安德森

他在中国读者中最有影响的是《小城畸人》。这是一部互有连接的短篇小说集。它可以反复阅读，意味深长。这样精致而博远的作品，在文坛上从来少见。它甚至使人想到，一个作家一生只要写出一部这样的书，也就足以流传、足以无悔了。

时间的浪头大概难以淹没这本薄薄的书。

作为一个真正的艺术家，他从不放纵自己的情感。他似乎只对充分把握了的事物感兴趣，并对其再三品咂。他对人的探索达到了入迷的程度，始终专注于某种悟想。这些作品所表现出的洞察力，表达上的准确性，都让人吃惊。比起他的两个学生兼朋友——海明威和福克纳来，他显得节俭多了，谨慎多了，城府更深。《小城畸人》可以作为文学的教科书。而某些巨著却难以担当这样的重任。

舍伍德·安德森（1876—1941），美国作家。最著名的是他的短篇小说。代表作品为《小城畸人》（另译《俄亥俄州瓦恩思堡镇》）。其他作品还有《兄弟之死》《讲故事者的故事》等。海明威和福克纳都受过他的影响。

后　记

将这本小书名之为"心仪"是大致准确的。读者从书中可以看出，作者对所谈到的艺术家虽然并非一概"心仪已久"，但也大多心向往之。

我在《域外作家小记》的引言中说过，作为一个写作者，我们这一代人至少在阅读方面是非常有福的，今天可以饱览如此之多的名篇佳作，得以窥见长达几个世纪中的伟大艺术家的姿容。的确，这是时代给予人的特殊恩惠。但我想，如果不仅从一个写作者的角度去对待这一机遇，那么其幸福感可能更大也更为强烈。

人生失去阅读伟大艺术、理解伟大人物的机缘是十分可惜的。人生失去了这种能力就更可悲。显然，具有这种能力的人将获得巨大的、特异的幸福。我们总是为了使自己能够始终拥有，并不断获得和保持这一能力而努力不息。

我在引言中还谈到写出自己这些阅读悟想所具有的危险性。其"危险"当然远非世俗意义上的，而是指面对一些微妙难言的情愫、面对一些特异心灵的时刻，这种"感悟"的轻率、失真，这种由于无知而导致的褊狭和尴尬，等等。

　　法国诗人里尔克在当年曾被另一个比他更年轻的诗人，同时也是他的一个忠诚读者誉为"旷百世而一遇"的非凡人物："一个伟大的人、旷百世而一遇的人说话的地方，小人物必须沉默。"

　　本书中为数不少的艺术家，也正可以称为"旷百世而一遇"的人物。这是显而易见的。在他们"说话的地方"，我们当然最好还是"沉默"。

　　是的，沉默；不过有时我觉得仅仅是"沉默"还不够，还需要进而表达出心头的一点什么——这纯粹是为了自己的心灵，因为只有这样它才能够安宁。只是后来，只是由于各种各样的原因，这些表达又变为朋友间兴奋与欣悦的交流。

　　我有时真无法表述自己对艺术和艺术家那种特异的、深长的挚爱。我只能一遍遍地抚摸他们的著作；在午夜，在一个人的时刻，我特别满足于倾听这抚摸的声音。这本书的名字如改为"抚摸"，也是同样的贴切啊。

　　当然，书中所写到的作家也不全是我"最喜欢"的。但他们却无一例外地曾使我产生深切的感触。有许多时候，我还想写出更多这一类文字，只是觉得自己尚无时间和能力。我于是想在将来，在某一天，我一定会全部写出沉浸其中时的那些难以言喻的感受。那些诗人的名单可以开列很长很长，他们早就应该归在"心仪"的行列之中。于是在这篇后记结束时，我即把涌入脑际的诗人的名字附录于后。

　　他们中的每一个人，都独自构成了旷远博大、绚丽迷人的世界。

我长久地感念着他们。

他们是——

［西班牙］塞万提斯［英国］吉卜林［美国］梅尔维尔［墨西哥］胡安·鲁尔福［俄罗斯］玛·茨维塔耶娃［俄罗斯］阿赫马托娃［美国］霍桑［美国］雷蒙·卡弗［黎巴嫩］纪伯伦［美国］亨利·詹姆斯［法国］福楼拜［法国］波德莱尔［法国］马拉美［法国］莫泊桑［法国］梅里美［英国］康拉德［英国］爱·摩·福斯特［法国］卢梭［阿根廷］胡·科塔萨尔［德国］格拉斯［法国］马丁·杜加尔［美国］庞德［英国］戈尔丁［俄罗斯］弗拉基米尔·纳博科夫［美国］海勒［美国］塞林格［英国］格雷厄姆·格林［美国］梅勒［德国］海因里希·伯尔［英国］奥尔德斯·赫胥黎［法国］保尔·瓦雷里［新西兰］曼斯菲尔德［英国］伊迪丝·西特韦尔［英国］奥登［法国］安德烈·马尔罗［英国］乔治·奥威尔［法国］莫里亚克［美国］辛格［法国］加缪［英国］拜伦［英国］彭斯［法国］左拉［英国］司各特［美国］惠特曼［英国］奥斯丁［美国］欧文·斯通［英国］莎士比亚［英国］狄更斯［意大利］但丁［俄罗斯］肖洛霍夫［德国］亨利希·曼［俄罗斯］蒲宁［墨西哥］帕斯［乌克兰］谢甫琴科［爱尔兰］萨缪尔·贝克特［瑞典］斯特林堡［英国］金斯利·艾米斯［法国］纪德［法国］玛格丽特·杜拉［墨西哥］富恩特斯［丹麦］克尔恺郭尔［古巴］卡彭铁尔［英国］斯威夫特［法国］罗伯-格里耶［法国］尤内斯库［英国］济慈［法国］司汤达［波兰］显克微支［西班牙］希梅内斯……

1994 年 2 月

里尔克，里尔克

谁能理解他和他所创造的世界。

这是在地球的某个角落里寂寞着、激动着、热爱着的一个人。一个比他更年轻的诗人收到他那著名的十封信①之后写道："一个伟大的人、旷百世而一遇的人说话的地方，小人物必须沉默。"

是的，我们都是一些应该沉默的人。可是我们不能够，因为我们偶尔也像里尔克一样寂寞。冬天里的寂寞、春天里的惆怅和秋天里的伤感，就像当年加在里尔克身上一样，也会加在我们身上。

随着落叶的卷动，寒冷来临。屋檐上的冰凌被呼啸的北风扫在地上，像玻璃一样碎成碴屑。我们真的、实实在在地触摸到了那种寂寥。一个人在旅途上疲惫已极，却不得不遥望没有尽头的土路，悄坐一块青石休憩……

在里尔克的世界里，在他的自语之中，出现频率最高的两个词是"寂寞"和"爱"。他认为寂寞是美的，因此人应该寂寞，必须寂寞。

---

① 《给青年诗人的十封信》，里尔克著，三联书店1994年出版。

他认为爱是最美好的，同时又是最艰难、最高和最后完成的事情。所以他说一个年轻人是不应该急匆匆去爱的，因为他需要学习，需要懂得很多之后，才能够完成这最后的壮举。里尔克把爱看得那么神圣。只有这种爱，这温柔和煦的目光扫过时空，扫过遥远的世界的时候，一个人才能够证明自己是活着的——这个特异的生命，这个多病的自小孱弱的陆军生，在一种不可思议的欢乐和沉寂之中爱着、思索着。

他的呢喃留给了极为遥远和荒凉的一个世界，以至于在几十年、几百年之后的另一个角落里，还会溅起轻轻的回响。

后人因为他的存在而神往和沮丧，热烈和绝望。一个完美的人，一个抑郁和温柔的人，一个懂得爱的人，你的思想让人翻来覆去地阅读；你的思想像美丽的丝线一样将人缠裹。

雨夜，听着北风，低吟你的诗句，抵挡袭上心头的什么。许多痛苦退远了，温柔像远方的海波一样推涌过来，覆盖过来。

……想起苏联另一位类似的诗人，帕斯捷尔纳克，还有那个美丽的命运多舛的女诗人茨维塔耶娃——他们三个人的美丽过往和难忘的友谊。他们互相爱着。他们都是深深懂得爱的人，可爱的人，自我怜悯和自我骄傲的人。他们也懂得自豪，他们常常沉思和寂寞。

光彩四溢的诗人在著名的十封信中对另一个更年轻的诗人说："亲爱的先生，你要爱你的寂寞。"天哪，我们什么时候听过这样要命的字眼，这样特殊的劝慰啊。

他接着写道："负担它那悠扬的怨诉给你带来的痛苦。你说，你身边的都同你疏远了，其实这正是你的周围扩大的开始。如果你的亲近都离远了，那么你的旷远已经在星空下开展得很广大；你要为你的成长欢喜……"

我们不知道还有什么比身边的人同我们的疏远更能引起自身的

磨损和痛苦。可是里尔克却说,"这正是你的周围扩大的开始"。我们的亲近离远了,可是我们的"旷远已经在星空下开展得很广大",是"值得欢喜"的一种成长。这是何等自信的理解。这种真正的、不容动摇的自尊,这种由于长久地守护善良而引发的感慨和自豪,并不是很多人所能拥有、所能理解的。

在里尔克看来,那些离开的人都是一些"落在后面的人"。怎样对待他们?他说:"要好好对待那些落在后面的人们。在他们面前你要稳定自若,不要用你的怀疑苦恼他们,也不要用你的信心和欢悦惊吓他们,这是他们所不能了解的。"是的,他们不能了解,这也是他们离去的一个原因。面对这种离去,一个人有时候难免顾虑重重、充满矛盾。我们只有听从里尔克的劝解,才会稍许安定一些。

他接着又鼓励我们:"要同他们寻找出一种简单而诚挚的和谐。这种谐和任凭你自己将来怎样转变,都无须更改。要爱惜他们那种生疏方式的生活,要谅解那些进入老境的人们;他们对于你所信任的孤独是畏惧的。"

一个对人类多么体贴入微的人才能有这样的理解;对人,对世界,对生活——这个时世还会有谁对他人能够这样地体贴入微?我们很少看到,也很难看到。

他拥有了自己所信任的孤独,而又愿意谅解那些畏惧这同一种孤独的人。对于那些"进入老境"的人,畏惧的人,那些在诗人看来过着一种"生疏"生活的人,他都愿意与他们"谐和"。可以设想,世上无论有多少种美丽的因素,都是从这种谅解与谐和之中产生的。

里尔克对世界和人生、对爱和寂寞这种种人生最大问题思索之时,才刚刚三十岁左右。可是一种惊人的思维、独特的思路、特别的温柔和极度的内向、超常的敏感,一种饱满充实,都已生成,并从这呢喃之中透露出来。这几乎是一个奇迹。这不能不让我们想到生命质地的不同，天才与庸人的不同，特立独行者与世俗凡人的不同。

曾经在哪里看过里尔克的一个头部雕像。美丽的五官棱角分明，完全像一个圣者。是的，他是在这黑暗中默默远行的、不可多得的一个圣者。远行者和圣者的思维总向宇宙的远方升华，进入不可企及的高度和缥缈。他太爱我们了，所以他要离去。他的爱太广大了，所以他的灵魂要离去。

可是当有人因他的吟唱劳而无功而发出讪笑、惊讶和感慨的时候，他的脸上又会闪烁出怜悯的笑容。

一个诗人在繁忙的思索中，在艰辛的劳作中，竟然可以如此对待比他更为年轻更为稚嫩的人，向他详细地诉说这一类极为费解又极为需要的话语。世上有些原理，关于爱和寂寞的原理，是不可不加以深思并到处传达的；可是这需要多么崇高的心灵，多么安静的灵魂，多么清晰的思路；总而言之，需要多少关怀的力量、爱的力量。

他是一个永不失望的失望者，永不寂寞的寂寞者。就因为世界上出现了一个里尔克，就因为我们认识了他，我们就不该再对生活失望，不该对空气中袭来的一切感到绝望和无告。我们在任何时候，对我们的后来人、对拥挤的人流，都可以说上一句：我们曾经有过一个里尔克。

诗人，以及所有健康的人、向上的人，他们怎么会孤独。

在他的呢喃低语之中，我们会生出一种共享的幸福。

爱的浪迹

一个人为什么而流浪——这里指躯体的流浪和灵魂的流浪……没有尽头的游荡，曲折艰难的历程，这一切都缘何而生？听不到确切的回答，听不到无欺的回答。

如果说人生就是一场流浪，这一点都不过分。人无法回避走向一片苍茫、不知终点和尽头的那样一种感觉。生命的全部奥秘就囊括在这种奇妙的流浪之中。这或许是凄凉而美好的。它给人带来了真正的痛苦和真正的欢乐，唯独很少伤感。伤感常常是不属于流浪者的。

德国诗人黑塞对自己的流浪有过一段真实的记录。他回忆，他曾经常去一家饭店里聚会——这回忆是他背上背囊，在山村旅行的路途上开始的。他承认他常常去那儿，是因为那个饭店里"有一个年轻的女子在座"。他这样描绘她："浅金色的头发，两颊红晕。"他说："我同她没说一句话。你啊，天使！看着她既是享受，又是痛苦。我在那整整一个小时里是多么爱她！我又成了十八岁的青年。"[1]

值得注意的是"那整整一个小时"几个字。这是一个单位时间——

---

[1] 见散文《村庄》，黑塞著。

仅在那时候，黑塞是那么爱她。而这爱与这旅途有什么关系？黑塞写道："这一切刹那间又都历历在目，美丽的、浅金色头发的快活的女子。我记不起你叫什么名字了。我爱过你一个钟头。今天在这阳光下的山村小道旁，我又爱了你一个钟头。谁也比不上我那么爱你，谁也不曾像我那样给予你那么多的权利，不受制约的权利。"

诗人有着那么具体的执着、真实可感的"一个钟头"的爱恋。可是这一个钟头的爱恋，由于发生在一个真正多情和能够爱的生命身上，就可以无限地闪回和延长，可以化为他浪迹山村的动力，成为一点可以追忆的、不为世人所知的隐秘。他爱着，深深地爱着，品咂着那种爱，并不需要其他人去理解。

那个被深深缅怀的少女，两颊红晕的少女，他甚至不知道她的名字，不知道她的年龄，也不知道她的出身，她来自何方。他仅仅知道她坐在那儿，他见过她，但没有和她说过一句话……在他那"只为爱本身而去爱着"的这一类人那儿，也许仅有这些也就足够了。他可以从诸种美好的事物当中寻找到同一种灵魂和生命。这才是他爱的本质。

他写道："在这没有尽头的流浪当中，终于明白了这个世界上所有角落里活动着的流浪者，各式各样的流浪者，实质上都不过是在渴望着一次艳遇。"

大胆而真实的假设使人怦然心动。遇到什么？遇到一个美好、一个真实、一点感激、一点怀念和一次沉湎……在他看来，一个流浪者"最得心应手的就是，恰恰为了爱的愿望不能实现而去培育爱的愿望"，他们正在把"本该属于女人的那种爱"，"分给村庄和山峦、湖泊和峡谷，分给路旁儿童、桥头的乞丐、牧场上的牛，以及鸟儿与蝴蝶。我们把爱同对象分开，我们只需要爱本身就足够了。一如我们在流浪中从不寻找目的地,而仅仅享受着流浪本身——永远在途中。"

迄今为止,我们很少看到像黑塞一样把这种爱与流浪之间的奇特关系,如此准确地剖析和镂刻。至此,我们完全理解了那种不倦的探索——人类所有的不倦的探索,究竟源于哪里。它们原来不是源于恨,而是源于爱。如果爱和恨——其实爱和恨是同一个东西——它们源于这里,而不是源于其他,不是源于其他的欲望。他们爱,他们寻找,他们才不倦。他们的爱太广泛、太深厚、太多,装得太满,于是就溢出,就不得不分布给这个世界上的其他——像黑塞一样分布给儿童、桥头的乞丐、植物和动物。这种爱是无所不在的,目光所及,心灵所及,他都可以将其分布出去。

黑塞在这里说自己"属于轻浮之人之列",因为他爱的只是"爱本身"。他说他自己可以被谴责为"不忠实"——这些"不忠实者"啊,这些流浪者啊,都天性如此。但也正因为他们爱的只是"爱本身",所以才有可能把爱同对象分开。他们只需要"爱本身"就足够了。所以他说,他在流浪中从不寻找目的地,而仅仅是享受流浪本身。他只存在于旅途之中,他不想知道那个脸颊红晕的年轻女子的名字,而且不想培育那种具体的爱。因为那女子不是他所爱的目的,而只是他的推动之力。他必然地、常常地要把这具体的爱送掉,"送给路旁的花,酒杯里的闪闪阳光,教堂钟楼的红色圆顶"。所以他可以"造谣般地宣布":"我热恋着这个世界。"

他在旅途中不停地思念和梦见那位金发女子,疯狂般地热恋着她。我们为此而受到了感动。

这样的一个人,一个美好的人,他把由土地而滋生的真实的生命,挥发得如此感人。在这样的生命面前,我们只能感到自卑,感到生命力的孱弱和无力。我们不能够像这个生命一样地欢呼——"为了她，我感谢上帝——因为她活着，因为我可以见到她。为了她，我将写一首歌，并且用红葡萄酒灌醉我自己"。

最可贵最真实的是，这瞬间的激动、热恋，都能长长地闪回，与他漫长的寻找和流浪的一生贴合在一起。她不会消失，是的，他用葡萄酒灌醉了自己。他想写一首歌，这一首歌将无限绵长，无限悠远，一直可以唱到生命的终点。

这就是真实的爱，这就是爱的奥秘。

我们在今天不断可以看到那些鄙视流浪的人。由于他们自己没有勇气去流浪，没有被一种爱力所推动，所以既没有身躯的流浪，又没有精神的流浪。他们在一个被物欲折磨的角落里苟延残喘。也因为庸俗的寂寞的嫉妒，他们要截断所有流浪者的去路。他们以此来发泄自己的憎恨，把仇恨的诅咒散布在气流之中，让它们织成一张羁绊之网，包围所有的流浪者（爱者）。

有一天，当诗人脸上皱纹密布，白发丛生；当岁月的手无情地摧残了他的面容的时候，我们从他的目光里，仍将看到许多热烈美好的闪回。是的，人走到了进一步的完美，脸上的皱纹尽刻着旅途上美好的故事。它们是种种记载，是一首又一首长诗。它们是因为那"一个钟头"而产生的那首诗的延长和续写。这首诗还将写下去，直到诗人自己在尘寰中消失。

当人类第一次有了流浪的渴念，懂得为什么而流浪的时候，大概人类才真正懂得从动物群落里脱颖而出。流浪者迈出的第一步，也就是向着人类自己的方向所进发的第一步。从某种意义上说，那些能够去为爱而爱的人，才是真正的人，才能够动手驱除狼藉，创造出自己的完美：完美的自我的世界、人的世界。旅途上的人应该是多情的，人应该行进在旅途上。人是流浪者，而不是其他。

在这个寒冷的冬天，我们倍加珍视这刚刚获得的启迪。我们想说，风雪、严寒、披凌挂雪的山岭，都不能阻隔流浪者思维的触觉和流血的双脚。他翻山越岭走向远方，去迎接那一片灿烂的春阳。爱是无以名状的，一如旅途的遥无目的、茫茫苍苍。爱因此而变得开阔、无敌，变得无所不在和没有尽头。这就是"仅仅是因为爱而爱"的人生。

严冬里，爱是无所不在的阳光。

诗人的命数

我们甚至愿意相信,他们总是被一种神秘的东西所决定着,不可更变。经过或短暂或漫长的燃烧,有的爆出闪电般的炽亮,有的发出长久的红光;最后的灰烬撒落在大地上,留下墨痕。这墨痕曲曲折折,指引着后来者,让他们一遍又一遍在奇迹面前发出惊叹,目瞪口呆。

诗人们简直囊括了人类所有的奇迹,是无法诠释、无法破解之谜。

当我们说到天才的时候,常常要想到法国的少年诗人兰波。他仅仅十岁就能用法文流畅地写作,十五岁的拉丁文诗作就获得了科学院颁发的头奖。这时他的作品已经显示出相当娴熟的技巧。他创作的旺盛期到来的时候,也仅仅十六七岁。

这是一个何等奇特的、不宁的生命。

十六岁那年夏天,普法战争爆发。兰波卖掉仅有的几本值钱的书,换成了车票,要亲自去巴黎,目睹第二帝国的战败。可是由于违章强行坐车,他在巴黎车站被扣押。后来经过朋友的解救才脱身返回家乡。仅仅过了几天,他又徒步旅行去了比利时。他想到报馆工作,最后还是失望而归。这一年他写了那么多诗，有歌颂起义者的，有为穷人的苦难而写的，还有对教会的诅咒，对战争的抗议；但最多的是对远游的渴望——有一首诗的名字就叫《我的流浪》。

著名的巴黎公社起义爆发时，兰波真像一个流浪儿一样在国民自卫军中，在人民群众之中。他这样生活了半个月，写出了抗议和赞颂的诗章，高呼："我是受苦的人，叛逆的人！"

他称自己为"通灵者"，写下了一些神秘难测的、无法猜度的诗章。它们是任何一个诗人都不能不为之动容、感到阵阵惊讶的神奇之作。一个少年的笔触伸进了人类灵魂深处、伸进了最隐晦的角落，摹绘出一条变幻莫测的彩色河流。这河流后来滋润了万千生灵。从东方到西方，人们都对一个光芒万丈的少年诗人感到由衷的惊叹和敬仰。

后来者看着他的画像，在他那不可思议的额头上行着自己的注目礼。他们要把一份心情转告给朋友，转告那一刻的慨叹和激动。

寒冷的风中传导着兰波那不朽的铿锵之音，人们仿佛仍能看见他那细长的双腿在冰凉的大地上跋涉。

他十几岁时再次来到了巴黎，找到了当时的著名诗人魏尔伦。他们生活在一起。也许这段日子影响了他的一生，也许这种畸形的爱恋只能属于兰波这样的人。他为此写下了许多诗章。两位诗人已经难分难离，互相追逐，又互相抛弃。

1873年7月，在比利时首都布鲁塞尔，当这个神奇的少年诗人再一次决定同魏尔伦分手时，魏尔伦一气之下拔枪击伤了他的手腕……而后他或者蛰居家中，或者旅居英国、德国、瑞士、意大利，学习了至少七种以上的语言。他把自己所经历的各种各样的风波、长旅、苦闷、矛盾，各种各样的折磨、一个受苦受难的形象，都加以真诚的描述……这些描述完成之后，他也就完全终止了自己的写作。

他那颗不宁的心灵又指引他走入了全新的途程——冒险家之旅。他与诗歌诀别时,仅仅二十一岁。他的写作生涯只有六年,却留下了那么多不可思议的、脍炙人口的诗章。

兰波在荷兰参加了殖民军,不久又开了小差。第二年在汉堡一个马戏团里当翻译,随团去了瑞典和丹麦。几经劫难之后,他又到塞浦路斯,为岛上的总督建造宫殿。而后到瑞典,在皮货公司和咖啡公司任职。接下去的一年多时间里,他甚至远去非洲,在一些无人地带从事勘察,并且向地理学会呈递报告。1887年,他做起了武器生意,还组织了一支商队,从欧洲贩来枪支倒卖给阿比西尼亚的统治者……就在这时,他右边的膝盖上生了一个肿瘤。

不得已,兰波在当年暮春回到了自己的国家。

在马塞,他截去了宝贵的右腿。但这并未阻止他的厄运。就在这一年的初冬,兰波在马赛死去。天才的诗人只活了三十七岁。

他留下的诗章的一部分却一直堆放在地窖里,直到1901年才被人发现。一个神秘的、惊天动地的诗人,好像不可能活得更长久了。他来去匆匆,遗下的诗作留在了地窖里。

像所有人一样,他也经历了自己人生的四季。不过他的春夏秋冬都那么短促,在他所独有的四季里,却有着惊人的收获。他把伟大的人生浓缩了,把浩瀚的大地、山脉、河流和荒漠,都一起在心灵中浓缩了。

他探幽入微,一眼即看到人生长旅中那可怕的险峻和迷人的绚烂。他那灰蓝色的眼睛让人感到现代天空的隐晦莫测,他那蓬松的头发让人想到青春的火焰在燎动不停。

同样是在法兰西的土地上,还摇动着另一个更为伟岸和不可思议的身影。他也是一个诗人——伟大的雨果。这同样是一个强盛、奇伟的生命，活了八十三岁。比较兰波而言，他拥有漫长的一生，尽情地挥发了自己的生命，写出了数量惊人的诗歌和其他作品，绘下了波澜壮阔的河流。除了大量的小说和戏剧之外，仅散文就写下了七百余万言，诗歌一万余行。

他这一生历经了那么多的风雨，那么多的爱、追逐和遗弃，受过那么多来自王室的恩赐和优厚的俸禄，却又经历了那么多的围捕、游荡；他流亡国外长达十九年之久。流亡期间，他先后定居在比利时的布鲁塞尔和大西洋的英属泽西岛、盖纳西岛等，从未终止写作。

1870年，雨果结束了长期的流亡生活回到巴黎时，受到了人民的热烈欢迎。普法战争爆发之后，他持反对态度；但普鲁士军队侵入法国、围困巴黎时，他又以高昂的爱国主义热情投入斗争，发表演说，并报名参加国民自卫军，捐款铸造大炮。

巴黎公社起义时，他表示了极大的同情和更多的不理解。但刽子手对失败的公社社员进行屠杀的时候，他却挺身而出，将自己的住所辟为他们的避难所，并为被判罪的公社社员辩护……

就在去世的前两年，他还写下了那么多诗章，写下了戏剧、政论集，一口气完成了四部诗集。他的生命似乎是不会熄灭的、永恒的、熊熊燃烧的火焰。他的笔点石成金，所向披靡。有人把他比喻为"奥林匹斯山神"。

就像所有神秘的、不可思议的天才一样，他拥有巨大的爱力。他有具体的爱、抽象的爱，有对整个世界的无穷无尽的眷恋。

比起兰波，他的生命太长久了——他们的诗章同样的永恒，他们的命数却差异巨大。

他们都是人类星空中耀眼的亮点、恒星、永不熄灭的光。

耕作的诗人

俄国画家列宾给托尔斯泰画了一幅耕作图。它长久地吸引了我，让我想象那个杰出的老人、他与土地须臾不可分离的关系。也许这是一个伟大诗人与庸常写作者的最本质、最重要的区别。

有了这种区别，不同的写作者之间也就有了深不可测的壕沟。

在一个房间里专注于自己的所谓艺术和思想的人，可能不太理解一个耕作的诗人。对于他，稿纸和土地一样，笔和犁一样。于是他的稿纸就相当于一片田原，可以种植，可以催发鲜花、浇灌出果实。在这不息的劳作之中，他寻求着最大的真实，焕发出一个人的全部激情。离开了这些，一切都无从谈起。

在诗人的最重要的几部文学著作之间的长长间隔里，我们都不难发现他怎样匍匐到土地上，与庄园里的农民，特别是孩子和农妇们打成一片、割草、缝鞋子、编识字课本、收割、种植……他做他们所做的一切，身心与土地紧密结合。这对于他，并非完全是刻意如此，而是一个自然而然的过程，他只能如此。他就是这样的一个生命。他在它们中间。他可以融化在它们之中，融化在泥土之中。

我们现在可以看到诗人在亚斯纳亚·波利亚纳树林中那个简朴的坟墓。那是他最后的归宿。安静的树林、坟墓，都在默默昭示着什么，复述一个朴实而伟大的故事。这个故事不可能属于别人，因为这个世界上仅有一个角落，埋葬着一个耕作的诗人。

托尔斯泰的故事差不多等于大地的故事。他是一个贵族，后来却越来越离不开土地。于是他的情感就更为朴实和扎实，精神与身体一样健康。这就启示我们：仅仅是为了保持这种健康，一个写作者也必须投身于平凡琐碎的日常劳动，这是不可偏废的重要工作。而当时另一些写作者所犯的一个致命错误，就是将这种日常的劳作与写作截然分开。偶有一点劳作，也像贵族对待乡下的粗粮一样，带出一份好奇和喜悦。今天，也恰是这种可恶的姿态阻止我们走向深刻，走向更深广和更辉煌的艺术世界。我们只能在一些纤弱和虚假的制作中越滑越远，最后不可救药。

一个人只有被淳朴的劳动完全遮盖、完全溶解的时候；只有在劳作的间隙，在喘息的时刻，仰望外部世界，那极大的陌生和惊讶阵阵袭来的时刻，才有可能捕捉到什么，才有深深的感悟，才有非凡的发现。这种状态能够支持和滋养他饱满的诗情，给予他真正的创造力和判断力。舍此，便没有任何大激动，人的激动。

托尔斯泰的鼻孔嗅满了青草和泥土的气息，两耳惯于倾听鸟雀以及树木的喧哗，马的喷嚏，还有其他四蹄动物在草丛里奔走的声音。黎明的空气中隐隐传来了田野的声息，空中连夜赶路的鸟儿发出悄然叹息，还有远方的歌手、农妇的呼唤、打鱼人令人费解的长叫……他眯着眼睛望向遥远的田野，苍茫中费力地辨识着农庄里走来的那个黑黢黢的高大汉子，还有他身旁的人：那个孩子，那个妇人。晨雾中，淡淡的光影里闪出了一头牛、一只狗、一群欢跳的麻雀。有人担来了马奶,原来是头上包着白巾的老妇人用木勺敲响了酸奶桶,她小心的充满溺爱的咕哝声引起了他的注意。他转过身,脚下那双粗大的皮靴踩在地上,踩出深深的凹痕;他胸前飘荡着白白的胡须。他站在那儿,一手叉腰……

就是这同一副装束和打扮,他迎接过另一些诗人。他们都是俄罗斯大地上最杰出的诗人——契诃夫、屠格涅夫等。他称赞过他们,同时也心存疑惑。当然,他们与他不尽相同,也许他们还比不上他的博大和质朴,尽管他们也是那么杰出——历史同样没有遗忘他们。但比起托尔斯泰,他们却更多地徘徊在贵族的客厅、在钢琴旁、在沙龙、在剧场、在往返欧洲的漫长旅途中。他们身上的土未没有这位伯爵多,身上的打扮也远比这位伯爵时髦了些。这位伯爵的后半生主要是在田园、在土地上度过的。

他的去世也令人难忘。那也是一个触目惊心的故事。

深夜,老人乘一辆马车,抛却了自己的庄园,要奔到更遥远更苍茫的那片土地上去,与贫穷的人生活在一起。他仅仅走到了一个乡间小站就躺倒了。寒冷的车站上,一个伟大的生命临近了最后一刻。

这一刻向我们诠释了诗人的一生。

突然的出走和平凡的劳动,还有与妻子的频繁争吵……就连这些争吵也绝不是一般的夫妻口角,它们正透露出他们对于大地的不同态度,对于死亡的态度、艺术的态度,人生的真实与虚假……关于这一切的巨大分歧。

他与她判断上的差异,在她这儿是如此的不可理解。是的,她从伯爵的角度,从普通诗人的角度去理解自己的丈夫。而她的丈夫却愿意从土地、从人民的角度,从草、树木、牲口、从飞来荡去的鸟雀,从眼前的日落日出、满天星斗、草尖上的露珠、从孩子的欢声笑语,从一切最微小、最平凡、最切近的事物上去理解自己的诗、自己这一生和未来的、即将踏上的那一片陌土。她可能仍算得上一位贤淑而高贵的妻子，只因为他太伟大——太平凡了——平凡得让人不可理解，所以也深邃得让人不可理解。

　　这种真正的质朴没有任何一个诗人能够重复，能够像他那样经过生活中的长久发酵而散发出真正的芬芳。而有些诗人，甚至是同时期的一些优秀诗人，都因为或多或少的职业意味而在他面前感到自卑。要丢掉这种自卑，需要的或许不仅仅是勇气，也不仅仅是能力，而是一种能够融解的心灵。心灵融解在大地上，像大地一样厚实和博大，就永远不会消失。也许很少有人能够做到，因为没有谁能像耕作一样写下自己的诗行，没有谁能够始终如一地走进自己的耕作之中。

你的生命之光

伟大的法国诗人雨果被罗曼·罗兰描写为具有偷盗宙斯闪电的普罗米修斯一般的巨人。而另一位法国的重要传记作家莫洛亚则把雨果称作"奥林匹斯山神"。

这个伟大人物一生经历的事件，他的人生航船被时代风暴几次打折桅杆险些沉没的经历，恐怕极少有另一个人可以与之相比。即便是早期，他就有着不可言喻的痛苦经历：妻子的失节、朋友的背叛、攻讦、误解，一切常人难以渡过的危难和人生关节；但比起他后来漫长的异国他乡的流浪，比起其他艰苦卓绝的斗争，简直又算不了什么。

他一生矛盾重重，既谨慎俭约，又慷慨大度；他曾经是一个纯洁的青年、模范的家长，可是在暮年又变成了一个热烈的、能够爱的老人；他由一个王朝复辟主义者演变成了波拿巴主义者，再后来又变成了共和国的爱国主义者；他本身是一个资产者，可是在一般的资产者眼里又是一个大逆不道的人。

真正的浪漫主义诗人都是不自觉的，是生命的一种自然而然的挥洒。面对这个伟大的、百年不遇的诗人，许多诗人都显得过于弱小与单薄了。正像传记作家所指出的，在作家的生活中，"浪漫与现实、个人主义与牺牲精神、热衷于奇迹与迷恋于小节、骑士般的爱情与庸俗的猎奇，奇妙地交织在一起"；"伟大的诗人与务实的资产者和睦相处"……可见，一个伟大人物往往处于一种极端的矛盾和畸形的结合之中。

不言而喻，他的一生爱了很多女人。他非常爱她们，钟情于她们，这里面虽不乏猎奇、狂迷的追逐；可我们不得不说，他更爱的还是自由的精神，是美好的艺术，是他用心汁煎熬出来的结晶。他更爱真理、爱真实。

面对他长达万行的热烈燃烧的诗句，他的近千万言的散文、杂著，以及卷帙浩繁的长篇巨著，打动人心、夺人魂魄的戏剧，使任何人都不能漠视他的存在，不能不惊异于这个伟大的创造的奇迹。他一个人的创造比得上几万个普通人的劳作。这是一个特别耐得住磨损、在坎坷和苦难的煎煮中愈加坚毅的生命奇迹。

在他委婉而别致的歌唱中，在他精巧的诗句和短小的辞章里，都可以感受那种令人陶醉的温情，领略特别的绚烂和绮丽；如果打开他的长篇巨著，又可以看到一支如椽巨笔怎样描绘场面宏大的战争画卷。他的狂风暴雨般成吨成吨倾泻而下的大匠的语言，轰炸着疲惫和麻木的人类心灵。他站在那个时代的山巅之上，锐利的目光穿越了当代的尘埃，抵达了未来，直逼熙熙攘攘的现代主义的十字路口。这是不可思议不可言喻、深藏在千年历史中的一个硬核，一个等待化解的奇迹。

当我们谈到人的强盛的生命力，很容易想到成吉思汗、拿破仑，还有征服冰川极地的探险者，一些在生死场上拼挣的百折不挠的战将。但我们理所当然地还要想到雨果、巴尔扎克、托尔斯泰、歌德这一类在精神的漫游和探索中永不疲倦、豪情万丈的独特生命。他们的行为构成了一部部传奇，生命之光照彻了茫茫的精神空间。这个空间像宇宙一样无边无际，有无数旋转的星体。可是那些炽热燃烧、溅射着巨大能量的星体似乎散发着永恒的光。

他们都是同一类生命，都有着难以消失的青春。当他们的生命完结的时候，好像是仅仅回到了青春的另一个段落。是的，他们是永生的，他们遗留下的每一个短章，都迸发着青春的活力，都具有奇大的魅力。这不灭的绚丽和光彩点缀着我们人类的长河。我们人类的历史由于他们的存在而变得激流回转、千姿百态，出现了真正的奇观。

在他们那里，任何艰难险阻都不在话下，他们可以轻轻地移动躯体将它粉碎。他们可以不加修饰地倾泻和记录。那种极其自由、放松和强大的表述，使一切精巧的匠人都要望而生畏。

我们常常在现代主义魔法般的创作面前感到困惑，感到自愧不如。可是当我们面对着一个更放松、更流畅的自然而然的诗人的时候，我们对于现代主义的赞叹和惊讶就要大打折扣了。两种生命处于两个历史空间之中，可是生命和生命之间尚可以比较。比如雨果，无论如何他是我们所能观望的诸多高峰之中最高的山峰之一，不可逾越。峰巅连接着白云，当风雨来临的时候，他却不沾一丝雨滴。

他那剧烈而曲折的炽热之爱既是对整个人类、整个异性，又是对一片具体的土地、一个具体的人。很少有人能达到那种爱的浓度，创造那种爱的奇迹。他勇于献出自己、打碎自己，也理所当然地得到了应有的回报。他在危难中逃窜，被自己的爱人所救，即对她忠贞不渝。这些爱的奇遇，传奇般的情节，也是对时代伟人的最好注脚。平凡的人是不会拥有这种奇遇的；如果说这些奇遇寻到了伟大的人物，还不如说伟大的人物神奇而惊险的灵魂，在很早以前就开始锻造这一情节的链环。

　　他的戏剧作品只是他全部作品中微小的一部分。他以全部人生、全部历史而不仅仅是以一个法兰西作为自己的舞台。他以自己为主人公，演出了一出多么狂放的戏剧。观众也是长长的历史和人类。人类将在长达几个世纪和更加漫长的时光中，为他的杰出表演、为他朴实而真诚的表演，报以热烈掌声。掌声消逝了，身影却又一次出现。他在天穹的背景上时隐时现，威严的目光、和善的目光，不时地投向大地。那些狂妄的政客，那些攫取了权力和财富的傲慢者，在他的目击下变得如此渺小。

　　不是诗人因为他的存在而自豪，而是人类因为他的存在而自豪。人类的所有行为，创造性行为，在本质上都是一样的。它们与生命的关系都是一样的。所以他的劳动和歌唱，可以代表人类生命最本质的激情，可以代表一切。

理　解

　　从照片上看,她是一个安详的、足智多谋的老太太。她历尽沧桑,在临近终点的时候如此平静坦然。是的,她走了很遥远的路,年届高龄,荣誉像山峦一样堆在双肩,她却并非脚步踉跄。

　　在法兰西学院,她是唯一的女院士。她的作品不像一个女性写出来的,而显现着男性的热烈刚毅和确凿无疑的口气。她曾经长时间与女友生活在一起,在海岛,在远方。她很少在自己的故国生活。她习惯于从远处回视这片热土,孕育自己的激情,从古老的传说之中,从东方,获取她艺术和思想的养料。她甚至写到了中国,写到了秦王朝,写到了东方一位杰出的天才画家,怎样在专制的残暴君主面前绘出了真实的山水和船,并乘风而去。这个绝妙的想象代表了她对东方的说不尽的好奇和特异神秘的想象。她的想象是有根据的,东方神秘主义强烈地感染了她。她以一个西方人的目光遥视着东方的尘埃。

　　她写了很多历史故事,对一些伟大人物或者是奇特人物,有深入的、设身处地的理解。为了这些理解,她写下了洋洋几十万言,有的还成了畅销书。可是用我们的眼光来看,它们不可能畅销。那是对历史人物探幽入微的描摹，是不求甚解的、浮躁的读者所不能忍受的。他们不会把它当作美好的精神食粮。可奇怪的是在法国、在欧洲，它的确很合一般读者的口味。这又使我不解。

不停游走的尤瑟纳尔，不会疲倦的尤瑟纳尔，真是一个谜。

从所能看到的一些作品中，如今我们一点也看不到她的惶惑、忧郁和倦意。她的笔下总是充满了强力，充满了那样的一种从容。从关于她的文字中，我们可以知道她有自己的欢悦，自己的奇遇，有她作为一个人应该得到的全部安逸；有成就感、荣誉感，有对她这样一位杰出女性的应有的滋润。

在平庸的现代评论者眼里，一些小说家因为没有固守在自己的叙事性作品领域内，总使其表示出极大的遗憾。可是用这种偏狭短浅的目光去看尤瑟纳尔其人，我们就会发现，叙事的栅栏只能管束住一些弱小的生命，而真正强悍的生命只会踏破这些栅栏。他们是奔腾不息的骏马，可以驰上无边的原野，甚至登上山巅。他们不会以平庸的评论者所固守的尺度和范围去展开自己生命的舞蹈。

尤瑟纳尔写了很多非叙事性作品。她带着自己愤怒的声音，梦幻般的自语，在美洲，在东方，都留下了足迹。她的笔则触摸到了更遥远的古代。这是一个不会停止的旅行者。她居住在荒山岛，在不同的大学里任教讲学，甚至在纽约郊区的一所中学任教。一会儿到巴黎，一会儿到奥地利，一会儿又到美国去过冬，到荷兰和希腊去旅行。她在美国住了十一年之久。当她从广播里听到巴黎沦陷的消息，感到世界末日的来临，与好友抱头痛哭。她在荒山岛上一直居住到第二次世界大战结束，并且在那儿获得了这个美好的消息。她到瑞士居住，在那儿得知自己一部历史小说获得了巨大成功。英国、斯堪的纳维亚半岛，都有她的居所；她到法国北方旅行，去比利时参观母亲童年时期的旧址，再到德国度过夏天，到荷兰居住，而后回荒山岛——加拿大讲学——意大利居住——葡萄牙和西班牙等地旅行……这个时期她写出了自己悲喜剧形式的作品。在美国南部黑人居住地，她参与了反对种族歧视的斗争；就在那个夏天，她到了苏联、巴尔干、冰岛等地。之后又到波兰、捷克、奥地利、意大利北部……但她仍然要返回荒山岛。

她一生获得了那么多的奖赏、那么多的荣誉；她没有获得诺贝尔奖，大概也是一件令诺贝尔奖感到遗憾的事情。

她一生未婚，但并非一个人居住。她拥有自己美好的爱情。她对爱、对人生，都有独特的理解，所以也就有着奇特的实践。她获得了自己的欢乐，就像写出了自己的无与伦比的作品一样，我们只有理解和尊敬。她的名字使很多男性作家、使一些拼搏好手望而生畏。她在法国被称为"不朽者"。大概在很长一段时间里，她都会是一个"不朽者"。

我们期待着自己的民族在现在或者是不太遥远的将来，能出现一个类似的人物。我们是指这样的一位女性，有尤瑟纳尔般的强力、博大、放松和自由，有她那样的自信和自主，没有什么力量可以伤害和磨损她。她自己茁壮地生长和成熟，完成自己。真正的艺术是没有性别的，眼前的老人就是一个最好的说明。但是读者的眼睛会看到她的性别，会从性别的区分中寻到自己特异的尊敬。

在不凡的伟人行迹面前，我们愿意理解一切；在那些卑微者平庸者面前，我们愿意怀疑一切。无限的理解和绝对的怀疑，就是我们的态度。因为有时候那些特异的人物的确是不可理解的。我们就在这不可理解中获得了宽泛的理解。他们的行为不仅使我们敬仰，而且使我们愉快，真正来自生命深层的愉快。我们看到的是整个人类的奇迹，是我们人类在奋勇拼搏和攀登之中所能触摸到的极限。这极限由于那些杰出的个体而不断地扩展，他们增大和拓宽了我们人类生存的空间。他们保持了纪录，人性的、探索的、想象的，各种各样的纪录。这些纪录是我们人类倾尽一切努力对世界做出全面证明的过程中所发生的，是用生命的汁水标记的，用整个生命刻下的。这些标记将永远不能销蚀，永远在人类的历史长河中熠熠生辉。人类将为自己而自豪。

从热烈到温煦

在那个遥远之地，在你的书房，抚摸这书桌、这漆布封面的图书，走在你印下了无数脚印的空间里，感受着阵阵惊讶。

一种难言的神秘敬畏之感像电流一样涌遍全身。

你是狂飙运动的先锋人物，热烈的歌唱传到东方。一种多么痴情的吟唱。我们相信这是强盛的生命之流对一个人的推拥。那种不倦的探索、对世界隐秘不可遏止的好奇心、追逐诗与真的强烈愿望，裹卷了你的全部。

少年维特的烦恼、疯迷和痴情，最好地概括和象征了那个时期的诗人。不仅是对艺术，对政治、科学，几乎在人类所涉足的所有领域，你都表现出了巨大的热情，呈现了过人的能力。

强大的责任心与强盛的生命力总是紧密合一，不可分离。博大的爱力也并非所有人都会拥有，而只能是人类当中最优秀的一部分才始终葆有。这种能力不会消失，只在生命中的不同阶段呈现不同的特征。那种像海浪一样涌起、裹卷一切的气势，即是一切生命力强大者的特征。

这种力量表现在对待异性以及对待社会生活的所有方面。它很容易就化为勇敢、探寻的执拗、追求的彻底性和坚定性。在这一场漫长的奔走之中，它的全程充满了激动人心的片断，留下了有力的足迹。可是在最初骏马般的奔腾和最后的冲刺之间，又有着怎样的差异、怎样惊人的一致性，却令人深长思之。

他那些火烫的文字，像河流一样滔滔不息的吟哦，以及他耗费几十年时光专注于一部主要作品的那种可怕的韧性和毅力，都同样令人不可思议。也许它们都来自同一源头，来自一个独特生命的不可猜测和预计的那种能量和活力。

在相距不远的同一片土地上，后来又诞生了黑塞。这个渐渐着迷于东方哲学的老人，出生在炎热的七月，结果一生都像七月般火热。他情感真挚，富于幻想，留下了许多滚热烫人的文字。他的爱充溢了每一章、每一节。

有人把黑塞视为一个终生忧郁的诗人，但我们却把他看成一个一生都在热烈燃烧的诗人。追求完美和真理的信念支持他奔波了一生、呼号了一生、思念了一生，也幻想了一生。像一切杰出的人物一样，他不知疲倦，直至终点。

就是这个忧郁的诗人，在1914年第一次世界大战爆发的时候，一次次地奔赴伯尔尼参加和平运动。他因为呼吁人道和理性，严重地触怒了统治阶层。他们将其诬为叛国者。就在这种强大的压力之下，孤立的处境之中，家庭又走向了崩溃。诗人的精神遭受了极大打击。但即便此刻，他仍能战胜内心的危机，写下许多美好的诗章。

他们那种冲决一切的激情简直是难以磨损也难以改变的。就是这旋转的喷涌的激情，把他们送达了一个至真至美的、酣畅淋漓的境界。这种境界被无数人所追求，却极少有人如愿以偿。生活中，难言的磨难加在了他们身上，而且格外敏感的生命在接受这些的同时，要经受比常人多出数倍的痛苦。他们招致的磨难本来就比常人多。但这一切都未能阻止他们心中那激荡之水，未能阻止其喷涌流淌、一泻千里的气势——最终绕过生命的崖坎，穿过重峦叠嶂，流向更为开阔之地，浇灌出一片迷人的葱绿、炫目的绚烂。

像所有生命一样，他们从诞生到成长，经历了成年、中年，最后白霜护住额头，毛发疏衰，皱纹叠生，目光里有了更多的沉重、宽容和谅解——他们不约而同地从热烈走向了温煦。

内在的生命之火仍在熊熊燃烧，这从他们临近晚年的那些诗章中可以看得出来。"温煦"只是外形，"热烈"才是内核。他们可以沉湎于更深处，追溯到更久远。他们可以远比先前更为沉着和宽泛地追究生命中的一切隐秘，可以玩味和盯视内心里滋生的一切、它的全部。他们的爱会变得更为阔大和深远。

他七十一岁所经历的那场爱情，那场自我燃烧、两手颤抖、被反复记录和议论过的爱情，恰为这个走向晚年的生命做了最好的注解。这是一场具体而抽象的爱，甚至表现出原初的那种纯稚。当这场爱不得不在形式上中止的时候，却又突出地再现了一位老人的温煦。温煦最终包裹了冲决一切的情感冲荡。

而另一位老人，却在后来愈来愈迷恋于东方的哲学。另一种智慧伴他寻找生命的永恒，他在更为从容达观的思绪中进行着一以贯之的探索，整个生命之诗在晚年书写了极为重要的一章。这与歌德几乎是完全相似的。

没有青年的热烈，就没有晚年的温煦；没有炽热的内核，就没有温煦的外表。这种温煦绝对不是生命力退缩的一个表征，而是它的深邃绵长。

一个如此平静的老人，双眼为何能够闪烁那么火热的光芒？一个如此和善的老人，为什么会有那么激烈而勇敢的言辞？他为何如此地执着、坚守、毫不退却，直到最后——最后的最后？他为何而勇敢？为何而奋不顾身？那满头银丝，那美丽的闪烁，连同他的目光一样，使人敬仰中又掺上了稍稍的惊讶。

是的，这是整个人类当中最不可思议的存在，是人类向冥冥之中发出的一个证明——证明其不朽与自尊……

纵观他们的一生，就是考察一条长长的生命的巨流，考察它流淌的长度、冲决的力量以及翻卷不息、奔腾涌动的浪花。从这晚年的温煦往上追溯，很快就会找到一个激烈燃烧、豪情万丈的诗人。这种火烈的燃烧，这种勇敢和勇气，是进入萎靡时代的那些小气偏狭的艺人、文字匠们所万万不可理解的：这些人往往在很早的时候就开始进入一种小心翼翼的规避，互相比试小脑的机智、圆滑、混世的乖巧。残弱暗淡的生命难以燃烧。豪情不属于他们，勇气不属于他们，冲荡不属于他们。他们总是过早地拾起了"宽容""达观""谅解"等等美好的字眼，来掩饰自己的怯弱和不磊落。他们总也弄不明白——"宽容""达观""谅解"这一切，也必须由勇气和激情化成——它们仅是同物异形，是生命的不同阶段。

一个从来没有过热烈、勇敢和执拗的生命，怎么会走到真正的宽容和温煦之中、走到真正的谅解之中呢？

在激流中

在瑟瑟发抖的冬天,在寻找自己规避之所的时刻,人们有时愿意用想象来满足自己。但北风呼啸,严寒覆盖一切,人们已经没有可能走上街头,走向梦想之地。即便是想象力也似乎在萎缩。我们不可能让幻想攀上应有的高巅,而一味地低回、惆怅、忧虑。

一部分人生活在温暖而安静的水潭中,在水藻和荻草的遮蔽下,躲闪着光与影,寻觅自己的食物,规避一切伤害。他们尽可能缓缓地移动,在四周圆润的卵石和白色的流沙间,安放自己养肥的躯体。

而另一些人却愿将自己的生命置于冲荡的激流之中。只有在这种狂放和淘洗之间,他们才能感到生的快乐。那是一份冒险、勇气和经历的快乐。丧失了这种快乐,他们会觉得虽生犹死。

令人不可思议的是,海明威可以身先士卒,冲锋在解放巴黎的前线,可以去西班牙、侦察敌人潜艇,一次又一次经历飞机失事,死里逃生,全身留下数不清的疤痕……他并非不珍惜自己的生命,也并非在用生命去作冒险的抵押,反倒是充满了生的自信。他的爱恨强烈而明朗,常常在许多领域表现出令东方人战栗的那种率直、果决和峻厉。

另一些美国作家如杰克·伦敦、马克·吐温,也有类似的特征。他们几乎都有自己的传奇、令人难以置信的人生情节。他们都曾把生命放置悬崖,体验险绝的经历。这是一种倾尽全力的奔波和拼争。他们都竭尽所能地参与了自己所遭逢的时代,深深地投入了那些巨大的事件。对于一个生命而言,它已经没有第二次机会了。

除了生活的经历,还有纯粹文学的经历。这二者不可剥离。他们都像对待生命一样对待自己的文学,全力以赴。那是生命在经受的另一场冲刷,另一种激流。在这有声有色的搏杀之中,他们痛苦、欢畅,灵魂接受巨大的欣悦和刺激,获得了人生最大的快感、酣畅淋漓的磨损和诗意的抒发。这一场人生豪情,使他们一次又一次变得容光焕发。他们在庸人倒下之地高高站立,而且大步向前。他们像不断燃烧和旋转的星体,在运动中获得永恒,在炽燃中发出光芒。

不仅是男性作家,像乔治·桑、尤瑟纳尔等,也都有过惊人的历险、使人咋舌的场景。她们敢于把自己的灵与肉投放到跌宕之中。这当然不仅是一种风格,而是生命的性质所决定的。奔走、呼号、参与、奋不顾身,就是诗人的一生。他们留下来的文字、全部的咏唱,只是这场大抒发和大行动的一章一节,是他们心灵波动的记录。歌颂牺牲、殉道,是他们全部思想中一个永恒的主题。

他们起码不怕那些字眼。他们的整个过程就是对那些字眼的一场实践。就领受着这种人类的光荣,他们不屈不挠地走完了全程。

作为一个诗人,他们是历史上全部传奇人物中的一种。他们统属于一个家族,有着同一种色彩、同一种行为方式,甚至是差不多的人生经验。他们在极为曲折的旅程中摇动着令人震惊的身影。他们当然是一些不安分的生命。世界的一大部分从来都是由这些不能安分的生命所维护和创造的。失去了他们，世界就会窒息，就会显得没有声光气息，陷入一片黑暗。是他们的不停旋转和燃烧，给我们人类送来了维持生命所必需的光和热。他们是高空的闪电，是迎着阳光茂长的高大植物，是丛林之中最绚丽的花朵，是河流之中最长的波浪，是海洋之中涌动不止的高潮，是宇宙的水手，是波涌中耸立的岛屿，是狂暴天气里冲上浪巅的鸥鸟，是高空里的鹰，是旷野里的唢呐、奔驰的骏马。

历史选择了他们，他们走进了历史。

世界上很少有一个母亲愿把爱子推入激流。可世界上又没有一个母亲会不为激流中的孩子感到自豪。她热泪盈眶地盯视着那个风波中的身影，喃喃自语地告诫自己：他是由她生出的。生命一旦脱离了母体，就由不得她了。他从起点走向终点，漫长之路要自己完成。更多的时候，他脱离了她的视野。

母亲善良的用意并不是孩子胆怯和安居的理由。为了维护母亲，为了报答善良，他们只有投入到激流中。这场可怕然而又让人精神倍增的冲荡，会使人的生命变得更加顽强。

一场不知终点的出发开始了。奔走吧，鼓起勇气吧，尽管狂风怒吼，尘土扑面，沙子和枯叶一块儿扫来，可真正的人还仍然奋不顾身。这是为人类最好的儿女准备的，他们虽不一定个个孔武过人、身躯高大，却无一例外地具有一颗不屈之心。只要这颗心在跳动，他们就会一如既往。

危难时有发生，战友不断倒下。来不及掩埋，来不及告别。行进中耗失了力量，风沙和雨水灌满了背囊。但也只有向前。在世纪更迭的褶缝里，混浊的水、汹涌的水、吞噬一切的水、纵横交织的水，全部加在了人的身上。

这简直是一场可怕的跋涉。可是唯有这样的跋涉才能证明自己。

最后他可以说：我投入了激流之中。

为了什么？为了真实的爱，为了报答那善良的抚慰，那一场哺育。从诞生到现在，再到明天，这一场报答遥遥无期。它需要一个人舍上一切，献出一切。它没有尽头、循环往复……

抚　摸

后来，他的双目失明了。

他不得不更多地依靠抚摸。触角告诉心灵，心灵感知广漠。那种探触、小心翼翼、仔细辨别，正好契合了他这个特异的生命。与其他诗人不同的是，这种触摸其实从很早以前就开始了；也就是说，他几乎这样进行了一生。

远在双目炯炯有神的时候，他对于这个世界的认识也依赖于这种抚摸。他所经过之处，万事万物都印遍了指纹。他温煦地猜测和照料自己的世界，既抚摸身外的事物，又抚摸自己的内心。即便是阳光灿烂的日子，他也仍然依赖自己的手指去触碰和探询。

有很长时间，他在图书馆里工作。四壁尽是叠起的书籍，他抚摸着它们，感知着扑扑的脉动。那些陌生而又熟悉的远远近近的生命，像星辰一样缀在夜空，一颗一颗，闪着光束。他的手指碰到了这些垂挂下来的光束，感受它的光滑与冰凉。他的手指切割着这光束，又任其淋漓，如同春雨浇洒万物，渗入黝黑的泥土。太阳升起的时刻，草芒上的晶莹在缓缓蒸腾，弥漫大地。

与这些繁密的星辰对话是再有趣不过的事了，他闭上眼睛就可以看到对方射来的温暖的目光。这目光在他的身上划过，缠绕徘徊，久久不忍离去。

　　人类的星辰，智慧的星辰，永不消失的旋转的星辰。日月西去之时，它们就变得一片茂密，像原野之花，像海面上的水浪，一层层翻卷。多么辽阔、活跃、奔腾，一片生命的激越和灿烂。

　　其他的诗人只是瞭望——走向大地，登上山巅，在开阔的视野下，一切尽收眼底。他们会望得更远、宽广，可是却没有抚摸般的亲近和熨帖，没有那一丝一丝的感知。那种具体的、带着体温的挨近也许被我们过分地赞扬了；可是我们真正激赏的，却总是那些瞭望和奔走的诗人，是那种粗犷而奔放的歌唱。我们有时是、常常是，忽略了居于一隅、伸开十指抚摸这个世界的诗人。

　　于是我们的视野里缺少了那种极度内向的、极度自我的、面向自己的语言家和守护者。我们被触目的风景所吸引：大而无当的渲染，不负责任的倾泻。我们找不到生命的激扬与轻率冲动之间的区别。好像一切都差不多，都同样喧嚣、浮躁。我们无力识别那些谄媚和跟从，那些对世俗时尚完全没有自尊的称颂——盲目而愚蠢的激动以及丝毫不顾及明天的、痴狂的呓语和情感的夸张……这一切充塞了我们的精神空间。

　　到哪儿寻找一个安静的角落、一个自尊而沉默的诗人？

　　他们似乎都规避了这个时代，自甘作一个背时的人物，躲在一些不为人知的角落里，在那里编织自己的锦绣。

　　即使是那些驰骋万里、名垂史册的歌手，也有自己颤抖的、温柔的、充满安慰的抚摸的手指。他们无论怎样还具有感受时光之流从指缝间缓缓流过的细微；也正是这种特征，他们才拥有了一个丰富而曲折的情感世界。

　　生命和时光的隐秘有时真的要用十指去滤出。内心的贮藏太多，要撑破和流溢之时，他们才会开始自己的倾吐，来一次酣畅淋漓的宣泄。那是一种烂漫天真之歌，痛苦欢乐之歌，是穿破精神雾霭的明亮尖利的闪电。他们于是成为一代浪漫的歌手，传奇的精灵。

　　他与他们也许真的不同。他只是默默燃烧，微露光点，烘托着自己的温馨。在不可理解的重叠而繁复的思绪中，在那层层积累的记忆的尘埃中，他不倦地开拓。这劳作只在自己的感知和把握之中，没人能够替代，也没人能够目击。他只是在进行自己独一无二的工作。

　　他把所遭逢的那些事物关节拆卸数遍，凭触角去梳理它们，组合它们。在更为安静的时刻，他生出自己的幻想。这幻想可以飞出藏身的窄小角落，去寻找绿地和草原。它们获得了一次解放、自由往来和咏唱，结交百灵、彩云和狂放不羁的河流。

　　它们沿着河流走向海洋。海天一色之处是他的诗心投向之处。那一线混沌包容了一切。他伸开十指，仿佛抚摸到了芬芳的彩云。

　　没有谁比他更能沉迷于一片墨香。这密集的、叠成的神奇之物，这沉重而又轻灵的、散发着灵魂气息的纸页，为何如此微妙？那些飘荡或驻留的灵魂来自四面八方，有的飞过了大洋彼岸，甚至是出自丛林和大山褶缝；有的直接从幽深的隧道钻出；它们还源于神圣的教地、山匪出没之地、金光闪耀的皇宫、烁烁天堂、未知的恐怖之地、淫荡之地、喧哗之地和死寂之地……如今全被收拢一处，在同一个空间里栖息或徘徊……它们的灵寄于形，码在架子上，堆在木箱里，连墙角地板也叠起许多……他把世纪的尘埃轻轻拂去，微闭双目，鼻翼轻轻翕动，嗅着它们劣质烟草似的气味，开始了抚摸。

　　这有点像东方医学宝库中至为重要的"号脉"术一样，先是搭上手指；然后轻按，感觉脉跳。跳动的节奏、力度，一一捕捉……脉流连接那个遥远的、梦中曾经出现过的生命。

远方有颗灵魂，它生出了这节奏，这一鼓一跳的生动。

需要照料和感觉的后来者和陌生者太多了。它们简直堆得越来越高，越来越密，簇拥着，使他深陷其中，不得挣脱。他伸长双臂，十指战栗，不停地抚摸，就像午夜走入了丛林。

好一座茂密的丛林。他跌跌撞撞，举步艰难，不停地辨别、感知。他愈走愈深，愈走愈远，从丛林的一端深入了腹地，还在继续往前。结果痴迷忘返，与这片浩瀚结为了一体。

他成为一个会移动的、喃喃自语的、它们之中的一棵。

他组成着人类的丛林，化入了茂长的灵魂。

无为而有为之书

我们相信，人世间必有一批沉默清寂的诗人。

他们的吟哦和记录好像纯粹为了自己的心灵，为寻一种安慰，是生命得以温暖的炉火。他们吟唱，除此而外再没有更多企图。如此结下的果实必有另一种甘美。他们的吟哦和抒发几乎是"无为"的，但却因此留下了一部或数部"有为"之书。

这些书对于诗的历史和人的历史，都产生了广泛而巨大的影响，它们甚至参与塑造了历史，而不仅仅是开辟了诗的长河。

想到了日本女作家紫式部，一个奇异的东方天才。现在已无法得知她如何写下这样一部奇怪的、包罗万象的、无比缠绵的美丽之书，只是享受了她栽种的果实、那部长长的《源氏物语》。

那种华丽如丝绸、绚烂如彩虹的巨幅长卷，就是她生命奥秘的终括。在坎坷而庸碌的宫廷生活中，她究竟花费了多少时日、寻找了什么机会才书写出这部长达百万言的巨著？这种记录和描摹肯定使她获得了空前的快乐。就为了这快乐、这抒发、这暗自叹息、这极为纯粹的诗人行为，她成全了自己。

她生活在工整的、忧郁的文字之中，着迷于琴棋书画之间。在和歌与汉诗的簇围下，她成为我们所熟知的那一类温煦娴淑、天资非凡的才女。火热的情感、美好的想象、无尽的心愿，都化为这记录和讲述。对于生活，特别是日常生活的玩味，在她看来是何等重要，简直须臾不可间离。它们使她安静、从容；使她增加了微笑、谅解和达观。她不由得要去追溯时代奥秘，从惊心动魄的历史推演未来、可能有的和已经产生的巨大变迁之迹。她也不得不多少沉浸在这无尽的缠绵之中——那些贵族公子、女子、皇室里俊美的异性，他们之间充满悲欢的过往；她的揶揄、会心的微笑、长长的叹息，我们现在完全听得到；她的美好心灵、劝慰、深切同情，我们也都看得到；巨大的遗憾，对情感世界的不圆满所发出的惋惜之声，也那么清晰可闻。

她那个现实世界的生活也许是没有多少魅力的，可在充满了人性和烟火气的情感世界里，却无一例外是魅力无穷的。她抓住了它，咀嚼吟味，让人久久感动。

日本是东方一个奇怪岛国，那怪异和神秘既不同于中国，又不同于印度。那种特别的阴柔、奇幻，古怪的种族、融合了众多文化的岛上风俗、阴森悠长的往昔，都深深吸引着我们。收进书中那些说不完的爱恋、沉沦、冲动，亘古至今的欲望，结构着一曲奇特而平凡的生活。书中不乏刀光剑影、沧桑巨变的记述。可是这记述的间隙又被一些难以改变的男欢女爱所充填。记录不厌其烦，玩赏饶有兴致，在不断重复的一个个场景中，滋生出无限意味。无边的欢爱，无数的短诗：它或出自白居易，或出自日本和歌。书中仅引用的白居易诗大约就有一百多处。第一帖中即引用《长恨歌》，使人马上捕捉到那种悲凄哀婉的基调。

只有一个女子的记录才会如此细腻多情、娓娓道来。在人生的寒夜，这该是最好的读物。它的平缓丰富、斑驳陆离、宫廷生活，都使之产生出奇妙的吸引力、难以摆脱的磁性。书写者的初衷也许非常简单；她想必没有现代人的企图，声名利禄何等遥远。她起码没想将这一叠文字凝成一方敲门的砖块。

写作仅是她生命的一部分，她的生活，她灵魂的安慰。

一部无为而有为之书就这样完成了，以至成为一种不朽。在文字的、精神的历史上，几乎所有的"无为"之书都闪射着夺人的光芒。它们是那样不可取代。一个纯粹的人，守住了一种品格的人，才会留下这样的文字。动机与结果就发生着这样微妙的联结。

这会深深启迪我们：任何一个诗人，后人仍然还是没法离开他的品格和资质去谈论他的吟哦。我们或许可以嘲笑"为自己而吟哦"这个提法，可是那些淳美的诗人难道不是在"为自己"吗？他发出了声音，这只是他灵魂的回响。这是他生命之舞的伴奏，他将在这伴奏中走完自己的全部旅程。他可以咏唱大千世界，可以指点万物，但这一切都将淹没于他的灵魂之水中。

世界上只要存在着无为而有为之书，那么就必定存在着有为而无为之书。博大的目的，攻讦的强烈和喉舌的锋利，也同样可以锻造出刚劲有力之歌。但这也必须是一个纯粹的诗人所为。苟且和投机者即便依仗才华，也未必能写下有为之书——想象会被强烈的主观欲望给压迫，天才的火花被窒息，自然之声由于用力屏气而失声走调、嘶哑变质……

多么不可思议的长篇巨著，伟大历史和风俗的画卷。人情世故、自然景物，何等真实生动。宫廷中的行幸、游猎、饮宴、画展、诗会、午乐、讲经、礼佛以及花花色色的庆典，都讲述得惟妙惟肖，让人有身临其境之慨。我们仿佛看到了百花盛开的春季、满目凄凉的秋天、凛冽的北风、风雪狂作的冬日、繁花树木、高山大川、鸟禽虫鱼、黄昏、正午、清晨，一切都在眼前闪回、跃动。一个作者要有多么强烈的人生趣味，怎样丰富的情怀，才会有如此动人的记录和如此迷人的吟唱。我们相信，作为一个纤纤女子，紫式部即便在艺术形式本身大概也无意惊动世人，无意争夺名头，无意开创什么、标志什么。她在这些方面也同样是"无为"的。可也就是这种"无为"，却留下了一部结构严谨、情节曲折的大书。

全书共分三大部，五十四帖，百万余字。故事情节从开头到结尾共经历了四代天皇、七十余年。它规模庞大、场面隆重，堪称辉煌巨著。在结构上，各帖的相对独立性与全书的统一达到了完美的结合。全篇是散文与韵文的结合、长篇与短篇的结合。每一帖看去都是独立的短篇，但又绝不是一部短篇的汇集。从全书的角度看，它们和谐统一，属于一个艺术整体。整个篇章那么通俗优美、绵密细致、含蓄光润，像一块泛着润泽的紫玉，令人爱不释手。

它在日本文学史和世界文学史上占有重要一页。也许在整个十一世纪初的世界文学之林，很难有哪一部书可以与之匹敌。它产生的影响是如此深远，缠绵的柔情和浓郁的抒情气息，几乎影响了后世所有的日本文学。

它是东方一块瑰宝。

无望的爱

也许有一种非常美好的情感,它来自无望的爱。

那是一种坚持、遥视、自我注视……为了这种情感,他将把自己的内心世界修葺得无比完美。他在日夜不停地滋生一种温柔,那涓涓细流不停地流淌、浇灌、滋润——为了那个想念、那个不能到达却每时每刻都在抚摸着的心愿。那是一道永远不能抵达之岸。这一世俗尺度所无法测量的距离囊括了一切的美好和诗意。这种距离感不是一个凡夫俗子随便即可拥有的。也许一个人就在这种无望之中,催生和焕发出人性当中最有希望的部分。这种爱并非抽象,它那么具体。可是具体当中又融化了那么多美好的综合。

她的一举一动都留在了他的视野里、他的心窗内。他们之间不通讯息、没有联系;可是她的所有行踪都牵动他的视线。一种独特而和谐的完美旋律,在他的灵魂深处奏起。

为了她,他对这个世界充满了感激。这感激那么深长、久远,回味不尽。他想到了自己的童年,试图从很早以前寻找这依恋的根须。那数不清的童年记忆、童话般的环境,都帮助他诠释眼前这不可思议的奇迹。她的身影、甚至是若有若无的呼吸之声，都让他隐隐地感到和看到。

就为了接近和实现，以至于忘掉这美好的心愿，不停地劳作；他可以奋不顾身。他所有的自语都弥散着无法言喻的美。他歌咏生命的活力、它的来路与归宿、它的难言的隐秘、它的青春的光彩。

人类有时也寄希望于"无望之爱"——这微妙不可言喻的情愫。这是人生中的一次远航，一次面向遥远之地的奇特航行。这航行也因为那奇特的目的而变得生气勃勃、情绪饱满、有声有色。这种爱怜由无声之声加以表述，混合着纯粹的稚想、淡淡的哀愁，和一丝过来人的恳切与淳朴。人们挨近着那种美好的感觉，内心里的交谈和倾诉日夜不息，诗意升华游动，空中的五彩云霞负载了浮升的灵魂——他企图在这更为开阔的俯视中看到她繁忙、勇捷、无畏而美丽的身影。

那高高挽起的发髻啊，那多情而刚毅的目光啊，那传奇般的行踪啊。

诗人叶芝一直热恋着爱尔兰那个英勇的女人毛特·岗，直到脸上刻满了皱纹，仍在为爱而吟唱。这是一场漫长的、锲而不舍的内心的追赶。他把自己的声音送达她的耳廓，她用奇特的方式回应了他。他那几句令人潸然泪下的吟咏使世人永志不忘。"为这无望的爱饶恕我吧。／我虽已年满四十八岁，／却无儿无女，两手空空，仅有书一本……"

谁来饶恕？诗人从来都不是一个被饶恕者被怜悯者。后人只会从这吟唱里听到至为淳美的灵魂之声。这是人类所能滋生的最为美好的情感。这种完美的、自我修葺的心愿可以击败一切丑恶，可以抵御一切毁谤、坎坷和艰辛。这种不朽的情感才可以使人类永生。渺小的生物热衷于贪婪的攫取，在如愿以偿的咀嚼中获得苟活的满足，没有能力也没有勇气经历那种陡峭的情感经历，没有那样的韧性、情怀和魄力。任何贪婪只是一场失败，一种永远不可再生的腐朽之物。

他们的身影都消逝了，可是他们的行踪长镌在了大地上。

大地——多少人，多少咏唱，多少记录，让人眼花缭乱，却远没有他们的魅力。

我们不可能知道更多的关于他们的故事了，只凝视这几行关于爱的、无望的吟唱。一颗灵魂散发出独特的芬芳，它不同于茉莉、幽兰和丁香的浓烈。这芬芳的气息让人深深地沉浸和战栗，最终也难以飘逝。看着他沉重的面容，还有那双直到最后也不会混浊的眼睛——它在注视后来者、未曾谋面者，传达着自己的深爱，送来上一个世纪的关怀。

我们应该握住他温热的手掌，让它牵引我们，让我们感知它的柔软。是这双柔软的、独一无二的手，抚摸过那个世纪的炽热和忧愁。

我们至今仍在倾听。他的声音在大洋两岸响起，送来一片新的光明。在闹市和荒凉之境，特别是在那条河旁，当豌豆花儿如期开放，我们又有机会在花椒树下展放那一本薄薄诗集的时候，立刻又感受了那对目光的抚摸。真正的爱是无边的。

曾经有一位北中国学生在信中直言袒露：她久久凝视着诗人的相片，在那开阔的额头印上了自己的亲吻——辽阔的土地上有这样的女孩！爱是一种能力。请不要伤害这种情感，不要惊扰它。

这也是一种无望的爱。

它显得纯粹，有着坚实的、晶莹的质地。我们差不多能够想象那种情形，那种无始无终的循环往复的情感。它傲然地飞翔、游动、寻找。它们将在人的未知之地，在神奇的角落里悄悄会合。

我们仿佛看到了诗人伸出的那双温暖的手掌，正抚摸大洋彼岸二十世纪里一个稚嫩的孩子。他们都因为一场无望的爱而泪水涟涟、双唇颤抖。他们都没有出声，都使用目光和手掌。他们在承受和接受。

多么美好，生命的奥秘，生命的力量。它的全部都被这一则两不相干的故事给悄悄包容了。它可以是叶芝，是毛特·岗，是东北阔土上那个美丽女孩，也可以是其他，是星斗和兰花，是彩云……

人与事

帕斯捷尔纳克。凝视着你那双有些特异的眼睛、长长的眼角,还有你曾经被人誉为"像骏马一般修长"的脸庞——上面凝聚了人类的全部睿智、坚定、仁慈和灵性。读着你的《人与事》,内向的、喃喃自语般的文字,为你而吟唱和哭泣。

这是来自我们邻近的一块土地上的伟大歌手、精灵;来自你的声音,你的不可思议的诗句。你与同一个时代最卓越的歌手们动人的友谊、幻想、惆怅,都深深地打动着我们。我们自认为在这样寒冷的冬夜可以遥望,走近,可以接受你高贵的灵魂,为它所打动和启迪。

你诞生在一个剧烈变动的历史时期,一个人类从未有过的试验期和冲决期。这个时代既是伟大的,又是匆忙的;既是勇敢泼辣的,又是无知渺小的。它催生了一大批卓越的、伟大而勇敢的人物,又扼杀和盲目驱逐了一大批人类的精英、真正的天才、旷百世而一遇的神奇人物。你一开始就处于被驱逐和被掩埋的边缘,可是你像一棵不甘屈服的楸树一样顽强,存活下来。你不能终止自己的歌唱,正像不能终止自己的爱情和友谊。

你出身于一个高贵的家庭，有着艺术家的血脉。你的父亲曾经为托尔斯泰作过画。你那样动情地、如实地描述着托尔斯泰的面容、举止，这使人想到一个人的来路可以多么深远地影响他的一生、他的学术性质以及他为人的原则，甚至是他的品格和操守。他可以带着先人的因子、他们的风尚走入自己的时代。这种特质也会影响和感染这个时代。无论那种感染力是多么微小，多么不易察觉，它也仍然是存在的。

你以自己的纯粹标示和记载了自己。你的苦恼和惆怅是纯粹的人的苦恼和惆怅，你的友谊和爱情、你自己的伦理观，也是一个纯粹的人所同时具有的。你拥有自己的真实——正是这一点，在久远的今天，在漫长的地域之外，还可以深刻地打动我们，使我们想念和缅怀。我们因为你一次又一次地陷入激动，寻找着自己在这个世纪末的希望和欢乐。这种想象使我们感到幸福、从容和安定。寒风和舞动的冰凌都不能剥夺的温暖才是真正的温暖。

当你回忆幼年时期时，你这样写道："幼年的感受是由各种惊恐和赞叹的因素组成的"；"与叫花子、女香客来往，与社会渣滓及他们的遭遇为邻，还有附近的林荫路上的歇斯底里的现象，这一切使我过早地产生了对妇女的胆战心惊的、无以名状的、终生难忘的怜悯。对双亲的怜悯我更是无法忍受，因为他们要先我而死。并且为了使他们能够摆脱地狱之苦，我必须完成某种极其光明的、空前的事业……"

我想，这一段文字可以引起所有仍具有人的感受能力者的深深战栗和震动，并且永志不忘。这才是真正的人类的情怀，一个敏慧的、正常的人的情怀。于是我们明白了，一个人何以伟大、卓越和不屈。在极其幼小的年龄里，他却产生了对妇女的"胆战心惊的、无以名状的、终生难忘的怜悯"。还有，"对双亲的怜悯"使他更"无法忍受"，因为帕斯捷尔纳克明白了他们要先于他而死亡。他是一个有神论者，当时他想到为了他的双亲能够摆脱地狱之火，自己所应做出的巨大努力——那就是完成、必须完成某种光明的、空前的事业。天哪！这是怎样的童年、童年的思想、童年的抱负！

作为一个东方人，我们尽力去想象，想象"极其光明和空前"几个字所能包括的全部内容。我们被震撼了。我们非常感动。我们在想，我们所投入的留恋和全部事业是不是"极其光明的、空前的"。对于我们个人而言，它应该是这样。因为它光明，极其光明，所以就必须是没有污垢的、关于精神的、关于道德的、关于永恒的。这种努力的确是极其光明的。说到"空前"，这里是指我们的努力方向，强烈的个性标记。它们是空前的，它们是独一无二的，不能够代替的。有了这种自信，无论是帕斯捷尔纳克还是一切与他的心灵相通的智识者，都应该感到欣慰。在这里，污杂、苟且、还有其他，都当远退、消失和被击败。它们应该被击败。无论它们可以换来多少世俗的愉悦，它们都应该被击败。

帕斯捷尔纳克记载了他幼年接触的音乐家、画家、伟大的思想家、文学家。他记着他三四岁时候的哭声，演奏者，躺在帷幕后边的情景，还有妈妈吻他的额头、怎样哄他，把他抱到外面去见客人；他怎样看见客厅，客厅里烟雾缥缈、烛光闪动。烛光照耀下的小提琴和大提琴，它们闪亮的红色木板，大钢琴显得乌黑，男人的长礼服也显得乌黑；妇女们穿着连衣裙，露着肩膀……就是那样的一个夜晚他看到了伟大的托尔斯泰，看到了他本人！他写道："这个夜晚像一道分界线横在我没有记忆能力的幼年时期和我后来的少年时期。"

这个有幸的人与一个时代最伟大的思想家和艺术家会面了。这种会面对于一个生命有着何等奇怪的影响力和制约力。有着这种经历的人是不应该沉沦和平庸的，事实证明后来也果然如此。

在他长大之后，在无数的奖赏、巨大的荣誉和同样巨大的灾难一块儿降临的时候，他没有被压垮。他以自己特殊的方式生存了。他得到了诺贝尔文学奖，可是却不得不被迫放弃，因为那个国度里的权力人物不允许他去领取。他甚至面临着被枪决和被驱逐的危险。可也就在这个关键时刻，最高权力者又对那些野蛮人说道："不允许动他，他是上帝派来的人。"

还有一次，电话铃突然响了，帕斯捷尔纳克抓起电话，那一边又传来了那个人的声音……

他于是得以活下来。在最艰难的时刻，在最寂寞最不能忍受的时刻，厄运将他团团围拢。但即便如此，他还仍然居住在作家艺术家之村，住在那座完好的别墅里。他没有进劳改农场，没有被流放，也没有被折磨致死。

这不由得让我们想到了专制与暴君之间仍然有层次之别。在伟大的文化、思想和哲学的丰厚的沃土之上，与贫瘠之地的智者的遭遇仍然还有一些天壤之别。这使我们欣慰、感慨、喟叹，同时也使我们明白了伟大的俄罗斯文学、伟大的俄罗斯艺术，为什么有着难以消逝的余韵。它甚至可以在苏联时期也发出了强烈的回响，产生了一大批质量绝不低劣的艺术家和艺术品。

人与事，事与人，至此才让人明白，灵魂是不朽的，精神是不朽的。

第四辑　我的自语打扰了你

谈简朴生活

简朴的观念

谈简朴生活、表达这方面的观念的书,已经出过不少,写得大多好读,有趣味。不过其中有一些,其实是讲衣食无忧之后,怎样过日子才更舒服、更雅致的。有人以为它正好和现在这种欲望的消费的社会是对立的——但作为对立的观念推广出来,却多少有些不对位。欧洲出过这种书,美国也有,而且很畅销。看来追求雅致的生活,已经超过了追求实用和简朴。

许多人认为中国人这段时期特别需要简朴地生活着,不要大手大脚,需要多灌输这种理念,需要讲讲它的道理。人们认为这种简朴生活能够挽救和赢得未来。怎样把简朴生活的好处讲足,并尽力讲得通俗易懂,讲得很身边化、市民化,也不容易。

中国人口这么多,不提倡简朴生活,不建设节约型的社会,对能源的消耗会不得了,对人类生活空间的争夺会不得了。当然倡导这种生活的理由很多,也很现实。至于精神层面的讨论,要深入下去就难了。

在一个以消费拉动生产的资本主义理论大框架下，要谈简朴生活不仅困难，而且容易变成一种奢谈。现在的主要潮流是千方百计地引导消费，千方百计地让人把手中的钱花出去，这又怎么会简朴下来呢？

这样看，好像奢华生活的对立面，就是简朴生活。但也有人认为，过惯了奢华生活之后，上升到一个更高的层面，才有了简朴的理念。这里可以注意，他们的这种简朴，其实是一种更加讲究和雅致。于是，这种简朴需要极大的经济保障，需要有闲，需要具备比较精致的文化修养。

结果这样的简朴就有了许多的繁琐。有了大量的准备，大量的功课，而后才能进入简朴的境界。

简朴即便作为一种进步，在这里也被大大地复杂化了，概念化了。

不错，简朴谈的是人和物质的关系；但简朴就是简朴。

不被物质所累

一位海外朋友说，有一次一个政客在拉选票时，不停地谈今后要怎样为当地搞来更多的钱。当地的一位老太太听着听着就插话说，我们不再需要这么多钱了，我们的钱已经足够花了，我们现在最需要的，是要我们的孩子还能够继续到海边捡贝壳。

老太太的话让在场的人一愣，随即一片掌声。政客是蒙的，一时对不上口，因为他一辈子也搞不懂这是怎么一回事、怎么一种逻辑。

老太太的要求简单之极，而且这么具体：能够让孩子捡到贝壳。她的要求看起来极小，其实很大。因为海边的贝壳没有了，要解决这个问题看来不是个小问题。究竟是怎么将贝壳弄没了的，这可能是一个极复杂和极长的过程。这显然并非是一日之功过。所以老太太的要求看起来小，实际上大得不得了。

海水污染到怎样的程度，又经历了怎样的阶段，老人没有谈得太多。她只是要求捡到贝壳。类似的要求，有的地区还化为了行动。比如有的地方为了保卫自己的生存之地，民众能够一齐躺在海滩上，躺在隆隆前进的机器前面，宁可死了也不让开建有害的工厂。这样的民众一个会等于一万个，所以有没有这个力量大不一样。西方人说"牛奶不好，奶酪也不会好"，就是在说民众的普遍素质与管理者的素质，讲这二者之间的关系。

所以我们平时也需要从讨论"牛奶"开始。可是我们现在很多的时候，仅仅放在讨论"奶酪"上，却忘了奶酪是从哪里来的了。当然，后一种讨论也是必须的、紧迫的。

小资的生活理念很畅销，这可以理解，但不能不将其多少作以分析和区别，特别是不能将它混同于简朴生活的理念。在大资们看来，小资们已经很简朴了，这种生活简单而又不失体面，故可以谓之"简朴"。其实呢，简朴与否，这不仅是个物质葆有的程度问题，还有精神质地的问题。小资的简朴理念与真正的简朴生活理念，这之间的区别当然很大。

粗粗一看，小资们似乎涉及简朴生活，大谈小城或郊外风光，还有旅游远足之类。这就是简朴吗？那么怎样的奢华才算是不简朴？如果仅仅是走向了这种所谓的"简朴"，离更大的奢华大概也就不远了。

自然环境回到原来的、好的生态时期，对自然环境来说就是一种简朴。人文环境回到诚实和有信，对人文环境来说就是一种简朴。简朴就是真实无欺，就是极为符合人性的一种简单。简朴当然不会是简陋，不会是穷棒子精神。

现在这个时期的中国，刚开放不久，向西方学习，很向往资产阶级特别是小资产阶级的生活。因为大资产阶级学不了，台阶更高，所以先学学小资。将来有了条件，就肯定会学大资。欲望是没有止境的。现在不学小资，不是觉悟，而是财力所限。所以这时候围绕着小资话题，从这个角度，谈了那么多的简朴和简单，实际上也是不得已而为之，是退而求其次的做法。

简朴生活不是在对比中被确定的，小资生活也并不能因为大资的对比而变成了简朴生活。简朴是一种生活质地，是精神也是状态，这与第三世界初来乍到的小资生活毫无关系。

有人在商品经济中发了财，然后就卖力地推销一种生活方式，什么怎样抽雪茄，怎样吃巧克力、喝红酒，这方面的知识印成的图书一排排的。小资的欲望调动起来是很容易的，调动者完全不负责任。据说这可以让人变得高贵。他们闭口不谈这样也可以让人变得轻浮。要知道雪茄巧克力之类不是土生的国货。把洋化生活等同于高贵的生活，这是什么心态和逻辑？

有人引进欧美，特别是美国简朴生活的概念。我们觉得不是那么回事。讨论一下什么是简朴，简朴的必要性和可行性，简朴的理念，在这个时期十分必要。因为不同的理念会引导不同的生活。这些都得想透，不能人云亦云。关于整个欲望社会、消费社会，从能源消耗到伊拉克战争，不妨什么都想一想。因为这是一个立体的问题。有人不断地举例，说一些欧美头面人物所谓的日常"简朴"，我却深深怀疑。通常是，巨大的奢华和资本的拥有者才会去灭亡别人的国家。

谈简朴不是反对人类强烈的求知欲，不是反对科学，不是推广愚昧，不是清教徒，不是反对俗世。简朴正是回到真实的俗世，是不为物质所累。简朴会让人类社会生气勃勃，会保持和推进人类的文明成果，会让人类长存。不妨回头看看自己的历史，如春秋战国，如秦灭六国，最后灭亡了齐国。

齐国的科技和物质在当时是最进步最丰饶的，出土的车马文物何等华丽精巧。轿车上都铺着地毯，漂亮得不得了，到现在看也是极为舒适的，上面还有酒柜，有精美的酒具。在艺术上，像韶乐，令孔子听后三月不知肉味。但这样一个大富大贵的齐国，最终却被秦国灭亡。而同时期的秦国粗陋多了，他们只举着冷兵器从西部打过来了。

齐国被物质所累，上层人士一味追求奢华，哪里还谈得上简朴生活。齐的鼎盛时期是威王宣王阶段，那时的国都临淄如何了得。齐的昌盛与占领东莱古国有关，这个古国在胶东，可能以今天的蓬黄掖为核心。齐国从此大得渔盐之利，还据有了天下最大的铁矿、最先进的炼铁技术。它的边界最远的时候到了莱芜。从此齐国的纺织、大米天下无双，还有无数的战马和铁器。这就有了后来临淄国都的"举袂成云，挥汗成雨"。

它物质上这么发达，在当时是最不愿过简朴生活的一个国度，所谓的最繁荣、科技最进步、生产力最先进，但就是被最不发达、最粗蛮的秦国给灭亡了。物质和文明是伟大的创造物，但是它也能使一个民族很累很累。

看来一个民族真是需要简朴的生活理念，要活得清爽一些。

时间和生命

文明走向繁琐，物质走向奢靡，结果会是极可怕的。如今天，有的城市上班路上需要花掉四五个小时，这种情况已不罕见。私家车特别多，中国的交通状况不行，道路永远是车满为患。看来这部分挤车烦得要命的人，要忍受一辈子了。省会以上的城市，才刚刚开始这种厌烦的生活，他们厌烦这种无边的繁琐和无处不在的物质主义。

大概有智慧的人，以后要设法躲开省会以上的城市了。为什么？就因为耗不起，就因为时间是生命。生命不是无限的，它有长度。在城市长期煎熬，这太可怕了，而且每天如此、年复一年。

怎样搞物质，怎样搞小资这一套，有人可以到处做报告，推销他们的理念，还说是过简朴生活。其实这全是骗人的胡说。跟上他们跑，单是时间上就花不起。

在海外有位佛学大师，感动了很多人。她的钱多得不得了，发展了很大的医院和大学，在世界上的许多地方都做了一些慈善事业，影响极大。但大师并没有丢掉本色，每天还要体力劳作，起早诵经，种地制茶、做蜡烛卖，还开了个有名的蜡烛作坊。吃饭也非常简单。大师是弘法的，但她从简朴生活开始做起。

大师事业搞得很大，也就有了一些很漂亮的场所，有星级宾馆。但无论物质搞得多么好，多么丰足，都尽可能不被它所累，而是用来回报社会，比如说办教育、办医疗，还有一个很大的出版作坊，自己印刷，自己发行，把向善的精神传遍四方。世界各地，像非洲，都有大师援建的项目。

在有限的时间里做尽可能多的事业，将一切的耗费时间的无聊之事都尽力地压缩掉，这不是最大的简朴吗？其实人间最大的浪费和奢华就是把时间糊糊涂涂地打发掉，把时间供献给不值得的东西。前一段有个口号，叫作"时间就是金钱"，说得太小作了。时间哪里是什么金钱，时间是更要命的东西，是生命。不要时间，就是不要命。

清清爽爽的人生，就是只看重时间的人生。这种朴实的认识与简朴生活的理念当然是一体的。

简朴就是劳作

只想享受，不想劳动，哪里会有简朴。有人只想做一些简单的工作，用以调剂日常生活，这不是什么劳动。劳动是出力和流汗。所以有的谈简朴生活的书，说的都是怎样到室外活动，干一点无伤大雅的活儿，说这样对身体和精神有利。这是养生。这样的设计与收获无关，与精打细算的生活也无关。

如果一个城里人戴上斗笠扛着锄头，大兴劳动之风，大壮劳动之势，就是简朴了？这在老百姓看来不过是细粮吃腻，代以红薯，追求健康而已。这也没有什么不好，只是不要硬扯到"简朴"两个字上。

劳动反对繁琐的礼节，尤其反对虚荣。劳动是量力而行，户外户内一律平等。劳动要真实，不要花架子，不是给人看，闷声而做，做完回家。

一个劳动者想不简朴，其实是很难的。仨瓜俩枣收存起来的岁月和日子，在某些知识分子看来是很美的，在过惯了粗茶淡饭的劳动者看来却是平淡无奇的。

而在物质主义者简朴的家里，却会发现最大的奢华。物质主义者放松下来的时候，一切都无所谓了，他随意处置起物质来的那种洒脱劲儿，有时会让人目瞪口呆，这也容易和一般意义上的简朴混淆起来。

物质主义者通常是用更大的消耗，来换取所谓的简朴。

2004年6月11日，于万松浦"简朴生活座谈会"

人生麦茬地

  多么熟悉的情景，动人心弦。我只是轻轻一瞥，那图片就在心中化作了永恒。雪白的、强烈无比的阳光灼伤了我的双目，让我再也不要触动这一幕吧，尽快把它忘却。

  可是这能够吗？

  一个从无垠的原野上走来的人生，忘得掉炎炎夏日里，那一片接一片的银亮麦茬，像电光一样闪烁的麦茬？土地焦干烫人，没有一丝水汽，如果有人划一支火柴，麦茬地就会一直燃烧到天边。土地烘烤出人的汗水，给自己解渴。人的脸像土地一个颜色，汗水还是不停地流出来。肌肉干贴在骨骼上，生命之汁已经剩下不多了。夏天，多么漫长。在这个滚烫的季节里，老人无声无息地劳作，一天接一天坐在地里。他们要熬过什么，或者，他们在期待什么？

  母亲生下了健壮的儿子，儿子穿上小背心到更远的地方去了。她亲手播下种子，看着稚嫩的青苗破土、长旺，看着它挣扎出寒冷而枯燥的冬天。儿子回来吧，回来吧，这个世界怎么总要把儿子引诱到远处去？一想到儿子，她就联想到返青之后的麦苗。这个世界的年轻人不知忧愁地跳跳跃跃，那都是让血脉顶的。年轻人的世界火火爆爆，老年人的日子死寂无声。人老了，知道前边的日月是什么样子；人年轻，就不晓得以后的岁月是什么光景。其实一茬麦子与另一茬麦子总是差不多——麦茬的颜色一样，也同样在夏日里闪亮耀眼……儿子啊，在外面奔忙的儿子啊。

日当正午的时候我还不愿回去。我也没有寻找一片树荫。这片土地太大太大了，我僵硬的双腿不愿挪来挪去。丈夫没有了，他埋在这片土里——很多的男人女人都埋在这片养活了他们的土里。谁将来也是一样。麦茬哟，像针一样刺我的手和脚，我的长了厚茧的皮肤都受不住了。我把散在垄里的穗子捡起来。这麦秸在阳光下刺眼亮，我不得不眯起双目。饱含了盐的汗水顺着深皱流进眼窝里，我一遍一遍去擦……远处有个百灵鸟，它不歇声地叫，它有了什么好事了？

一个女人到了八十多岁会想些什么？年轻人永远也不明白。他们会以为她对一切都无心无绪了；或者相反，像个孩童一样易喜易怒。他们错了。母亲老了的时候简直丰富质朴到了极点。她越来越离不开土地，与泥土紧紧相挨，仿佛随时都要与之合而为一。她举手投足间都流动着天然纯洁的韵律。一双手挨到麦茬上，像抚摸婴孩的毛发。这时候她的眼睛已经昏花，能够准确无误地拿到麦穗，大半是依靠一辈子积累的物感。一个乐手去触动弦上的音阶，哪里还需要依赖视觉呢。

这是生在泥土上的女人。

生在另一些地方的女人是另一种母亲。她们的手虽然苍老却依然柔软，食指常常充作奶嘴儿让婴孩吸吮，慈祥的脸上溢满欢欣。如果她看到一位同等年龄的老人坐在麦茬地里，就带几分天真蹲下来询问。她们之间简直无法交谈，各自揣着自己的人生沉默下来。分离时，柔软的手攥住粗硬的手，泪水在眶里旋动……远处的百灵鸟一连声地叫，这个炎热的夏天，你有了什么喜事？

麦茬间的另一种颜色，是绿色的小玉米苗儿。一茬让给了另一茬。庄稼，这就是庄稼。谁熟悉农事？谁为之心动？谁在这旷阔无边的大野上耕作终生却又敏悟常思？苍穹下多少生命，多少搏动不停的角落，生生息息，没有尽头。可是土地再辽阔、她离我再渺远，我还是能把正午里坐在麦茬地里的母亲一眼辨认出来！她的雪白的头发啊，她的蓝布大襟衣服啊，我没有开口呼喊，夏日的白光已经灼伤了我的双目……

我的母亲，我的母亲。

我的兄弟呢？我的姊妹呢？我的可爱的朋友乡邻亲友，你们哪去了！你们也来看看我的母亲。我跪下来，双手托起她的胳膊，把微微颤动的拐肘捂在掌中。我为她按摩舒展硬硬的手指骨节。母亲已经不像过去那样爱说爱笑了，脸上木木的，看我像看一个陌生人。我伸手梳理她稀疏的白发，为她摘掉沾上的一根麦草。"孩儿孩儿，我的孩儿！"她嘴里一叠声呼叫。

正午的阳光把原野晒出了紫烟。母亲的后背贴紧了汗湿的衣服。我问她什么时候来到麦茬地里？已经坐了多长时间？……她不作声，像没有听懂。停了一会儿，她从那个盛满了麦穗的柳条篮子底下，翻出了一块焦干的锅饼。锅饼按在我的嘴上，它像石块一样坚硬。"孩儿孩儿，我的孩儿！"我张大嘴巴咬住了锅饼。

母亲笑了。

我的儿子从天边上飞来了。好孩子，你看脚底下的粗壮麦茬，就知道这是个好夏天。你再也不用担心春天的事情了——那时节花开草绿，渠水噜噜响！你爸离开时是个春天，那样的春天再也不会有了。

我嚼了榆树叶儿往他嘴巴里抹，一下一下他都咽了。他的眼神亮晶晶，我想他会好好陪伴我。谁料到第二天早上叫他不应，他去了！我的好孩儿，你妈硬是让这眼神给骗了——他去时我连个准备都没有。

你走到高山上、大海边上，走上千里万里，也不会找到这么肥的一片土地。这里值得你住一辈子，值得你安下心生个娃儿。你走了，走得无影无踪，连小木板门都没有关严。我的孩儿，你长大了，大腿像屋梁那么粗。可我就觉得你才刚刚摘掉奶头，唇上沾了奶水。人都是这片泥土的孩儿，他们说到底都是趴在那儿喘息、吭哧吭哧咽下吃食。人不能吃饱了肚子，一抹嘴巴就跑开。

她在儿子手腕上惊讶地发现了一块表。儿子告诉她到了正午。她疑惑地盯着指针——指针没有指向太阳，怎么就是正午？可见这是块骗人的表。她往前挪蹭，去寻找麦穗。麦穗无一遗漏地给逮到了篮里。灿烂的、浓香四溢的收获激动人心！要知道它原来准备藏在土里，像黄金那样一直藏着。可是一个精细的女人来了，来把它们取走。

百灵鸟叫着，它为什么欢乐？

它的小小慧目能透过时空的栅栏，望到几十年前蓖麻林里的少女吗？那时候她穿了火红的衣服，引逗一个百灵，又折了蓖麻做成一支绿笛，呜啊呜啊吹不停。她的头发上插了枝美人蕉花儿。百灵想把花儿啄下来，她就歪头一下一下躲闪。

有个长腿汉子气喘吁吁地站在林子边上。他透过林隙盯着她的眼睛，咬紧牙关。百灵把花儿趁机啄下，交到男子手里。百灵笑了，脆脆的声音响彻云天。

他们一起坐在了麦子地里……麦子熟了，他们的头发和麦秸一块儿白了。唰唰割掉麦子，留下一片无边的麦茬。她坐在阳光下，让头发与麦茬一齐闪耀出光亮。

儿子与母亲分吃一块锅饼。后来，儿子取水去了。"渴啊！多么渴啊！"百灵用粗嗓子喊了一句，飞走了。

老人又一次撩起蓝布衣襟去擦脸。她的脸被遮住了，像为自己的突然衰老感到羞愧似的。

——我只是瞥了一眼，再也没有转过脸去。就像脚踏着锋芒向上的麦茬一样，我小心地、一声不吭地离开了。但我一辈子也忘不掉这一幕。我在心中默念着：麦茬地！

1989年2月8日

梦中的铁路

那片平原显得太遥远了,远得不可企及……渴望着飞翔、滑动,渴望在更短的时间内,飞到母亲身边。

有什么力量和机缘能使我在这个夜晚,在北风消失的时刻,能迅速地返回那片平原,坐在母亲的面前,在那个稍稍陈旧的木桌前……

这是梦中的渴求。它或许不难做到,因为从这个城市到母亲那儿仅仅隔开了不足一千华里。

好像在五十年代中期,就有一个伟大人物端量着地图上的这段距离,用一支铅笔在纸上描画过:他说要在这个区间修一条铁路,单轨铁路。可是一连串的荒唐岁月把这位伟人的计划全部耽搁了,他自己大概也忘掉了,没有那个牵挂了。

在那里,我有一位母亲。

不只是母亲,还有母亲般的一片平原;那片沃土、海洋、无数的动植物,它们都是我心中的牵挂。我需要那里的空气,那里的河流和海洋。我的生命就从那儿滋生,我既需要从那里出发,又需要一次次地返回。我必须在这一段距离中寻找着自己的世界。可是我不能够飞翔，甚至不能够沿着两道铁轨滑动。

多少年一晃而过，这期间希望有了，又消失了。后来又是希望。我不知道这种循环往复还会延长多久。我没有这种创造和决定的力量，可又似乎没有必要指望他人。我在崎岖的道路上颠簸辗转，一次次回到那片灼热的土地。

没有人能够理解土地与土地之间的差异和奥秘，也不会有人对它们做出更多的解释。对它们、对他和她，对我的亲人和朋友，没人能够想象我这无尽的怀念。别人不知道当有人失去这些的时候，会跌入怎样难以承受的悲恸。那才是非常可怕的一天。就为了阻止那一天，他不由得要在近处盯视，守护，就像一个看护原野的人一样，总在那片土地上来回徘徊。

没有尽头的徘徊，牵肠挂肚、愁肠百结，一切潜在人心深处。它们藏在了心中，又被一支纤细的犁铧埋进土里。种种与人生一样漫长的耕作不会停息，只要生命尚存，就会继续。

梦中有两道锃亮的铁轨伸进了那片平原……

这不是一种懒惰和软弱的依赖，而是随时发作的冲动和焦虑所催生的梦境。让那两道闪亮的铁轨早些伸展和生长吧。

很小的时候，在外祖母的童话里，我似乎就看到了这两道锃亮的铁轨。后来长大了，走进了山区和城市，又走进了做梦也想不到的远方，童话就消失了，铁轨也就消失了。

那片平原的边缘就是海洋，那儿有美丽的码头和轮船。在很远的过去轮船就通航了。可惜我的居所却伸入了陆地。这个居所不能在水上漂移。这是多大的遗憾。迁居已不可能，一切都宿命般地规定了。各种各样的尝试都有过，最终归于失败。这种不可解脱的矛盾，时时涌动的不安，缠绕了陆地上的儿子。

我发现那些微不足道的小地方都有了锃亮的两道铁轨。沿着这铁轨滑向东,滑向西,有趣而无聊。感激这种滑动,感激这种陆地的飞翔。可有时那一阵连一阵的铿锵之声只能激起人更大的焦思。

母亲般的平原自己完全有能力筑起一条或更多条铁轨。我们如果真的失去了那样的能力,就只能是一些恶棍作孽的结果。仿佛魔鬼把一根吸管伸进了富饶的平原,正贪婪地吸取。他们把她的血脉抽得干枯了。母亲般的平原为了维护自己的生命,就得倾尽全力滋生,以便供养自己越来越多的孩子。她变得越来越贫瘠,形容枯槁,满面皱纹。她再也没有力气担负或托举自己的两道锃亮的铁轨了。

那些自私而贪婪的恶棍,为了自己,丧尽天良地从平原上攫取越来越多的东西,把它们送到远处,以便享用恩赐。他们是一些可厌的动物,一些背叛者,一些注定了要灭亡和疯狂的、可耻的生命。

我甚至担心在未来的一天,在某种外力帮助我的母亲平原铺设这两道铁轨的时候,是否也会出于其他用心。我担心除了那一根粗大的吸管之外,又有人将通过这两条铁轨运走她结出的果实、她开出的鲜花。那样她就有了双重的悲哀。

我站在这儿为你祈祷。我盯视着一片夜色,又看到了你那双慈爱的眼睛,你的白发,你伸出的颤抖的手——这双手透过一片遥远,抚着我的头发和肩膀……我感觉着这双手,它比过去更温热、更柔软。

我想按住这双手,把它捧在脸上。可是寒冷的风、夜气,它们很快把它掩去了,抽走了……

我明白,只有在你的身边,我才会有更好的歌唱。我的自语、倾诉、回告,都将变得更为切实和可亲,真实而动人。一旦离开了你,我将变得孱弱无力,苟延残喘。

我的飞翔滑动的渴望,无数次将我蛊惑。我甚至幻想变成一只鸟，最好是一只鹰，在不为人知的午夜，翱翔于空中。我以我的高度和自由，去获得一种骄傲。

到那时候，人将获得永生，自由的永生。

我害怕错失作为一个人的最后机会。这恐惧伴随我，使我阵阵寒冷。冰凌又一次掉下，发出清脆的回响。它又一次破碎，晶莹的破碎，美丽的破碎……记起小时候，小茅屋的檐下就悬挂着无数这样的冰凌，它们也在风中摇动；当风大起来时，它们就发出叮叮咚咚的声音；每有冰凌跌下，我们立刻箭一般飞跑出去，捡到手里，摇动着。你害怕冻伤我的手，阻止我。可我还是把它紧紧地攥在手里，直到它化为水汁。我的手在冬天总是冻伤，还有耳朵、面颊……这就是那片寒冷的、风沙四起的荒原的回赠。我在灌木丛和沙丘那儿奔跑，不止一次掉进雪窟。我在那里呐喊春天，等待太阳融化冰雪，等待原野一片碧绿——那时候我的欢乐无边无际……

随着一次又一次绿色覆盖荒原，我心中有什么给点燃了。是母亲的手给点燃的。春天将无比的温柔注入了心间。这温柔在我心中萌发、成长，最后遍布周身。那温柔的网络包裹了我的生命。我有无数的感激要从喉咙倾吐而出。这一切都因为母亲，因为母亲般的平原。

为了答谢和回报，人总要把无穷无尽的感激撒向四方。人需要飞翔，需要滑动，需要以心的速度来往于他所理解的这个时间和空间。

当然，它只存在于梦中。

规避和寻找

那些不安的浪子留下了许多疑问，而平常人是不愿去探究这些疑问的。它们存在着，而且这种存在愈来愈显豁。

古往今来，总有一些人在大地上游荡不息，像在寻找自己前世遗失的居所似的。他们是诗人、旅人，一个个多得不可胜数。他们当中包含了一大批杰出的人物，真正的智者；这一部分人仿佛压根就不知道安居的乐趣，不知道一个生命托放在这个世界上的某个角落是多么重要，不知道这同时也构成了幸福的源泉。

在浪迹的颠簸之中，生命必会感到特异的痛苦。这是不言而喻的。生命在颠簸中有快感，有欢愉；可是生命也难以经受长久的磨损。仅从这个角度看，这种浪迹也该引起我们探究的极大兴趣。

我相信他们真正的居所只存在于他们的心中。他们就被这种心灵的感召所吸引，奔走不停。那实在是一种寻找。

可能寻找也首先为了规避。因为害怕各种各样的打扰和伤害，所以只能规避。

从乙地到甲地，从此岸到彼岸，只是一个逃离的过程。是的，毫不夸张地说，有时候诗人是一次又一次地逃离。彼岸有过一个美好的吸引吗？是的，他正为这吸引而去。正是这奔波的过程包含着规避，包含了舍弃和丢弃。丢弃和舍弃也是一种规避。

拒绝了，遗失了，忘记了，远离了——不断如此，循环往复。如果不是这样，我们就很难设想那个早夭的法国天才诗人兰波，为什么小小的年纪，竟有那么多神秘而热烈的歌唱？为什么在少年时期竟一次又一次到远方，到陌生之地，到壮怀激烈的场所？他渴望奉献、寻找、预知和参与。他有时参与了，有时又仅仅是一个旁观者。他找到了自己的所爱，畸形的爱，变态的爱，但这些当时也的确都是他的爱，是他的寻找。对他的这一切行为以及后果的指责和剖析，可以留下很多感慨甚至教训，但这都属于我们，而不属于兰波。

我们不可能知道，一个真实的兰波当时的心境，他那颗灵魂是怎样激越地跳动。因为我们不是兰波，我们不是那个特异的生命。多么好啊，当时的兰波，当时的荒唐，当时的冲动，当时的热情，当时的畸形以及其中的完美。我们不需要冒天下之大不韪去歌颂那种畸形之恋，可是我们现在更多地看到的却是那种忘我的痴迷的寻找，那种令一个生命永远不能够安分的、强大而特异的动力。动力推动着他的双腿、他的眼睛，让他永远不倦地奔波和张望。

他们的爱很难具体，他们在具体的爱上停留得总是非常短暂。抽象的爱，有时是形而上的爱，牢牢地勾住了他们的魂魄。他们规避的是什么？绝不仅仅是人生当中无法抵御和防范的丑陋；还有其他，其他一切生的琐屑和困苦。然而，这种规避却换来了加倍的困苦。但无论如何，浪子不可能回头。

大概没有一个当代诗人遇到比兰波更大的旅途挫折了，他开始险些被枪杀，继而失去了一条腿；他二十一岁就放弃了为之神迷的诗歌。最后他被这种流浪所折磨，奄奄一息，在不到四十岁的青春年华就葬送了自己。

这是一次绚丽的燃烧，美好的毁灭。

平庸的人是不会理解这种规避和寻找的。他不属于世俗的眼睛。当我们在心里对整个诗人的行踪、对他的业绩感到巨大惊讶的时候，我们不得不注视着自己的自卑。这是一种令人绝望的自卑，没有勇气，更准确一点说没有那样的血性。我们可以一遍又一遍挽留兰波一类人物，可是我们只能听到他们固执的拒绝：不，绝不。

大地遍是鲜花，这么多的可爱；这么多丰饶的物质，他不爱；他抽身而去，渐渐地，颀长的身影被浓雾遮去。他那女孩似的浓密而油亮的长发在风中吹动，像火焰在朝霞中燃烧，很快留下了一个光点。最后他消失了。

等他回返之时，已经是一个倒地的生命了。

兰波永远是个孩子，可爱的孩子。因为他以孩子般的纯洁和冒险，走完了自己的人生旅程。我在所知其少的这个天才的身上，找到了那么多令人激动的东西。它们像五彩矿石，从黑夜中开采出来，收在手边。我为此久久地激动，一次又一次抚摸这些矿石。我试图从它们当中看到当代人似乎拥有过的一点元素。这是非常困难的。一个凡俗和平庸者不必存有这样的奢望。可是我们在自卑中又有着真正的不甘。

我们比兰波活得长久，可是我们觉得这种长久是不值得谈论的。所庆幸的是我们走到了中年，还没有为中年而自豪、而麻木。这也仅仅是我们自己残存的一丝希望了。

由兰波，又可以想到另一个贵族——那个高大俊美、温文尔雅的屠格涅夫，一个离我们稍稍近一点的俄罗斯人。他美妙的篇章像他的人生一样打动过我们。他长期旅居欧洲,为了自己的心爱活了下半生。他很少返回祖国,最后就倒在让他向往的那个人的定居之地。他甚至把他的居所建在了爱人的庭院里。使我费解的是另一个人对他的忍耐和友善。这大概才是我们现代人所乐于谈论的那种"宽容"吧。这种理解和原谅真正具有人性的深度。可惜它既不能重复,又不能转借和模仿。对于所有的人都是这样。它只属于特殊时空里的特殊生命。当我们赞美它的时候,找不到言词;当我们谴责它的时候,更是荒谬。

我们同时还能想到那些游历一生的中国古代诗人。他们的游荡据说是为了山水之乐——我对此表示极大的怀疑。美好的山水,美好的自然,那种不可理解的感召,无时不在的诱惑的魅力,我们当代人也不难察觉。可是它们可以让一个敏锐的诗人不停地奔走,却是另一回事了。那需要多么巨大的热情、恒定的追求和痴迷的爱恋。他们的行走、吟唱,留下了自己的声音和痕迹……可这果真就是目的吗?他们内心激烈燃烧的那个核到底是什么?

无论如何,任何的人类社会里都有着共同的规避和寻找。是的,我们认为古人的游荡之中同样有告别、跳蹿、分离、厌恶、躲闪,是这诸种复杂因素合在一起。只有这些,才构成他们的全部理由。他们的一生因此变得颠簸曲折而美丽,他们的一言一行都幻化为诗,谱写为歌。

所有的不安都是源于生命深处的,他们是一些自觉的漂泊者、流浪者。仅仅拥有一次的生命,应该是激动的,他为这个基本的冷酷事实而激动。其余的就好理解了。没有这激动和觉悟,无论在生活的细节上多么精明,都最终是一个麻木者、蒙昧者,一个不可解脱和超越的人。

杰出的生命是能够超越的，无论他活得多么短暂，多么贫穷和富有，都不能阻止他的这种超越。人具有了超越的能力才不会羞愧，才能够最终与一般的动物做一区别。超越是一种悟力，也是一种激情，它们二者的结合将创造人类世界的真正奇迹，创造永恒和永生。

你在不为人知的田园中

原野融化了你，绿色遮没了你。你在不为人知的田园中……

那时你还是一个蹒跚于树荫下的孩子，手举果实，脚沾泥土，微笑和惊讶着，看着所有的陌生人。这是一个生命走出的最初一截路。

类似的图画仿佛在很多地方都看到过。

仅仅是三十多年的时间，一切竟发生了如此巨大的变化。每个人都不得不接受自己的荣辱，接受那一无所知、无法预测的命运。重新见到你，简直不知该说什么。寒冷的雨夜，温暖的秋天，丰硕的果园，一起奔波的记忆……在清水奔涌的渠边捉鱼，一条黄狗毛色像金子，迎着跑来。你说它有真切可感的笑容。它跑到玻璃缸前，看看里面仅有的一条小鱼，又抬头看看我们。

园艺场的机井旁，四周开满了千层菊，浓烈的药香一阵阵扑进鼻孔。你在这儿交给我一本书，那是法国人写的一本难懂的读物。

那时我们是一对没有性别的伙伴。

当你的头发变得乌亮柔长的时候，就开始脸红了。乌黑的眼睛闪烁着，的确让人想起夜里的星辰。我们一起到那个不远的小村，在卸了辕马的木车旁徘徊。月亮白净可爱，四周没有一点风。好像是一个秋末，地上铺满莹光。不远处牲口的咀嚼声、喷嚏声，异常清晰。有一个人，好像从村子一端拖拖拉拉走来，咳嗽，吸烟，远远闪着一明一灭的炭火。另一边，碾盘的那一边又出现两个黑影，他们搀扶着。你说哑巴老婆病了。他们一直往前走去。果然，一会儿传来了呻吟声。赤脚医生拉亮了屋里的灯，明晃晃的窗子被树影遮去一半。

　　这些场景已经在脑海里凝固。你就是那月光、那深夜静止不动的榆树，还有那若有若无的、秋末香甜清洌的气息。火烫的额头可以抵御寒冷。你从未有过瑟瑟发抖的时刻。即便在呼啸的北风里，也仍能看到你热汗涔涔、容光焕发的模样。

　　几乎没有分别的记忆。在那个混乱而匆忙的时刻，什么都难以顾及。我想，人们如果再从容一点，那会编织出多少相互重复的、甜蜜而古朴的故事。

　　彼此没有任何消息，真的遗忘了。在遥远的大山的那一边，某一个夜晚，被周遭的狗猛烈的吵叫惊醒了的孤独旅人，搓搓眼睛，看看窗外星空，突然疑惑起这是在那个园艺场，在一片碧绿杨树下的房舍旁。

　　你像一匹健壮的毛色闪亮的小马，闪动一双又大又亮的眼睛。多么健壮，油光光的躯体，长长的腿，多么适合在原野上跳跃和奔跑。你只是温驯地站立，身上的热气烘烤着，如此温暖，像一片春阳。

　　这种感觉，这些故事和怀念，大概属于一切自然而纯朴的旅人。无论何时何方，它们都一再地闪现、涌出和演变，人们仿佛能在俄罗斯的故事中，在欧洲人的传奇中，也看到类似的感慨喟叹。

　　这种重叠和重复连缀起真实的人生。它太美好又太平凡，因而也太值得珍视。所以人经过漫长曲折的道路之后，仍然要走到这种回忆之中。它是无可逃脱的、包罗一切的情感之泥。在它之上播种心灵之籽，看着它抽出碧绿的叶芽。

可是后来的故事就有些离奇。这离奇如果不是出现在书本中，不是在拙劣或技巧的编造中，也就更为惊心动魄。

一个偶然的机会听到了你的名字。可是这名字却是和一个强盗的名字连在一起的。这使我身上一战。二者之间巨大的反差，出人意料的结合和追随，让我惊恐不已。我想有时间会搞明白这一切的。

一次漫长的跋涉，我又接近了那片土地。后来几乎是很偶然地、毫不费力地，我在一个场合见到你和那个人一起出现了。

我只是草草地看了你一眼，就转而端量那个强盗。

这是一个不折不扣的男人：高大、黝黑，挽着裤角，一双野性的眼睛，两道剑眉，头发很短，脸上有刀痕，有牵拉得很厉害的肌肉。他的嘴角之上全是倔强和蛮横。无论女人一旁怎样亲切地叙述和介绍，他的脸上仍然没有一丝笑容。我看到他的腰上垂挂着一把带皮套的匕首。那对逼人的目光盯得人难受。还没容我得出一个完整的印象，他就把你拽走了。

再见到你们就不容易了。关于你们的消息很多，都是断断续续，依靠连缀才可以完整。

原来那个强盗有一段时间毫无顾忌地打家劫舍，进出了几次拘留所，治安人员竟与他结成了朋友，他可以更加胆大妄为。四周的工区、园艺场、林场、村庄，都像臣民一样迎候他。人们常常看到他狠狠地揍自己的妻子，把她打得遍体鳞伤、死去活来。

这个强盗不知从哪儿搞来一匹枣红马，把她撂在马背上，鞭打快马，在林间小路和宽广的柏油路上同样疾驰。轿车、卡车驶来时，他故意让马蹄放得迟缓，在阵阵的鸣笛声中横着来回溜达。到最后驾车的人才明白遇到了谁。他哈哈大笑，打一下马，驮着自己的妻子扬长而去。

最后一次见到你，正逢你那个心爱的强盗触犯了更严厉的刑法。这一次他大约要经过十多年才能回到你身边。可是你一往情深地等待他。

你隐入了一片田园。我在朋友的指点下，有一天找到了它。

我惊讶地看着这天底下最美丽的一片田园。各种树木都修剪得极为精心，沟渠、田垄、边边角角，都修砌得笔直、平坦、光滑。那是个秋天，桃子、葡萄、苹果都结出了丰硕的果实，气味颜色实在诱人。主人就是这位健康的、被太阳晒得发黑的三十多岁的妇人。你用粗糙的手端出刚刚摘下的水果给我们几个客人，笑容告诉我们，你有多么柔软的心肠。大概由于过分的孤独和思念，你的额上添了一道浅浅的皱纹。一只鬈毛狗匍匐在脚边，吐出半截舌头，看看主人，又看看客人。

有人不合时宜地问起了那个强盗，你长叹一声："他不算好，可别人更坏。"

"别人是谁？"

你笑笑："都一样。"

从高原到天堂

你说你从高原而来,那是一个贫寒之地。你带着无限的懊恼和留恋,诉说着来路。我觉得这真是一个奇迹。

很久了,你的故事给我很多的忆想。那一次有名的欢聚,被好多人讴歌和记录过了。我从没为它写下什么,可是我也不能忘记。

那儿离黄河的源头很近,这儿离黄河的终点很近。从源头到终点,从昨天到今天。后来你离开了高原,到天堂去了,那个对你来说形同地狱的天堂。

你这场流浪,朋友发出了赞许和宽慰。可又隐隐让人感到它的不祥。一路的舞动和欢歌,跳跃般的舞蹈,可以代表你的人生。这是一个舞动的精灵,一个幻觉般的美丽。然后我们把它画下来,记录下来,在这种舞姿之下,为那么多的痛苦而伤感。

一幅幅画贴在墙壁上,吸引了那么多的目光。很多人索取这些画,你都不愿赐予。是的,它们属于这个墙壁,属于这个湖畔。

栅栏,响彻牧歌的漫坡地,你尽情地奔跑,不知疲倦。你的朗朗笑声,震动着白色的云朵和类似的羊群;马和猎犬都在太阳下散着锃亮的光。草地上的鲜花像你的眼睛一样闪烁。这种天真烂漫掩去了多少屈辱和辛酸。这种掩遮从今天到昨天，很可能还到未来。

我愿意为你编织一个特别的故事，我和你的朋友都在故事里这样祝福。可是它不能够取代其他。我们做过了自己该做的事情。我们不仅仅是为美好的明天而祈祷。你强大而又孱弱，你在后来终于明白你不可能拥有那个美丽的湖，你可能最终属于一片坚硬而崇高的山峦。

我把这些联想藏在沉默中。十年过去了，你证明着我的猜想。

我找出很多美好的画册，要为它们写下一点什么。我想在这些画册的背面应该绘下天堂般的欢乐。我将使用朴素的文字。朋友们告诉我越朴素越好。在这白色的信笺上，我轻轻勾画和涂抹；我觉得我的表达是这么言不及义，这么微妙而复杂；但是我应该把一切都涂抹出来。我应该将文字化成声响，化成音符，在一些粗鲁而可爱的笑声里，把它交付出来。

我觉得我从这一天开始变得成熟、安定，变得比以往任何时候都能够忍受。我很宁静。我即将衰老，从一颗心开始；用宁静换来的衰老。在恶毒的诽谤面前，我觉得我真的无动于衷；在热烈的赞美面前，我感到了自己的平静。这一切都来之不易；这一切都来自高原。有人说高原是一个象征，它是精神的高原。是的，精神的高原。你也是一个象征，你是象征中的舞蹈。可是这虚幻的象征却有真实的痛苦。它们之间究竟是由一条什么样的线所连接，我至今都不能回答。

你的匆匆来去，从高原到湖滨的奔波，是这样痛苦神伤。那种回告的声音伴随着抽咽，让人感到阵阵疼痛。无法漠视这抽泣之声，这啜饮之声。因为我真的看到了那个永远不会消失的高原影像。我曾经一次又一次歌颂过这高原。可是突然间在一个早晨，这高原开始摇动，崩裂。原来它们是冰凌和雪粉凝成的，它们徒有山的形状。

最真实的岩壁凸露了。好的，在太阳下它重新放出黛青色的光辉。这就是融解了冰雪披挂的高原了。那么我重新的景仰和跋涉又要开始。我也会从高原到湖边，到平原，到自己的城市，到最平凡最庸常的生活中，去迎送自己的日月。我想告诉你一个真实而平凡的故事，告诉你劳动与舞蹈的关系。跳跃和欢歌属于我们，劳动和磨损也属于我们。我们教儿童牙牙学语，我们播下种子，管理苗圃，浇灌鲜花，收割稼禾，这一切就是日常的生活。

　　不知有多少人还像我一样记得那次漫长的聚会。聚会围绕着一条河，我们沿着河畔欢歌；多么热闹，多么红火，南南北北的客人会聚一起。那些场景他们记得吗？他们如果不记得，他们怎会成为同路和朋友？

　　我是这样的不能遗忘。我的不能遗忘使我很累。我感激，我答谢，无头无尾。我永远地感激下去。可是我又不愿惊扰别人。我为高原而感激，我为自己而呻吟。这样我变得坚强。九死一生，炼狱，折磨，挣脱，走过来又走过去，走向很远。我很寂寞，不，一点也不寂寞；我很孤独，不，一点也不孤独。我在你的理解之中，而你又是什么？是幻化的高原，是并不存在的雪莲，是舞蹈和歌声，是旋律，是精灵般的红色衣装？在湖滨墙壁上的美丽画卷，即将被收藏，它们将装在一个善良人的箱子里，完好无损地保存到生命的终点。

　　我愿你那鼓鼓的额头里，装下的全是流水般的清澈和滑润。那个奔波的夏天，那个可爱的初秋，那个纪念，那个祈祷。我回想起那次聚会所经历的宗教般的情感。真的，在我们所不理解的那个世界里，产生了不灭的记忆，这也就足够了。未来的岁月是藐视痛苦的岁月，是不会惊讶的岁月。人们将记住这美好的一切，尽管这"人们"会是不大的群落，可这是真实的。

当岁月用无情的手摧残了你的容颜、高原一般的清丽和庄严时,你只是走向了另一种完美。一切都是可以预料的。精神的高原,舞蹈、歌声、诗章、川流不息的四季、友谊和爱……

思念和隐秘

一个人在安静下来的时候会发现,他这一生要同时面对"短暂"和"漫长"。这是一对多么巨大的矛盾,可是不可避免地交织了人的一生。这种矛盾使他焦灼和痛苦,而且难以自拔,不得挽救。到后来,他或许可以寻到一种自我搭救的方式,比如获得自己的隐秘,造成自己的思念。

是的,这是他自己的方法,也是人类的方法。它有时是行之有效的,于是不断发生,不断延续。它真的是属于我们人类的生存的方法。

所有人都在自己的空间和时间里存在。他们来去匆匆,各自获得了一份安宁和安慰。他们不愿舍弃自己的东西,却愿获得许多额外的援助。这就是一场流动不息的生活所包含的奥秘,任何人都不能游离于这个奥秘之外。

在这同一时刻里,他在寒冷之中,你却在温暖的南国;他在水边,你在山脉;他在干旱的大漠,你在温煦的湖泊之畔——在那个美丽的湖畔……你忙碌着,悄悄奔走,迈动着不大的步伐。

他还记得你的微笑,善良的微笑。你是否从来如此,他不得而知。可他说，他觉得你那细小的牙齿在启开的双唇之间，显得那样美丽……类似的思念给了你，给了他，给了我们所有的人。他不能够理解你正在忍受的生活。他认为这是一种忍受，可是这世界上又有多少人能够理解别人的忍受？忍受和安度、欢欣的忙碌，它们之间到底有多少区别？我们不知道。只有这美好的永恒的劳动，给人以最大的安慰。我们找到了生活的根据，也找到了一个出发的通道。人生的路口就在劳动的双手之间，在汗水和茧花之间。我们看到了前进的溪流，看到了旅途的果实：它怎样被滋润，被采摘，被收藏。

我们正在阅读自己所钟情的这一切，它们使人着迷，使人猜想，使我们和很遥远的那个心灵对话。他不知道它对于你是否同样重要……从那一刻开始，你就消失了。他可以使你重新出现。可他觉得那是无聊而稚拙的。他在自己的角落遥望着、思想着。多么美丽而安静的人生。你那光润的额头上永远顶着一片清朗的天空，你深邃而凹陷的双目，正茫然执拗地看着这个世界。那是一双精明而无知的眼睛，也是一双迷人的眼睛。它吸引了很多隐秘，也吸住了许多光阴。你不是在成全自己，而是为了成全别人，成全那些你从来都不曾知道的生命。很多寂寥的人，因你而变得丰富和幸福。他们不愿把这些告诉你，他们在自己的仰望之中走得越来越远，步伐坚定，心情美好。

八十年代初的一个上午，交通车、黄河、北郊……好像是一个初春，冻土开始融化，燕子飞来飞去，没有冰，只有春水……那以后他将消失，无论你怎样询问，都没有回音。他从来不说那个容易混淆的要命的字眼。是的，它可以融化，可以囊括很多琐屑；它是一切柔情的生命和光泽。即便在这个冬天，在呼啸的风中，一个人也将依靠着它。

人好比一辆蒸汽机车，需要热力的支持，需要燃烧，催发热腾腾的蒸汽，推动自己的活塞，让它奔腾，焕发出轰鸣和力量。可是那个灼热的种子很可能在遥远地平线的那一端，不过它的确存在着，并无时无刻不在准备着萌发。

当他打起背囊离开时，选择了一个像现在差不多的冬天。结果他在那个真正孤独的地方生活了很久。那里离你更加遥远了，遥远得你从来都没有听说过它。在那个小小的空间里，他把背囊放在一个角落中，从此开始了另一种生活。

这种跋涉是困苦而欢愉的。对于一个人，他大概不会有更多的机会了。太好了。默默的守望之中，他反而可以离隐秘更加亲近，也可以由此把人生变得更加安详。他不需要他人理解这一过折和变故，也不希望在有一天让你那双惊心动魄的目光扫到这个角落。这是他自己的角落，他怀抱着自己的温暖和隐秘劳动。也许你在轻轻呼唤着。那莫名的呼唤充塞了所有空间。可是这呼唤他也充耳不闻。它本来就应该落在一个空洞的地方。在那个深渊里，他看见迷人的吉祥草翻涌着升腾起来，长满崖壁。它们开放得何等绚丽。它们诱惑了所有的人，却唯独让他驻足遥望。他没有走向近前，只在远方盯视着。他看到红色的云彩在它的上方轻轻流动，落日就从那儿滑过。一天结束了，夜晚来临了。

在这往复不止的长夜之中，他感觉着自己的安逸和幸福。他的呓语像海潮一样时急时缓，但没有终止，没有停息。它就这样继续下去，一直到另一个人来继承它，捧走它。

在河边丛林，在一棵摇摆的小蓟的花朵旁边，他似乎看到了你的笑容。这平静的笑容再一次感动了他，引起诸多怀念。他不由得要向你讲述这半生的流浪和长夜的煎熬、不倦的阅读、无头无尾的对话和诉说……他想让你倾听，当然这不能够。好像在冥冥之中许多东西都已确定了——这种宿命的猜测已经多次将他打动、摇撼，让其心向往之……

假如一切如此，也就变得可以理解、可以容忍了。

两个人好像一起走到了一个分水岭上，然后各自沿着自己的方向往前，都是下坡，是溪水奔流的方向。后来他们走到了自己的河边，随着流逝的水，汇入了茫茫之海。那里的阔大淹没了他们，各自回头，都寻不到对方的声音和踪影。这很好。这样的沉默和怀念才真正美好。有多少人能够享受这种美好？正因为这美好，人们才变得善良，变得能够宽容也能够识别"宽容"。

感谢这温暖的夜晚吧，感谢这寂寞中、北风呼啸中的温暖吧！

牵　挂

呼啸的北风中,我仿佛看到你们挤在一起,瑟瑟抖动。可是我又没法去支援你们……

深夜,你们自己抱着寒冷的躯体,却要像我一样牵挂远方的亲人。午夜里,我一次次醒来,走出去。我裹紧了衣服,看着天上闪烁的星斗,知道在那一边,在大地的那一边,还有一些不眠的眼睛。我属于他们,他们属于我……在目光与目光的交接中,相隔着一片开阔的大地,大地上还有另一些不眠的眼睛,它们也分别属于不同的人,也在相互遥望。这就是各种各样牵挂的目光交织了大地,像巨网一样密密麻麻。

牵挂的世界,不眠的夜晚。就是这目光在不停地穿梭、交流,把空气磨得灼热,渐渐迎来一轮太阳。就是这目光,使土地变暖,季节转换,使严冬终将过去。人的牵挂迎来一个春天,迎来鲜花,迎来遍地绿草和各种各样的蜂蝶小鸟,让动物开始欢唱,河水奔腾远去。

可是人在温暖的季节里,又会怀上另一种牵挂。

雪白的头发、花白的头发,婴儿光洁如苹果的脸,老人布满了皱纹的脸，颜色黯淡的脸，忧虑的眼神，急切的目光……一切都汇拢在这个夜晚、在我的面前，它们闪烁不息，让人不安。

为什么会这样？思绪和目光的奇怪连接，奇怪的挂念。我知道这种折磨或许也是一种幸福，一旦它在某一天突然失去，那才是真正的不幸……

回想着我奔走时经过的那些密密麻麻的山村、与我有各种各样交往的人……他们的痛苦和欢乐此刻都离我那么遥远，我无法分担，也无力承受。特别是我不能够帮助他们缓解劳累和哀痛。可怕的磨损仍在不停地加到他们身上。

那一年冬天我又看到了他们。式样老旧的衣服，被北风吹裂了的手足和粗糙的面部肌肤。我想起了很多往事。年轻的时候，我曾经跟在他们身边，一起登四周的山，听故事……一转眼就是十年、二十年。山河依旧，人却变得如此衰萎。

他们说我没有令其失望。可是他们却让我如此痛楚。我遮掩着自己的心情，转过无力的目光。那种感觉一直把我引到这个寒夜，留下空荡荡的苍白的牵挂。

他们是无辜的，正像许多人的无辜一样。这个世界上真正"有辜"的又有多少？这寒冷、这北风、这冬夜，它们才是有辜的吧？

一切都将处于忏悔之中。我听见远方的溪水汩汩流动，知道它们是由幸福和痛苦的泪水交织而成的。两种泪水总掺在一起，流个不停，流进苦涩的海洋。

……你曾经连夜跋涉几十里山路去看望我。因为你听到了不祥的消息。见了我，你大喜过望，却不善表达，肥厚的嘴唇甚至说不出一句连贯的话。可是你的目光却告诉了我一切。

再不敢回想那些岁月。我离开了，离开了很久。令人难以置信的

333

是，我一次也没有回到你们身边，可是那个春天，你却从很远的山里赶来看我。你被汗碱渍得几片雪白的帽檐上，有几绺银发伸出来……

这个世界上也许仅有一部分人才有那么多的牵挂，他们被分扯着，难以举步。他们在疲劳中倒向路边，直到最后一刻留给别人的还是牵挂。收下这牵挂的只会是与他们相似的人——同一类人，他们在这个世界上延续不断，生生不息。他们耕作、劳动，睁着一双无望而热情的眼睛。无数个像眼下一样寒冷的时刻，正是他们在瑟瑟发抖，遥想着远方的人：亲人、友人，各种各样弱小的人。

……我不知道你为什么要回到故地。你走得太匆促了，不听劝告。你太瘦小，也许弱小的身躯急需到故地去寻一个倚托。可是就像我预计的那样，故地有时会同样寒冷，你的厄运进一步加重，而不是减轻。

你离开的那个早晨是个秋末，一年中最后的一场雨把落叶打在街头。踏着落叶送你。简陋的行装，小小的、破了边角的皮箱。我们一块儿提着、抬着，赶到了车站。就这样，你永远地离开了这座城市，回到了一片说不上是自己的或是别人的土地上。

后来就是各种不祥的消息——精神失常、住院、治疗，各种各样的传说。你失神的或湛亮的眼睛我都见过。你曾领着美丽的妻子到我的旅居地去。那是你少有的一段快乐的日子。你很平静，也很幸福。我们一块儿做饭。

后来，就是我所见过的那个美丽的人背弃了你。这个消息传来时，我知道有什么可怕的日子快来了。

你又一次神经错乱，不可遏制地疯迷。一切会很快结束。一天深夜，你从四层楼上跳下，想寻一个干净利落的归宿。结果没有。摔碎了左胯骨，有了一个加倍苦痛的下半生。

亲人只能帮你一部分，友谊也挽救不了你。你的巨大的才能对此也无济于事。你正在度过一段可怕的、漫长无告的岁月。

这个夜晚，我似乎听见你在欢乐地吟唱。那欢乐的歌声掩饰着什么，我已经从中听得明白。我怀念着我们在一起的时光。那时我们常常散步到南山、到郊外、到水库边。你为我绘过一幅肖像，我把它印在了一本书的扉页上。你给我的所有书信，我都完好无损地保留着，但很少打开看，任它们蒙上一层灰尘。所能做的，我似乎已全做过了。你或许让我看到了人生的缩影，无论怎样变幻，发生怎样的变奏，都是同一支曲子。你值得让所有人同情，你却深深地同情着所有人。你是一个讲不完的故事，就在我的心里、我的血液中，我的亲人之间。你不是我的亲人，可你似乎又是一个离我最近的人。

旅途中，我见过很多非常瘦弱、非常衰老的人，他们给我留下了难以磨灭的印象。他们都在这个寒夜里浮现出自己或漠然、或欢欣、或痛苦的面容。我惊异于自己的是，我只一眼就记住了他们。

为什么要让我看到这一切？我不知道。为什么要让我走进这时光的河流？为什么要让我忍受光和水的沐浴？我不知道。我只知道自己不幸而又有幸。因为我与你们处于同一片星光之下，是你们使我奔走，使我痛苦，使我爱恋，使我无望地惆怅和叹息。也正是因为这无法忘怀的种种纪念，我才没有滑落……

山凹之月

不知多少次，夜晚，当我抬头看到这个山凹……山凹上方正升起一轮晶莹的明月，它的四周、它的上方，就是那清澈湛蓝的夜空，宝石一样的星星；一丝风也没有，清清的，冷冷的。

我心中常常蓦然一动，闪电一样的感激从心上划过。于是我再也不能平静，伫立那儿，看着这山凹，这月，这清水洗过似的天空。

——简直是一丝不差的移植，从远方将整个的一个山凹，不，将整个的一幅夜色和图画，移植到了这座城市的东南方，它靠近我现在的居所。我觉得这是上帝对我的莫大恩惠，是我难以报答的恩典。或许是神灵怕我遗忘了什么，给我启示和点拨，它告诉我：你在艰难时日里曾长久地凝视着这样一座山凹，每天都要迎着它走去……

是的，二十年前的流浪之途上，有一个小山村把我收留下来。我后来在一个山间作坊里找到了一份工作，得以免除饥寒交迫的生活。我做夜班，每天夜晚从居所走出，涉过村中那条小河，登上岸，一抬头就看到了这样的山凹——它上面是刚升起不久的月亮，是一天繁星。

山间作坊就在山凹下边，山半坡上。

多少年过去了，山凹之月在我心中却是永不消失的图画。我记得是这幅图画搭救了我，挽救了我不幸的少年……后来，直到几年之后，我才翻过那座山凹，走上了人生的另一里程。但我心中，作坊里的嘈杂、幸福的欢笑，就像离它不远的小河一样，永远喧腾和流动。我与他们的友谊，我们一起的故事，一生难忘。

我将记住自己是一个被搭救者，一个刚刚找到居所的流浪少年，头发满是灰尘、脏乱不堪，是朴实无华的山里人收留了我。

记得这个苦命的作坊烧了两次大火。

第一次大火烧得可怕，屋顶全部燃成了红色，不停地往下落着红色火球。作坊的东西刚刚抢出一半，火势逼人。他们再不敢扑进燃烧的作坊了。那时我突然想到作坊是我的命，就像自己的肉体被点燃了一样，我不顾一切地腾跳起来，独自冲了进去。我在唰唰下落的火炭中跑动，背上、脚上、到处都挨了燃烧的东西。可是我对灼痛浑然不觉，只拼命向外抢。紧接着，更多的人也跟我扑进了火海之中……

事过很久之后，我抚着身上的伤疤，似乎觉得难以置信。但我心里再清楚不过：这个山村、这个作坊，真的是我一生的恩情，是生命所系，我维护它真的就像维护自己的肉体……

第二次大火，我恰巧出门不在。回来后才知道，就像第一场大火一样，那些救火者在半夜里呼号着，勇敢无比，把燃烧的物品甚至是汽油桶拼抢出来。

有一个四十多岁的山村妇女，为了抢出一团熊熊燃烧的胶线，竟然一路抓牢了这个炽亮的火球，一口气跑到小河边，把它投入水中。结果她整整一条手臂都烧坏了。

那是一个夏天，我刚赶回来就去了医院。看着她躺在床上痛苦的样子，那烧得卷曲痉挛的手臂，我的泪水无论如何也忍不住……

这就是我们的作坊,这就是那个山凹下的真实故事。

很久了,我到更远的远方去了,再也没有回到那个山村。我越来越没有勇气回到那个山凹,心里装满了对它的亏欠。

面对此地的山凹之月,心情难以表述。类似的感触太多了。在我人生的旅途上,感念、恐惧、亏欠和怜惜,常常纠缠着,交错一起……我知道它们对于我多么重要,它们唤起忆想,触目惊心。

我不愿诉说,不愿回首。因为它不可忍受。

亏欠,幸福,报答,追寻,我自己深深知道它们意味着什么。我明白更好和更重要的,是叮嘱自己,是能够在这山凹之月面前感到惶恐和惊怵,是那闪电般的感觉还能回到心上——我将因此而不会毁损。

人的一生会留下许多残缺、很多不能完成的篇章。也许我在一个段落的中间就会止步不前,就会长久地休息。可是,我只想在充分的自我把握之中,悄然地结束……

作坊里有一个两眼漆黑的姑娘。她神秘地出现在小小的山村。她不太像土生土长的人,可又的确是从那儿出生的。那张苍白、没有血色的脸,瀑布一样的黑发,特别是那双又圆又亮的、浓黑浓黑的双目,都使人惊讶又费解。她突然地出现,又突兀地消失。我还目击了其他的故事,生的故事、死亡的故事,荒唐的故事和欢愉的故事。

那么多喜剧和悲剧在那个山凹下发生了。

我最后离开时简直是逃脱一般。美丽而苦难的山地装满了恐惧。我不敢更久地逗留,我必须逃开。

至此,我又重新恢复了一个流浪者的形象——一路奔波,奔向远方。

无论我走到哪里,山凹上方那轮像水洗过一样的月亮都随我移动。我走向山区、平原、城市、农村,走向海滨,走向城市的郊外,它都凝视着我，跟住了我。它似乎在提醒我从哪里来，让我一如从前，像过去一样，没有一丝一毫的改变。我只可以长高、变老，身上增添皱纹和年轮，但不可以在内部、在灵魂深处有一丝一毫的变质。

我知道城郊山凹之月从哪里来，我由它的来路即可以找到自己的来路；我循它在苍穹划过的痕迹就可以找到自己的往日踪迹。

每个人都曾经披星戴月。于是人才可以记得起他的过去。他会努力地追忆许久以前的那轮明月、那一天星斗。他终于有一天会恍然大悟：就是这同一轮月亮、同一天星斗，随着他移动到西，移动到东，随着他从出生到死亡……他原来在领受宇宙之神不变的目光。

……

那一天我仿佛听到了呼唤，一颗心都要急得跳出。没有别的选择，只有向着北方，我的出生地奔跑。

我不顾一切地奔跑。头发被风吹乱了，衣服被荆棘划破了，鞋子脱落了，可是都没有停止。翻山越岭向北，一直向北。月亮升起来，很快跟住了我——它大概不愿让我一个人孤寂地赶这么远的山路。它伴随我飞一样来到了平原，来到了海边荒原。

我回到了亲人身边。是长长的呼唤把我牵引回来，我没有白来一场。

这一次长长的奔跑让我至今回想起来就要感激得流泪。我像孤儿似的从东到西、从南到北，游荡不止。漫游之路上只有月亮陪伴我。我停留它亦停留；我飞奔它亦飞奔；我痛苦，它就流下大滴的泪珠。

今天今夜，我来到了这个城郊，却站在了昨日的山凹之下。

山凹上方还是它，在那儿注视我。

339

误　解

　　如果作为个体会产生误解，做出荒谬的判断，那么作为群体呢？一个民族？一个时代？遥远的历史？或许也都有可能。

　　多么可怕的误解。对自己，对他人，对土地，对一个艺术的精灵，对一个莫名其妙的艺术家……

　　出于对误解无所不至无所不在的恐惧，人们有时感到那么宽慰，又那么绝望。宽慰使一切都归于虚无，于是可以做自己认定的一切。有时一个人只需为自己做下去。这是一种特别不负责任、又特别具有责任感的一种觉悟和行为。比如在艺术界，如果不是一己的误解，那么就会发现，我们曾经不止一次地看到一个非常糟糕的、不成熟或者干脆是"半生"的艺术家，一度代表了自己的时代和民族。

　　由于语言和土地的差异，一块土地上的人很难理解另一块土地上的人。他们的巨大隔膜，就靠艺术无形的、奇妙的手指去沟通和连接。可是有时候我们握住的却是一双无比糟糕的、冰凉而颤抖的手。你不能讨厌，因为你对这一切还在误解的笼罩之下，毫无察觉。你误以为这就是那块土地上长出来的一个器官，它原本就是这样，本来就是这样。

我们都错了，无论是时代，还是历史；无论是小到一个个体，还是大到一个民族。我们错得抽象而具体。

那种源于本土的喧嚣，有时真的可以混淆一切，遮盖真正的见解，割断发自土地的悟性之根。一切都处于荒唐之中。"好像如此""差不多如此""大概如此""只能是这样"，等等类似的判断毁掉了最重要的见解，使我们错过了每个时代里仅有一次的机会。我们往往把并非优秀的东西奉献出来，而且做得极其殷勤、认真。我们甚至认为自己是非常恭敬而纯洁的。出于各种各样的需要，感觉上的需要，心理上的需要，情感上的需要，而在不知不觉中做了折中。我们生命的一部分回到了平庸，于是我们做出了致命的误断。

也许只有隐蔽在角落里的某一个生命，他以超常的领悟和不受打扰的孤立姿态，或可使自己避免这种致命的错误。他或有可能看得清楚，将其视为一场又一场闹剧。但他也并非愿意随时伸出自己的手指；更多的时候，他只会抱以理解的微笑。在他那儿，一切都归入了谅解，一切都在充分的知觉和把握之中。于是我们就在这一类的宽宥和容忍里，进一步走入了一场荒唐的嬉戏。

而从另一方面讲，一个智者的大声呐喊和喃喃自语，也大多是无济于事的。他既引不起我们的注意，又不能干扰我们的嬉戏。他没有力量阻挠我们，更没有神力来启迪我们。我们就是我们，我们就属于这个时代。这个时代的命数就体现在我们——群体之中。

如果比起古代，比起十九世纪初叶，我们现代人已经更加没有耐心和能力去发掘层层掩埋的果实了。由于现代讯息携带和惊扰了各种各样的灰埃，它们曾几经累叠，积累到不可言喻的厚度，芜杂和枝蔓进一步遮去了地表。当我们开始挖掘的时候，首先要把这一切——全部覆盖之物拂开。这是相当困难的。

掩埋着的美好果实是存在的，肯定存在。它们在那里默默地等你取走，等你拂去上面的泥土，让我们看到它活鲜的生命、动人的容颜、优良的品质。我们脚踏的这块泥土当中总是埋有这样的果实；遥远的不为人知的那些角落里，也当埋有这种果实。这种掩埋是多么冷酷无情，又是多么令人绝望。

我们有时候没有能力分辨一个艺术家的粗鲁、无所顾忌，一种不加修饰的野蛮和一个艺术家巨大的强盛的生命力——他在这种生命力的推动之下或可产生种种失常的、稍稍孟浪的行为——这二者之间的关系和区别。我们有时真的难以分辨。一个真正的诗人的矜持和一个平庸之辈的拙讷，还有潇洒与嬉戏，深沉与枯竭，天真烂漫与浅薄可笑，开阔的眼界与芜杂的思维，真正的见解与刻意的偏激，回归的朴素与苍白的见识，未来的代表与无聊的冲动，革命者与破坏者，理性与保守，科学与愚昧，开拓与愚蛮，甚至是来自底层的反抗者和专制的保卫者……它们之间的种种区别和界限也将会模糊不清。

在这个飞速旋转的星体上，有许多的确给搞乱了。我们没有时间，没有精力，更没有耐心和悟性去做我们亟须完成的、极为重要的一切。既然如此，我们还怎么能够判断这片土地上所出现的各式各样的精神的代表、五花八门的歌手呢？不错，我们常常被打动。可是这种被打动的持久和深度却是大不一样。出于各种各样的原因，我们记住了喜而忘记了悲，记住了今天而忘记了昨天，记住了眼下而忘记了悠远。

不幸的是，这种种谬误和遗失恰恰都在伤及我们这块土地、这个民族。

在层层误解的包裹之下，真正的智者和诗人会被折伤。他们大多数时间里不得不收敛起自己的热情和希望，走入最为朴素的劳动。他们再也不愿惊扰周围的世界和他人。也正是在这种沉默当中，他们才能走向更深远更阔大的个人世界，走进自己的内心，走入自己的灵魂。

这对于完成他们自己，对于再现他们全部的艺术，是一种必要和必需。可令人尴尬的是，我们将愈加不能辨识他们。

这就是群体和时代将要接受的指责。

当我们追究责任的时候，就像我们平时谈论过失一样，总不愿把它归于更多的人，尤其不敢把它归于漫长的时间、种族之类抽象和庞大之物。但真实的情况是，最巨大的错误和不幸往往就发生在它们身上。在某个时空之中，这种情形确在发生。由于我们没有勇气说出这种真实，所以就把我们的误失代代相传，把我们恍惚中所认准的假象当作事实本身，传给下一代，再下一代……

就出于以上的恐惧，我们在安定下来的时刻，在这个冬天，常常冥思苦想，尽可能地寻找自己的见解。我们想抛弃所有的教科书、所有现成的文字，只用自己的心灵去发现，并进而用自己的声音去传递。也许我们的声音是弱小的，弱小得根本不需要倾听。可是我们的希望还仍然没有泯灭。我们并且希望用自己的声音去打动更多的人，寻找更多的人，让我们达成共识，去开掘和传导。

也许这不会劳而无功，也许这又是人类悲剧的一少部分。

所有堂而皇之的选择，所有专家气十足的选择，都往往包裹着最大的荒唐和荒谬。这种现象，只要后人打开历史的折页，就会看得一清二楚。

可是那些隐蔽在角落里、根本得不到任何记载、失去了任何比较机缘的人与言、心与事，我们又如何判断？如何认识？

好像已无可能。一切都没有可能，就像我们窗前破碎的那些冰凌，当日出之时，它将融化并渗入泥土——那么除了目击者之外，又有谁能够说出它们从生成到破碎，再到融化的全部状态和过程？不可能，完全不可能。

这就是遗忘。误解就是遗忘的开始，开始又促使了这种误解。

这就是我们感到恐惧的全部原因，这就是联结着我们"终极关怀"的一种判断。

污浊的旋流

污浊并不总是静止和沉淀，也并不总是汪在一个地方、笼罩在一个地方。当它获得了一种推力，就可以运动、甚至可以旋转。这时候它就不仅有笼罩的能力，而且还有卷裹的能力，卷裹它所接触的一切——落叶、植物、绿色，甚至其他的生命……

任何时候都有污浊，但它们大抵是静止的。它们由于自己的颜色和性质而聚集一起，这是自然而然的。它们不太让人恐怖，而更多是让人厌恶和躲避。可是在一些特殊的时世，情形就往往不是这样。当有什么需要这污浊的时候，就会让它移动、旋转，就会给以推力和搅动——这个过程很像鲁迅先生所谈过的"沉渣的泛起"。

先生说沉渣在任何时候都有，可是它大抵是沉淀在底下的。而一旦某种运动的激流荡过时，沉渣就会借力泛起，浮上表层。

泛起的"沉渣"，随着激流荡动冲撞，害处就要大得多。污浊也是这样。

在严寒的天气里，当污浊在一个地方聚集，寒冷的光泽中望过去是分外可怕的。可是这污浊如果正在旋转，正在冲荡，正在发生凶猛的卷裹呢？

一个真正的人对待这污浊不仅是回避，而且还应有抵抗——首先是回避，而后是回避不得，最后才是力所能及的抵抗。那些美好的青年无比牵挂抵抗者，他们甚至这样写道："我要离你远一些了，正因为我特别信任你。我怕你突然地转向，令我失望。那时候我就一无所有了……"读着这些话，让人一阵感动，同时也想到了污浊的旋动和卷裹是何等强大。这些美好的青年不仅害怕自己，而且害怕他们生命中的榜样突然转向。

这个时代的人，不知该怎样对待这种委婉而又严厉的规劝。他将不知自己做错了什么或是即将做错什么。他只知道危机是存在的。但他需要的倚托不是别人，而是自己的良知自己的血脉——如果从血管里流出的都是血，那么他将不会担心它会有另一种颜色和气味。他将觉得自己可以信任。

今天残存着各种各样的机会，也掺杂着各种各样的混乱和污垢。在这个时刻，人接受着检验，人在目击、识别，也在自我注视。人不仅仅是一个评判者和谴责者，还应该是一个自省者和忏悔者——失去了后者，一个人将也不可能永久地站立。

在这污浊里，人要始终如一地保持着一种清洁。这是异常困难的。可是唯其困难才更为光荣。他会希望越来越多的、比他更年轻的、离他更遥远的青年发出尖厉的叮嘱。他们会使人心跳和脸红，让他更多地记住自己是从哪儿来、到哪儿去，记住他自己永远不变的目标和不断攀登的山路。这崎岖之路应该伴他一生。如果松懈下来或者掉转方向，那就形同死亡。

如果这是自欺的谎话和大言，那么他愿一直地讲下去，讲它一生，让其与生命合而为一，让它渗入血脉。

各种各样的构陷和无耻，已经见得太多。凶险的设计，卑劣的诅咒，早已不算陌生。这种似曾相识的时刻、手段、机缘，好像在上个世纪里，在更早的时世，已经层出不穷了。原来人们的遭逢只是一次次雷同，仅此而已。

为什么要如此？漫长的冬夜，不会消失的冷酷……可是它难以把一切都葬送。

在冬天，在寒冷的北风里，人无论怎样颤抖，都有一个信念不会改变，那就是春天必要来临。在融化的春水面前，再次回顾严冬时节，就会是另一番情怀。

他走了很远，踏上了旅途。有时候是一个人，只肩负了一副背囊，背囊里装满了自己的东西。为了预防饥饿，他需要这背囊。为了一块儿抵御寂寞和不测，有时他也需要同伴和战友。他走开了，寻找了。他找到了自己的居所，自己的归宿。

但即便如此，追逐还没有停止。这大概是战士的命数，或许也应该是光荣的一部分。我们不是常常梦想这种光荣吗？我们不是常常追求这种考验吗？它们如今来临了，它们就在面前。

人应该交出顽强的证明。这种证明在人类社会当中已经被接受了千百次。可是还仍将接受下去。它是有意义的。它的意义就在于无数次的怀念、虚妄、无望和痛苦，在于它的没有完成，在于人的生活仍在继续。这继续的理由就是痛苦的代价，就是没有终结的、绝望中的希望。

他自信，也明白良好的愿望不需要报答。有时动机真的胜过一切。那摊污浊时不时用"可能出现的结果"来质询别人的动机。可是他们的动机直接就透着阴暗。我们会相信污浊的动机可以产生甘美的果实吗？它不会属于善良的人类，它只会蕴藏了毒汁。

人类要享用自然甘果，就得守护大地，警惕魔鬼留下一片狼藉。

魔鬼就是一群没有生路，没有明天的人。他们从来不在乎结果。魔鬼也会装模作样地、狂妄地质询人类的"动机"。魔鬼说到底都是一些胆小鬼，他们恐惧于自己的虚弱，因此就需要污浊的围拢和保护。

如果一个人心里的污汁变得越来越浓时，就渐渐与污浊混为一体了。他们曾经是茁壮成长、蓬勃向上的。可是当垂死的恶意充斥了心扉时，就会变为另一种人。他们变为扼杀者和欺骗者，投入魔鬼的怀抱。这绝不是当代童话，而是不断上演的、时代的活剧。

顽强的生命，蓬勃生长的生命，总是有勇气把自己交给真实，也总是有勇气维持日常的劳作，并且从不吝惜汗水。能够这样坚持下去、能够把自己的生命抵押给最朴素不过的劳动者，就是一个不欺的人、一个美好的人。他会与无所不包的美好自然融为一体。无论是他在劳作之中，还是在劳作之后；无论是他的生命正在茁壮成长的时刻，还是衰萎熄灭的最后光阴，脸上都始终流动着温煦的笑容。他最后将融于土地，融于自然，与之不再分离。

当面对那旋转的污浊，当进入恐惧和规避的时刻，最好的办法还是弯下腰，重新归于劳作。只有劳动会给人以强大的安慰，它来自心灵的安宁、来自永远挥洒不尽的向上的激情，来自自信和自尊。只有那些不齿的邪欲，才会帮助污浊——通过人的内心去帮助它——这才是一个人真正的哀伤。

逼 近

你往前走去，越来越远。很多人呼唤你，你像充耳不闻。你走进了。

于是你理所当然地迎来了一切，无法规避，无法拒绝。也没有退路，对你而言不存在撤退之路。你只能往前。于是你感到了，有什么在逼近……

它们逼近了，却看不到形影，听不到声息。也就在这无形无影、无声无息之中，一切将被吞噬。

这是无数次重复的场景，几乎没有例外。

它们在逼近，从四面八方紧紧收缩、围拢。你寻过道路，四处张望，可是未曾想到退缩——其实也来不及退缩。

为什么不能尾随不能逃窜？为什么不能乞求？

就因为"不能"。

人的一生忍受这种逼近的恐惧，就酿造了一种坚韧的生命。对于命运而言，它是悲壮和炫示，是最后的怜悯，是迎接，是祭献。

夜越来越深，风声又在加大。他听到了海浪声，它们扑在沙岸上，碎裂，退去，然后重新卷扑……可以想象这冬夜的海面上该怎样寒冷。苍茫的海，寒雾、水溅、潮汐，无边无际。风时急时缓。如果有一只船，仅仅是一只船，它微弱的灯火即将熄灭，在大海的深处，在不辨方位的墨黑一色中，那将是怎样的情形。四下看不到光亮，头顶没有星辰，黎明离它尚为遥远……这只船将驶向何方？这只船在想些什么？寒夜里的船，它会感到有什么在逼近吗？

它从驶向海洋的那一刻，就想过这样的经历。

它启航了，命运之旅也就开始了。一点一点开始，走向一个必定不会变更的地方。它并不是为了去经历，可是它必然要遭逢，要有一场际遇。一条不懂得及时折回港湾的船最终只有一个结局，那就是被风浪拍折，被礁石粉碎，或在腐蚀中瓦解。可是一条能够按时回返港湾的船呢？它又会有另一种命运吗？

再也没有比一只勇于远航的船更为骄傲的了。

黎明来临，风会息去，浪涛暂时会变得平缓。再也没有比一条航过午夜的船、挣扎之后的船、被抹上一道霞光的船更令人振奋的了。这时它可以看到蔚蓝色的水面上，那些成群游动的鱼，水藻，远处的海岛，天上的白云。水鸟从船头掠过，这远航的伴侣，穿过黑夜和风暴迎来的诗意。一切终于让它来享用了。

可是接下去它仍然要经历那些并不温柔的夜，风暴之夜。它仍然无法回避一个最终的结局。这是注定了的、命运之旅的终端。

它把一个无声无息的故事留在大海深处。目击这一切的只有水流、游鱼、海藻和礁石。

他站在彼岸，用臆想和感悟之手，抚摸你湿漉漉的伤痕斑驳的躯体。他想象各种各样施加于你的磨损和啮咬，只为你而悲伤。

你被抚摸的躯体微微颤抖，是对另一个生命的回应。他因你而骄傲，因为你是他的感知之船，正给予一个陌路人少有的恩惠和启迪。他只有通过你，才能感受大海和远航、腥咸的水和疯狂的浪。他不会永远站在彼岸了。他要开始那场奔走，去领受那种逼迫和围拢的感觉。

他曾经亲眼目睹过一条船的破裂，看着风暴怎样把它打碎。在它被几千年的咸水渍透了的木板上，已经有了道道触礁的裂痕。瓦解的一天到来了，最后它竟没有发出轰然一响。它是慢慢碎裂的。它沉没了。他曾为这条船送行。

一只船消失了，又有了一只船——新的远航者。永远不能禁止。在风闻中，在视野中，它们行进着，船头顶起波浪，驶向远方。

一条这样的船是没有什么固定的航道的，它们走向的是自己的苍茫和未知之地。它们有开辟的光荣，是探路者。

而另一些船，那些在呐喊中开出的一条又一条船，它们形成了队伍，前呼后拥，帆影相叠——却不是他所寻找和崇敬的船。

夜越来越深，寒冷将电源断掉，他不得不备起蜡烛。闪跳的烛光里，他两手抄起，伏在桌上。这是一座孤屋，一座在莽野上的孤屋。他一个人待在这孤屋之中，一瞬间竟不知自己从何而来，又为什么待在这黑夜里，睁着一双难眠的眼睛。这儿已没有一丝暖气，土炕里的炭火已熄……原野上的人将这所孤屋遗弃，他把它拾到了。可是只有在这个时刻拾到一座孤屋的人，才能够和这座孤屋一块儿享受夜色之美，迎接这莽野上四处围拢的无穷无尽的声息。这声息从空中、海洋，甚至是从地下，<u>一丝丝渗流而出</u>。

惨厉的长嚎从平原那一端传来，如此凄冷。风吹落叶在土地上滑动，发出了野兽长爪扫地之声。屋角的背囊里只有一件老旧的武器，但结实坚硬，沉重笨拙。它是他唯一的武器。这武器一直跟随他，伴他在这样的莽原孤屋里操持自己的生活。

351

每个夜晚他都在领受这逼近的什么。这不是幻觉，因为他看过了各种各样的真实记录。

它们记录了一场又一场搏杀。有人在血泊中挺立。

这证明了寒夜中的人并非孱弱和无聊，并非伤感。有人经受的是真正的冬天，真正的夜色，正像他在经受真正的莽原，真正的孤屋。

他将在此居住下去，领受下去。他知道到了那一天，大风会动手拆毁它——他奋力护卫也终将失去，那么他就将徒步走向赤裸的荒原，一直到走穿漫漫无边的长夜……

友　谊

真正的友谊是来不及的哀伤。

人们最不陌生的就是友谊所带来的安慰、交流、倚托、信赖、精神的资助，等等。可是人们很少想到就是这一切阻止着什么。它是什么？它是与生俱来的，也是生命后来所附加的一切哀伤、哀痛。

正由于有了友谊，这一切都被阻止了，来不及顾忌了。这就是友谊的本质。能让人忘掉哀伤、让人不再顾忌哀伤的友谊，才真正动人。

友谊不需要考验。有人常常提到"经受了考验"的友谊那只是一种平常的通俗的想法。友谊和生命一样，是自然的事情。友谊不需要寻找，它天然地存在。友谊甚至不需要珍惜，也因为它是一种天然的存在，这是人对于友谊的一种觉悟。友谊甚至不需要建立，不需要在摩擦和经历中去巩固和增长。它的数值是不变的，无论意识与否，它都天然地存在于它应该存在的地方。

有的友谊让人感到陌生，但它存在着。有的友谊让人感到很熟悉，但是它终将失去。如果说到考验，随时都有对于它的考验。可是这种考验真的有意义吗？

人们对于友谊的误解，对于人和人的关系的误解，总是常常发生。但是误解也难以伤害本质，友谊是靠一种极其美妙的东西连接的，人类不可能对它有更深的认识和理解，它是神秘难测的。友谊有时候以非常明朗的、通俗的面目出现，可是更多的时候它又是难以解释、非常晦涩，充满了奥秘。友谊存在于宿命之中，属于神秘的范畴。既然这个世界上有一些不可改造的生命存在，那么就允许有一些不可更改的友谊存在。

友谊和爱情常常混在一起。是倾慕，是留恋和想念，是真诚的叠印和延长，是没有连接在一起的肌体和思想，是交汇的河流，是同一片海洋。假如我伤害了你，我希望它没有触动到友谊的本质。我在猝不及防的时刻让你产生了误解，或者正好相反……我觉得自己在这个时候也不必显得无助和无望。

可是更多的时候不是这样。更多的时候，比如说我们所看到的那一切，它们与友谊无关。简单极了，因为他们之间从来也没有友谊，所以当他们谈论到友谊、谈到因为误解而造成的伤害时，细想起来显得特别勉强和可笑。在世俗物欲的驱使下，靠拢和走近，只是一些为了捕猎而临时凑到一起的、随时都能因为猎物的缘故而发生火拼的猎人。这怎么能称为友谊？

在大洋的此岸和彼岸有两个人，他们也许一生都没有见面，可是他们有友谊。他们的呼吸随同他们的思想，在一个遥远的空间里传递流动，彼此感知、感激、思念和需要。必要时，他们援助的手臂可以伸过大洋，一个可以在另一个的保护下进入安眠。

一个卑微的人可以有幸和另一个杰出的人生活在同一个时代，甚至生活在相距并不遥远的邮票大的地方；可是卑微的人是没有勇气到杰出的人那里去寻找友谊的，因为友谊不可以寻找。卑微的人只会仇视、嫉妒甚至是诋毁，他诋毁的口实就是对方不懂得友谊，或者是破坏了他们曾经有过的友谊。这是十足的误解、十足的错误，因为他们之间压根就不会有友谊。

杰出的人只会委屈地注视着生命，他与所有的生命都结成了某种特殊的关系，他爱他们，因为都是生命。他需要所有人的友谊，从不拒绝友谊。他始终如一地维护着，但由于宿命的神秘的关系，他与那些卑微者不可能存在一起，虽然他丝毫也不会理解这其中的缘故。这对于他不是一种误解，而是因为杰出的人物所共有的那种笼罩一切的爱心，是因为充斥着他的目光与外在事物之间的一层浓雾遮蔽了他的判断，是它所造成的。他对于各种指斥是绝对不会理解的。这种不能理解实际上也是最深刻的理解，因为他的迷茫是从生命与生命的关系之间产生的。至于一个生命怎样遭到了扭曲，走到了如此值得同情和怜悯的可怕境地，那又被极其复杂的某种关系所制约，也不是他所探讨和理解的范畴。

一个杰出的人大概一生都不会明白，他也许无需那么多的友谊，因为原本就没有那么多的友谊。这是冷酷的事实，但它不可更动地存在于人生的奥秘之中。

因为他的爱太多了，他广泛地挥洒着自己的爱。他不愿对某一个个体表现出过分的自私，培植出一种变质的、浓稠的，同时又是一种畸形的爱，即所谓的"友谊"。当另一些个体未获得这种满足时，就会相向为仇，伸出诋毁的爪子，去扫动，去惊扰。

两个人可能默默地互相注视了几十年，一个却很少走近另一个，很少去打扰他；很可能还有着轻微的斥责或劝诫，甚至有义正辞严的指责；但是他们的缘分是永恒和固有的。他们直到最后分手的时候，也还会被深刻的友谊所连接。这样的例子不胜枚举。在人类智慧群星的银河里，这样的友谊尤其不会陌生。

那些"同伙"之间的情分也许是动人的，可它们与友谊无关。同伙的故事是关于名利世俗，关于攫取、掠夺、争抢的故事。他们所谓的"义气"不值一文。"义"字一旦有了"气"，那么它就变得廉价和低俗了。"义"必须与"正"字连在一起，构成"正义"。单独的一个"义"字也是非常值得尊崇的，行"义"或者不"义"，都关系到深刻的原则。而"义气"两个字往往让人想到江湖、哥们儿……之类。

是的，今天我们不得不仔细地辨析不同的词语所包含的不同内容、它们之间或严密或微小的差异。

在一些懂得人生的悲悯、不断地为形而上的东西所感动所感召的最优秀的人类那儿，他对友谊的理解往往令人感动地苛刻。他们所珍视的是不需要珍视的友谊，也是不需要寻找的友谊。

是的，我们有时候的确需要小心翼翼地维护它。不过"它"又是什么？在这种维护之中会是小心的照料，是渴望已久的回报。于是当回报一时没有到来的时候，对方就会感到微微的，或愈来愈重的伤害。这种伤害感是会化为愤怒的。是的，因为一开始他们之间大概就不会存在友谊，故意培植的友谊是不值得信赖的。不同的人，不同的类，那种"友谊"的连接之须是多么脆弱。

我的自语打扰了你

我对你的惊讶感到不安,我对你的目光也感到不安。因为你的判断,是我未曾预料的。起码在这之前,我一无所知。

几十年来,我只是如此地劳作,这是我的幸运。或许是我的自语打扰了你。这是我对你和你的朋友之歉。回想更多的是你和你的朋友对我的信赖、援助,以至于在今天稍稍让我吃惊起来。

我无论说自己怎么感谢和感激,都不能掩去内心的那一丝不安和许多惊讶。我所要表达的已经超出了我的理解。我曾想,我应该化为你们目光中的一个人或者另一个人。如果是这样,"他"与我又有什么关系呢?不过在你们的企盼里包含着美好的东西,所以我才尊重你们的期盼和愿望。

可是我又只能进行着我的自语。这种自语是不会改变的,就像我的生命已经难以从旧有的轨道上移动一样。它是生成的,而不是被嫁接的。是的,仅仅如此。我不知道除此而外我还应该做些什么。我不知道我的"愤怒"在八十年代初期和中期为什么没有惊扰这个世界。是我提高了自己的声音,变自语为呼唤,还是我一开始就是在用这种嗓音自语？

我也听到了自己战栗的呼唤。可是这些呼唤从一开始就是面向一个木然混沌的——世界——自我的。

为了将自己唤醒——因为我要赶路——我一边走一边呼喊。这样我才不至于因为困意十足而跌到崖下。还有，这种自我呼唤、自我需要的声音，也是对一个生命的疗救。这个生命在我体内，它随时都有死去、熄灭和枯萎的危险。就这一点而言，我是自私和胆怯的。

我认真地翻看了自语的痕迹、那些记录，发现我如上的判断并没有错。是的，我有时候常常用到"恨"这个字，那是由于我太"爱"了。我太爱了，我怕有人侵犯这种爱，侵犯我所看过和经历过的一切美好。当我看到之后，我就要勇敢地使用"恨"这个字。有时候它们是银币的两面，"爱"和"恨"写在了同一枚银币的两面。

我想，如果有一只海鸥往前赶路，它要穿过水波，到它所梦想的那个岛屿上去——它一路只是奋飞和发出它自己的声音，那么当它的四周布满了群鸥的时候，它拍动翅膀的声音、它发出的自语，是不会被其他海鸥所注意，也不会被埋怨的，当然也很难得到赞许。它一直向前飞去，一直向着它一开始所决定的那个目的地飞去，它的节奏、它的呼叫一如开始。但是当群鸥回返或者是四散而去的时候，它拍动的双翅和它的声音就显得有点突兀、有点独特了。这只海鸥如果没有疲累，那么它需要多好的体力；它如果不被那些惊扰者所吓退，它又需要多么勇敢。可是它又没有选择的余地，它只能向前飞去。它如果落下来也找不到陆地，浪涌和水溅会把它吞没。它只有向前飞去。

我想，作为一只鸥鸟，它是有权选择、有权飞向自己的岛屿的。作为一个人，他也是有权自语的。这是他最后的权利。自语是应该被允许的。由于自语而引起的打扰，则是另一些事情。他如果停止了自语，也等于结束了自己的生命。被打扰者本来是待在自己的角落里，别人走近了，倾听了。可是这自语无论怎样尖厉，都存在于自己的声音半径之中。被打扰者走入了这个半径，才能捕捉到这声音。如果自语者孟浪地穿越另一些生命的角落，介入另一些半径，那么他就该自责了。自责是痛苦的。自责比反省还要痛苦。自责之后应该有忏悔。可是啊，盲目而热情的歌手啊，不停地自语的歌手啊，匆匆赶路的歌手啊，你真的需要那么多的原谅和同情吗？

我常常这样设问，翻动自己的日历。我的不安和羞怯很快被我的勇气扫尽了。我自信的是，我倾吐的都是爱的絮语。它们是值得珍惜和可以珍惜的。正是基于这样的判断和理解，我才要继续发出自己的声音。

在这个行路的时刻，我发现我不是在自我倾听和叮嘱的过程中感到满足和陶醉，更多的却是其他。"其他"是什么？不知道。但它们出现了。

我不需要那么多的宽容，也不需要换上一副宽容的心情来挽救自己。再也没有比真诚的、一如既往的行为更重要的了。不要强力地改变自己，不要被善良的诱导和恶意的威胁所移动。这些都不重要。最完美的东西被粉碎的时刻，也仍然完美。只应该追求完美，永远地追求，这就足够了。

我相信在宽阔的道路上，追求完美的人并不感到拥挤，并没有无数的人在坚持这种追求。这是需要付出全部的生命和热情、全部的激动的。懈怠是可能发生的，可是懈怠之后焕发出来的，还仍然是那不可更动的追求完美的信念。

一种完美出现了，否定了；再出现，再消失……这就是形而上的召唤和吸引，使人永不疲惫地往前追赶。这个过程只能无限地趋向完美。只要不忘记这个初衷，只要保持这份生命的圣洁，只要护住它的源泉，接下去即将发生的一切也就无所顾忌了。最终的结果似乎是可以预料的。既然如此，我们就没有必要时常地叹息。

我可能对你的目光不发一言，但是我没有漠视，我记住了。太阳的光辉给我注入的能量，让我在这个冬夜里抵抗过去，等待春天。春天，我将随着欢快的河流，走向自己的平原。在那里，我将获得真正的力量。

是的，这种回归感和出发感交织在一起，使我奔走了几十年，而且还将奔走下去。这对于我是一种无可奈何的事情，对于其他人也是一种无可奈何的事情。我说过，最完美的东西在粉碎了的那一刻将愈加完美。这是我的信念，是那片土地告诉我的信念。我将维护这个信念，就像维护那些弱者和穷人。它永远使我感激，永远像朴素的穷人——我从他们之中找到了具体的爱，也找到了抽象的爱；我热烈地结合着二者，并用呢喃之声告诉午夜……

回答自己

人有时是巧言善辩的，可是却不见得在任何时候都能够回答自己。不，在很多时候，在冷静的、个人的时刻里，他是不能给自己一个圆满回答的。这才是人的尴尬。

人总要面临生活中各式各样的自责和误解，它们当然事出有因。面对这一切，一个人或许不需要解释；但是他总要回答自己。

我们看到了一个智者在铺天盖地而来的攻讦面前没有反唇相讥，甚至没有一丝动作。相反我们看到他在加紧做自己的事情；也就是说各种各样的打扰甚至是阻挠，都没能破坏他劳作的心情和惯有的专注神态。这是多么美好的事情。

我们仿佛看到了他那双青筋暴起的、被劳动磨损了的大手，在那儿有力地、节奏分明地活动。他的目光偶尔抬起，看到的是远方，是辽阔的原野。他那思索的神情一会儿又垂到了眼前。

有时候他从他的居地走出，在周边的丛林里踱步。他满怀欣喜地、略有惊讶地看着枝头上的一只小鸟，向它点头微笑。它不理解，飞开了。他重新往前走去。在一蓬碧绿可爱的马兰面前，他又蹲下，伸出粗糙而温热的手，去抚弄它的叶片。长长的叶片大概让他想起了年轻时候恋人的秀发，他的嘴唇轻轻地颤抖了一下。他最后去触动那几朵蓝紫色的马兰花。他惊讶地张开嘴巴，久久不能合拢。看着这形状特异的花，他好像咕噜了几句什么，又站起来，恋恋不舍地往前走去。洁白的流沙在丛林的缝隙里凝滞，掩埋了一丛绿草。他伸手挖开，把它们从中解救出来。

有时候他微闭双目，倒剪双手仰起脸，鼻翼翕动，似乎在嗅什么。那些不快、那些尖辣和无聊的言辞在脑中一掠而过，消失得无影无踪。他理一理鬓发。花白的鬓发在阳光下泛亮，几道深皱好像正顺着额角向两边延长。

他在自己的空间里劳作、思索，发出很多叮咛、劝阻和意味深长的喟叹，还有那些只有很少几个人才能听懂的不安的呓语。这一切既是送走的，又是收在手边的。他把它们留给未来，留给现在，留给自己亲爱的、令他不知所言的时代，也留给了自己。这一切就是对自己的回答。

一个智者，一个不断走向衰老的、对生命的命数具有充分把握能力的人，甚至已经不必对自己专门做出回答。他的回答分布和流散在所有的劳动之中，在他迈出的每一步之中，在他对自然和时间的问候之中。

有人在他面前感到或多或少的愧疚，因为他们没有他这样的安然和沉着，缺乏他那样的一副身躯——他们在不安中频繁地回答自己。他们觉得这就是自己与智者的区别。

可是，他们并没有用尖利的、有时甚至是苛刻的话语去惊扰他人。这是一个人在这样成熟的年龄所能尽力做到的，仅此而已。他们不愿打扰别人，也不愿被别人所打扰。他们只在一个安静的角落里做自己的事情，做自己能够理解和心愿的事情。他们并没有像有人所想象的那样生活——那种生活完全不属于他们。更有甚者，把想象当成了事实，认为有人"在前呼后拥的热闹之中，却发出了奇怪的底层的声音"——他试图从这种反差中找出虚假和尴尬。对不起，没有这种尴尬，因为压根就没有这种"前呼后拥"的繁华和热闹。

你从来没有走进这个角落，这块热土。谁也不知道你想象的依据，还有你常常让人感动的话语，如今是如何泛滥和武断起来的。它有可能造成的伤害并不是别人，而是你自己的敏感和善良之心。

当然这也许并非是无聊的，它是一种提醒，并非善意的提醒。重要的还是能够回答自己。这让人不得不从头总结，从八年以前甚或是更早的时候。他身边没有那么多无聊的人，呼与拥是他所讨厌的。他既不需要他人这样，更不愿自己这样。他有自己底层的友谊，真挚的情感，这一切才给他精神上的滋养和思想上的援助。

他不得不离开另一些人给他规定的生活轨道，离得远而又远。他不得不无声地告诫自己与另一些人的区别。你认为他能够容忍，能够随从，能够融洽。这是你，不是他。他不能够。

他甚至没有起码的你所理解的那种日常保障。他只享用自己的安静和应有的贫寒、清苦。可是也只有如此，才得以亲近泥土、自然、美好的野地花朵和果实。他在这种生活中感到了真正的流畅和自然。可能他比过去更加消瘦，病痛一次又一次地折磨他，但是另一种愉快却足以弥补它们了。

他有时候很想在这里与你共同漫步，一起走向原野，在这辰星闪耀的宽阔之夜，能够一起畅谈、回顾过去在一起摇摇摆摆的岁月——你的胖胖的圆脸让他觉得有趣而可爱。

可是经历了更多的繁琐之后，他的一颗心多少有点冷和累。他不愿因为解释而邀请，也不愿为了说明而行动。能够误解的人就是能够远离的人，能够归来的人就是能够欢聚的人。

他已经步入了中年，何必那么冲动。他的这些回答是因为面对着自己的友谊。是的，友谊使很多的匆忙、伤感和痛苦都来不及了，可是有时又来得及自我回答。他并不愿把自己的生活描绘得多么奇特，但他完全明白，也并没有许多的人愿意重复他这样的生活。在他们看来，这是不可忍受的，他们不能忍受这种自由的欢乐和底层的幸福。

他如果不能回到自己的生活里来，才会感到绝望。在这里，在自然之中，在世俗的幕布一层层遮盖起来的最自然的原野上，他呼吸着，生存着。

你说你在一个又一个的场所之间游荡、奔走，这是你的自由。而他却要待在一个冷静之地；偶尔他也要突破这种冷寂，可是这种突破的力量也来自这片土地。难道你希望他头发蓬乱，穿上破衣烂衫，像一个乞丐一样去战栗地呼告，去乞求，去讨饭，去创造一个当代神经质的神话吗？他没有那么刻意打扮自己的兴趣，而只是真实地回到自己的生活之中。

这一段自语也该收束了。呼啸的北风远比他的声音大得多。

簇拥和掩藏的九月

在茫茫的、凄冷的冬天,怀想最多和最为向往的,就是一片生机的九月了。

九月到处碧绿,果实累累,一片丰硕。那是怎样的季节,这个季节凝聚了人类所有的目的和希望,它甚至掩藏了人类的屈辱和苦难。即便是一次歉收的九月,也比其他季节要有希望得多。

我觉得我的许多时刻——我是指那些不能忍受的时刻,都被九月茂长的绿色给轻轻掩藏了。是的,它遮去了我的另一面,遮去了我的悲伤、苍凉和痛苦。在那越来越浓烈的九月的香气里,我只能健康地微笑。我伸手采摘果实,与劳动的人群一起奔波,一起忙碌,累着,聊着,进入安睡。这是人最好的日月。

我曾经为九月谱写了一首长歌。我在这声音里更多地想到了那片大地和原野,沉浸其中,掩藏其中,簇拥其中。我觉得这是富丽的大地,它繁多的收获所给予的一个恩惠,无论过了多久,无论有多少人对它遗忘,我都不会有什么沮丧和不安。因为我知道九月的富足和真实。

收获的兴奋是不能抵消的。我走在九月大地上的那种感觉，直到现在也觉得真实可触。它们更少虚假和做作，它来自我的心灵，来自我周边的泥土、蓬蓬的绿草、无边的丛林和大片的谷地，它是从此产生出来的。它被歌声和汗水浸泡过，被田野上愉快的打闹、追逐、欢叫和尽情的舞蹈所滋润。仅此一点，我应在这首长歌的韵节中行走和吟哦。

是的，这是一种好的状态。我应该向往和珍惜，让它安慰我后来的歌唱、后来的记叙和自语。

在九月里，有时我的情绪仍然变幻不定，仍然在流浪和奔走，甚至会离开那片原野。我自己劳作的季节和大自然的九月不能完全合拍，它们并非迈着同样的步伐。九月也许一闪而过。我等待九月，也许还要等上一年，那就是另一个九月了。结果我差不多等来了五个相同的季节，才结束了自己的长歌。回头看去，我只看见九月的丰硕，土地上流动的香喷喷的丰收的雾幔，再也没有其他了。这个季节独有的金色和绿色把一切都遮掩起来。我愿这样。

一个弱小和稚嫩的生命在成熟的季节里会感到充实和安全。我发现自己所有的吟哦、记录、叮嘱，都常常沿着秋天的水流，大致和着它的节奏。人生既是一场奔波，又是一场收获，收获各种各样的果实。

寻找自己的九月，这其中的故事太多了。悲惨的、欢欣的、浪漫的，甚至是令人羞愧的故事，充斥了心灵的大地和天空。如果原野能够给人以神秘的力量，那么原野里奉献出的九月的果实就是最好的参照。它给植物以力量，也会给其他的动物——比如说人——以力量。我亲眼看到鸟雀、野兔、猫和狗及其他四蹄动物，在这个季节里怎样肥胖起来。它们的双羽、皮毛，都变得光亮闪闪，远比其他季节里和顺得多、滑润得多、好看得多。

这实在是一年里最重要的一个月份。由于这个季节是气蕴饱满的，所以人在歌唱、在回应这个季节的时候，也应该是气蕴饱满的。这个时刻的悲伤应该是短暂的，黯然神伤不会持久，要有希望，有精神，有盼望，有爱恋。

我的这首九月长歌至少对于我是非常重要的。我可能写出很多在规模上、在气度上、在打动人心的力量上超过它的另一首长歌，但是它们却不能取代它、它对于我的生命的本质连接。

我在这个季节里变得比往日纯粹，简直有些天真烂漫。一种完全的充盈的劳作和收获感布满了我的全身，我心灵的每一个空间。这种劳作给人更多的不是疲累，而是欢欣和自足，是一种感谢和欣悦的倾诉。

那些同样是感知着大地恩典的人，首先听到了我的吟唱。他们接受了，把它收在身边，视为知己。这让我分外感谢。这是我从异地送给他乡的礼物。大地和大地尽管差异很大，但它们都是大地，都是生母。它们都是奔跑着许多生命、茂长着很多植物的一片广袤的泥土。

我说过，我仅是大地上的一个发声器官，是众多器官之一。只要走上田野，就会发现许多类似的器官。它们对于土地和世界有着自己完整的、与其他迥然不同的表述。它们是平等的。我不能代表它们，只深知是它们的同类。

由于有了这个茂盛的、鲜花灿烂的、浓香四溢的、果实累累的季节，所以其他季节都被遮掩了。这遮掩是非常美好的。那些贫困、捉襟见肘、吝啬和凄凉，都退得非常遥远，再不属于我们。

让我们更多地把目光凝聚在这个温暖的九月吧，因为它给人以特殊的安逸和富足。关于九月的认识，关于它的每一章每一节，我都会珍视。我只拥有自己的记述，虽然它并非完美无缺，可它散发着那个岁月里的青生气息，是一个可以多方诠释的故事，等于随手可触的泥土，泥土上滋生的茅草、树木、动物和人。当有一天我远离了那片土地，我也会根据自己的记录去寻找和回忆。它是我的旅行地图，是我回返的坐标，它将牵引我的躯体和情感。

怜　悯

　　人在许久的憎恶之后如果回不到怜悯，这种憎恶至少是多余的。它甚至会使自己通过肤浅之路而走向偏狭和无聊。

　　发生在人群中生活中的一切恶意、一切不齿的伎俩，都应触发人的怜悯。怜悯不同于宽容，没有怜悯之心的人也没有什么资格去谈宽容。如果没有爱，不会被纯美的东西所打动，不会为此激动、燃烧和献出，而只有忌恨和恐惧，在漫长的生活里也就不会拥有宽容。心灵上的贫寒、自卑、挣扎和物欲的折磨永远伴随着、缠绕着，那多可怕。这种缠绕有时也会产生出一些小欢欣，但那是卑微者的快乐——同样值得怜悯。

　　午夜的宁静可以教给人许多许多，可以让人想到辽远开阔的往昔、循环往复的时光、川流不息的人群、逝去者和后来者。它就像安静的漫漫的夜色一样，追寻着自己的朝夕。在这样的循环中，人类也只有求助于爱、真正的爱。要爱得非常真实、非常具体，要对生命感到亲近，要尽可能多地去爱护和珍惜。

　　在一些小欢欣之中可以看出某种无奈，在抚摸伤痛的同时却会看到一种绝望。这是让人垂泪的情景。

任何刁钻狡猾的盘算，都像拙劣的儿童游戏。这一切可以交织成罪恶，可以呈现出令人发指的凶残。善的巨手或许能够将其扼住和平息。但这往往只是停留在想象里。恰恰在无头无尾的追逐之中，真正的怜悯扩大开来，渐渐笼罩了自己——自己微小的生命也在这怜悯之中，但它不会祈求宽容——来自他人的宽容。因为在这未知的无法遥测的广漠世界里，自己的命运既无法期待，也无法预知。

这怜悯由他人到自身。怜悯的根源原来来自星河，来自未知的苍茫。他不得不求助于梦境，求助于浪漫的想象。对于善的想象，是浪漫的一部分；善的力量、善的根源、善的结果和来路，都是它的组成部分。借助于这种想象，人在提升自己，达到前所未有的高度。这就是他最后的愿望，他的奢求了。这种奢求渐渐会化为非常具体的行动。他同情和帮助一切弱小和衰老，在他的能力所及的范围内，辅助他们、安慰他们、浇灌他们和指引他们。在一株木槿、一株缬草面前，在一只猫咪和一只小羊面前，他都同样和善地微笑。他注视着它们，那目光是如此的纯粹、无欺。他感到万分遗憾的是与它们之间失去了共同的语言，他与它们只可以用神色相互交流，那么他如何表达自己的知遇和友爱呢？

种种困惑、阻隔的尴尬不断发生在生命之间。他如何能不对这种境况感到怜悯呢？这怜悯之心是神灵所赐予的。有了这样的心情，生命就不会变得卑劣，就不会堕入无底的深渊。只在那个没有尽头的黑暗里，生命才会感到真正的恐惧。还好，知性的曙光一次又一次照亮了大地，人类就在这光泽中往前行走。他们在阡陌之中寻到了曲折的小路，然后又奔向山巅，踏上坦途。

只有在精神的高原，在至高的山巅之上，他们才可以看到大地的局部，那里生满了藜棘或开遍了鲜花。有的地方汪起了一片黑色的龌龊和肮脏，而有的地方却泛动着清洁的水流，茂长着碧绿的蒲草；铃兰花开得那么美丽，还有卷丹和葱绿的节节草。一些形体丑陋的生物绞拧在一起，疯狂争夺。有的在黄色硬块的诱惑下匍匐在地，沾满污浊，死亡的深渊离它只有咫尺。

一切都要结束了。当地表的雾幔蒸腾起来时，这些都将消失。

他很想走进大地的局部，走近它们身边，用不同的方式送去共同的心愿，可是来不及了。他只有无限的感慨，怜悯着。他与其他人完全一样，处于共同的时代，穿着共同的衣装，甚至操着共同的语言。这恰恰是隐秘之极的，是意味深长的安排——正是这一切才遮去了人与人之间巨大的差异。他可以将自己隐入群体之中，用共同的语言来掩去心中的怜悯。

他的沮丧和悲伤只在很少的一段时间内出现，这时候他才是不幸的。绝望一旦攫取了他，他就要费力地挣脱。这种自我挣扎，一次又一次使人精疲力尽——他即将衰老，肉体已经感到了疲乏；只有灵魂之河还生气勃勃、不甘屈服，有时甚至是很强悍的样子。可是这灵魂将失去寄居的肉体。

他偶尔会明白自己是被指派来的，是被善的手掌和知的手掌给委托来的。他有一个不自觉的、早已存在的使命，在催促、启迪和感召。每逢有了这样的觉悟，他就感动得泪水涟涟，不能自已。他用悄声细语表述着自己的感激和坚硬的决心。是的，如此这般地做下去，期待下去和呼唤下去。他不期望得到回应，但是他却不能销蚀其他的希望。即便是石沉大海般的沉默，他也不会愧疚。

他做着、怜悯着，因为他明白他自己首先就是一个被怜悯的生命。这种恩惠是一辈子也难以报答的，爱和感激都缘此而生。

就为了这个觉悟，他要百折不挠，献出自己，献出自己的全部。

一个梦想

……这个梦想不是后来,不是在年复一年的忧烦之中萌发的,而是滋生于许久以前。梦之根扎在童年或是更早的时候。

他想拥有一片田园,在海边,最好离他的出生地——那个小城不远。它应该是一片淳朴的土地,筑着洁净的田埂。秋天,落叶在田垄里被风轻轻驱赶。春天,修剪下的果树枝条被一匝一匝捆起,归拢在园子一角。有一座很小的、可与整个田园和谐相处的茅屋;有一眼清澈旺盛的井水;有狗和猫、牛羊。他将善待它们。它们也会像挚友和伙伴一样理解他。让他来侍弄这样一片田园吧。他在这里劳动、流汗、迎接自己的客人。当他忍不住要写点什么的时候,就找出纸和笔。还有,他将在这里阅读自己最喜欢的书籍,与遥远时空中的那个人对话。

对于他而言,没有比这个再健康、再正常、再诱人的境地了。

有人为它奋斗了几十年,倾尽全力,难以实现。为什么?不知道。人生的羁绊太多了,所以它只能成为梦想。梦想是美好的,梦想一旦实现之后,或许又要被新的梦想所替代。有的梦可以做得很长,一个实现的梦境也可以存在很长,但不会难以消逝。

未来田园的篱笆上生出的豆角才是最青嫩最美丽的。那儿开放的芍药花和宝铎草，将是世界上任何一片土壤都难以生出的芬芳。它们是人的深爱。它们像恋人美丽的异性，存在于那片田园、那片干净的泥土。客人与挚友、可以倾心交谈的人，都会找到一个最好的去处。当然，它在一块大陆的边缘，地球的一角。没有生人、不速之客会摸到类似的地方。

在这里，人可以抵挡双重的侵犯。如果说人对这个世界负有自己的责任的话，那么作为一个生命，用心地耕耘了一片土地，也就足够了。或许一个人还有机会做更多的事情——但他只要不是人类当中的懒汉就足够了。慵懒、掠夺，这才是人生的虚空，是退却。人的选择是自由的，这里也是一个岗位。别人有什么理由来否定他人的梦想、用自己的岗位来否定和贬损他人的岗位呢？别人凭什么说这是一种退却呢？有人认为有意义的生活、真理，都待在自己那个拥挤的街巷、散发着汗味的小小空间……

有人告诉他，当年他的一笔交易差点成功。当时他觉得它尽管有不尽完美之处，但毕竟还是接近了一个梦想。他正将一只脚伸进了它的边缘。长长的争执、细细的计划，最后都在致命的损伤面前流产了。这是第几次失败？他说不记得了。如今已经找不到一块未受侵犯之地。谁是它的主人？不知道。主人在彷徨、疑惑，自以为是地做了几天主人，而后才发现这命运仍掌握在一个更大的手掌之中。他的土地随时都可以从脚下抽走。平坦的一个田园随时都可以被揉碎，被掘出一片凹陷。

在一块冲撞漂移的、破碎不堪的陆地上，人到哪里寻找这片田园？任何人都不愿把所有的温情爱意投注在一片极不可靠的土地上，不愿冒随时失去的危险。有时在朝不保夕的威胁之中，人难以怀抱自己的心爱，只得远远离开。

我们发现那些有机会获得这种幸福、侍奉着一片茂盛的田园的人，他们与我们都有个区别。他们正从田园上榨取，而并非期待着与之长久厮守；他们并不准备把自己的命运交还给它……

一个人长久地跋涉、奔波，从一个地方到另一个地方。无数的朋友帮助过他，但希望还是落空了。尽管有各种各样的原因，但那个基本的原因从来未变，那就是找不到能够决定一块土地命运的人。有时候机缘似乎出现了，但后来发现仍是一个虚幻。

一个人缺少了这样一片田园，无论走到哪里都像在流浪。

有些得意的流浪者已经忘记了人生凄凉，客居异乡，在危楼里饱食终日。长此以往，怎能不误解眼前这个世界？他站不到一个支点上与这个广大的世界对话。他没有自己的立足之地。这片田园抽象而又具体。它不是一般人眼中的观光之地、安静之地和玩赏之地，而是劳动之地、生存之地。人的生计与它化为一体，人的呼吸也与之化为一体。人为它的收获而庆幸，为它的窘迫而焦虑。施肥、浇水、收获自己的果实，播种、收割、侍弄……这些日常的琐碎就是按时的功课，不可中断。它有自己的季节，它不会将人等待。

旅人走在途中，走在通向那个海滨、那片秋风习习的田园之路。这不仅是一种感觉，而是一种真实的行走。这条路本来只有一千多公里，可是我们发现自己走了二十年；或许，时间还要延长。旅人很固执，一定要走到那里。他将在真实的田园中使生命得到焕发和充实。也许在那里，他才能得到最后的圆满，带着真正的微笑安顿下自己。

那时候，他的激动将变得具体而深沉，他的欣悦也将变得具体而真实。他将友善地接待每一个人，与他们分享自己的幸福：安怡的生活、内心里收获的这一切。

东方的水潭

……告别海洋和大河,寻找一个安静而温暖的水潭。畏惧冲击,畏惧风浪,向往生的安怡。那些在奔腾的激流里翻跃冲撞的生命,让其何等不能理解。他们甚至不愿去观望和对比。他们只以自己特有的心智来做出抉择。

这样的水潭只在东方,由老庄等几个古人开始挖掘,至今已成规模。

在这样的水潭里,人可以悠然自得,享受养生的快乐;那种非常符合性格与体力的适当劳动,也只是操练和养生的一部分。一切都在东方的和谐里运行,让时光在这运行里缓缓流驶。一种特别的舒畅和欢乐,伴着哲学上的振振有词,从精神和物质两个方面给以滋养。他们可以长生,可以优雅,可以宽袍长袖地潇洒。只要进入这样的水潭,就没有什么不可以玩味。他们甚至像玩鸟一样玩弄学术和艺术,而且把这一切等同于滋味深长的老酒。

这是一种传统,代代不绝。在它熏陶腌制下的"智识者"终于变成了同一副面孔。据说他们的勇敢和睿智更多地藏在一种讥讽和嬉戏之中，据说这是整个人类的最高智慧、最卓越的表现。这种智慧既无可替代，又无可超越；它甚至可以化为人生伦理，深植"沃土"。

面对崩溃、毁灭、污浊，甚至是重重苦难，他们都可以无动于衷。据说那种巨大的"宽容"是最了不起的人类遗产之一。在多舛的人生之途上，这样的水潭也许真的可以自救和救他，可以自觉和觉人，可以滋润和缓解，可以浸泡——当然更可以腐蚀。只要不是掘毁它，让它流动，那么它就从来不会冲决。它可以吸引越来越多的旅人，让其投入当中，饮下这深深的、由于许久没有流动而变得越来越浓稠的水。

这样的水潭由于最终不是成为一处景致和点缀，不能像镜子一样掩映天空的流云、岸旁的山树花草；由于不能更新，不能纳入新的水系和溪流，所以早已腐臭。一团腐臭的水，一团藏污纳垢的水，就这样汪着。

但它能唤起旅人的诸多回忆，让其自觉不自觉地饮用它靠近它。狂风也只能让其扬起一些水花，而不能使之彻底荡动。一种空前的、永久的安宁和安全感笼罩着，使其感到欣喜和满足。

这样的水潭只存在于东方，在山岳之下的凹地。这片特殊的地形地貌，流失了的水土，极适合于这样的贮藏。绿色没有了，它们在一个世纪前的一场涌动中被扫平荡掉；高丘也没有了，它们同样丧失在那一场巨大的动荡之中。在这片无绿无碍的地洼里，也就蓄起了这样一个长达几个世纪的水潭。

在疲累和焦渴中，旅人一步也不想往前了。前方漫漫无边，一片昏暗的光色下，隐藏着风暴和冰雪。他怯于投入，可又不愿止步。回首就是那片水潭，它在那儿引诱。走向回路还是……前方流云一片，更远的前方又是什么？他听到了海浪扑扑卷动，大河隐隐冲刷——它

377

从北风里传递过来。它们是另一种引诱。可水潭里的水生动物,它们咕咕的召唤声,像夜话般的自语和相互安慰之声,又传递着另一种甜蜜。远方高山下垂挂的瀑布,飞溅的水沫凌空而起。那里有参天大树,搏击的鹰隼,有在云端上环绕的高歌,有狂放的大言,有英姿勃发的旅人,有感人肺腑的呼唤。

他终于放弃了这个水潭,忍着渴裂双唇的痛苦离开了它。暮色中,他看见闪耀的一片磷光,发现垂挂的芦苇叶片一片焦枯。他知道那是水中蕴含的某种毒素弄伤了它。

他的田园里有一个水潭,可水潭却不是全部的田园。如果他的田园全部化为了水潭,他就宁可放弃,做一次永生的漂泊。失去了家园,他将没有庇护,没有驻足的驿站,甚至没有同行,没有生的安慰。可即便如此,他的衣衫和肌肤也不愿染上水潭的腐味。他既不愿领受潭中水族的光荣,也不愿借助它的声势。他只是一个孤独的旅人,一个流浪者,一个用双足去亲近大地、寻找明天的人。

他发现那片田园并没有因为这个水潭而变得风光宜人,变得润湿和适合万物生长,而是恰恰相反。一团团久蓄而变质的水侵蚀了肥沃的土地。它流动之处,寸草不生,一片凄凉。而由于它的凝聚和浸染,一片土地更加干涸。河流阻断,溪水不见,芬芳扑鼻的合欢树、缬草、雏菊,都不见了踪影。记忆中高高的白杨,它滑润的淡青色的皮肤让人魂牵梦萦……如今这一切都消失了。

大地上应该有一些开掘者。他们应该给土地引入活水,让它流动,欢歌,激起雪白的水溅,最终奔向大海。

一个封闭的水湾只有腐朽的明天。而人的渴望、千千万万的渴望,却可以汇聚成一道冲决一切的大河。海洋何等阔大,辉映着天空。它连接着神秘的陆地和远方。它的浩瀚无可比拟。它有美丽的静止，有绸缎一样的柔软，有午后太阳拂照下的温柔。可是它也有狂暴和愤怒，有粉碎一切的力量。它可以撕毁时代的岩壁，可以淹没无数的峰峦；它才是真正的伟大和不朽。它既有伟大的孤独和自在，又有手携四洲的能力。它就是世界，伟大的未知和伟大的未来。

究竟有谁身负开掘的使命、引入活水的使命？

我们相信，他们将是这个世纪里最为光荣的人。他们出现过，可是又被笼罩了。他们正在地平线上向我们走来，世纪的寒风又卷走了身影。他们踏成的路已难寻踪迹。只有那声音还在隐约响彻、震撼。

腐臭的水潭终将过去。人类的太阳在照耀，它将因为蒸腾而僵死。它拒绝河流，拒绝活水，拒绝接纳和奔涌，所以必有如此结局。

土与籽

　　无数的形影和目光在流动、飘忽，来去、消失，降临、重合，无影无踪了。可是这一切会在心中留下痕迹，使之不能忘怀。陌生的，熟悉的，似曾相识的，都在脑际交叠、重合……人已来不及叹息和感慨。这一切想来是如此奇特，令人惊心动魄。尽管它们更多地化作日常的琐屑和凡俗，可是在这深夜，在一个人的时刻，当人凝视夜色，悄思考量之时，又会怦然心动。

　　它们是这样不同，迥然不同。同一片泥土，同一片苍穹之下，闪烁的星斗之下，竟然映照着这么多不同的生命。

　　它曾经使人陷入深深的困惑和不解；当试图使自己笃定时，又感到了许多宽慰。无法直抒的柔情，难以传呼的同伴，没法携手的挚友，不能继续的旅伴——看着你新添的美丽白发，一阵感激。我们觉得这是为我而生，为他而生，为这个时代而生。美丽的白发，不可替代的银光闪闪的丝绦，由最美丽的精神凝结而成。可以爱它。目光久久地盯视它。

　　同一片泥土却抛下了不同的种籽，它们也终于结出了不同的果实——幼小时都是绿色的，叶片也难以区别。在阳光和雨水的滋润下，在自然的生长中，只有时间会将它们鉴别。有的笔直向上，有的匍匐在地，有的爬行，有的直立，有的扭曲——比如白杨和地衣草，比如杉树和莥草。人们常常惊异于同一片土地生长出这么多差异巨大的生物，却忽略了基本的追究：土与籽的关系。

他们忘记了不同的籽必定结出不同的果，外力所能够改变的仅仅是微小的一部分，而不可改变的却是它的实质。它可以因为干旱、气候以及种种摧折而死亡，但却不可以长成其他生物。它可以由于种种恶劣的外部条件而瘦弱和矮小，可是却不会变成其他的生命。

一株白杨在风沙的吹打下枯死，可是它的枝茎仍然直立；绿色的汁水被一点点耗干，可是它的躯干却仍旧坚实。一株黄色的地衣草由于巧妙地攀附和吸吮而变得葱嫩、肥胖，可它仍然只是缠绕，只是匍匐和爬行。它难以独立向上，这是它的属性。

我们的悲哀在于没有能力鉴别土与籽的关系，没有能力区分不同的籽与不同的结局、它们所拥有的不同未来。在同一片精神的苍穹下，同一片精神的土壤下，仍然生长着不同的植株。同样的阳光雨露，同样的大自然的饲喂，它们却各自奔向自己的明天，寻找和靠拢着自己的终结，简直是别无选择。这就是命定。

在渠畔上，在一片湿润的疏松的土壤上，一株青杨和一株狗尾草同时萌发。它们都伸出绿色的、娇嫩的、小小的叶片，仔细辨认都分不出它们有什么不同。它们相挨着，亲昵地偎在一起，像一对孪生兄弟。它们一块儿享受着阳光和渠畔上丰富的腐殖土。充足的营养、流动的活泉，都催促它们快些长大。它们没有辜负这一切，真的飞快成长了。

后来，也就是那个春天逐渐走向深入的时候，它们的区别越来越大了。狗尾草的茎秆终于长出了一厘米,而那株青杨的幼苗却身姿挺拔。它尽管比那株狗尾草高不了几寸,可是那枝干似乎已经有点模样了。它的绿叶没有狗尾草的叶片长,可是更厚,叶子背面有一层泛白的毛茸,娇嫩的桃形叶在风中摆动。

它们之间大概也在用诧异的目光互相端量,再也不像过去那样亲密细语、紧紧相挨了。它们各自扭过身躯,尽可能地间离一点。它们由于性质的不同而不能够连接手臂,不能合拢。

春天继续深入,接着又是火热的夏天。当然后来就是寒冷的冬天了。狗尾草结籽并过早地收获,也走完了自己的终点。而青杨树才刚刚度过第一个华年。它又长出一尺多高。它的枝干又变粗了,叶片更为展放。秋天既过,它注视着同伴的枯萎,怀上无限的怜悯。严酷的冬天来临了,它第一次经受风寒,咬住牙关。风雪把它的叶片渐渐撕碎,又打落在地。它严肃地注视这一切。渠水封住,可爱的歌唱停息了。它要孤独地挨过这个冬季,息声敛气地等待春天。四周的草,那些比狗尾草还要矮小的苋草、节节草,都一片枯黄,没有一点绿色。而它自己还仍然执拗地把绿色蓄在了表皮。

后来是一个又一个春天,许多许多的春天,接连不断。它令人难以置信地长得越来越壮、越来越高,后来简直要去抚弄高空的白云。它长得笔直笔直,英俊高大。远方的人手指它说:"看,那棵高大的青杨!"

在这片荒漠上,我们寻找着那株青杨。我们知道:它不会生长在茂密之地。密集的只能是芜草,顶多是灌木,而不会是挺拔的大树。在原野上,当它的身影出现的时候,我们为它的英姿而迷醉,甚至感到了微微的自豪。它不是我们,但令我们心向往之。它的直立和向上的气质吸引着我们,使我们无法把目光转向他方。

它具有真正的魅力。它是旅人的指路航标。它的绿荫可以使他得到真正的安慰。他可以依靠它，甚至可以与之倾谈。那些按照一些固定的季节被不断地播种和收获的植物都在它的脚下，散发着浓烈的、诱人的气味，但它们永远不会像它这样粗苴高大，也不可能像它这样坚实和执拗。它倔强独立的性格永远是生命的参照，是原野的骄傲。对比那些被不断收获的植物，它是一个奇迹，是不知来自何方的一粒种籽。它不是由人抛下的，也不是为了收获而点播的。它是最自然不过的生长。它的存在只属于这片大地，还有白云和高空、飞翔的鸟儿，以及美好的黎明和黄昏。太阳总要格外多情地映照它的身躯。

　　青杨树，我们不能拥有你，可是我们愿把你植入心中，让你在其间生长……

奇　遇

在这次长旅的开端想见到你，可是无暇寻找。只是那样想过。

这个寒冷的夜晚，不知为什么就决定去那个场所。毫无预料地，你也去了。于是我们有了一次奇遇。

就像在旅行开端时想过的一样，一次既令人愉快、又多少有点惊奇的平凡而独特的相逢。

……与一个人、一群人，友人、厌恶者甚至是一个时代一片土地，都会有类似的遭逢。是命运让他们遭遇。人的幸福与不幸都是一场奇遇。既然遭逢了就不能回避。他必得接受这全部：美好的与不美好的。

人所能奉献给他人和世界的，只有忠诚和勇敢。带着一个有价值的生命所理应具有的那份诚恳走近，走近容纳他的这个时空，当是不会变更的心意。大约不应再埋怨汹涌而来的恶，因为他甚至来不及去赞扬和簇拥差不多同样多的善。

它们就是这样交织重叠，让人痛苦欣悦。我是谁？来自哪里？走在旅程的哪一端？午夜，北风呼啸的午夜，他不由得一次又一次盯视这内心泛起的质询。

他想起了很早时候，还有前不久一场又一场的遭遇、重逢、感觉和判断。它们都是那样的不可思议，又是那样平凡。它们是一次又一次的巧合，也像一次又一次的固有设定。有时候它让人感到是瞬忽即逝的、毫无意义的，有时也让人感到这是命运当中凝固的块垒。时光的运河在缓缓地、有条不紊地运行。报怨还不如接受——接受也非消极，因为接受当中就包蕴了全部热情、全部真实和全部能力。人应该有感动，有愤怒，有欢欣，有跳跃，有拼死一争，有热泪流淌——这一切才是人的全部。

如果拒绝了其中的一部分，那么也就拒绝了全部的真实。

为什么要痛苦忧伤？为什么要沉吟不停？为什么要歌唱不止？为什么要泪水涟涟？为什么要白发糊上双鬓额头？为什么目光中沉淀了那么多的黄沙？为什么要举步维艰？

因为时光，因为这一场场遭逢、这一次次奇遇。神秘的世界每时每刻都在生发滋长，而对于一个人，却是一生仅有一次的奇遇。

想到了这一点、这个领悟，人不由得心中一动。珍惜生命，珍惜这唯一的一次吧。一切都是唯一的一次，一切都要付出生命的热情、人的真诚。缺少了这种淳朴的念想和感悟，那就会终生遗憾。

让人感激的是那无尽的灵感和动人的友谊，那让人沉湎的无数情感世界。是的，美好的诗意与之完全等同，它们只是同灵异体，是抽象和具体之别，是想象和现实之别，是身躯与精神之别。星辰、月光、泥土、鲜花，都那么具体；可是它们都可以引出无数的幻想。

人与人是一次遭逢，一次奇遇。爱你们，也爱与你们联结一起的全部痛苦和忧虑。爱你，也爱无数的坎坷、艰辛和折磨。

一个人既然没有权利拒绝，那么就满心欢悦地承受吧。像一株萱草承受露滴，像一片干土迎接水流——他将得到滋润和灌溉，将因此而变得生气勃勃。白发、皱纹、已经不能展放的眉头，都是生命的一次遭逢，一次奇遇。它给予了我们，它不再离去；它变得更加浓稠、芬芳和苦涩。

好啊，未来的一切，依次展开的人生；好啊，这就是人的一切，命中注定要携手共进的一切。

……那一天谈得何等愉快，无拘无束。我们都惊叹于这次奇遇，并以人的敏悟抓住了。

你是大地和时光孕育的一个精灵，你是汹涌河流之中的一颗彩色石子，你是栽在他乡异土上的一株杨树，在我完全没有预料的那个空间里，喷吐自己的芬芳。

如果时光和周围的世界给了你恶习，那么让晶莹的水流洗去它吧。如果我同样具有这些尘埃，那么也让我在一场酣畅淋漓的春雨之中痛快地洗濯吧。让我们都变得生气勃勃、洁净挺拔。

踏上新的旅途，背囊被轻轻负起。它们囊括着它所包容的一切。

夜深了，茶香缭绕，寒冷的风把窗子吹响。炉火噜噜，暗红色的火苗从缝隙中闪烁。夜色、车声、风声、人的喧哗，一块儿远逝。在这闹市，一夜寒冷驱逐了喧哗。多么好的、寒冷而又温暖的夜晚，多么好的、安静隔离的空间。

我们谈了很多。广漠的世界怎么谈得尽。它们留在前边，留在背后，留在了无数的日月中。

每人都有一些自我惊讶的神奇发现。在一些美妙的时刻里，我们总是激动不已。送走这些激动，又会感到惆怅；回味时才滋味悠长——像老酒，像一颗甜蜜的秋桃。

一个走入中年的人和即将告别中年的人，似乎会比过去平静得多。什么也不能代替时光的教诲,它像不易察觉的黄金屑末堆积在心灵中,沉甸甸金灿灿,只等待感悟之手把它们发掘。它们是无尽的,仍在堆积,直到把人压得难以移动,脚步踉跄,最后倒塌在泥土上,迎来一次彻底的融入。

岁月之河继续流淌,时光的瀚海漫漫无边。你走开了,他走开了,人们走开了。后继者绵绵不断,他和他们都来到了。他们所遭逢的将是另一段河流,不同的漩涡和水流,自己的光和影。一个个特定的时空,风雨来临,雨露洒下,阳光同样微笑,月亮同样皎洁,那一片荻草仍然按时吐放自己的缨花,古河道则仍然干涸。

一片崭新的、密密麻麻的水网悄然笼罩大地,似乎告别了一个干旱的时代——一切都是陈旧的,一切又都是崭新的。

奔　腾

原野上，一匹奔腾的骏马……

刚开始它迎向太阳，沐浴霞光。白云和漫漫长路衬托得它更为俊美。

当它的鬃毛和长尾蒙上一层灰尘、全身汗水淋漓的时候，太阳正好移到了当空。烈日将一切灼焦。滚烫的风里摇动的植物、龟裂的大地……

暮色里仍在嗒嗒狂奔的，是一匹瘦骨嶙峋的老马。它用力催动自己的步伐，昂起头颅。夜风欲息，鬃毛再不能在光色中像火焰一样燎动了。

苍茫中，四周的绿色全部溶解、隐去。只有星星闪现空中。

人们只凭这嗒嗒的马蹄声，判断有一匹马在野地里奔跑。

是什么让你无休止地奔波，不能停息？你仰天发出嘶鸣，那是你的回答吗？可是这长啸也无法诠释，你留给自然的那些回响也令人费解。它大概是你不停奔腾中伴随的声息，如同留给自己的歌唱。

奔腾的骏马！由缓缓而行到飞驰而去的、嗒嗒不止的奔波之旅啊，永远向前，直到一切消失……

为什么要奔腾？设问那永无干涸的长河，它的滚滚流动：为什么要奔涌？为什么要无休无止地汇向海洋？设问那个黎明喷薄而出的朝阳：为什么总要升上高空、穿过层层雾霭、普照大地？设问这潮起潮落的海洋：为什么这样滔滔无际，泛起一片银光，或是咆哮，耸荡起一片如山的波涌——不停地扑向海边，又不断地碎成雪白的、丈把高的浪花？

没有回答。它们都不能够停止，只是继续着，只是按照上帝所赋予它们的动力和节奏，无休止地运动下去。

万物有灵，有自己的命数。这是生命之谜，是潜在底层的灵魂的焦灼。这一切迫使它们运动和磨损，永无休止地变幻和造化。时光可以剥蚀山脉，让其化为浮尘和土壤，时光可以改变一切。时光在运动和旋转中改变生命。这绚丽的悲剧，伟大的毁灭，整个过程弥散出无与伦比的美。

骏马必要奔腾。它不会在污浊的泥潭里匍匐、咀嚼。骏马应该倒在原野之上，或者是洁白的雪崖之上、裸露的岩石之上。当它倒下的时刻，它的头颅也仍然指向前方——成为原野上行进的一个伟大标记。

那个秋天，寒风乍一吹起，田野流转着沉甸甸的香气。一匹浑身挂带着伤痕的马嗒嗒而去，迎着秋风、向着南方——那是一片黛色的山峦。

它冲破层层罗网，身上留下割伤，淌着鲜血。可这一场挣脱和奔突令其何等愉快。它不倦而无畏，掠过的尽是诅咒与惊恐。

有人断言它不久即会因干渴倒在泥沟、因莽撞冲上断崖。它将摔得皮开肉绽，最后被山里的食肉动物啃成一堆白骨。

骏马嘶鸣着，往前驰骋。许久以前，还是它身陷罗网的时刻，它就遥望南方那一片黛蓝色的山了。那是何等美丽的一片。它期待那里遍布山花，阵阵鸟语使其迷醉。那是无限的幻想之梦。

那时它还被绞索缚住，四周栽满铁蒺藜。它不知这正是一个鲜活强悍的生命所要经历的磨难，只是一味企盼遥想。

那必定离去的意念在鼓励它，冲撞心扉。

它甚至想象山阳坡上，有一片灿烂的卷丹花、河谷上有英武的刚松、无边的嫩草、丰美的食物，还有在阳光下泛亮的活泉……

一场永不停歇的挣脱开始了。百折不挠，直至成功。

向南的高地越来越陡，山势险峻。它浑身淌满了汗水，每一根毛发都在欣悦和激愤中浸湿，四蹄扬起的尘埃又将其糊住。它周身发痒，寒风吹起瑟瑟发抖。可是那片闪着光泽的卷丹花、美丽的刚松，都在诱惑鼓舞。它看到了命运的微笑。

午夜，月亮和它一起飞奔；饥渴了，喝一口浑浊的泥浆，啃一点草叶。一刻不停地往前。嗒嗒马蹄伴着高空的雁鸣——那是另一些奔波不息的生命。视野里有什么鬼火在闪烁，一些发蓝的眼睛……那是狼，以及其他食肉动物。它们甚至发出了阴笑，咯咯的笑声使夜晚变得更为可怖。

整整花费了一个季节，它才走穿这片大山。

它站在山阳坡上，看到了河谷，但没有看到红色的卷丹花和一排排的刚松。在苦涩的水潭旁，它勉强地饮用了。它的毛发因为被越来越冷的山风吹扫，脱落了很多。它甚至有点倦怠。每天，当东方的太阳喷薄而出的那一刻，它的神情就为之一震；看到那一天繁星，它就感到一丝莫名的温情暖意。泪水涟涟，它想起了自己的母亲。

跑啊跑啊，更南方，一片雾霭下闪烁的蔚蓝，化为它梦寐以求之所、潜伏和生长之地。

力量像汩汩流泉，又一次冲腾奔涌。

涉过河水时，汹涌的水流险些把它冲走。它奋力挥动四蹄，胜了。登上彼岸，全身的污垢也被洗涤了——此时太阳升上半空，周身给照得灿亮。那新鲜的毛色证明了它青春勃发的生力，那甩动的长鬃显示着它永未丧失的希望。它昂首长啸，声震河谷……

两岸的植物、动物，所有的生灵，都惊奇注视。它们呼出的惊叹与它的嘶鸣混在一起，激荡四野。一排落叶松在行注目礼，美丽的叶片垂下，给奔波的精灵以宝贵馈赠。

只有希冀，没有终点；只有远途，没有退路。它奔着，永无休息。

一片又一片土地飞跃了，跨越了。那个美丽的传说，那个奇异的梦幻，那个落在童心里的种籽，这一切所催生的那片绚丽终未出现。它渐渐明白只有奔腾——这奔腾本身就是一片绚丽，一个希冀，一个未知，那才是终点的终点。

它走过了一个季节，又穿越了另一个季节，仰天长啸，美鬃燃燃燎动……

为什么不能停歇？为什么不愿止步？它只记住了内心里最纯美最准确的判断。它只为了终点的终点、一切的一切——奔腾……

南方的水

浅而细、悠而长的南方之水，流动着，蜿蜒而去，不绝如缕。它像黑亮的长发，温柔的目光，洁白的面容；像暖融融的微笑，像她的眸子、含蓄而委婉的问候。

南方的水，涓涓细流，滑润之水，滋养生命的水，始终如一的水，永不疲倦的水。南方的水，汇拢了万千小溪，渐成一条宽阔的大江，负载舟舸、运送木排、携走沙石、塑造陆地。

南方江河由柔韧之水综合而成。它们决定了它的性质、它的历史、它的来路，也造就了它的终点。

这儿尽是温暖的季节，蓬蓬的绿色。南方挽留了旅人。他走进你的怀抱，让南方的水流抚过身躯。一片温暖使人难以回报，他甚至不敢在此久留。他知道很远的路程在等待。你洗去他浑身的泥垢，脱落一路风尘。他转身注视你，南方。他不知该向你倾诉什么，只默默掩住了感激和惊叹。

他不得不惊叹这美好的造就、神奇的时光、不可多得的怜惜。你把怜惜交给了旅人，交给了一场无边的磨损。这磨损也将使你变得苍老，变得浑浊。陪伴旅人的，是你哭泣般的流动。你的哭泣之声让人想起很多往事。

悠长陈旧的往昔，贯穿了所有故事。明天仍将如此继续。

离开了你的洗礼之畔，心中泛起阵阵思念。这思念不可阻止，难以中断。当他回到出生地——那个寒冷刚烈的北方时，思念就愈加浓烈。北方的河流是季节河，汛期滔滔不休，冲刷石块，挟向大海。可是枯水季节只剩一线细流，甚至终将干掉，只裸露出焦干的河床。它从南部山地挟来的卵石生生抛在半路。此地离大海甚远，可是却被抛置，迎送烈日寒风。

北方的海闪着墨绿的颜色，像生铁和钢。它充满了硬度：撞在岩石上，岩石开裂，或留下创痕。它把整道岩壁给劈下一半；它有时像火药一样轰击半座山峰。它把航船打碎，把陆地吞没；在一个疯狂的夜晚，它毁掉了整个港湾。只在风平浪静的某个下午，它才温柔起来，变成绸缎般的柔软细腻。美极了、开阔极了，令人神往。

可是你不敢想象它暴烈的、咆哮的时刻。

南方和北方，命运之中两片不同的陆地，他在心中将其悄悄缝合，感觉统一和连接的博大。对土地和江河的塑造同样需要南方和北方之水，需要它们的滋润和负载、它们滔滔不止的涤荡与洗刷之力。离开北方的时候含着屈辱和思念，抹去男儿的泪水。离开南方的时候挂带着更大的思念，把一片伤感甩到身后，埋入土中。

在北方的寒夜里，他有时听到的不是滔滔大海的轰鸣，而是南方涓涓的细流。

你不倦地流。在这午夜，你仍然在流，目光催动旅人的步伐。伸手即可触摸你柔发一样的长流，也记住你那潺潺的声音。

就是这不倦的流动，让人想到了一个风风火火的身影。这是一种追赶。

在童年，他感到最为迷惑和惊讶的一个图景，就是蓝天上那排成"一"字和"人"字的大雁。它们无一例外地从北方飞向南方。北方不远就是一片大海，它们是从海的那一边飞来。多么了不起的神奇生命！它们整齐划一，歌唱着，不可思议地、勇敢地飞越了大海，飞向自己的梦想之地——南方。

他多想随它们一起去寻找那片温暖，那片躲避寒冷的热土。

那时他尚不知自己的将来，但那歌唱前行的雁群却是最好的指引。它们飞去之地当是他的向往之地——那里到底有什么？那里将使大雁获得什么？是什么使其如此着迷、执拗和不倦？

旅人今天明白了，原来是你在这里流动。在这片土地上，你经过的是这样一片林木山脉……

今天他终要离去。不能在此驻足，也是他的悲哀。你流动吧，不要发出哭泣般的声音。你看，午夜的月光下，你闪动着多么明亮的眸子。你应该欢笑，可是却发出了呜咽。这个世界上的悲伤已经太多了……

它伴随你往前，你也送它一程。

南方的水，执拗而长久的水。你的品质与性格将永远使旅人着迷。

你注入了旅人的心中。

第五辑　理性与浪漫

秭归的精灵

大地上有一线流转的水,它绕过山脉往南,往东,驮载舟船、水藻和人的灵魂。生命之水,无穷无尽的想象和怀念。

无数次吟唱你的诗句,在瑰丽而神奇的思想面前陶醉和钦敬。想象你肃穆和忧伤的面容、风中拂动的袍袖,你怎样抵御严寒、怎样抛洒和排遣自己的焦虑。可是很少想到能够走近你,因为你是不容任何凡夫俗子挨近的那种灵魂。

是这奇特的山脉、郁郁葱葱的林木,特别是这些流转的水,滋生了一个独一无二的精灵。你是它的发声器官、吟唱器官。

终于来到秭归,看到了你如真似幻的墓地,从那个小小的方洞里,窥见了朱红色的棺木。在墓地临近的长江水岸,又看到了龙舟,一排一排,拢在一起。再有不久就是所谓的端午节,就是抛撒粽子、龙舟竞赛的日子了。这片土地上的人用充满诗意的举止,用这个节日来怀念和自娱。

而那个悲伤的、忧郁的、浪漫的诗的精灵,却飞翔到遥远的云端。他在虚无缥缈之间俯视这片不断变幻的土地。这是故地吗?这是他的坟墓吗？这里埋葬了什么？埋葬了一个久远的希望，还是绵绵不绝的浪漫？

这只有那只在云端上歌唱不止的百灵才能够回答。"长太息以掩涕兮，哀民生之多艰"。这声音比这流转的水还要长，永远不会干涸和消失。它化为潮汐和星月的辉光，伴随长流不息的生命。追随那个精灵的有无边的忧伤和神奇的想象。在这之前和这之后，都没有任何一个诗人抒发过这样的情怀，没有过这样精妙和鲜烈的比喻。在那首著名的长诗里，他把绚丽的兰草、菌桂，甚至是薜荔的花蕊披挂在身，又将木兰摇摇欲坠的露滴、秋菊的花瓣，作为朝夕的餐饮。是的，只有这样的衣着披挂和这样的饮食，才配得上那颗洁净透明的、芬芳的灵魂。

吟唱你的诗句，忍不住双泪长流。似乎看到了那摇摇欲坠的芬芳的晶莹怎样渗流和滋润。在这无所不能的惊泣鬼神的吟唱之声里，人类拥有了一次意想不到的致命炫耀。

这个精灵在俯视一片土地的时候，或许会有彻底的陌生感、一种特别的凄凉，让他不忍再看。可是他又不能离去，不能消逝，不能割舍。他属于秭归，属于这一线流转的水。

可这到底是哪里？是秭归吗？秭归又是哪里？那红色的棺木、刺眼的朱红，那拢在一起的龙舟，那各种各样的题词，嬉笑的、怪模怪样的、打扮怪异的游客，这一切又来自何方？为何生成？

精灵带着双倍的叹息和难以言喻的悲伤，浮在云端。不知多少凡夫俗子对他发出了放肆的议论，指责他孤芳自赏。是的，无论在当时还是后世，他都是真正的"孤芳"。在山河大地，在人类的群星之中，他才是一个伟大的奥秘。他用自己的喃喃自语抵御了千万年的嘈杂喧嚣。

令人费解的是，那么多悲哀忧虑、深重牵挂，为什么就不能遏止和阻断那海阔天空的想象，遮去那使人迷醉的、弥漫在天地之间的芬芳？

不能设想在辽阔的北方能产生这样的歌咏、这样的奇迹、这样的神采。请悟读一方崭新的山水，大江之侧的秭归吧。这重叠陡峭和碧绿的山脉在许久之前雾气愈浓，猿声不止，也更为神秘幽远。可以设想那此起彼伏的凄凉而悠长的招魂之声。这儿没有北方的铿锵，却有南方的诡秘和委婉哀怨、多疑和怀念……

诗人诞生于南方的贵族之家，却经历了长长的流放，走入了民间。非凡的素养和宽阔的见识使他更有能力感知真实和理解苦难，进一步取得了代表底层的资格。他是底层的代言人，底层的发声器官。他作为一个生命留下的，只是精神，而不是繁琐的细节；是本质，而不是表象；是他向上的、创造的、劳动的品质，而不是浅薄庸碌的浮层。怒其不幸，哀其不争，永远是一切底层代表者的基本精神状态。他因这种向上的精神而高贵，因情怀、气度、资质而高贵，而不是因为贵族的血脉。我们可能设问：血脉是何物？它又源之何方？我们只能说，它源于绵长不断的水流、膏脂一样肥沃的泥土以及土地的骨骼——重叠的山峦；源于无边的云霭、冉冉升起的太阳。总之，是滋润万物和一切生命的自然天地。

这不是虚幻的假设，而是生命的真实。是的，自然天地间包含囊括了高贵的生命，也有卑下龌龊。只要是一个生命，就必然在它的空间里汲取，并任其吐纳，不会有一个例外。

就是这样一个空前绝后的精灵，人民却没有因为他的飞扬和凌空舞蹈而弃绝厌恶。他们只为他而自豪，并且将他各种各样的故事讲述下去，让他永远存活心中……

399

这就是关于一个精灵、关于秭归、关于这一线流转的水的故事。在苍寒的水域，在山风的呼啸声里，我们可以想象诗人艰难的跋涉。他可以衣衫褴褛，吞食粗糙的食物；他可以像耕农和樵夫一样贫寒，但内在的思绪、心情却迥然不同。他就是这样一个卓然不群、辉映千古的人物。他追问天地万物，它的来路和去路，质询不绝。这可以让我们明白伟大的人物必有伟大的关怀，而失却了这种关怀，就没有任何根据去代表底层；既代表不了昨天，又代表不了明天；就会因自己的庸常和平俗而隐化于屑末，埋葬于沙尘。

　　诗人只能出产于流动的水、不倦的水，沿着山隙漫流、淹没、远去……与之相对的即是愈来愈远的海洋。海洋阔大渺远，无论是今天还是明天，大海都给人这样的感觉。最现代的交通工具也不能使人类丧失这样的感觉——而在远古，海洋对于人类更为迷惘和深渺。

　　南方的水，流转不绝的水，它诞生了一个精灵……

理性与浪漫

后人常常追述那将近三百年的历史——中国历史上一个大变革的时代，产生了空前光辉灿烂的文化的时代。一个民族几千年来的文化发展和学术思想都深受这三百年的影响。它具有真正的划时代的意义。

这就是从春秋后期到战国。

这片土地上何时出现过这么多的思想家、政治家、军事家和杰出的学者？他们来自各个阶层、各个阶级、各个社会集团。"言治乱之事，以干世主"；到处游说讲学，弘扬自己的思想和政治主张；相互论战，派别林立，即所谓"诸子蜂起，百家争鸣"。他们是一个时期人类才华的全面凸显，是人类所具有的巨大关怀能力的全面展现。他们留下的深邃的思想、灿烂的辞章，像山河日月一样永恒。这些辞章有的雍容和顺、迂徐含蓄；有的灵活善譬、气势充沛；有的奇气袭人、想象丰富；有的层次清晰、论断缜密；有的锋利峭刻、说理透辟，阅其文如闻其声，如观其貌。

我们相信那种巨大的激情，不可淹没的理性，正为朴实而开阔的一个时代所独有。他们更为自信,更拥有抱负和畅想力。为了实现这抱负,他们可以跋山涉水,远去他国,宣示自己的见识和主张。

我们仿佛可以看到茫茫大地上往复奔走的诸子们,他们风尘仆仆的身影;身背行囊、面色肃穆,风尘掩不去眉宇间的勃勃生气。各种各样的危难艰辛,都像脚下的土块一样被他们踏碎踢飞;一次又一次的挫折、坎坷、难以言说的磨难,都不能将其吓退。披星戴月,车骑舟船,甚至是饥寒交迫,九死一生。忍让、屈辱、思念、离异,各种各样的人生遭际,都不能使其宏大的志向有一丝改变。

无论从哪个方面讲,这样的一种民族气象都是令人深深自豪的。拥有这样的历史的民族是不可能毁灭的,而参与制造了这样历史的诸子们,也领受了永不泯灭的光荣。他们的言辞和行迹都同样不朽,他们留给后人瞻仰的高大而匆忙的身影,也同样不朽。

当时,无论是出身卑微者还是高贵者,都可以在同一场合辩论;都可以辞锋锐利、言之凿凿;都可以展放自己的一腔豪迈;都可以闪烁动人的眸子。他们试图使自己洪亮的声音直达耳廓与心灵,进而化作日常具体,造福于土地,恩泽于民众。他们既是夸夸其谈者,又是讲究实践者。他们可以同时是一个时期一个民族的智慧之星、才子、学人,又是武士、重臣和旅人;今日直言于庙堂,明日浪迹于天涯。

只有那些从不苟且偷安者才有这样的潇洒、这样毅然决然的气魄。一个充分掌握了自己生命意义的人,才有如此的坦然和果断。

从一片土地到另一片土地,从一个国家到另一个国家,不倦地寻找、说服、宣示、辩论,目标和信念不可更移。这样的人生充满理性,这样的行迹又浸透了浪漫。诸子的足迹经纬罗织了丰饶的大地,绚烂的言辞写就了纸帛和历史。从历史上看,只有在一个民族处于竞争和发展的生气勃勃的时代,才会窥见这一类身影。

应该研究滋生这些奇特生命的土地。土地与土地之间尚存在着差异。当时严酷竞争的现实是，无理性则丧失，则毁灭；无达观则萎靡则衰败。正是这样一种规定性的力量在左右和驱使，诸子百家也就各言一家之理，各展一技之长。没有统一的理法，没有不变的规范。各种约束都消失了，远退了。在共同的机缘面前，它们生长、交替和更迭。

我们所能看到的这些记录很可能只是当时繁华绚烂当中的短短数页，还远不能再现那个盛况空前的时代。可即便如此，也让我们得以窥见盛大的历史舞台上，那一幕幕惊心动魄的政治经济以及文化艺术的精彩演示。

一个时代逝去了，再不复见那汪洋恣肆、风诡云谲；也再不见雄辩和鼓动、充沛的气势、强烈的情感、"沛然莫之能御"的雄风；不见了折理辩难、坚硬的逻辑、朴素的辞章、透彻的思想……在人类历史的长河中，它像一朵鲜花一样灿烂地开放过，然后凋落了。落英遍地，归于时代的泥土。旷阔苍茫的大地，再也没有了他们的身影——诸子的身影。而且他们的气质、才情、行为，都无法效仿。

在几千年后的今天，对他们的模仿会落下不可思议的笑柄。那无异于一场梦呓、精神疾患、狂徒、不知天高地厚者……但当年也就是这样一些"不合时宜"的人物，创造了整整一个时代。那个时代就人性、政治和生活的本质意义而言，都达到了难以言喻的高度。大概今天再没有一个人能像他们那样，将一己的生命、情趣和利益与宏伟的抱负、开阔的山河融为一体；既不能像他们那样潇洒练达，也不能像他们一样真实勇敢。

我们可以从历史中结识这样一批人。他们用自己的言行把"人"字写在了山川大地上。当代人的浪漫，比起他们来就要大打折扣了。

这个火箭和电子集成块的时代已经使诸多事物改变了质地和颜色。从严格意义上讲，我们今天已经没有了诗。我们生活在一个丧失了诗情的世界上。因此我们也将逐渐丧失理性和浪漫。这种估价是非常悲哀的，可是这种悲哀由于并非夸张，而显得愈加沉重和不幸。

我们于是开始怀念那些行色匆匆、口沫飞溅、手掌翻动的辩士们，未敢嘲笑。我们将好好倾听几千年前的声音，窥视厚厚的历史幕布后面那些陌生的身影。

为什么真正的诗意和浪漫常常是凝聚在青铜和生铁的时代？为什么当我们人类具有了更大的发射力、倾听力，即拥有更为现代的科学技能的今天，反而丧失了那种率直、真切和伟大的力量呢？

我们正在遗失和忘记。尽管我们有着更为详尽的、了不起的记载能力，但我们正在遗失和忘记。

这种不幸将不仅属于一代和两代，而是属于未来。

这种不幸属于整个的人类。

稷下之梦

这是出现在齐鲁大地上，文化和学术史上光辉灿烂的一页。不仅是齐鲁，而且整个的中国政治、学术和文化的历史，都因为这一页的翻开而感到欣慰和自豪。它引人想象，给予整个民族的精神活动以极大激励，并影响和塑造了我们的民族。

历史上，齐国稷门下的稷下学宫，终于成为不朽，成为人类文明史上一座永不倒塌的纪念碑。

当年在齐国都城临淄西门即稷门外，建立了"稷下学宫"，招来文学游说之士数千人，任其讲学议论。最著名的学者有淳于髡、邹衍、田骈、接子、慎到、宋骈、尹文、环渊、田巴、鲁仲连、荀况和孟轲等近八十人。他们一律被列入上大夫，给予优厚的待遇，受到极大的尊崇。稷下学宫在战国时代是各派学者会聚的一个中心。稷下学宫的百家争鸣、名人荟萃的盛况从齐桓公田午开始，一直到齐王建时，前后历史约有一百四十年之久。这种巨大的存在不能不说是中国学术史和精神史上的一个奇迹。

稷下学宫的建立是以政治、经济和文化的全面繁荣和自信为基础的。当时的齐国是整个中华文化经济的中心,而齐都临淄是中国最繁华的大都市之一。在当时,几乎所有的著名人物都到过稷下学宫游访和讲学。稷下学宫的文学游说之士通常被称作"稷下学派"。

稷下诸子之学并不是一个统一的学术派别,而是自春秋以来多种学术派别的集合体。他们不仅来自不同的国度,而且来自不同的阶级阶层。他们各自隶属于那个阶层和派别,是思想和精神的代表。政治见解、思想主张、理论体系、价值观念和思维方式,相距很大。当时的儒、墨、道、法、名、阴阳、小说、纵横、农家等各派著名人物,都曾经登上稷下的政治学术舞台,宣传自己的思想,合奏了一曲百家争鸣的交响乐章。但无论什么学派,都热衷于"作书刺世",一个"刺"字标明了他们强烈的知识分子性,同时也折射出那个时代宽容大度的思想政治环境,一种可以茂长学术和艺术的参天大树的丰沃土壤。只有这种土壤才可以发掘和浇灌,以至最后的生长和收获。贫瘠的土地是无法承受这种发掘、冲刷和浇灌的。

稷下学者们研究政治、经济、哲学、历史、教育、道德理论、文学艺术、逻辑学、美学、法学以及天文、地理、历数、医学,讨论天人、心物、知行、阴阳、动静、道气、道法、礼法、义利、名实、王霸、法先王与法后王、人性的善恶、形神等等问题。他们除了研究社会的现实,还要反思漫长的人类历史,描绘社会的未来蓝图。这是何等开阔的文化视野,何等深邃严整的思想体系。

自夏商以来,各地的政治经济发展极不平衡,生态气候、地理环境及其他方面的差异甚多,形成了齐、鲁、荆楚、秦、晋、吴越等各具特色的地域性文化。从《史记》《汉书》的记载当中,我们可以看到不同地域的巨大差别。当时对齐国的记载是这样的:"齐带山海,膏壤千里,宜桑麻,人民多文采布帛鱼盐。临淄亦海岱之间一都会也。其俗宽缓阔达,而足智,好议论。地重,难动摇,怯于众斗,勇于持刺,故多劫人者,大国之风也。"

一个"宽缓阔达",正准确而传神地描述了当时的精神状态、社会环境、风尚习俗。整个社会的特质被凸现了。一个政治集团、一个文化集团的自信,必定来自一片土地的自信,没有这种自信就决不会出现"宽缓阔达"。当时由奴隶制向封建制过渡,处于所谓的社会的大变动之中。激烈的兼并战争已经打破了列国的分野。各国各地区的政治、经济、军事各方面的关系,不同地域间的文化交流空前频繁,正向着融合与统一的方向发展,而稷下学宫则成了这个时期多种文化交流融汇的中心。"我可以不同意你的观点,但我要坚决维护你发言的权利"——这一规则实际上正是稷下学宫最基本的原则之一。尽管诸子都可以直接向权力者建议、讽谏,但是他们并没有利用这种自由和这种机会来构陷,起码没有这样的记载。这是一种基本的,也是一种伟大的现象。这样的风尚和品格才无愧于一个伟大的时代。伟大时代的精神和艺术就是在这样的气度和品格面前结出了丰硕之果。无论阶级、阶层、政治倾向与文化心理结构、思维方式等等各方面的差异何等巨大,矛盾何等突出,自己的理论中心向何方偏移,有着怎样的学术动机和目的,但一种"多元"的思想和文化格局一直没有因为其他原因而受到影响,真正算得上平等共存。统治者在不同的历史时期和历史阶段,面对着不同的现实问题,对诸子学术的取舍和选择利用仍然会有所侧重。但各家各派在学术上却具有平等地位,更不妨碍他们自己的自由探索、开展争鸣的权利。

正是在稷下学宫,存在着当时整个中华思想界最激烈的学术争论和思想交锋。人的文化视野处于最开阔的阶段,人的精神也最为振奋,思维能力也至为强大。稷下学者几乎个个能言善辩。淳于髡与孟轲争论何者为"礼",孟轲与宋骍说"义"谈"利",儿说与稷下学人辩论"白马非马",田巴与稷下学子辩析"离坚白,合同异";荀况驳斥孟轲的"性善"论,批判宋骍,攻击慎到、田骈,揭露诸子之学的理论缺陷;而邹衍则批驳儒墨的"中国即天下"的思想,揭露诡辩学家们的逻辑错误;鲁仲连则痛责田巴的辩说"华而不实",等等。

在文字记载当中,稷下学子的辩才可谓空前绝后。那的确是一个学术和艺术的黄金时代。而只有这样的时代才能遭遇和集结如此之多的顶尖人物。伟大人物和伟大时代从来都是并行不悖的。他们支持了一个时代,创造了一个时代;而一个时代也容纳和滋生了这样一些伟大的灵魂。史书上曾记载长于辩论的田巴,说他"辩于稷下,日服千人"——一天可以使一千个辩手膺服,真是不可思议。我们就此似乎可以看到一个居高临下、雄辩滔滔的智者。

在稷下学宫大概很难听到指斥对方狂妄、大言不惭等等责难,即便有这样的指责,也很难成立,因为那是一个挥洒大言、倡扬大言、置辩通理的场所和时代。那的确是一个伟大的时代,是一个被一再颂扬过的"宽缓阔达"的时代。

那样的时代是没有长于构陷的智识小人的立足之地的。那样一个时代,关于它的一切记录,都是科学和艺术的一个庆幸、一个梦想。伟大的梦想来自伟大的人类,伟大的人类可以创造伟大的时代。

人类正因为有着强大的记忆能力,才变得高贵和不朽。

这个梦是会常常做起的,它标示了人类的光荣。

木车的激情

在现代旅行中,我们常常因为交通工具的不够迅捷而焦躁和苦恼。我们祈盼乘坐的车辆眨眼之间就到达目的地,幻想它能像闪电一样穿越莽野。我们有时甚至为最现代的旅行交通工具——飞机——感到焦急,比如说为机场的长长滞留、耽搁,感到愠怒和不安。

我们总是那么急于从甲地到乙地,总是有那么多事情要做。现代人太忙了。可是我们为什么而忙?我们的行程真的那么紧迫?我们的事物真的那么重大?可以设想,如果现代交通工具变成了一辆马车或牛车,我们只能坐在吱吱扭扭的木车上,在辽阔的原野大地上往复奔走,又会是一种什么心情?

那时候我们大概要拒绝旅行,而尽可能多地待在自己的那个小窝里了。

我们碌碌奔波,催促我们行动的激情是那样脆弱和渺小。我们怎么能够想象几千年前,有一位思想者就乘坐着一辆缓慢的牛车或马车,在大地上往复奔走。

是的,他为了自己的思想,为了自己的理念而不知疲倦,并这样终其一生。

他就是我们所熟悉的古代哲人孔子，还有他的一群弟子。他们都是一些为思想而激动的不知疲倦者。我们不妨把这些人的一生，把这一切，称为"木车的激情"。

由于车速是极其缓慢的，里程是极其艰难的，因而我们今天更有理由说，他的激情才更为强大，更值得信赖。

枯叶铺地，北风呼啸。在冬天，那个哲人也不能舍弃自己的旅程。这在越来越聪明的现代人眼里是不可思议不可理解的。一位不可理喻的执着者，让世界感到畏惧了。这是怎样的一种人生，在今天真的颇费猜度。

"政治"这两个字在现代或许已经变质。我们现代人几乎仅仅可以从那辘辘的木车声中，听到"政治"的真正含意，领略它的本质。它那时候是人、旅途、木车，是面对土地的求索，是这样的不知疲倦。原来在古代，"政治"和"诗"是合二为一的。一切失去了政治的诗都带有几分虚假气。伟大的孔子正是将这二者合而为一，才让后人生出了永久的崇敬。他不倦地向各个阶层诉说他的思考，他的思想，他对这个世界的观察，他探索到的各种各样的原理。无论如何，这都是令人至为尊敬的。作为一位布道者，一个启蒙者，一个诗人，大概这个世界上没有几个人能够与他比肩。因此人们可以承认他是前者（布道和启蒙者），而不愿承认他是后者（诗人）。

可是，现代人在这个寒冷的冬天，在北风击碎冰凌的时刻，真的不能从辘辘的木车声中，听到和看到孔子那一腔燃烧的诗情吗？

这是一首长长的、写在大地上的诗，是人类的诗，是可以从东方播散到西方的长卷。它就像高空的彩虹一样，横跨万里，放射出璀璨的光辉。

我们相信，一本《论语》只是微薄的纪念，只是简短的记录，它那真正的、更为渊博的思想，的确是由车轮和双足镌刻在大地上的。它们化在了历史的尘埃之中，需要无数的后人在气流和土末里感觉和辨析，去接受它们的渗透和感染。

现代人对于一个古代的思想家、诗人的继承和求索，也远没有尽头。他身上凝聚了人类的所有奥秘，是人类的一粒元素、一粒种子，一个遗弃在几千年前的土壤里、不断萌发的生命之籽。一代又一代人因为他而自豪过了，但还远远不够。

有多少自豪是盲目的？有多少自豪是不自觉的？我们不知道。一个人只有在冬天，特别是在长夜里抚摸、吟哦着那个伟大的诗人所留下的这薄薄一卷，才会真正感觉到一点什么。

它会焕发和刺激起现代人不绝的激情。它存在着，并不遥远，就在手边。它需要我们站起来，需要我们透过狭窄的窗洞，去遥望前几个世纪和后几个世纪。无数的人这样遥望，才能接连起永生的希望。舍此，将没有任何出路。

现代的嬉戏者和嘲讽者是羞于谈论孔子的。他们即便诅咒和诽谤那个不倦的哲人，也找不到一点辛辣有力的言辞。他们更多的时候是一些失败者和自卑者。

卑微者的诅咒恰恰是被诅咒者的光荣。无论对于历史，对于现代，原理完全一样。当年那个智者受到了无数污浊的包围。可是这污浊却不能够有效地涂到他的脸上和身上，因为他的本质就是纯洁的、高贵的，不被污浊所污染。

那个颠簸的木车，把激情撒播在中国大地上。他成了中国乃至整个东方的骄傲，也成为整个人类的骄傲。他的行为表明了人类在某个方面的认识和耐力。他可以指示我们走向多么遥远。他有怎样光辉的言行。这是一项真正的奥林匹克纪录。他不仅属于古代,更属于现代和未来。

对于这样一位伟大的言者和行者做一鉴定,我们也许是无能为力的。可是我们很容易就会发现,这起码不是人类的瞬间激情所能够继承和完成的。他抓住了更本质的东西。他是这样的一种生命,所以他才能走向未知的远途,才能够驾驭颠簸的木车:乘载那么多思想,驶进茫茫历史长河之中,驶进一片灿烂之中。

今天,在偏远的农村、山区和平原,我们偶尔还可以看到一架木车,被一个高大的动物牵引;那当然行驶得极为缓慢了——今天我们无论如何难以设想,可以乘坐它到远方去,做极为急切极为重要的事情。政治、抱负、伟大卓越的思想,怎么可以和缓慢爬行的木车联结在一起?

遥想那个古人的身影,我们似乎会明白一点什么。

原来只有激情,只有它所击打出的思想的闪电,才可以超越一切交通工具的迅捷,使一切现代传播工具相形见绌。思想才是真正迅捷的、阔大无边的,可以笼罩整个宇宙。激光、无线电波甚至都很难拥有这样的速度和力量。

当我们人类不断地将自己的智力和激情变为现代科技,变为非常具体的器械和工具的时候,我们也常常会忽略了它的源头,忽略了它们正是来自人类共同的心灵——这样一个基本而重要的事实。无论怎样现代的工具都不能取代心灵的性质。抽掉了心灵,一切都无从谈起。在那个伟大的心灵面前,即便是缓缓爬行的木车,也不能阻断万丈激情。激情的燃烧可以使他穷尽一切艰难险阻,可以穿越十万大山。枯竭而渺小的现代人即便拥有了火车,有了飞船,有了一切的一切，也并不能阻止眼前的危机。

也许当我们现代人懂得一遍又一遍怀念木车的激情的时候，才会走向自己的觉悟。

古河之声

  大地上有许多干涸的河流,它们只剩下躯干,而没有了血液;它们只留下了形貌,让我们追念昨天,想象当年的滔滔不息。

  时光的尘埃淹没了另一些古河道,使我们连枯干的躯体也不得相见。我们无以考据,也无以感怀。只有在午夜,在寂然无声的一个人的时刻,尚可以倾听古河之声——隐隐的,若有若无的鸣响,流入心的深处。

  古河是万水之源,是文明的潮汐,是劳动、艺术、创造的源头。现代人无论如何应该倾听古河之声。

  在人类的记录工具不断更迭创新,从鹅毛笔到钢笔圆珠笔再到机械打字机和电脑打字设备、声控打字机……种种迅速的、目不暇接的、简直无从想象的演化和进化当中,人类同时也在经历着极大的进步和极大的退步。

  一种难以预料的丧失使我们变得苍白而空虚。我们渐渐丧失了一部分咏唱的能力、喟叹的能力,不得不过多地依赖纸张、集成电路;我们甚至不愿意面对着纸页去涂抹和记录,更不愿像古人那样在物体上费力地刻划心得与思想……

自然万物左右于古人的灵魂。他们目击了，感动了，欢欣、伤感，各种各样的情绪，就在窄窄的木条和竹简、甚至是砖石上刻记下来。这是一种笨拙的、费时费工费心的、然而却是更为深刻难忘的记录。生命用刻写的方式印在了坚实牢固、可感可触的物体之上。这种物体是坚硬的，被我们后来人很好地保管了、贮藏了。我们搬动它们，展放开来，寻找昨日的事迹、声息，关于史实和繁琐日常事迹的记录，特别是思想和情感的记录。

这是一个令人惊叹的事实，可是它们都属于很久以前了。

与此相反的是，一些源于土地、源于劳动的喟叹和歌唱，要穿过很多曲折、变形、扭曲，最后才进入我们的记录；它或许已经失去了原有的色泽和气味，再也没有了那种实感，没有了那种凝练和张力，变得平庸、程式化和显而易见的凡俗气。这可以使我们造成极大的误识。精神的触觉不再敏锐，创造的思维不再鲜活。这种无所不在的、陈陈相因的浸染使我们走向创作的末路。

如果我们要依赖典籍的记载去寻觅古老的声音的话，那么它在哪里？那美妙绝伦的歌唱和吟咏在哪里？

于是不得不想到我们的第一部诗歌总集《诗经》。

它们大多是劳动者的直抒胸臆，是真实的生命之声，绝少加以修饰的大地的器官发出的声音，是古人留给我们的一份宝贵遗产。只是由于时光的关系，它们才蒙上了一层古典的色泽，有点令人生畏。它们已被经典化、庙堂化。

那些由劳动者、卑微者吼出的声音，各种各样的声音，包括不平的呼喊、怨艾、嘲讽甚至诅咒，还有恐惧和颤抖，都在猝不及防的时刻变成了"经典"。这或许可以看成艺术的力量、生命的力量。生命化为声响和墨汁行使着它们的权利、它难以抵御的伟大力量。这种力量是任何其他力量——比如说暴政和专制的力量，甚至是遗忘的魔法——都不能够摧折和毁灭的。至此我们又一次理解了艺术与生命奥秘之间的奇特联系，它们的异形同性。艺术的自豪原来就是人类的自豪、生命的自豪。我们依赖艺术、歌颂艺术、寻找艺术，原来只是敬畏生命，只是在寻找生命永恒力量的本身。这一点也不成其为难解的奥义，而是非常淳朴的一个原理。

"坎坎伐檀兮，置之河之干兮，不稼不穑，胡取禾三百亿兮？不狩不猎，胡瞻尔庭有悬特兮？""七月流火，九月授衣"。"九月筑场圃，十月纳禾稼"。"二之日凿冰冲冲，三之日纳于凌阴"。这仿佛从地壳深处传来的极为幽远而真切的声音，如同古河之涛。这流动的水，不逝的水，这千流百转的现代之水的源头，就是这样让我们感知着，产生出最大的激动，焕发着最大的畅想。是的，它是艺术和创造的源头。它使后来的其他艺术，所谓的"千古杰作"都黯然失色。它凝结着大地的隐秘，是后来者难以比拟的。

一个人独自倾听的时刻，是最有可能获得颖悟的。在这里，那些充满哲思和另一种魅力的域外艺术难以获得同等地位。因为我们的血脉里流动着古河之水，它们来自同一源泉，是从同一地母的心中奔涌而出的。

是的，这是具有血缘深度的、不绝的激情。我们也许无可选择。这种感动才是更为真实的、无可置疑的。那些催人泪下的奴隶之歌，那些令人神往的远古场景，绝望与挣扎，控诉与祈祷，欣悦与呼号，已经在我们人类精神和艺术的历史上永不消失。它们特别的意象，动人的声气，亲切的口吻；一种凭想象、知觉和悟力几乎毫不费力就可以触摸到的怦怦的人类心跳……这一切都夺人魂魄，让人不知所之。

这是人类有可能发出的最感人的声音了。它于是不朽，它于是让现代人倾尽全力地加以模仿一二。

因为它是遥远的河流，联结着远古大地，所以那种神奇的密码存在于我们当中，就像无所不在的种子、因子，分散在现代的所有生命里。它分裂、生长，产生新的变异；从现代艺术中，无论如何也仍可找到它。

它又像一尊难以移动、力大无穷的精神的巨人，可以打败一切的敌手，现代的、未来的，来自其他方向的；纤巧的、诡计多端的、执掌现代技艺的……一切一切的生命都必须仰视它。

古河之声隐隐而来，无边地细碎。从深夜到拂晓，汇成了浩浩潮声，漫卷了黎明，覆盖了一切，充溢了大地。我们屏息静气，侧耳倾听，到后来整个心灵都被它鼓点般的敲击给震动起来。我们不得不因为过分的感激而伸出双手，拥抱这涉过午夜而来的遥远的传导。

浪漫的时代

任何一个时代里都会有一些极浪漫的人。他们四处游走，为自己的心灵，为这个特异而复杂的、变化着的世界而激动和歌唱。他们的吟哦之声或被记录下来，或播撒在广袤的田野和熙熙攘攘的街巷。可能由于这些生命性质的不同，机缘的不同，他们的歌唱有的得以存留，有的则很快遗失和消散了，不留一点痕迹。

在我们人类的历史上，大概还没有任何一个时期像盛唐那样，留下了那么多的声音。通过这声音，我们似乎可以遥测到那个时代浪漫的实质，它所固有的斑斓色彩和绚丽耀目的色泽。我们往往更多地回想起在人们口口相传、在浩繁的文字记录中所闪现的那些繁华和富丽，它的雍容大度、宽厚和广博，却很少想到那整整一个时代的浪漫。

一个时代生存着那么多杰出的人物，他们严峻而专注的目光、痛苦而深邃的心灵，永久地感动着不同的民族。他们的天真浪漫、超绝的幻想、万丈才情，在长达几个世纪里让人惊愕。

马上浮现到我们脑际的有伟大的浪漫诗人李白，现实主义诗人杜甫，还有所谓的山水田园诗人孟浩然、王维，边塞诗人高适、岑参、王昌龄、李颀，有新乐府运动的主将白居易。除此而外，还有韩愈、柳宗元；从孟郊、贾岛到李贺，再到杜牧、李商隐；从初唐到中唐、晚唐……盛唐时代出现了那么多的诗人、散文家、通俗文学作家、民间歌谣的记录者和传播者，真是花团锦簇，繁荣空前，诗风绝后。

每个诗人都留下了自己独一无二的故事，他们的道路迥异、命运不同，但都痴迷于有韵之章。这种音韵是那个时代、是他们所处的土地山河所给予的。如果说那是一个物质空前丰富的时代，那么那个时代里也有战乱、饥馑和动荡。诗人们也并非是一些饱食终日、高官厚禄、浑身裹满绫罗绸缎的饱人。他们当中的最著名者，甚至有贫困潦倒、衣食不足、四处漂泊者。他们的歌声就在这漂泊之中，在饥寒的袭扰之下，而变得更为感人，更为铿锵。

历史上，那种独特的、顽强保持着一份精神生活的欲望和能力，与富裕的物质的时代几乎没有什么直接的联系。我们感慨的只是生命本身——他们那么集中地聚汇到一个时代，用同一种方式表现和安放自己的灵魂。他们在自己精神的田园里培育和耕耘，留下了显豁的声迹。在千篇一律的生存的困顿之中，他们就以这不可思议的群体的呈现，展露了一个浪漫的世纪。事实证明，再没有任何一个时代产生出那么杰出的一个群体，浩浩荡荡，声震四野，如同号角，如同奔涌的马群和跌宕的江河。他们就是用这种磅礴的气势，送走了整整一个时代——它逝去了，再未复返。

如同今夜的寒风一样，那个时代也有这样凄凉的令人恐怖的夜晚，有这伸手不见五指的墨色，有这雷鸣一样的震撼大地的涛声——碧水成堆成堆地聚拢，撞击到礁石上，黑色里可以想象它们粉碎的屑沫……就在类似的不断重复的自然背景之下，有人却留下了珠玉一般的文字。

我们的民族因为有了那一段绝妙的、晶莹的镶嵌而自豪和骄傲。

一个时代丰盈的物质、剧烈的追逐和囤积是会扼杀浪漫诗情的。这是一个巨大的不幸，也存下了诸多质疑。如果说唐代的宽袍长袖更不利于野地奔波的话，那么当代人似乎可以走得更远。如果说当时的木船和牛车只会不可忍受地爬行，发出欸乃之声、吱扭的叫声，那么现代的交通工具是可以把我们驮载到理想之地的。

可悲的是一切恰恰相反。

原来人类的生命之中一旦缺少了浪漫的情怀，一切外在的帮助都无济于事。一颗被麻木和污染了的灵魂才是无可补救的。古人的美好的明晰的目光似乎直投向今天，投向我们。在他们平静而温厚的笑容里，我们显得有点悲惨可怜，简直是衣衫褴褛。脸上没有一点儿红润、苍白而消瘦的当代人，已经完全失去了与他们对话的能力和竞走的能力。我们不仅在体力上远逊于他们，而且我们已经没有能力谱写出美丽的动人的当代韵节了。

可以设想一下，在很久以前的那个春天，土地的颜色、山脉的颜色，还有这一切之上所茂长的春草、鲜花、肥硕的叶片以及融化的冰水，绿色的河流、海洋、鸥鸟、猫与犬、草兔，一切的植物和动物——我们完全知道它们今天有了哪一些改变；可生活在它们当中的人类却发生着更为巨大的变化——从衣着到肉体，从目光到心灵。他们甚至不会吟唱了，恐惧畏缩了。发生这一切的奥秘到底在哪里？又是什么催化了这些变故？

难忘那一天——可能是个早晨，大诗人李白登上舟船，刚要挥动橹桨，就听到岸上有人踏着节拍，为他唱起了送别的歌声。大诗人于是感叹道："桃花潭水深千尺，不及汪伦送我情。"桃花潭、汪伦踏出的节拍、昂扬的歌声，那美好长旅的开端，深深地吸引着我。那是怎样的倾诉、怎样的情怀和怎样的生活？

今天到哪里寻找这样的友谊、这样浪漫的人生？那个不断踏动着节拍、啊啊大唱的汪伦又是怎样一个人？怎样的装束？还有，他的年纪？一个人竟能用那样的方式送走自己的友人……

这咏唱了一千多年的诗句，人们已经烂熟于心，对它所有可能含蕴的那种青春动人的质地却大大地忽略了，这就是"熟视无睹"。人们不再去想象"岸上踏歌声"是从怎样的一片土地上、由怎样的一种人才能做得出来。

从这再平凡不过的送别之中，我们看到了人类的变化（蜕化），看到了世俗人心的变化。我们永远为那样的情景所迷醉，向往着，但已经难以回返。我们的躯体和灵魂被当代无形的世俗之锁给固定了，难以举步。我们只能透过千年风烟遥望那个浪漫的时代，只是不尽地喟叹和感慨。

大地的引力

精神是向上的一棵树。

一开始它可以笔直地往上,长得很高很大,成为一个巨大的存在。杰出的人物就是一棵思想的巨树,他是向上的、挺立的;他永远不会在地表爬行、蔓延和匍匐前行。他始终是向上的。

土地培植出不同的生命,那些龌龊、阴暗和渺小者,精神就没有向上冲腾的力量。他们始终像甲虫一样在土地上蠕蠕而行,留下紊乱的痕迹。而巨人的精神腾向高空,与空阔对话,与雄鹰为伴,与来去荡动的气流和雷霆、云彩、星月过往。

大地作为精神的生母,它有巨大的鼓舞力和感召力,它仍然对向上的精神有一种不可逾越的引力。这种引力会使一个蓬勃向上的、越升越高的精神之树发生弯曲。

是的,任何伟大向上的精神都不是垂直的。但是它却不会轻易倒向土地。倒塌之时就是死亡之时。它又不会沿着地表像甲虫那样爬行,它要向上。尽管精神之树会有弧度、有倾斜,但它始终是努力向上的,奔向空阔的。也正因为这独立向上的精神在大地的引力下会发生倾斜,所以无论多么强大的精神也都需要支撑——这会延缓它倒塌的时日。

精神之树的崩裂与倒塌,在一个真正的人那里,就是躯体的倒塌和崩裂。他愿意使自己的生命在那一刻走向结束,因为肉体和灵魂紧密结合了。但越是强大独立、长得茁壮的精神,就越是缺少支撑——他身边的那些也许还弱小和纤细,不能与之构成支撑。这就是精神的悲剧。

鲁迅在当年很难找到一个同等量级的对话者,先生的痛苦可以预料。他是在黑夜里"荷戟独彷徨"的人,他说自己又像一个在荒漠上大声呼喊得不到回应的人。我们就此情景可以看到精神之树长得很高,而由于自身的重量,由于大地的引力,它正艰难地挣脱弯曲与倾斜的命运;可巨大的引力总要扳折它,使其倒塌……先生用力地支撑、向上。

这个时候如果出现一些有力的同行者,一些与之对话者,先生就有了强力的支撑。

先生当年的对话者极少。一些人离他非常遥远,很难对话,很难听到回音。而另一些人干脆就是一些中伤者和砍伐者。在这棵巨大精神之树的四周有一些可爱的小草,它们奉献出自己的露滴,甚至是巨大的热情,蒸腾的水汽,来润泽先生,支持先生。先生看着它们,一脸的慈祥和温厚。他把满腔热情和希望告诉它们,用自己的身影为它们遮住风寒和毒日。可是这些小草,还有它们当中长起的一些纤细乔木,终于不能够伸长手臂去撑住。巨大的、倾斜的、被大地所吸引的精神之树,独立顶起那种难言的沉重。它又不能停止生长,一刻也不能;它要向上,停止向上的一天也就是僵化和死亡的一天。可以设想,如果有了支撑者,那么它就稳定多了;如果出现了众多的支撑者，那么它们在相互的依靠和援助中就可以更为稳定地在思想的高空里坚持许久。

在那个黑暗时世，在险恶的人兽丛林里，是极少有这样的乐观的。在这片奇特的土地上总是演出着类似的悲剧，没有终止，一幕一幕，何其相似。

比起先生的苗壮和强力，其他一些向上的精神也就孱弱细小得多了。但令人敬仰和钦佩的是，它们在这土地的一以贯之的巨大吸力之下，还仍然向上，仍然企图苗长，迎向一个空阔。

但可以预料，它们独立支撑的时间会更短，它们迎来的支援也将更少。一棵接一棵的精神之树在倾斜、愈加倾斜，最后是不甘屈服地轰然倒塌……

这倒塌之声甚至都很微弱，激不起什么回响。只有听觉敏锐的人睁大了一双惊惧的眼睛，在深夜爬起，迎着发出瓦解和倒塌的那个方向，静静地出神，久久不能安眠。在北方、在南方，在四面八方的夜色里，不断传来这种倒塌之声。即便是夜晚跌落的冰凌、寒风，也不能将这声音遮掩。

大地的引力使一切都归入它的怀抱，将其溶解、腐蚀，最后又滋生出新的生命。这些生命各有自己不可回避的选择，有的向上、有的向下。向下的很快化为腐朽；向上的呈现出一片生机——但只有继续向上才能成为一棵直立的大树。而大地有一种不可更改的引力，它会让其弯曲，呈现出自己的坡度。

再出现一些茂长的、类似的树吧，让它们也构成相互的支援和支撑。那将是多么壮观……这恐怕只是一个美好的梦想。

大地的引力是不变的，它滋润出的生命却是不同的，有的那么苗壮，有的那么弱小。永远挂着凄凉微笑的，是那一片绿草；当冬天来临的时候，它的绿色就会褪尽，更为短暂的生命也就结束了。可是它毕竟为大地留下过一片绿色，用它的微笑支援过高空的大树。

不幸的消息接二连三地传来，他们都是杰出的人，难能可贵的人；是一些在这个时代里最为需要的生命、声音、思想、精神——可是他们都化为一缕轻烟飘去了，终于将自己的梦想汇入了高空云层。在梦想里他们是展翅飞渡的雄鹰——可是有谁知道这个时代里已经发生和正在发生的永久的悲悼呢？

纯　粹

不仅是世纪末，也许从更早起，我们就陷入了一场误解：越来越相信依靠机智、甚至是某种狡猾，可以取得空前的成功。这确是一个人人都急于比试机智的时刻，而忘记了它命定的限数。

于是越来越乐于嘲笑纯粹的人与事，对待一切率直、真实、完美与朴素，避之唯恐不及。起码的一点修养和自律也被看作迂腐，看作整个时代、特别是现代精神所摈弃的某种变质之物。

这种可怕的误解将把人指引到一个非常荒唐和严酷的角落。在那里，我们将因寒冷而中止和丧失全部创造和想象的能力。一切绚丽、烂漫、无比美好的精神和现世之果，都将与我们无缘。我们留下的会是更多的痛苦。这些痛苦甚至排斥我们的觉悟，因为时过境迁，一切都有点来不及了。

时光如同逝水。我们只存在于特定的时刻和地段，流失了，即不再复返。新的时代不属于我们，而属于我们的昨天却又不被我们所把握。现实生活只使我们寻觅所谓的成功榜样。其实这种榜样是不存在的。它是我们的臆造之物。

有人认为乖巧、方便、省力的捷径，在任何时候都会存在，在精神之域、世俗之域，都同样存在。其实这是真正的误识。在创造、劳动、精神之域，捷径是不可信赖的。它们既不能通向博大，又不能通向永恒。

人类健康的心灵始终是真诚的、严整的、不欺的，仅靠这一份永远不变的信念和操守，才能走进完美的人生。比如说可以嘲笑托尔斯泰的迂腐倔强，可以恐惧于鲁迅的执拗偏激，总之当代人都可以做得比他们乖巧十倍，但就是永远别想走近这些伟大的心灵一步。

这就是无望而无情的规律，只可惜在世俗世界里往往不被察觉。

可是它们在时光的长河里变得相当显赫。那种巨大的缺失会像山凹一样裸露在田野上，使人在遥远处一眼就能加以辨认。时光和历史是不欺的。在物质主义泛滥的时代，一种纯粹的精神、真诚的生命，虽然时常会受到遏制和磨损，但也唯有这样的时代，这种不可多得的品格才会熠熠生辉。它们照射的可能只是一个角落，可是这个明亮的角落将永远被人记住，并且成为指引的方向。

北斗在夜空里并非是最为显著的亮点，可由于它坚定的立场、不可更移的方向，终于显示出永恒的博大。这是时间和经验告诉人类的，是时间给予我们的参照。正因为那些移动和变幻频繁多见，北斗才显出了它纯粹的力量。时间老人给予的锐利之目，使迟钝者变得锋利。如今再没有任何人怀疑北斗的指示价值。

一个人走向自己的责任，这是一种至为淳朴的要求。也就是这种基本的向往，才将一个人的心灵引向了高贵。高贵不是脱离和傲然，而是走入和融化，是贴近泥土的结果。向真向善，即不可为而为之；拒绝诱惑、嬉戏、流俗和毁坏，就是守住向真向善的品格。这当然异常艰难。因为这不是一个时段、一个年头、几个日月里所要坚守的东西，而是一生的信念。在纯粹的人看来，只要违背了这种原则，都在拒绝之列；只要背弃了这种心愿，都在抗斥之列。

相信自己和他人的劳动，相信道德的力量，它的相对恒定性，它在生活中的最高意义，它的可建筑性和可维护性；相信在充满消磨和困苦的人生之途上，善是可以有所作为的——它是我们唯一的希望和生存的理由；相信理性之光可以照亮前进的道路，可以驱除邪恶和魔障——以这种目标为生存信念的人才算是一个纯粹的人，一个不欺的人。

伟大的德国哲学家康德说："有两件事物我愈是思考愈觉神奇，心中也愈充满敬畏，那就是我头顶上的星空与我内心的道德准则。"

是的，高贵的精神会有自己的源头和自己的源流，它们不会在一个时世里突然消失。它们也不会融入苇丛、草原和泥淖。它们穿过层层山脉可以出现在另一片开阔的草原上。它们终有一天会汇成巨流，一泻千里。而在有些时候，它们的确是会被什么遮掩和阻碍的。尘屑会遮掩它们，吸吮它们，它们不得不变成涓涓细流。太阳也会蒸发它们，但它们终会凝成水汽、露滴，重新降落下来，汇聚一起并来一次冲决。

邪恶之水也将汇聚，它们也有自己的源流。它们也在流动、腐蚀、围拢和侵犯。它们灭绝生命和毁灭创造。它们将因为淹掉明天，而变得不可原谅。因为劳动使生命不灭，所以劳动永恒。所有朴实的劳动者，那些在大地上匍匐的、无数劳作的生命，都在支持和汇聚着自己的河流，使其从涓涓细流变成汪洋之海。这海洋有潮汐，有起落，移动着，形成了这个星体上最壮观的存在。

劳动的力量，真实的力量，就是纯粹的力量。当生命回到了劳动和创造本身，也就回到了纯粹；当离开了它们，也就失去了那种品质。人类是永远也不可以告别劳动的。很多乖巧者试图与它脱离和隔绝，但由于失去了一种基本依托，很快就变得软弱和贫瘠，最后无一例外地走向了衰败，难以为继。

人类可以接受伤损、牺牲，甚至是劳而无功的结果，但最终还是不可放弃劳动。人类具有理性、知性，具有从此岸到彼岸的穿越与抵达的决心；这种决心是生命诞生的那一刻所赋予的，它给予生命以力量和顽强。它支持着信念、支持着人类所拥有的坚毅之举、前进的勇气、永不丧失的向往。

人类的纯粹与污浊的搏斗将永远进行下去。在人类存活的全部历史当中，纯粹是人类必胜的根据。

炉　火

冬夜，听不到炉火噜噜燎动之声。那是多么好的声音，它甚至可以驱走心中的严寒……

仍能想起无数个那样的夜晚，炉火旁，我们的不停阅读。几个人屏息静气，一杯热茶，一点跃动的灯火，就是最为幸福的时刻。大家从遥远之地会集一起，有的甚至跋涉了一百多里。他们在阅读别人的或是自己的东西；或倾听，或热烈辩论。常有人泪花闪闪。

那是个贫寒岁月。朋友们除了一副背囊、一腔热情，几乎一无所有。他们大多是一些流浪者，一些年纪轻轻的流浪汉。他们在山地和平原奔走、劳动，过着清苦的生活。但他们都有阅读的习惯，甚至还有写作的习惯——挤在油灯下、炉火旁，就有了一场精神会餐。他们也许是稚嫩的，他们还多么年轻。可是他们身上却闪烁着自尊的光芒。他们比那些为另一些东西而奔波的油头粉面者要高贵十倍。他们当时衣衫破旧、头发脏乱，脸上带着灰尘，脚上和手上还留着劳作留下的创伤，粗浊的山地和外省口音也无法掩去真知灼见，并使这场辩论显得特别激烈，他们的纯美见解没有被记录，却可以被记忆。

许多年过去了，当年那些年轻的身影都四散离去。有的再寻不到，成为昨天；只有那一幕幕，如在眼前。

今天再没有那样的炉火了，没有那样的聚会，那样的痴情、那样浪漫和纯粹的情怀。真的难以寻觅。

我们点起这样的炉火，因为无比怀念那些时刻。它是一段青春，消失了即不能回返。可是那个场景却可以重造，不仅在记忆中，而且在现实中。

昨日不再卑微渺小，因为它有沉重的关怀。我们当年有幸参与了倾听，看到了炉火动人的燃烧。那一片温暖让人永志不忘。

如今在乡间、在闹市，在中心、在边陲，哪里还可以找到那样的炉火？那是过时的风尚，是陈迹……首先是心中的炉火熄灭了。人们在为另一些东西所激动，为原始的欲望而奔波。他们丢失了当年的背囊。

在世纪之交的喧嚣中，唯独失却了炉火。我们从那些动人的记载中可以发现，在十九世纪的俄罗斯，在那片与我们毗邻的土地上，一大批杰出的人物，像东方某个时期的一些人物所面临的状态一样。在社会的转折期，在世纪的交汇期，他们当中有贵族，也有贫儿；有艺术家、音乐家、思想家，也有哲学家和科学家。他们的壁炉正熊熊燃烧，炉火旁纵论天下，通宵达旦。那是为真理和艺术奔走相告的一种激情。炉火像他们的豪情一样烈焰腾腾。伟大的心灵在跳动，他们用双手迎来一个思辨的时代。他们开拓了伟大的视野，传播了诗与真，在整个人类的思想和艺术史上占有光辉一页。

最初这声音只在炉火旁，在一个角落；但由于它闪烁着真的光芒，终于越过斗室，走向苍穹，化作滚滚雷鸣，如闪电照亮天际。

那片土地上的思想艺术之火正像我们后来所了解的那样，成为燎原之势。它给东方和西方同时造成了震撼。那些杰出人物的高大身影，已经不会倒塌。

不仅是对炉火的憧憬，而是追求真实、追求人生大境界的本能，使一批又一批人接近了那燃烧的火焰。

人有精力充盈、活力四射的青年时代。在那个时期，他们往往有着美好而壮丽的举动。

记得十几年前那个春天的夜晚，一拨年轻人聚集在一个场所，交流自己的阅读和崭新的见解——言辞愈来愈激烈，气氛愈来愈火爆，春寒一扫而光。他们个个热汗涔涔，头发冒着白汽。炉火燃起，停电之后又点上蜡烛。再后来，那狭窄的室内空间已经有碍于激烈冲撞的思想了。他们先后走出，走到郊外山上。

在山上那层层开凿的台阶上，他们坐成一排；有时站立，挥动手臂展开辩论……那都是关于人生、哲学、艺术，关于古代和今天，关于切近我们生活的历史，关于未来的想象和推论……那些纯洁而深刻的思想与他们的年龄或不相称；他们唇边刚刚生成一层茸毛，睫毛微翘，星光下闪烁一片明亮的眸子。

一种毫无邪气、毫无私欲的论辩激烈进行，每天都有越来越多的年轻伙伴奔赴郊外这座山。

辩论持续了很久。这是一场蔓延了半座城市、一座大山的辩论。那些谈锋犀利、知识渊博的年轻人都在黄昏刚刚消失的时刻赶到山上。一场辩论中的胜者站在了台阶最高处，败者则退下山来。胜者要接受一波又一波的挑战。他们真诚、执拗，为真理不甘屈服。他们当中的最杰出者，最后或者可以称为"不败者"的，只剩下了五人。

当年那场令人神往的大辩论如在眼前，或许永生不会终了。它像巨石投入水中，波纹荡到遥远。这声音来自我们民族精神的深远贮藏，它使人想到春秋战国时期奔走天下、纵论时事的诸子；想起提出"百家争鸣"的稷下学宫；想起那些互不谦让、口齿锋利、"日服千人"之士。

物质主义盛行的时刻是远没有那样的气势的。一种无所不在的萎靡只会把人的精神向下导引，进入尘埃。

人没有能力向上仰望开阔的星空，没有能力与宇宙间的那种响亮久远的声音对话。每当个人心中的炉火渐渐熄灭之时，就是无比寒冷的精神冬季降临之日。这种寒冷将使人不堪忍受。当有人怀念炉火之时，往往已为时过晚了。

但火种总会贮藏在一些特殊的角落，它们远未熄灭。它们即便是在最寒冷的时候还仍然在那儿默默地燃烧，酿成一小片炽烈。

那是心中的火，不灭的火，是生命之火。没有什么力量可以绞杀生命的火种。正是这火种，最终给人类带来光明。

生命之光即是永恒之光。

永恒的向上

在人类无法言喻的漫长坎坷之中，在我们经验内外的一切困苦之中，只有向上的精神可以使人自救。这也许是人类的精神空间中唯一的永恒和深刻。人类在脱离蒙昧之后的那一天就被逼上了失望的悬崖，逼上了一个尽头。人类已经没有退路，于是只有向上，只有这永久的、永不颓丧的提醒和飞跃，使自己生上双翅。

任何这样的努力都在显示着人的自尊和不可辱没。那些经历了一生坎坷和无尽求索的垂垂老者，低垂的额头上压着白雪，没有人比他们更懂得时光的奥妙和终点的隐秘。可是他们仍然没有放弃求索的热情，没有放弃上帝赋予他们的这个神圣权利。他们仍然在追求向上的永恒，把这种智慧的光、伦理的光传递下去。这种伟大的传递时常被黄口小儿的嬉戏所嘲弄，可是他们终因本质的伟大和深刻而得到确立。这是生活的本质，是至高至上的道德准则所确立的。机智的嬉戏者比起他们，的确是一些处在"初级阶段"的稚儿，是一些没有迈出蒙昧之门的"看透者"，一些貌似聪明实际上是愚不可诲的劣质生。他们之间无法对话，正分别走向人类精神历史的两个方向，即向上和向下。向下则把人类引向永难解脱的苦难之中，这苦难才是至为黑暗、至为寒冷的无底深渊。

任何使人类精神脱离了理性悟彻、脱离了寻找和探求的积极的通道，都是一种不道德的、丧失了良知的行为。向上即严肃的追求，它必定贯彻着充满分析的理性之声。它反对虚伪和蒙昧，欺骗和蛮横，狭隘与专制，反对堵塞言路和思路的野蛮力量。

真正的理想主义是宽容而自由的，不是某种僵死的教条和规范；它是一种善、一种生命的真实。它必服从于这种真实，循着这指引前进。

人类只要想生存下去，也就没有权利使自己变得冷漠。思想、心情、物质、环境，一切的方面都给予温暖的关怀，才是现代生活的一个基本准则。随着知识的拓展，深重的苦难感也会同时拓展；而最强大的抵御力量——我们的勇气，也只能来自向上的精神。

就是它的引导与提升，才使我们不致因为恐惧的颤抖而加速滑落。那种滑落将无以挽救。

我们的确看过一些美好的积累。这些积累是异常艰难和缓慢的，是花费了无数人的心血、漫长的时间、不可思议的劳作，才建立起来堆积起来的。而我们向下滑落时，却可以在短时间内耗去大量积累。这种积累属于我们全体人类，而不属于某一个社会集团、某一个阶级和阶层。所以维护这种积累成为一切人类、一切渴望向上的生命、期待安全和健康的人类共同的责任。人类有责任和权利对滑落伸出指斥的手指——这也是永远不变的道德原则。

真正的现代主义运动的历史上，也仍然洋溢着向上的精神，吹拂着清新的气息。真正的现代主义以前所未有的宽容、博大和自由的精神，囊括了一切积极的探求，寻找了更多形式上的通路。它对于当代人的滑落给予了无情的抨击，那种挽救的努力至为动人。这种努力虽包括了辛辣的讽刺、嘲弄，以及颓丧外表下所遮掩的那颗火烈感激的心，由于生命质地本身的坚实、紧密，它的确在以前所未有的方式做着向上的努力。

现代主义仍然拒绝魔鬼的声音，仍然拒绝毁坏者和丑恶者的灵魂。这不仅是诗人的自信、艺术家的自信，也不仅是道德家的自信，而且还是人类本身的自信，是时间的自信。

我们离开了这种自信，就会离开我们的判断和我们的逻辑。

春天河水就要融化，河畔上的李子树银亮的花朵就要吐放，蝴蝶和蜜蜂就要飞来；大雁向北，港口解冻，柳莺四下翻飞。这种自然的秩序即包含了诸多美好，传播着真理——自然与生命的基本法则，预示了希望。在这无言的真和诗的围拢之下，人类的确应该是美好的。这种美好应该被自然而然地追求、贯彻和维护。向上的人类必须是善良的，向上就是一种善良。而只有善良才能够维护生命的永恒。

……打开书页，一次又一次沉迷其中。我们发现上几个世纪留下来的声音仍然是这么鲜活动人。原来自高自尊的声音只有一个，那就是向上，是善。这一场没有退路的、永久的精神的攀援，原来从未停止。它偶尔在某个时刻出现小小曲折，可是在更长的时间之缆上，这种曲折简直微不足道。

你从来没有怀疑过，你告诉我们，你是这般的自信、从容和坚毅。当代人应该再一次温习你的声音，他们的耳畔应该响彻你的坚定的声音。这是人类的春风。它每年都抚开冷硬的冰块，让溪水潺潺流动。这声音既不是自欺，又不是欺世。它那么淳朴和真实，它不过表明了人类所应该具有的无所畏惧、勇气、向前和自尊的那种信念。

我们将在这种精神的质询下走进我们的时代，到达另一个时代。

我们寻找未来的生命。我们联结他们，牵起他们的手。我们接受了最好的预祝，也要把自己的预祝传递下去。这种小心翼翼的维护和分离的徘徊，只是昨天的接续。我们做过的一切或许都非常平凡，不值得骄傲和自豪；可是我们就依靠这平凡的劳作，阻止了自身的滑落。

不止一次听到有人嘲笑你的精神。有人把它界定为"陈旧的理想主义"。不，向上的精神永远是新鲜的，永远不会蒙上尘埃。这种精神会蜕化。蜕化的精神走向变异，走向死亡。它只能是滑落的另一种方式。

在难以辨析的思想的交织之中，在茂长的历史和现代的精神丛林里，最终只可以分为"向上"和"向下"两种。回避了这一判断原则，转而"聪明"地界定，都会流于蜕变，会走入伪善而离开真善，会弄出丧失科学之学术，发出恐惧战栗之声，丧失悲悯的人类情怀。令人担心的世纪末……既不懂得浪漫，又不懂得永恒，只能沦为忙于跟从的呓语者。

只要太阳还在升起，人类只能随之向上。

1993年9月